HEYNE <

Das Buch

Lehrerin Rosalinde Reich freut sich auf den vorzeitigen Ruhestand. Endlich kann sie ihrer Leidenschaft für Landschaftsgärtnerei nachgehen. Ihr erster Auftrag führt sie auf ein herrschaftliches Anwesen bei Bonn. Als sie beim Umgraben auf Knochen stößt, ist ihr Auftraggeber überfragt, also ergreift Rosa die Initiative und stellt Recherchen an. Kurz darauf wird der Bürgermeister des Ortes ermordet, und bei Rosas Arbeit häufen sich die Unfälle. Offenbar gefällt nicht jedem, dass sie in der Vergangenheit gräbt. Zum Glück hat Rosa Unterstützung von ihrem Gärtnereiteam, Mops Archie und ihrem ehemaligen Schüler Peter Klein, der inzwischen bei der Polizei arbeitet. Da geschieht ein weiterer Mord, und mit der ersehnten Ruhe ist es endgültig vorbei …

Die Autorin

Kristina Hortenbach wurde 1969 in Bonn geboren, wo sie auch ziemlich lange studierte. Durch ein Volontariat landete sie beim Südwestrundfunk in Baden-Württemberg. Als »Frl. v. Hochtenbach« brachte sie den Hörern Schwäbisch bei. Seit vielen Jahren ist sie als Promireporterin für Radio und Fernsehen unterwegs und jeden Freitag in der TV-Sendung »Kaffee oder Tee« zu sehen. Seit ihrer ersten selbst gezogenen Möhre im Reihenhausgarten liebt sie alles, was wächst und blüht. Obwohl sie eher die grüne Faust hat, begleiten sie seit Jahren ein Olivenbaum, ein Oleander und ein Hibiskus.

KRISTINA HORTENBACH

UM DIE HECKE GEBRACHT

Rosa Reich ermittelt

WILHELM HEYNE VERLAG
MÜNCHEN

MIX
Papier | Fördert gute Waldnutzung
FSC® C014496

Penguin Random House Verlagsgruppe FSC® N001967

Originalausgabe 03/2023

Dieses Werk wurde vermittelt durch die litmedia.agency, Germany.
Redaktion: Michelle Stöger
Umschlaggestaltung: zero-media.net, München,
unter Verwendung von FinePic®, München
Satz: Satzwerk Huber, Germering
Druck und Bindung: GGP Media GmbH, Pößneck
Printed in Germany
ISBN: 978-3-453-44152-1

www.heyne.de

Für Carina

Homo homini leo est
Der Mensch ist dem Menschen ein Löwe
Dr. Karl Schäfer, frei nach Titus Maccius Plautus

Et hätt noch immer joht jejange
Wird schon gutgehen
Willy Schmitz zitiert das Rheinische Grundgesetz, Artikel 3

Prolog

Die Sonne war noch nicht aufgegangen, der Tau lag schwer auf dem Gras und ließ die akkurate Schnittfläche hell in der Dämmerung leuchten. Von dem Gebäude, das bei Tage so prachtvoll wirkte, waren nur dunkle Schemen zu erkennen, kein Licht in den Fenstern, auch nicht in *seinem* Zimmer. Ob er noch im Bett lag? War er allein, oder lief *sie* gleich durch den Garten und schlich sich zu ihm? Das Haus schlief jedenfalls nicht. Erst war ein Klappern zu hören, dann Schritte. Jemand stieg die Treppenstufen vom Lieferanteneingang des Hauses hoch. Es war der Mann mit dem gezwirbelten Schnurrbart. In jeder Hand hielt er einen Blecheimer, wie jeden Morgen. Seine schweren Stiefel hinterließen dunkle Abdrücke auf dem feuchten Rasen.

Schnell hinter die akkurat geschnittene Buchsbaumhecke! Von hier aus war gut zu beobachten, wie der Mann mit ausladenden Schritten den parkähnlichen Garten durchquerte, vorbei an den jungen Obstbäumen und dem Springbrunnen, aus dem zu dieser Tageszeit noch kein Wasser sprudelte. Er schaute sich nicht um, welch ein Glück, hatte auch keinen Blick für die Schönheit des erwachenden Schlossgartens. Der Sand unter seinen Stiefeln knirschte, als der Mann die schmiedeeisernen Bänke passierte. *So schöne Erinnerungen hängen an ihnen!* Jetzt verliehen sie der frühmorgendlichen Szenerie eine herrschaftliche Eleganz.

Durch das Gebüsch war leicht zu verfolgen, wie der Mann den von weißen und roséfarbenen Kletterrosen umwucherten Laubengang hinter sich ließ. *Ihr Duft ist mit das Schönste an diesem Garten, der sich immer mehr wie der meine anfühlt. Vielleicht wird er es bald tatsächlich werden.*

Die Blätter der alten Kastanien raschelten, als der Mann mit dem gezwirbelten Bart den hinteren Teil des Gartens erreichte. Doch was war das? Etwas war anders als an den anderen Tagen. Auf der gegenüberliegenden Seite des großen Rasens war eine zweite Person zu erkennen, die anscheinend der ersten durch den jetzt dichter werdenden Park folgte. Wer war das? Wollte noch jemand das Ungewisse dieser Dämmerstunde ans helle Licht des Verstandes und des Tages bringen? *Hinterher, beeil dich!*

Nach einigen Metern erreichte der Schnurrbärtige eine Lichtung. Birken, Buchen und einige Tannen umsäumten die große freie Fläche, auf der sonst Platz genug für Sport und Spiel der Familie und ihrer Gäste war. Jetzt stand dort ein riesiges Zelt, umgeben von einigen Schindelwagen, die nicht nur dem Transport, sondern auch als fahrbare Behausung dienten. Der Mann mit den Eimern schien noch nicht bemerkt zu haben, dass er verfolgt wurde. So wie der Verfolger, wie es aussah, nicht wusste, dass er seinerseits beobachtet wurde.

Es war kühl. Die Feuchtigkeit des Morgens drang langsam und unaufhaltsam durch Mantel und Schuhe, während ein mächtiger Kastanienstamm den nötigen Schutz bot, um zu sehen, dass der Mann mit den schweren Stiefeln vor einem Käfigwagen stehen blieb. Die Blecheimer stellte er am Fuße der kurzen Treppe ab, um einen großen Schlüssel aus seiner Hosentasche zu ziehen, mit dem er das Vorhängeschloss an der Käfigtür öffnete.

Mit jeder Minute, die verging, brachte die Sonne ein wenig mehr Licht in die Szene. Das Tier war schemenhaft im Wagen auszumachen. Es stand in der hinteren Ecke, den schweren Körper an die Stäbe gepresst. Seine Augen blitzten auf, als sie jede Bewegung des Mannes mit dem Futter fixierten. Jetzt lief es unruhig auf und ab und knurrte leise. Die Spannung war bis hinter die Kastanie zu spüren. Der Mann entfernte rasselnd die Kette und öffnete die Tür.

»Latscho ratschaha, tschavo«, brummelte er dabei.

Die Stiefel quietschten, als er sich umdrehte, um nach den Eimern zu greifen. Doch plötzlich fuhr er zurück, als sein Verfolger aus den Büschen hervorsprang.

»Hast du mich erschreckt, was zum Teufel tust du denn hier?«

Das war die Stimme des Schnauzbärtigen. Doch statt einer Antwort folgte ein lautes Scheppern. *Die Eimer! Langsam näher heranschleichen.* Jetzt war die Szene deutlich zu erkennen: Die Gestalt bedrängte den Schnauzbärtigen, für einen kurzen Moment verschmolzen die beiden Umrisse zu einem. Bis sie sich, begleitet von einem erstickten Schrei, schlagartig voneinander lösten. Der Mann mit dem Schnauzbart machte einen Satz rückwärts in den Käfig, er strauchelte, während sich die Tür vor ihm schloss. Er knallte auf den Boden, kam direkt vor dem Tier zum Liegen. Das warf den Kopf hoch und brüllte. Es hob eine seiner schweren Pranken und wehrte den vermeintlichen Angriff ab.

Der Mann schrie laut auf, als sich das Tier auf ihn stürzte. Zwei Körper, die miteinander zu verschmelzen schienen. Wie ein Spiel, die stürmische Umarmung zweier Liebender, die sich über den Boden wälzten. Dann wurde es schlagartig still im Käfig. *O mein Gott, o mein Gott, o mein Gott!*

Die dunkle Gestalt drehte sich um, die Kapuze war ihr vom Kopf gerutscht. Die ersten Sonnenstrahlen des neuen Tages tauchten das Gesicht in warmes Licht. War das alles ein böser Traum? Was passierte hier? Die Blutlache unter dem halb zerfetzten Körper des Schnauzbärtigen breitete sich unaufhaltsam im Käfig aus und mit ihr die schreckliche Erkenntnis über das gerade Gesehene.

Kapitel 1

Rosa stand auf dem Schulhof unter der großen Linde und ließ ihren Blick langsam über die Fassade gleiten: Das Rhenus-Gymnasium in Bad Godesberg, ihr zweites Zuhause in den vergangenen fünfunddreißig Jahren. Kaum zu glauben, dass heute ihr letzter Tag sein sollte. Heute schloss sich ein Kapitel ihres Lebens. *Ein sehr dickes Kapitel*, dachte Rosa, fast so dick wie der Pflanzenkatalog, den sie letztens aus Andreas Krawinskys Baumschule mitgebracht und in dem sie so viele Arten allein von der Azalee gefunden hatte mit so interessanten Namen wie ›Persil‹, ›Beethoven‹ oder ›Satan‹.

Um sie herum wuselten die Kinder und eilten zur ersten Stunde. Sie würde die lebhaften Schüler vermissen, wenn sie sie auch noch im vergangenen Winter so heftig mit Schneebällen beworfen hatten, dass ihr die Brille von der Nase geflogen war. Vor allem im Sommer hatte Rosa gerne die Pausenaufsicht übernommen, um im Schatten der alten Lindenbäume von ihren Zukunftsplänen zu träumen. Denn sie hatte schon lange vor, einer anderen großen Leidenschaft nachzugehen, die von ihr Besitz ergriffen hatte, seit sie zum ersten Mal eine selbst gezogene Mohrrübe aus der Erde gebuddelt hatte: die Natur.

Schon als Kind hatte es Rosa geliebt, draußen zu sein, durch die Felder zu radeln, später durch die Rheinauen, und ihren Eltern in der Gärtnerei zu helfen. Während ihre Schwester sich immer aus dem Staub gemacht hatte, wenn es darum ging, die Tomaten im Gewächshaus zu gießen oder Brennnesseln und römische Kamille aus den Freilandbeeten zu rupfen, hatte Rosa es herrlich gefunden zu beobachten, wie aus Samen ganze Bäume wurden. Auch heute noch konnte sie darüber staunen, wie eine fast vergessene Narzissen-Zwiebel in billiger Supermarkterde im Frühjahr zum Leben erwachte und die schönsten Blüten hervorbrachte. Als Studentin hatte Rosa im Frühling immer frische Tulpen vom Bonner Markt auf dem Tisch gehabt, und sobald sie einen Balkon besaß, zogen dort auch schon Zitrone, Oleander, Hibiskus und sogar ein Olivenbäumchen ein. Lange hatte sie gedacht, dass sie nach der Schule die Gärtnerei ihrer Eltern übernehmen würde, aber vor allem ihre Mutter hatte darauf bestanden, dass ihre Töchter ›etwas Richtiges‹ lernten. Also hatte Rosa studiert und so ihre Liebe zur Natur zum Lehrberuf gemacht, Biologie und Erdkunde schienen perfekt zu ihr zu passen. Sie hatte die Zeit als Lehrerin geliebt, trotzdem war das Gefühl geblieben, es würde ihr etwas fehlen, weshalb sie sich an der Fernuni eingeschrieben und den Aufbaustudiengang Landschaftsplanung begonnen hatte. Die Urkunde, die ihr einen erfolgreichen Abschluss bescheinigte, lag fertig eingerahmt auf dem Schreibtisch und wartete darauf, in ihrem neuen Büro aufgehängt zu werden. Rosa war stolz auf sich. Und glücklich. Ihr neues, grünes Leben konnte beginnen. Sie würde die alte Gärtnerei ihrer Eltern auf Vordermann bringen und ein Gartenplanungsbüro anschließen.

Sie roch förmlich schon Rosen, Lavendel und Flieder. Ihre Kunden würden begeistert sein. Vielleicht konnte sie auch einen Auftraggeber mit großem Garten zu Lindenbäumen überreden. Schließlich galt der Baum mit seinen herzförmigen Blättern als Symbol der Liebe. Und wenn die Lindenblüten im Sommer süßlich-betörend dufteten, kamen die Bienen und Hummeln von ganz allein. Und vielleicht ja auch die Männer. Rosa seufzte und strich den Rock ihres geblümten Kleids glatt. Seit dem Tod ihres Mannes vor drei Jahren hatte sie auf ihrem Balkon zwar keinen Platz für eine Linde, aber für einen Mann allemal. Aber so richtig bereit für eine neue Liebe, eine neue Partnerschaft fühlte sie sich nicht. Nur mit der Ruhe, eine Leidenschaft nach der anderen, sagte sie sich und wischte den Gedanken schnell beiseite.

»Na, Rosalindchen, du wirst doch nicht rührselig werden auf den letzten Metern?«

Ein Arm legte sich um ihre Schultern und hielt ihr einen großen Rosenstrauß in ihrer Lieblingsfarbe Pink unter die Nase.

»Karl, was machst du denn hier?«

»Amicus certus in re incerta cernitur – einen sicheren Freund erkennt man in unsicherer Lage. Ich kann meine langjährige Lieblingskollegin auf dem schwersten Gang der gesamten Schulzeit doch nicht allein lassen.«

Dr. Karl Schäfer, Lehrer für Latein und Geschichte, seit einem Jahr im Ruhestand und noch immer sehr tief drin in seiner lateinischen Welt. Aber auch noch immer Rosas bester Freund. Er zog erst seine Weste zurecht, zu der er eine pinke Fliege trug, und anschließend seine Kollegin in Richtung Eingang.

»Komm, ich zeig dir, wie das geht mit dem würdevollen Abschied in den Ruhestand.«

Rosa lächelte. Wie schön, dass sie einen Freund wie Karl hatte, gerade jetzt, wo sich ihr Leben völlig ändern sollte. Nie mehr früh aufstehen und in den Wintermonaten noch im Dunkeln zur Schule fahren müssen. Nie mehr Urlaub machen, wenn Tausende andere Lehrer, Eltern und Schüler ebenfalls unterwegs waren. Nein, sie hatte jetzt eigentlich jeden Tag Urlaub. Denn sie würde ihren Traum leben. Sie würde grüne Oasen gestalten mit Bäumen, Blüten, Gräsern. Farbe, Duft und Leben in die Gärten der Menschen bringen. Jeder Familie, die sie zu sich rief, würde sie raten, Beete anzulegen und Gemüse für die eigene Küche zu ziehen. Der Gedanke, die Welt ein bisschen besser und gesünder zu gestalten, machte Rosa froh.

»Sag mal, Karl, was heißt eigentlich Linde auf Lateinisch? Und bist du sicher, dass du als Ehemaliger überhaupt noch auf das Schulgelände darfst?«

Aber da waren sie auch schon drin, im altehrwürdigen Schulgebäude.

• • •

Eine große pinke Torte und unzählige Gläser Sekt später, stand Rosa wieder draußen vor der Schule. *Diesmal für immer*, dachte sie wehmütig. Karl half ihr, ihre Abschiedsgeschenke zu ihrem Mini zu tragen.

»Also, so einen bombastischen Abschied habe ich damals nicht bekommen, Rosa, deine Schüler lieben dich wirklich.«

Sie nickte. »Ja, Karl, dass die sich gemerkt haben, dass ich den *König der Löwen* so sehr mag, hat mich sehr gerührt. Gut, dass Joshua aus der Zwölf den Ton nicht getroffen hat, sonst hätte ich hemmungslos geheult.«

»Wie bei *Jenseits von Afrika*?«

»Schlimmer.«

Rosa lachte. »Stell dir vor, ich wäre ihnen als die leicht beschwipste alte Tante in Erinnerung geblieben, die mit verheulten Augen das Weite sucht, wunderbare Vorstellung.«

Rosa wuchtete die Kiste mit ihren persönlichen Sachen in den Kofferraum und nahm Karl den Geschenkkorb ab. Sie hatte gehofft, dass die Schüler ihrer Theater-AG Lieder aus dem ein oder anderen Musical vortragen würden, die sie ihnen in den vergangenen Jahren beigebracht hatte – zumindest hatte sie es versucht.

Das war eins der Dinge, die Rosa schnell in ihrer fünfunddreißigjährigen Tätigkeit als Lehrerin eingesehen hatte: dass sie nicht aus jedem Schüler einen Uwe Kröger Musicalstar machen konnte – fantastisch, wie der im letzten Jahr im *Phantom der Oper* gesungen hatte. Auch waren nicht alle so angetan wie sie selbst aus ihrem Biologie- und Erdkundeunterricht gegangen, um sich fortan der Erforschung der Natur hinzugeben. Jeder hatte halt seine ganz eigene Bestimmung, was er auf dieser Erde machen sollte. Und ihre, da war sich Rosalinde Reich sicher, sollte es in Zukunft sein, diese Erde umzugraben. Im wahrsten Sinne.

»Du kannst stolz auf die Schüler sein. Rosa, das ist dein Werk! Alles richtig gemacht, du kannst völlig entspannt von dannen ziehen.« Karl blickte in ihren Korb. »Und so viele Geschenke, Wahnsinn. Alles sehr praktisch, was?«

»Und wie!«

Ihre Schüler hatten nicht vergessen, was sie vorhatte. Einen Gartenkrimi hatten sie ihr geschenkt mit dem schönen Titel *Der Gärtner ist immer der Mörder* und damit gleich zwei ihrer Leidenschaften abgedeckt. Außerdem ein Paar Gartenhandschuhe, das wahrscheinlich aus einem Bonner Geschenkegeschäft stammte und weniger aus dem Fachhandel, aber egal. Sollte ihr Neffe Moritz mit den richtigen Handschuhen die Gärten umgraben, während sie mit den feinen ein paar verdorrte Blüten abschnitt. Moritz hatte versprochen, ihr vor allem am Anfang zur Hand zu gehen. Zeit sollte er haben, er hatte nicht nur erfolgreich Abitur gemacht, auch sein Freiwilliges Soziales Jahr war zu Ende. Um ihr neues Büro bekannt zu machen, hatte Moritz vor Kurzem bereits ein Interview mit ihr geführt, für das Anzeigenblatt, für das er seit der Schulzeit schrieb. Jeder Haushalt in Bonn und Umgebung bekam das Blättchen umsonst in den Briefkasten gesteckt – da waren hoffentlich viele potenzielle Kunden dabei. Rosa hoffte insgeheim darauf, dass ihr Neffe, wenn er ihr aushalf, früher oder später ebenfalls die Liebe zur Gartenarbeit entdecken würde.

Erfreut zog sie noch ein Tütchen aus dem Geschenkkorb.

»Schau mal, Glücksklee-Samen, jetzt kann ja nichts mehr schiefgehen mit meinem Gartenplanungsbüro!«

»Ut sementum feceris, ita metes – wie du säst, so wirst du ernten!«

»Wie gut, dass du mir wenigstens erhalten bleibst, Karl.«

»Und Cicero! Wusstest du, dass es eine Rosensorte namens Cicero gibt? Die Blüten sind weiß und rosa gefüllt, wie wir Botaniker sagen, die pflanze ich persönlich in deinen ersten selbst kreierten Garten!«

Rosa lächelte ihren Freund an und atmete tief durch. Rosalinde Reich, die Lehrerin, war einmal. Die neue Rosa trug Latzhose, hatte Dreck unter den Fingernägeln und Laub im Haar. *Wenigstens werde ich mit meiner verblühenden Schönheit thematisch gut in die alte Gärtnerei passen.* Rosa grinste in sich hinein. Mit ihren dreiundsechzig Jahren fühlte sie sich nicht gerade wie ein Frühblüher, eher wie eine Walnuss im Herbst – außen hart und gefurcht, aber innen drinnen sehr kernig, knackig und perfekt gereift. Ihr neues Leben konnte beginnen.

Kapitel 2

Rosa saß in dem kleinen Büro, das sie in das einzige, übrig gebliebene Gewächshaus der Gärtnerei ihrer Eltern hatte hineinbauen lassen. So war sie mittendrin in ihrer grünen Oase. Sie drehte sich auf ihrem Schreibtischstuhl zur Seite und sah durch die Glaswand auf die Reihen von Pflanzen, die ihr ältester Mitarbeiter Willy frisch angelegt hatte. Rosa, wie ihr Name. Neben Pink ihre zweite Lieblingsfarbe. Sie lächelte. Und ließ ihren Blick über die vielen Pfingstrosen schweifen, die draußen gerade in voller Blüte standen und die, wie Rosa wusste, die Luft mit ihrem Duft versüßten. Ein wohliges Gefühl breitete sich in Rosa aus. Sie liebte diese Blume. Sie gehörte an erster Stelle in jeden neuen Garten, der darauf wartete, von ihr gestaltet zu werden. Und Levkojen und Hortensien natürlich, weiße Schneeball-Hortensien machten einiges her. Sie würde eine Mappe mit Fotos ihrer persönlichen Lieblingsblumen und -büsche anlegen, die sie jedem Kunden zeigen konnte, beschloss Rosa. Die Vorfreude machte sie ganz hibbelig. Daran konnte auch der gähnende Archie zu ihren Füßen nichts ändern. Rosa hatte ihn zufällig am selben Tag aus dem Bonner Tierheim geholt, als sich England, die Welt und sie selbst über das neue Mitglied des britischen Königshauses gefreut hatten: Baby Archie, das Kind von Prinz Harry und seiner Frau Meghan. Aber ihre Liebe zu allem, was britisch war, musste sie momentan hintanstellen.

Sie schaute auf die Wand hinter sich, wo Willy ihr Diplom von der Fernuniversität gleich heute früh aufgehängt hatte. So, dass es jeder potenzielle Kunde direkt sehen konnte und wusste: Hier bin ich richtig. Hier ist ein Profi am Werk. Hier ist mein Garten in zupackenden Händen.

Rosa schlug das Anzeigenblatt auf, das ihre Mutter ihr heute früh gebracht hatte, zusammen mit einem großen Cappuccino aus dem neuen Café nebenan. Rosa bemerkte, dass sie und ihre neu gestaltete Gärtnerei unter den Stadtteilnachrichten eine ganze Seite bekommen hatten, samt Foto. Unter der Überschrift ›*Hier werden Sie Ihr blühendes Wunder erleben – neues Leben in Bonns ältester Gärtnerei*‹ hatte Moritz alles gegeben, um Rosas neues, kleines Unternehmen anzupreisen. *Haben Sie statt eines grünen Daumens eher die grüne Faust? Fehlen Ihnen Zeit und Lust, sich die Hände dreckig zu machen? Haben Ihre Rosenstöcke schon lange den Kampf gegen Spinnmilben, Blattläuse und Mehltau verloren? Dann kommen Sie in Bonns neues Planungsbüro für Gärten*, las Rosa. *Die diplomierte Landschaftsplanerin Rosa Reich erwartet Sie mit frischen Ideen und einem eingespielten Team, damit Sie den Sommer in ihrem eigenen blühenden Paradies genießen können. Vom Minibalkon bis zum Park: Rosa Reich begrünt alles, was nicht weglaufen kann. Ganz getreu dem Motto und Namen ihres Gartenplanungsbüros: Hier blüht Ihnen was.* Sie lächelte zufrieden. Das war unbezahlte Werbung, Donnerwetter, sie musste Moritz danken.

Mit der Kaffeetasse in der Hand machte Rosa erst einmal einen Rundgang durch ihr neues Reich. Hinter dem Gewächshaus war Willy gerade dabei, die knospenden Pfingstrosen aus den Büschen zu schneiden. Jeweils zehn Blütenstängel band er zu dicken, fröhlichen Sträußen und stellte sie in Wassereimer, wo sie bereitwillig darauf warteten, verkauft zu werden.

»Moin, Willy. Die sehen fantastisch aus.« Rosa schnupperte an den Sträußen. »Und wie die duften! Die werden uns die Kunden nur so aus den Händen reißen.«

»Datt will isch hoffen. Sonst wär die janze Arbeit ja ummesonst.« Kleine, neugierige Augen schauten sie durch eine dicke, immer verschmierte Brille schelmisch an. Willys sonnengegerbtes Gesicht erzählte von vielen Stunden im Freien. Er reichte ihr eine Pfingstrose.

»Für mich?« Rosa staunte, in ihrer eigenen Gärtnerei Blumen geschenkt zu bekommen, hatte sie nicht erwartet. Schon gar nicht vom knorrigen Willy.

»Nä, für ding Zwilling. Isch kann se auch dem lecker Mädsche nebenan bringen.« Willy hatte also auch schon Bekanntschaft mit der hübschen Sarah aus der Bäckerei gemacht. »Isch muss disch doch bei Laune halten, Scheffin. Jetzt hann wir ja disch für datt janz große Jeld. Haste schon Kunden akquiriert?«

Rosa schnappte sich schnell einen der Eimer mit Pfingstrosen und ging damit Richtung Verkaufsraum. »Kümmere dich lieber um den Holunder vor dem Laden. Auf meinem Weg heute früh habe ich auch einige Büsche gesehen. Aus den Blüten könnte ich Sirup machen, bevor die ersten Aufträge kommen. Den könnten wir hier verkaufen. Mama hat bestimmt ein Rezept dafür.«

»Was habe ich?« Roswitha Reich beugte sich in ihrer neuen, pinken Schürze mit der Aufschrift *Hier blüht Ihnen was* über eine Reihe von Töpfchen und goss die Kräuter, die im kleinen Verkaufsraum aufgereiht auf dem Boden standen. Basilikum, Rosmarin, glatte und krause Petersilie, Waldmeister und viele mehr. Rosa war bei der Neuplanung der Gärtnerei wichtig gewesen, dass Willy weiterhin die beliebtesten Blumen und

Kräuter in der Gärtnerei selbst zog, damit sie diese günstig verkaufen konnten. Das lockte Kundschaft ins Geschäft, die dann vielleicht auch bereit war, ihren ganzen Garten oder Balkon von Rosa gestalten zu lassen. Außerdem gab es viele italienische Lokale in der Nähe, die immer wieder Kräuter brauchten – und sei es nur als Dekoration für ihre Tische. Genau wie Sarah, die junge Bäckerin nebenan. Sie würde Rosa als Nächstes besuchen, sobald sie ihrer Mutter den neuen Arbeitsauftrag erläutert hatte. *Erstaunlich, wie sicher sie sich noch durch die Gärtnerei bewegt, mit ihren vierundachtzig Jahren,* dachte Rosa. Ihre Mutter hatte sich ihren Ruhestand schon lange verdient, aber es schien, als fühle sie sich am wohlsten zwischen ihren geliebten Pflanzen. Das war etwas, das Rosa nur zu gut nachvollziehen konnte.

»Ein Rezept für Holundersirup brauche ich, den hast du doch früher immer aus den Blüten gemacht. Schmeckt so gut im Sekt. Ich finde, wir könnten hier auch einiges Selbstgemachtes anbieten. Darauf stehen doch gerade alle, schön bio und regional.«

»DIY, heißt das heute, sagen sie immer im Fernsehen«, klärte ihre Mutter sie auf. »Ich habe auch noch ein Rezept für Holunderküchlein von Oma. Das könnte man schön aufschreiben und an die Flaschen hängen.«

Rosa strahlte. »Gute Idee, Mama, ich sehe, wir kommen wunderbar voran. Bei einer neuen Geschäftsidee zählt vor allem die Kreativität. Aber erst mal muss Willy in die Pötte kommen. Und die Pfingstrosen natürlich auch.«

• • •

Mit einem der Sträuße und ihrer leeren Kaffeetasse, ging Rosa durch eine Glastür rüber zu Sarah Franz, ihrer neuen Pächterin. Ihr hatte sie nach dem Umbau der Gärtnerei die Hälfte des alten Blumengeschäftes überlassen, um ein kleines, gemütliches Café darin einzurichten. Da auch diese Wand zwischen Café und Geschäft aus Glas war, konnten sich ihre Gäste, die ihren Kaffee mit Blick in Gärtnerei und Blumengeschäft tranken, fast wie im Botanischen Garten von Bonn fühlen und bekamen vielleicht Lust, nach Kaffee und Kuchen einen Strauß Blumen mit nach Hause zu nehmen. Als der Architekt ihr vor einem halben Jahr seine Pläne gezeigt hatte, war Rosa begeistert gewesen. Das Prinzip, zwei Geschäftsideen in einem Laden unterzubringen, hatte sie oft auf ihren Musicalreisen in Berlin gesehen. Friseur und Café, Restaurant und Buchladen, sogar ein Autohaus mit angeschlossener Imbissbar hatte sie entdeckt. Das war modern, lebendig und brachte Menschen zusammen. Genau das, was Rosa sich wünschte. Und wenn es einmal zu laut im Café werden sollte, gab es immer noch eine Glastür, die sie verschließen konnte.

»Ich bringe dir Arbeit und Vergnügen«, begrüßte Rosa ihre Pächterin und reichte ihr die gebrauchte Kaffeetasse und die Pfingstrosen. »Noch mal ganz offiziell willkommen bei *Hier blüht Ihnen was*. Ich freue mich so, dass du mit deiner Bäckerei hier eingezogen bist. Oh pardon, Konditorei muss ich jetzt wohl eher sagen. Glückwunsch zum Abschluss! Mir scheint, Zusatzausbildungen sind gerade in.«

Sarah lächelte sie an. Mit ihren langen, dunklen Haaren und der hellrosa Schürze sah sie einfach zuckersüß aus. Fast so süß wie ihr Gebäck, das sie gerade auslegte.

»Danke, Rosa, darf ich dir einen Scone anbieten? Die habe ich frisch aus dem Ofen geholt. Oder vielleicht ein Petit Four?«

Rosa schluckte. Sie liebte diese kleinen, französischen Leckereien und die englischen Teegebäcke erst recht. Mit ihrer Auswahl traf Sarah genau Rosas Geschmack. So würde auch an langen Arbeitstagen niemand hungern müssen. Als Rosa ihrer Pächterin gerade eine der Köstlichkeiten abnehmen wollte, rief ihre Mutter aus der Gärtnerei rüber.

»Rosa, Telefon, ich stelle in dein Büro rüber.«

»Na, erster Auftrag?« Sarah sah sie fragend an.

»Vermutlich mein ehemaliger Kollege Karl, der mir seinen Cicero vorbeibringen will.«

Bevor Sarah nachfragen konnte, was ein römischer Philosoph mit ihrer Gärtnerei zu schaffen hatte und ob der auch französischen Kuchen mochte, war Rosa schon in ihr Büro geeilt. Mit einem Scone *und* einem Petit Four.

Kapitel 3

Wenn das was werden soll mit den größeren Aufträgen, muss ich mich endlich an den Transporter gewöhnen, dachte Rosa, während sie ihren Mini in die einladende Auffahrt lenkte. Der Weg war gesäumt von großen, sehr alten Kastanienbäumen, die dieses Jahr viele Früchte haben würden, wie Rosa mit Kennerblick feststellte. Da würden die jüngeren Schüler viele Kastanienmännchen im Kunstunterricht basteln können. Sie lächelte. Es würde lange dauern, bis sie die Lehrerin in sich abgelegt hatte.

Gut Loewenstein las sie auf dem Sockel rechts des Torbogens, auf dem tatsächlich ein Löwe thronte. *Sehr eindrucksvoll, aber hoffentlich passt unser großes Ladefahrzeug hier auch durch.* Wenn der Garten auch nur annähernd die Ausmaße hatte, die die weitgeschwungene Auffahrt zum Schloss erahnen ließ, würde sie richtig viel Erde brauchen und großes Gerät. Und natürlich auch den ein oder anderen schon angewachsenen Baum von Herrn Krawinsky, ihrem Baumschulexperten. Im letzten halben Jahr war Rosa bestimmt ein Dutzend Mal bei Andy gewesen, wie er gerne genannt werden wollte, was sie aber noch nicht übers Herz gebracht hatte, obwohl er ein paar Jährchen jünger war als sie. Bei Herrn Krawinsky hatte Rosa ihre Liste abgearbeitet und alles neu gekauft, was in der alten Gärtnerei ihrer Mutter verrostet und klapperig aussah: Harke, Schaufel, Schubkarre, Arbeitshandschuhe und diese grüne Latzhose, die ihre Weiblichkeit zwar nicht wirklich hervorhob, deren Farbe ihr aber dennoch recht gut stand. Aber für dieses Anwesen würden eine neue Latzhose und Handschuhe nicht reichen. *Wenn das nicht ein bis dreißig Nummern zu groß ist für meinen ersten Auftrag.* Rosa schwitzte leicht in ihrer karierten Bluse, die sie heute Morgen in einem Hochgefühl aus ihrem Kleiderschrank genommen hatte. Als hätte sie geahnt, dass es heute schon losgehen würde mit der Gartengestaltung. Aber niemals hätte sie vermutet, dass ihr erster Auftraggeber ein echter Graf sein würde. Vielleicht war sie doch etwas underdressed für so einen Kundenkontakt. Schließlich repräsentierte sie jetzt eine Firma. Ihre Firma. Darüber hatte sie auf der zwanzigminütigen Fahrt von Bonn bis in das kleine Dorf mit dem schönen Namen Kappeshoven nachgegrübelt. Mal schauen, ob hier auf den Feldern auch wirklich Kappes, also Kohl geerntet wurde.

Rosa parkte den Mini neben einem Lieferfahrzeug. *Damit's läuft: Ludwig-Bier* prangte auf der Seite. Durch ihre Sonnenbrille konnte sie nicht erkennen, wer drinsaß. In dem Moment fuhr der Wagen auch schon rückwärts und brauste davon. Rosa stieg aus und blickte auf das Schloss, vor dessen Eingang ein junger Mann aufgetaucht war. Blond, schlank, Jackett und Turnschuhe zur Jeans. Neben ihm standen einige gestapelte Getränkekisten. Rosa leinte Mops Archie an, schließlich war nicht jeder Hundeliebhaber. Aber als Archie sie in der Gärtnerei mit seinen treuen Augen traurig angesehen hatte, hatte sie nicht anders gekonnt, als ihn ins Auto hüpfen zu lassen. Der Mann kam ihr entgegen.

»Christopher Graf, danke, dass Sie so schnell kommen konnten.«

Rosa reichte ihm verdutzt die Hand. »Heißt das nicht Graf Christopher?«

Er lachte. »Das ist nur mein Nachname, ich bin kein Graf, tut mir leid, Sie enttäuschen zu müssen. Ich habe das Schlösschen nur gekauft. So einfach ist das mit den Titeln leider nicht.«

»Rosa Reich, weder Gräfin noch vermögend, auch wenn ich so heiße.« Sie lächelte den Nicht-Grafen an. Ihr erster Auftraggeber schien Humor zu haben, das war schon mal gut. »Und das ist Archie, mein Mops. Ich hoffe, es stört sie nicht, dass ich ihn mitgebracht habe. Aber er liebt Ausflüge, vor allem ins Grüne.«

»Kein Problem. Als Königin der Gärten dürfen Sie alles, würde ich sagen. So hat der Reporter sie in dem Artikel genannt.« Rosas Gesichtsfarbe wechselte von zartrosa Frühlingslilie zur Dahliensorte Arabische Nacht.

»Den hat mein Neffe geschrieben, er arbeitet für das Anzeigenblatt. Ich fürchte, er hat etwas übertrieben. Ich bin in meinem Beruf noch nicht mal eine Freifrau.«

»Hauptsache, Sie kennen sich mit allem aus, was grün ist und blüht. Der Rest ist mir völlig schnuppe.«

»Soll ich Ihnen helfen, die Getränkekisten reinzutragen?«

»Bloß nicht, darum soll sich Martin kümmern. Ich weiß sowieso nicht, wie ich zu der Ehre komme. Scheint ein Willkommensgeschenk der örtlichen Brauerei zu sein. Oder eine etwas üppige Werbung. Hier, diese Wahlzettel hat er mir auch noch gegeben, da steht wohl eine Bürgermeisterwahl an. Ich weiß gar nicht, ob wir als Zugezogene da schon mitwählen dürfen. Nehmen Sie ruhig einen, er hat genug dagelassen. Aber jetzt kommen Sie doch erst mal rein.«

Während der junge Graf, also Herr Graf, Rosa durch die Eingangshalle führte, erzählte er ihr von dem echten Freiherrn, dem ehemaligen Besitzer des Schlosses, Freiherr zu Loewenstein.

»Er musste das Anwesen verkaufen. So ein Schloss in Schuss zu halten ist kostspielig. Da nutzt der Titel allein gar nichts. Ein bisschen Modernisierung alle paar Jahrhunderte kann nicht schaden.«

»Das kann ich mir vorstellen.« Rosa betrachtete staunend den großen Wandteppich, der eine ziemlich unschöne Jagdszene darstellte. »Die Renovierung des Buckingham Palace kostete 400 Millionen Euro, aber der hat auch über 700 Zimmer.« Rosa erinnerte sich an ihren letzten Musicalbesuch in London, als sie sich einen lang gehegten Traum erfüllt und eine Tour durch den Palast mitgemacht hatte. Sehr beeindruckend, aber die Queen war leider nirgendwo zu sehen gewesen. Und jetzt war es zu spät dafür, zu schade!

Christopher Graf lachte. »Na, ganz so viele sind es hier nicht. Aber es reicht schon, wenn ich mir die Handwerkerrechnungen anschaue.«

Während sie durch Salon, Esszimmer und den Wintergarten gingen, erfuhr Rosa, Mops Archie auf dem Arm, dass der Graf nicht reich geboren worden war, sondern sein Vermögen mit seinem Start-up-Unternehmen gemacht hatte, beziehungsweise mit dessen Verkauf. Irgendwas mit Computern, IT, Handy-App, viel mehr hatte sie nicht verstanden.

»Und das Geld reicht bis ans Lebensende?«, hatte sie – wahrscheinlich recht naiv – gefragt und hoffte, nicht zu neugierig zu klingen.

»Das wäre toll«, hatte ihr der junge Graf lachend geantwortet, »und wenn nicht, entwickle ich einfach etwas Neues.«

Wenn das Rosa nur von sich und ihren Gärten sagen konnte. Schnell mal was Neues entwickeln. Aber Pflanzen brauchten viel Zeit und Zuwendung. Schnell ging anders. Doch die Mühe lohnte sich. Sie hoffte, dass Herr Graf das ähnlich sehen würde.

Als sie draußen auf der großen Terrasse ankamen, konnte Rosa nur staunen. *Das ist mal ein Garten*, dachte sie, *ach was, das ist schon ein Park*. Eine kurze Treppe führte von der Terrasse hinunter auf einen sandigen Weg, der den Rasen teilte. Abgegrenzt von einigen in Form geschnittenen Buchsbäumen, die an die akkurate französische Gartenarchitektur erinnerten. Umsäumt wurde der Rasen von Hecken und Laubbäumen, die Rosa aus der Entfernung nicht bestimmen konnte. Aber dass sie dringend einen Rückschnitt brauchten, das sah sie mit einem Blick. Die wenigen schmiedeeisernen Bänke standen etwas verloren zwischen den Bäumen und hatten schon rostfreiere Tage gesehen. Weiter als bis zu einem stillgelegten, dreckigen Springbrunnen konnte Rosa kaum sehen. Dahinter verdichtete sich der Park. Ihr Blick blieb in einem Dickicht aus unterschiedlichem Grün stecken. Nur ein Baum stach klar heraus.

»Ist das eine Blutbuche? Ich liebe die rote Farbe ihrer Blätter.«

Christopher Graf sah sie interessiert von der Seite an.

»Jetzt weiß ich auch, was da vor allem in der Abendsonne immer so leuchtet! Ja, die ist schön, nicht wahr, aber der ganze traurige Rest, vor allem da hinten: Was sagen Sie dazu?« Er betrachtete skeptisch seinen Garten, bevor er sich wieder Rosa zuwandte. »Archie können Sie hier ruhig frei herumlaufen lassen. Kaputt machen kann er nichts mehr.«

Rosa ließ Archie von der Leine, der sofort durchs hohe Gras davonstürmte.

»Was der Garten hier vorne verspricht oder besser gesagt, einmal versprochen hat, das scheint er weiter hinten nicht halten zu können. Abgesehen davon, dass viele der Bäume einen Formschnitt brauchen. Aber für die zweite Gartenhälfte müssen wir uns etwas ganz Neues überlegen, fürchte ich. Können wir runtergehen? Dann erzählen Sie mir auf dem Weg durch den Garten, was Sie sich so vorstellen, und ich sage Ihnen, was ich für machbar halte.«

• • •

Eine gute Stunde hatte sich der nette, junge Herr Graf Zeit genommen und Rosa jeden Winkel seines Gartens gezeigt. Jedenfalls jeden Winkel, der erreichbar war. Das letzte Stück hinter der Blutbuche erinnerte eher an einen Dschungel aus heimischen Pflanzen als an einen Garten. Rosa war jetzt doch sehr froh, dass sie sich für praktische Kleidung entschieden hatte. Mit Ihrem Handy machte sie Fotos und sprach einige informative Sprachnachrichten für sich selbst ein. »Blutbuche könnte Solitär im hinteren Drittel sein«, »Brombeerhecken eventuell versetzen«, »Obstbäume und Gemüsebeete«. Im Büro wollte sie sich erinnern, was sie mit Christopher Graf besprochen hatte. Er erzählte ihr von seiner Frau, die in einigen Wochen ihr erstes Kind zur Welt bringen würde. Rosa hatte herausgehört, dass es ihm vor allem deshalb wichtig war, dass ein Großteil des Gartens weiterhin aus Rasen bestand, auf dem er mit seinem Nachwuchs unbedingt Fußball spielen wollte. Ein Planschbecken aufbauen. Herumtollen. Verstecken spielen. Rosa erinnerte sich an ihre eigene Kindheit. In der Gärtnerei war das alles nicht möglich gewesen, es gab zwar genügend Grün, aber auch viel Glas. Außerdem war dort immer Arbeit angesagt gewesen. Zum Spielen und Herumtollen nutzte sie damals die nahe gelegenen Felder, wo heute Häuser standen.

»Was halten Sie davon, wenn wir hier hinten alles lichter machen, aber trotzdem die gesunden Bäume stehen lassen, das könnte im Sommer ein wunderbarer Schattenplatz sein. Sie könnten mit Ihrer Familie unter der Blutbuche Kaffee trinken.«

»Klingt ja fast wie ein Krimi: *Kaffeemord unter der Blutbuche.*« Christopher Graf grinste sie an. »Nein, finde ich genial, die Sommer werden ja immer heißer, wir werden uns über Schatten freuen, gerade mit einem Baby.«

»Im Mittelteil belassen wir es bei den Obstbäumen, die wir ein wenig aufpäppeln, dann haben Sie immer etwas zu essen, und die blühen auch schön. Und daneben, als Randbepflanzung, Gemüse. Möhren, Kartoffeln, Kürbis, was Sie wollen. Vielleicht eine Hecke aus Hainbuche als Begrenzung, die Blätter können Sie sogar in einen Salat geben. Eine Art Nutzgarten im Garten.«

»Dann bekäme unser Kind gleich ein Gefühl für die Natur, für gesunde Nahrung. Super!«

Archie folgte ihnen zurück Richtung Schloss, sichtlich glücklich über so viel Auslauf. Gerade wollte Rosa noch ein paar Vorschläge loswerden für blühende Inseln zwischen den Bäumen und natürlich vorne an der Terrasse, als ihr Handy klingelte. Ihre Mutter rief aus dem Geschäft an.

»Hallo, Mama, was ist los?«

»Willy ist tot.« Rosa erschrak. Ihre Mutter klang aufgebracht.

»Was, wieso, was ist los?« Sie fühlte, wie ihr Blutdruck einen Satz nach oben machte. »Aber er war doch eben noch ganz lebendig«, warf Rosa wenig einfallsreich ein. Und da ihre Mutter nicht viel von sich gab außer: »Plötzlich bewegte er sich nicht mehr«, »gerade noch gegessen« und »ganz tote Augen«, beschloss Rosa, hier und sofort die Gartenbesichtigung zu beenden, ihren Mops zu schnappen und zurück in die Gärtnerei zu eilen. Ihre Gärtnerei. In der es an ihrem ersten Arbeitstag einen Toten gab.

Kapitel 4

Puls und Tacho waren am Anschlag, als Rosa zurück zur Gärtnerei fuhr. Noch immer konnte sie sich nicht erklären, warum ausgerechnet der heute früh noch quicklebendige Willy sich von jetzt auf eben verabschiedet haben sollte. Sie wagte gar nicht, es auszusprechen. Tot! Rosa spürte die Gänsehaut auf ihren Armen. Was für ein Verlust! Willy war der gute Geist der Gärtnerei, solange sie denken konnte. *Wie alt war Willy eigentlich?* Sie war jetzt seine Chefin, sie sollte das wissen. Rosa hatte den Eindruck, Willy war schon uralt, als sie noch ein Kind gewesen war. Was sein Tod für ihre Gärtnerei bedeutete, darüber wollte und konnte sie sich jetzt noch keine Gedanken machen. Dabei hatte der Tag doch so gut angefangen! Erst mal musste sie sich um ihre bestimmt in Tränen aufgelöste Mutter kümmern.

Aber von der war weit und breit keine Spur, als Rosa ihren Mini vor der Tür parkte, gleich neben dem alten Hollandrad ihrer Mutter. Sie betrat die Gärtnerei durch den Verkaufsraum. »Hallo?« Sie lief weiter Richtung Gewächshaus, warf einen Blick durch die Glaswand in ihr Büro – leer. *Das kann doch nicht sein, dass mitten am Tag die Gärtnerei offen und vollkommen verlassen ist!* Rosa ließ sich etwas zittrig auf den klapprigen alten Stuhl sinken, auf dem Willy gerne während seiner Pause gesessen und vermutlich so manches Schläfchen gehalten hatte, gleich neben den Tränenden Herzen im Beet.

Ein leichter Duft nach Zitronenverbene und Basilikum stieg ihr in die Nase. *Wer soll sich jetzt um die Anzucht der neuen Pflanzen kümmern? Ein neuer Mitarbeiter wird mehr Geld verlangen, als ich im Moment bezahlen kann. Und für Mama ist die Arbeit zu beschwerlich.* Rosa stützte ihren Kopf in die Hände. *Mein Planungsbüro ist am Ende, bevor ich überhaupt richtig losgelegt habe.*

»Woret datt schon mit der Arbeit? Datt jeht ja jut loss, Frolleinschen.«

Rosa fuhr herum. »Willy, du lebst?«

»Watt soll isch denn sonst maache?«

»Aber, also, Mama rief mich an und meinte, du bist tot. Was ist hier los, wo ist sie eigentlich?«

»Die hockt bei dä lecker Mädsche bei lecker Teilchen nebenan. Brauchte auch ein Schnäpperken. Ging ihr nich so jut nach ihrem Fund.«

»Welcher Fund? Willy, was ist hier los? Wer ist tot?«

»Na Willy junior, der Goldfisch. In dem kleen Wasserkasten neben der Kass. Den gab's schon, als isch hier anjefangen hab. Der war doch steinalt.«

Rosa ging nicht weiter darauf ein. Den Goldfisch hatte sie schon gar nicht mehr wahrgenommen. Sie musste sich sammeln.

»Also, Willy, sehe ich das richtig, du lebst und der Goldfisch ist tot?«

»Jetzt versteh isch endlich, warum du studiert hast. Isch glaub, jetzt brauch isch auch Promille. Komm, isch jeb uns een Kölsch aus.« Ihr ältester Mitarbeiter streckte ihr seine schwielige, sehnige Hand entgegen und zog sie vom Stuhl hoch.

Und so ging Rosa mit Willy senior in Sarahs Bäckerei, um mit ihrer Mutter ein Kölsch auf Willy juniors Ableben zu trinken. Das hatte sich das neue Gärtnereiteam in Person von Willy senior von Anfang an gewünscht: dass die Bäckerei nebenan auch immer ein Fläschchen Kölsch auf Vorrat hatte. Jetzt wusste Rosa auch, warum. Sie ließ sich auf den Stuhl neben ihrer Mutter fallen und nahm einen Schluck.

»Mama, wie konntest du mich nur so erschrecken? Erzählst mir am Telefon was vom toten Willy!«

Ihre Mutter Roswitha sah immer noch ein wenig blass aus unter ihrem grauen Kurzhaarschnitt.

»Kurz vor seinem dreißigsten Geburtstag muss das passieren. Ich denk noch – seit wann macht unser Willy Rückenschwimmen in seinem Aquarium? Und das ganz oben im Wasser.« Roswithas Stimme klang ein wenig brüchig. »Dabei war der Willy Stier, und die stehen doch immer ganz fest im Leben.« Die Augen ihrer Mutter füllten sich mit Tränen. Das wurde Rosa jetzt doch zu viel. Während sie selbst schon ihren ältesten Mitarbeiter in den Rabatten hatte liegen sehen, mit dem Gesicht in der frisch aufgelockerten Erde, erstellte ihre Mutter einem toten Goldfisch ein Horoskop und trauerte um ihn, als hätte sie beide Töchter gleichzeitig verloren. Sie schnappte sich ihre Bierflasche, klopfte ihrer Mutter aufmunternd auf die Schultern und überließ sie dem letzten überlebenden Willy der Gärtnerei, Kölsch und Schnapsflasche, während sie sich in ihr Büro zurückzog. Der erste Arbeitstag in ihrem neuen Planungsbüro war noch nicht mal richtig vorüber, doch aufregend war er allemal. Es gab einen ersten Auftrag, einen sehr großen. Und einen Todesfall, aber nur einen ganz kleinen. Rosa atmete auf. Dass ihr ruhiger Lebensabend zum Krimi wurde, hätte ihr gerade noch gefehlt.

Kapitel 5

»Stangenbohnen, Möhren, Radieschen.« Andreas Krawinsky packte die Tütchen mit Samen in die große Kiste, in der schon Rankhilfen für die Bohnen lagen. »Klingt nach Hasenfutter, ist aber ein solider Anfang zu dieser Jahreszeit, Frau Reich. Jetzt können Sie säen ohne Ende. Haben Sie denn schon Beete dafür?«

Rosa seufzte. »Heute geht es erst richtig los. Gleich kommt mein Neffe und hilft mir beim Umgraben und Anlegen der Gemüsebeete. Das heißt, ich brauche sehr viel Mutter- und Anzuchterde.«

»Dann haben Sie Ihren ersten Auftrag also an Land gezogen?«

»Sieht ganz so aus.« Rosa strahlte den Baumschulbesitzer an, der ihr mittlerweile ein guter Freund und noch besserer Berater geworden war. Eigentlich stand sie nicht auf Männer mit Bart, aber heute trug Krawinsky seine langen Haare zum Zopf, was ihn in Rosas Augen zusammen mit dem Vollbart zum perfekten Naturburschen machte. Nachdem er ihr letztens erst erzählt hatte, dass er sein Haus auf dem Gelände der Baumschule so gut wie eigenhändig gebaut hatte, sah Rosa ihn mit anderen Augen, vor allem seine großen, zupackenden Hände.

»Ja, dem neuen Schlossherrn hat mein Entwurf gefallen. Vorne bunt und licht und duftig, im Mittelteil Obst und Gemüse und weiter hinten im Garten habe ich ein großes Schattenreich mit altem Baumbestand geplant. Da komme ich demnächst noch mal auf Sie zu, da muss einiges ausgedünnt werden, vielleicht können mir Ihre Mitarbeiter dabei helfen. Wir fangen heute mit dem schönsten Baum des Gartens an, eine traumhafte alte Blutbuche. Für die werden wir Platz schaffen, damit der Auftraggeber einen unverstellten Blick hat.«

»Sie gehen nicht unbedingt logisch vor, aber psychologisch, das gefällt mir.« Andy grinste sie an.

»An die bestehenden Obstbäume müssen wir auch ran, und das Gemüse sollte bald gesät werden, wenn das noch was werden soll mit der Ernte dieses Jahr.«

Andy Krawinsky nickte. »Richtig. Zucchini gingen noch. Und vergessen Sie nicht – die Möhren haben es gerne feucht, wollen aber nicht im Wasser stehen. Viel Sonne und lockere Erde. Wenn Sie möchten, gebe ich Ihnen noch Sand mit.«

Er redete sich in Rage. Das kannte Rosa schon, der Mann war ihr lebendes Pflanzenlexikon, ohne ihn würde keine Stangenbohne strammstehen, keine Erdbeerpflanze Früchte tragen, und jeden frisch gesetzten Apfelbaum konnte sie gleich den Würmern überlassen. Den Apfelwicklern, wie sie Herr Krawinsky beim letzten Besuch belehrt hatte. *Natürlich*, dachte Rosa, *wie konnte ich nur meine Eselsbrücke vergessen: diese fiesen kleinen Raupen, die sich in die Äpfel futtern, in einen Kokon quasi einwickeln wie Haare um einen Lockenwickler und als nervige Flattermänner herauskommen.*

»Wegen der Schädlinge komme ich noch mal extra, Herr Krawinsky, ich muss dem Schlossherrn schonend beibringen, dass jede Pflanze ihren ganz eigenen Zoo in Gestalt von Läusen und Würmern und Schnecken mitbringt. Sagen Sie mir ehrlich – brauche ich Gift?«

»Es gibt da einen Sud, den können Sie aus Brennnesseln herstellen, hilft zumindest schon mal gegen Blattläuse, ist ganz natürlich, riecht aber nicht sonderlich angenehm«, Andy Krawinsky grinste. »Oder ihr Schlossherr hängt zum Herbst hin ein Vogelhäuschen auf. Ihre kleinen, lebendigen Helfer bei der nächsten Wurmplage. Es gibt auch Pflanzen, an die gehen Schädlinge nicht ran. Schnecken mögen zum Beispiel keinen Rosmarin und Thymian.

»Sie sind ein Schatz, was bekommen Sie für die ganzen Herrlichkeiten? Ach, das trage ich immer noch mit mir rum.« Rosa zog einen Zettel aus ihrer Handtasche. ›*Damit's läuft wie das Bier: Wählt Matthias Ludwig!*‹ Herrje, Werbung für die Bürgermeisterwahl in dem Ort, der zum Schloss gehört. Da will der Brauereibesitzer neuer Bürgermeister werden. Na, das können Sie zum Altpapier werfen.«

»Oder wir testen demnächst mal das Bier und den Kandidaten! Nach getaner Arbeit natürlich.« Andreas Krawinsky grinste sie verschmitzt an und kassierte ab.

Rosa seufzte erleichtert und griff nach ihren Einkäufen. Wie gut, dass sie um Giftpflanzen herumgekommen war. Das könnte sie nicht verantworten, wenn ihr Herr Graf demnächst Nachwuchs bekam. Babys steckten doch alles in den Mund. Wie gut, dass sie Andreas Krawinsky hatte.

»Abgemacht, wenn der Brennnesselsud wirkt, gibt's Gerstensaft.«

• • •

Moritz war angekommen, stellte Rosa erfreut fest, als sie zurück in der Gärtnerei war. Er hatte sein Versprechen, ihr heute zu helfen, also nicht vergessen. Momentan saß er ziemlich entspannt nebenan bei Sarah in der Bäckerei. Während sie die Kaffeetassen aus der kleinen Spülmaschine nahm und ins Regal räumte, himmelte er sie an. Sarah war aber auch eine besonders Hübsche. Heute trug sie ihre langen dunklen Haare hochgesteckt. Die zarte helle Bluse verschwand fast vollständig hinter ihrer rosa Schürze. *So süß wie ihre Törtchen*, dachte Rosa und schmunzelte. Von denen steckte Moritz sich gerade eins in den Mund und genoss den Geschmack sichtlich.

»Letzte Stärkung vor dem Einsatz? Pack dir lieber noch ein Brötchen ein!« Rosa lächelte ihren Neffen auffordernd an. »Heute geht's los mit dem Umgraben, da brauchst du was Ordentliches im Magen. Sarah hat auch Körnerbrötchen, die sie dir mit der vegetarischen Paste aus Paprika und Walnüssen bestreichen kann, die ich letztens gemacht habe, sehr lecker.« Sie setzte sich zu Moritz.

»Hallo, Tantchen.« Moritz grinste sie mit vollem Mund an. Er wusste genau, dass sie diesen Spitznamen nicht leiden konnte. Moritz war der Sohn ihrer fünf Jahre jüngeren Schwester Regina, einer erfolgreichen Ärztin und Dozentin, die an der Uniklinik forschte. Insofern war der Begriff Tante schon zutreffend, aber Tantchen klang in Rosas Ohren nach verwirrter, alter Dame, die in Kittelschürze und Schlappen zum Einkaufen ging und nicht mehr nach Hause fand. So sah sich Rosa nun wirklich nicht. Vielleicht war sie aber auch nur ein wenig sensibler als sonst, jetzt, da sie zugegebenermaßen auch Pensionärin war. Pensionärin im Unruhestand. Streng genommen war sie noch voll berufstätig, selbstständig sogar. *Darf ich mein Planungsbüro eigentlich auch als Start-up bezeichnen?*, fragte sie sich selbst in Gedanken und dachte an Christopher Graf.

Rosa wuschelte ihrem Neffen durch die kurzen dunklen Locken. Nur weil Moritz ein paar Jährchen jünger war als sie und auf einem Skateboard zur Gärtnerei gerollt kam, auf den Kopfhörern seine heiß geliebte Hip-Hop-Musik, hieß das noch lange nicht, dass sie eine alte Schachtel war. *Das Tantchen treibe ich dir schon noch aus, mein Lieber.*

»Und deine Familie kommt aus Bonn? Vielleicht aus einer alten Bäckerfamilie und nach euch wurde das Franzbrötchen benannt, stimmts?«, fragte Moritz gerade Sarah. Vielleicht war Rosa voreingenommen, aber so spitzbübisch bis neugierig, wie Moritz die junge Frau anlächelte, sah er so niedlich aus wie der kleine Junge, der er noch vor Kurzem gewesen war. Rosa verstand nicht, warum er noch immer keine feste Freundin hatte. Und dass ihre Bäckerin Sarah Franz aus einer alten Brötchendynastie stammen könnte, darauf war sie selbst noch überhaupt nicht gekommen. Jetzt sah auch sie Sarah hinter der Theke fragend an.

»Nein«, Sarah lachte und schüttelte den Kopf, sodass sich eine Strähne aus ihren hochgesteckten Haaren löste und sanft ihr Gesicht umspielte. »Das Franzbrötchen kommt aus Hamburg, das haben wahrscheinlich die Franzosen mitgebracht vor über hundert Jahren. Sehr lecker, sollte ich demnächst mal machen. Meine Familie kommt eigentlich von überallher.«

»Was heißt überall? Ausland?« Moritz hatte jetzt einen Zitronenmuffin in seiner Gewalt.

»Auch. Aber meine direkte Familie lebt vor allem hier in Bonn. Das erzähle ich dir mal in Ruhe, wenn du magst.« Moritz strahlte sie an und nickte eifrig.

Na, da gönne ich den beiden mal lieber noch ein paar Minuten Zweisamkeit beim Kleingebäck, dachte Rosa und beschloss, sich erst mal umzuziehen, bevor sie ihren ersten großen Auftrag angingen. Heute war Tag zwei für Rosa Reich, die Gärtnerin in Aktion, und Tag eins für ihre neue, grüne Latzhose.

Kapitel 6

Der Kies knirschte unter den Rädern, als Moritz den Transporter vor Gut Loewenstein zum Stehen brachte. *Da ist aber einer froh, sein Skateboard mal gegen etwas mit Motor einzutauschen,* dachte Rosa, die ihren Neffen heute gerne ans Steuer gelassen hatte. Sie hoffte nur, dass alle Pflanzen im Laderaum des Wagens noch aufrecht standen. Gemeinsam luden sie Kräuter, Blumen, ein paar Gräser, ihr Handwerkszeug und natürlich die Einkäufe aus Andys Baumschule auf ihren alten Gärtnereiwagen. Wenn sie heute auch nicht alles in die Erde bekamen, so waren doch Pflanzen und Material schon mal an Ort und Stelle, und sicherlich freuten sich die jungen Besitzer über die ersten Blüten auf ihrer großen Terrasse. Rosa stellte zwei Margeriten-Hochstämmchen auf den kleinen Wagen und zog eine Bougainvillea aus den Tiefen des Transporters nach vorne, die Willy schon in einen schweren, braunen Kübel gepflanzt hatte. Dieses zarte, pink blühende Exemplar, das Rosa für einen Moment an ihre Reisen nach Spanien denken ließ, brauchte die direkte Südsonne. Und von der gab es auf der Terrasse hinter dem Haus reichlich. Die Margeritenbäumchen ließ Rosa gleich rechts und links vom Eingang als fröhlichen Willkommensgruß stehen, bevor sie klingelte. Sie überlegte, ob der schwere Türklopfer, der aussah wie ein Löwenkopf, der in einen Ring biss, wohl noch oft genutzt wurde, als sich die alte Holztür öffnete.

»Ja, bitte?« Vor ihr stand ein gedrungener, älterer Mann in einem dunkelblauen Anzug und weißen Handschuhen. Livree wäre wohl der richtige Ausdruck für das, was er trug, grübelte Rosa und wunderte sich. Weniger darüber, dass es noch Menschen gab, die Angestellte hatten, sondern darüber, dass sie diese in Uniform steckten. So antiquiert war ihr der neue Besitzer des Schlosses gar nicht vorgekommen.

»Rosalinde Reich vom Planungsbüro *Hier blüht Ihnen was*, wir haben heute unseren ersten Termin, um den Garten zu gestalten.« Sie blickte in die stahlblauen Augen des Mannes, die sie zu mustern schienen.

»Sehr wohl, bitte hier entlang.« Der blaue Anzug öffnete die Tür und ließ Rosa eintreten. Sie gab Moritz ein Zeichen, dass er draußen warten sollte. Sicherlich würden sie nicht ihr ganzes Gerät durchs Haus tragen müssen.

»Einen Augenblick bitte, ich sage der Dame des Hauses Bescheid.« Der Diener ließ sie in der Eingangshalle stehen. *Dame des Hauses, so hat mich noch nie jemand genannt. Nicht mal Karl. Na ja, meine Dreizimmerwohnung ist mit diesem Palast hier natürlich auch nicht vergleichbar.* Rosa sah sich um, seit ihrem letzten Besuch schien sich nichts verändert zu haben. Ein großer runder Tisch in der Mitte bremste jeden aus, der auf die Idee kam, durch den Raum zu rennen. *Wie unpraktisch*, hatte Rosa damals schon gedacht, *wenn so ein Trumm im Weg steht. Ich würde zumindest eine Vase mit frischen Blumen draufstellen.* Sie nahm sich vor, beim nächsten Besuch welche mitzubringen. Lilien vielleicht, die machten was her. Standen sie nicht für Weiblichkeit, Fruchtbarkeit und Liebe? Dazu hatten sie etwas Edles, Hochherrschaftliches. Genau das Richtige für das junge Paar, das in diesem Schloss residiert und bald Eltern werden würde. *Hoffentlich finde ich rote Lilien*, grübelte Rosa, *die weißen gelten vielen als Totenblumen.* Und das war eindeutig die falsche Symbolik für eine Eingangshalle. Sie betrachtete die Jagdszene auf dem Wandteppich, den sie bereits bei ihrem letzten Besuch gesehen hatte, genauer. Männer mit Bärten und roten Pluderhosen waren hinter Hirschen her. Ein Tier lag auf der Seite, ein Speer steckte in seinem Körper, Blut floss heraus. Rosa schüttelte den Kopf und wandte sich ab. Natürlich verstand sie, warum Menschen auf die Jagd gingen. Aber dass das Töten von Tieren jemandem so ein Vergnügen bereiten konnte, dass er sich das Erlebnis in einen Teppich weben ließ, das würde sie nie verstehen.

»Furchtbar, nicht wahr?« Die Stimme gehörte zu einer jungen Frau mit blondem Pferdeschwanz und langem Flatterkleid, die ihr jetzt aus den Wohnräumen entgegenkam. »Sobald wir Ess- und Wohnzimmer renoviert haben, geht's in der Halle weiter, der alte Lappen muss unbedingt weg.« Sie deutete auf den Teppich und hielt Rosa dann ihre Hand hin. »Hallo, ich bin Laura Graf, die …«

»Dame des Hauses, Sie wurden mir schon angekündigt, Rosalinde Reich, Ihre Gärtnerin, freut mich.« Die Frauen gaben sich die Hand. Laura Graf lachte.

»Dann haben Sie also Martin kennengelernt, unseren, ähm Angestellten. Ich trau mich gar nicht, Diener zu sagen. Die Vorstellung, dass mich jemand bedient, kommt mir immer noch komisch vor.« Sie lächelte Rosa an.

»Ja, er hat mich hereingebeten. Sie werden aber wahrscheinlich jede Hilfe gebrauchen können, bei diesem großen Haus. Palast trifft es besser.«

»Da haben Sie recht. Vor allem, wenn unser Nachwuchs auf der Welt ist.« Sie deutete auf ihren Bauch, der sich unter ihrem Kleid abzeichnete. »Gut, dass Sie sich um den Garten kümmern. Martin hat das wohl immer so mitgemacht neben seiner anderen Arbeit im Haus, aber das ist natürlich alles viel zu viel. Da kam er in den letzten Jahren gar nicht mehr hinterher. Deshalb müssen wir jetzt auf einen Schlag alles erneuern, in Haus und Garten. Kommen Sie, ich zeige Ihnen den Weg um das Gebäude herum, dann müssen Sie nicht mit Ihren Sachen durchs Wohnzimmer, da wird eh gerade die Tapete runtergerissen. Den Salon meine ich natürlich, gut, dass Martin mich nicht hört.« Sie lächelte Rosa an und öffnete die schwere Haustür.

»Dann arbeitet Ihr Angestellter schon länger hier?« Sie traten hinaus in die Sonne, wo Moritz inzwischen den Transporter leer geräumt und den Gärtnereiwagen vollgepackt hatte.

»Ja, eine Ewigkeit, er war schon für den Vater des Vorbesitzers tätig. Er gehört quasi zum Inventar. Ich sehe, Sie haben auch Hilfe mitgebracht, hallo, ich bin Laura.«

»Moritz«, stellte sich ihr Neffe vor. Fast sah es so aus, als wollte er sich verbeugen, bemerkte Rosa amüsiert. Das musste an Schloss Loewenstein liegen. Das alte Gemäuer rief eine gewisse Ehrfurcht hervor. *Ob wohl dunkle Geheimnisse hinter den alten Mauern verborgen lagen? Wie hatten frühere Generationen hier gelebt und geliebt?* Ein Blick auf die Uhr stoppte ihre Gedanken, bevor die sich im wehenden weißen Kleid auf einen Schimmel setzen und in die Abendsonne reiten konnten. Genug geträumt, sie mussten endlich loslegen. Ihre Aufgabe war es heute, einen Garten für die Zukunft anzulegen, und nicht, in der Vergangenheit zu schwelgen.

• • •

»Es ist eigentlich ganz einfach.« Rosa setzte den Spaten an und stellte einen Fuß auf den Rand. Sie musste ihr gesamtes Körpergewicht einsetzen, bis sich das Schaufelblatt in den Boden quälte. Moritz sah ihr skeptisch zu. *Vielleicht ist das doch mehr eine Arbeit für Männer – oder für jüngere Menschen.* Aber Rosa wollte ihrem Neffen wenigstens demonstrieren, wie er vorgehen musste, um das alte Erdreich, auf dem mehr Unkraut als Gras wuchs, abzutragen. Sie stand unter der alten Blutbuche, legte den Kopf in den Nacken und schickte ein stilles Gebet in die Baumkrone. Sie hoffte, dass ihr Plan aufgehen würde. Hier wollte sie einen Schattenplatz für die junge Familie schaffen. Gerade groß genug für einen kleinen Tisch und zwei Stühle. Die antiken Steine, die Rosa kreisförmig anlegen wollte, hatte sie schon gefunden. Dafür musste der Boden eben sein, eine Schicht aus Schotter würde dafür sorgen. Es half nichts, sie mussten tiefer graben. Rosa überließ ihrem Neffen den Spaten, um sich selbst um die Beete an der Terrasse zu kümmern. Rechts und links der kurzen Treppe war die Arbeit einfacher: alte Erde abtragen, neue aufschütten und dem Beet erst mal eine Form geben und optisch vom Rasen abtrennen. *Um den soll Krawinsky sich kümmern*, überlegte Rosa, als sie über die ungepflegte Wiese, vorbei an den alten Obstbäumen Richtung Terrasse ging. Das Schloss schien sie zu beobachten, die vielen kleinen Fenster in den oberen Etagen wirkten fast wie Augen. Wie viele Zimmer das ganze Haus wohl hatte? Besonders gut gefielen Rosa die Türmchen an allen Ecken des Schlosses. In einem Turmzimmer hatte sie als Kind immer wohnen wollen. Wahrscheinlich hatten die Burgen und Schlösser am Rhein sie dazu animiert, die ihre Eltern mit ihrer Schwester und ihr früher besichtigt hatten. Die meisten der Prachtbauten standen zu ungünstig hoch auf einem Felsen, als dass sie einen Garten hätten haben können. Hier war das anders, hier konnte sich Rosa kreativ ausleben. Pampasgras, italienische Kräuter wie Rosmarin, Salbei, Thymian und Oregano sollten hier wachsen und jedes Mittag- und Abendessen bereichern. Lavendel natürlich, der sah nicht nur gut aus und duftete herrlich nach Provence, sondern passte auch fantastisch zu Schwein, wie ihr Karl bei einem seiner selbst gekochten Essen bewiesen hatte. Rosa hatte auch alles, was ein schöner Blickfang war, mitgebracht: von der Flammenblume in Rosa und Lila über den blauen Rittersporn bis zum gelben Mädchenauge. Sie würde das Ehepaar Graf fragen, ob sie im Herbst noch einmal wiederkommen dürfe, um einige Fliederbüsche zu pflanzen. Die dufteten so schön und waren ein wunderbarer Anziehungspunkt für jeden Schmetterling. Das wäre auch der richtige Zeitpunkt, ein paar Tulpen- und Narzissenzwiebeln in die Erde zu setzen, die dann im nächsten Frühjahr zum Leben erwachten. Rosa lächelte. Wenn sie sich jetzt ranhielt, bekämen die Grafs heute Abend schon einen ersten vagen Eindruck davon, wie ihr Gartenpark in einigen Wochen aussehen könnte. Wie im Vorzimmer zum Paradies könnten sie sich auf ihrer Terrasse fühlen. Noch wirkten die teuren Möbel darauf etwas verloren und eher wie Zuschauerstühle für die Baustelle, die sich hinter den Fenstern befand. Rosa hörte den Krach der Handwerker aus der geöffneten Terrassentür dringen und war einmal mehr froh, dass der Umbau ihrer Gärtnerei längst abgeschlossen war. Beim nächsten Besuch würde sie Feigen-, Zitronen- und vielleicht auch ein Olivenbäumchen mitbringen, die in ihren Kübeln direkt auf der Terrasse stehen konnten und dazu einluden, sich auf einer Liege daneben in den Süden zu träumen. Platz und Sonne gab es hier jedenfalls reichlich.

Nachdem sie die neue Erde verteilt hatte, arbeitete sich Rosa im Beet von innen nach außen vor. Sie platzierte die Pflanzen an den vorgesehenen Stellen, trat dann ein paar Schritte zurück und ließ das Gesamtbild auf sich wirken. Unglaublich, wie viele Pflanzen in so einen riesigen Garten passten. Die gesamte Ladung ihres Transporters war jetzt auf den Beeten verteilt und sah fast nach zu wenig aus. Gut, dass alles, was grün war, den steten Drang hatte zu wachsen. Man brauchte nur Geduld und durfte nicht alles zu dicht setzen. Selbst ein Töpfchen Rosmarin konnte zum meterhohen Gewächs werden, sagte ihre Erfahrung. Jetzt nur noch alles richtig einpflanzen und wässern.

Ein greller Pfiff ließ Rosa zusammenzucken und herumfahren. Moritz stand unter der alten Blutbuche und winkte mit beiden Armen. Sie richtete sich auf, legte die Hand über die Augen und schaute in seine Richtung. Moritz fuchtelte weiter mit den Armen. Sie stöhnte, nahm einen großen Schluck aus ihrer Wasserflasche und durchquerte den Garten. Sie hoffte für Moritz, dass er nicht nur einen Regenwurm oder eine Stinkwanze gefunden hatte.

»Was gibt's so Wichtiges, dass du mich von meiner Arbeit abhältst?« Sie näherte sich ihrem Neffen unter dem Baum. Moritz stand neben einem großen Loch, das er sehr ordentlich ausgehoben hatte. In einer Hand den Spaten, deutete er mit der anderen in die frische Ausgrabung und sah sie aus weit aufgerissenen Augen an. *Entgeistert,* dachte Rosa.

»Was ist los, hast du das Schlossgespenst ausgegraben?« Sie nahm ihre Sonnenbrille ab, schaute in die Grube und fuhr erschrocken zurück. Moritz hatte sorgfältig gearbeitet. Er hatte eine große Schicht Erde abgetragen, die sich neben dem Loch auftürmte. Einige große Steinplatten waren, wie es aussah, auch vergraben gewesen. Und darunter hatte er etwas freigelegt. Wie ein Totengräber am offenen Grab sah ihr Neffe aus. *Und das ist er auch, irgendwie*, fuhr es Rosa durch den Kopf. Denn in dem Loch erblickte sie eine Reihe von Knochen.

Kapitel 7

»Was ist das?«, flüsterte Rosa. Ihr Verstand wollte nicht wahrhaben, was sie da sah.

»Na ja« Moritz ging in die Hocke und starrte ins Loch. Er hatte sich wieder gefangen. »Ich würde sagen, wir sind auf ein Grab gestoßen. Es ist nur die Frage, wer da unten liegt. Und warum. Hier, das war der erste, den ich gefunden habe.« Er reichte ihr einen länglichen Knochen, von dem er, so gut es ging, die Erde gewischt hatte. Rosa nahm ihn in die Hand. Groß war er und hohl. Instinktiv roch sie daran. Modrig kam ihr in den Sinn. Sie legte den Knochen leicht angewidert und vorsichtig ins Gras.

»Du meinst«, Rosa kniete sich neben ihren Neffen in den Dreck und betrachtete die Knochen, die noch im Boden steckten, genauer, »hier wurde ein Mensch um die Ecke gebracht und verscharrt?« Sie sah ihn mit großen Augen an.

»Weiß man's, was die in ihren schicken Hütten so treiben?« Moritz deutete auf das Schloss auf der anderen Seite des Gartens.

»Unsinn.« Rosa stand auf und klopfte sich Erde von der Hose. Nach einigen Schrecksekunden fing ihr Verstand wieder wie gewohnt an zu arbeiten. »Hier hat vielleicht mal jemand seinen Hund beerdigt. Kein Grund zur Aufregung. Und kein Grund zum Aufhören. Wir fragen die neuen Besitzer oder am besten gleich diesen alten Diener und klären das Ganze auf.«

»Bio war zwar nicht mein Lieblingsfach, aber ich würde sagen, für einen Hund sind die Knochen zu groß. Und ich meine nicht nur Typ Archie.« Moritz zeigte auf einen anderen Knochen, den er schon ausgegraben hatte. Rosa war froh, dass sie ihren Mops heute nicht mitgebracht hatte, das wäre was, wenn der durch ihre frisch gesetzten Blumen rannte oder sich einen der Knochen schnappte. Die waren doch jetzt, wie es aussah, Beweisstücke. Sie überlegte. *Warum habe ich mir mit meinen Schülern im Biologieunterricht nie Tierknochen angesehen?* Einmal hatte sie das lebensgroße menschliche Skelett aus dem Materialraum geholt und ins Klassenzimmer gerollt. Was ihre Schüler weniger zum konzentrierten Lernen motiviert hatte als zu großen Späßen. Am Ende hatten sie das Skelett Dr. Karl Schäfer getauft, mit der Begründung, es sei so alt wie ihr geschätzter Kollege und seine Unterrichtsfächer Latein und Geschichte. *Habe ich ihm das eigentlich je erzählt?*

»Dann war es vielleicht ein Schwein vom letzten Grillabend. Ich kann mir gut vorstellen, dass bei großen Gesellschaften gleich ganze Tiere serviert wurden. Oder nein, ich weiß, die gingen bestimmt auf die Jagd. Zumindest hängt in der Eingangshalle ein Wandteppich mit einer Jagdszene drauf. Das wird ein Reh oder Hirsch oder Wildschwein sein. Wahrscheinlich ewig alt.«

»Aber sicher sind wir nicht.« Moritz sah sie zweifelnd an. Fast kam es Rosa so vor, als freue sich ihr Neffe auch ein wenig über den überraschenden Fund. Fehlte ihm der Nervenkitzel bei der drögen Gartenarbeit? Als Hilfspolizisten hatte sie ihn allerdings nicht angestellt.

»Nein«, gab sie widerwillig zu und ärgerte sich noch immer, einen Tierknochen nicht mit hundertprozentiger Sicherheit von einem Menschenknochen unterscheiden zu können. Hätte sie damals an der Studienfahrt in den Kruger-Nationalpark nach Südafrika teilgenommen. Oder sich mehr der Zoologie als den Pflanzen gewidmet, aber das muss die Zeit gewesen sein, als sie ihren Erich kennengelernt und andere Prioritäten im Leben gehabt hatte.

Ein Blick auf die Knochen holte Rosa in die Gegenwart zurück. »Was sollen wir machen? Die Polizei rufen, und die nimmt ein totes Schwein fest? Die lachen uns doch aus. Oder wir würden so viel Wirbel verursachen, dass hier gar nichts mehr geht. Ich habe das letztens erst in der Zeitung gelesen. Da wird ein Zelt um das Loch aufgebaut, dann kommt die Spurensicherung, die wochenlang alles auseinandernimmt und untersucht. Oder habe ich das im Fernsehen gesehen?«

»Tantchen.«

»Nenn mich nicht Tantchen!«

»Wie denn sonst? Inspektorin Reich? Miss Gärtnerin? Hauptkommissarin Gänseblümchen?« Er grinste sie an. »Du schweifst ab.«

»Das ist meine rheinische Art. Ich komme schon noch zum Punkt. Also, bevor wir nicht wissen, ob das hier ein fröhlicher Grillabend oder ein Tatort war, würde ich sagen, dass wir vorsichtig alle Knochen ausgraben, die wir finden können. Dann besprechen wir das mit unseren Auftraggebern. Und machen uns erst mal kundig, ich habe da eine Idee.«

Rosa stiefelte zurück zur Terrasse, das Schloss fest im Blick. Hatte sie Erde auf der Sonnenbrille oder stand in einem der oberen Fenster tatsächlich jemand und beobachtete sie? So schnell sie konnte, setzte Rosa die letzten Pflanzen in den Boden und wässerte alles. *Wie gut, dass es draußen einen Wasseranschluss gibt,* dachte sie, *bei so einem alten Gebäude keine Selbstverständlichkeit.* Während Moritz unter der Blutbuche vorsichtig die Knochen ausbuddelte und nebeneinander ins Gras legte, tauschte Rosa ihre dreckigen Gummistiefel gegen saubere Clogs, zog die Handschuhe aus und betrat vorsichtig durch die Terrassentür den Salon. Handwerker standen auf Leitern und bearbeiteten Wände und Decke. Aus einem Transistorradio plärrte Schlagermusik. Sie sah sich um, ging in den dunklen Flur. *Wo war noch gleich die Eingangshalle? Und wo steckt Frau Graf? Es ist aber auch ein verschachteltes altes Gemäuer,* dachte Rosa, als eine Stimme sie erschreckte.

»Kann ich Ihnen helfen?« Eine kleine schlanke Frau mit himmelblauer Schürze war aus einer der vielen Türen getreten. Die grauen Haare hatte sie zu einem altmodischen Dutt hochgesteckt. Rosa schätze sie auf Ende sechzig, auf jeden Fall älter als sie selbst. Zumindest hoffte sie, ein gutes Stück jünger zu wirken.

»Ich bin Rosalinde Reich von der Gärtnerei, wir arbeiten gerade im Garten. Und wir, ähm, haben da was entdeckt, deshalb müsste ich mit der Hausbesitzerin sprechen, wissen Sie, wo ich sie finde?«

»Na sischer«, antwortete die Frau mit einem Anflug von rheinischem Singsang. Bevor Rosa sich überlegen konnte, ob sie wohl auch hier angestellt und vielleicht aus dem nächsten Dorf kam, fuhr diese fort: »Kommense, ich bring sie zur Chefin. Wer weiß, wo sich Martin grade rumtreibt. Ich bin übrigens Anna, die Köchin. Wenn Sie mal Hunger haben oder Durst, melden Sie sich einfach.«

»Oh, das ist sehr nett, vielen Dank. Aber ich will Ihnen bestimmt keine Umstände machen, wie ich sehe, haben Sie gerade selbst genug Trubel im Haus.« Rosa folgte Anna die Treppe hoch in den ersten Stock. Der rubinrote Stoff auf den Stufen schluckte ihre Tritte.

»Wurde auch Zeit, dass hier mal frischer Wind reinkommt. Nach der ganzen alten, schlimmen Zeit. Was haben Sie denn gefunden im Garten? Einen Goldschatz?« Anna blitzte sie neugierig an. Bevor Rosa antworten konnte, stand sie auch schon in einem erstaunlich hellen und freundlichen Raum, der mit Schreibtisch und Couch wie ein gemütliches Arbeitszimmer wirkte. Durch die Fensterscheibe erahnte sie in der Ferne Moritz unter der großen Blutbuche.

»Ich schau mal, wo unsere Chefin abgeblieben ist.« Anna verschwand und ließ Rosa allein zurück. Sie blickte sich um. Die Einrichtung passte optisch so gar nicht zum Rest des eher düsteren Schlosses. Wahrscheinlich war das das Zimmer der jungen Frau Graf. Auf dem Schreibtisch standen ein Foto mit ihrem Ehemann und eines, das aussah wie die Ultraschallaufnahme ihres Babys. Rosa wandte den Blick ab. Das ging sie nun wirklich nichts an. Aber ob sie wollte oder nicht – ein großer, grauer Umschlag auf dem Tisch stach ihr ins Auge. *VERSCHLUSSSACHE* stand in großen Buchstaben darauf.

»Verzeihen Sie die Unordnung«, Laura Graf rauschte ins Zimmer. »Wir haben noch nicht alles richtig ausgepackt und eingeräumt. Anna sagte, Sie haben noch eine Frage?«

»Äh ja«, Rosa fuhr herum. »Wir haben unter der großen Blutbuche da hinten im Garten«, sie deutete flüchtig aus dem Fenster, »angefangen zu graben, für das Fundament für den Schattenplatz. Und dabei haben wir das gefunden.« Sie zog einen der Knochen aus ihrer tiefen Latzhosentasche.

Laura Graf wich zurück. »Was ist das denn? Ein Knochen?« Rosa zuckte mit den Schultern. »Ich fürchte, ja. Die Frage ist nur – von wem oder was?« Die junge Frau sah sie mit großen Augen an.

»Sie meinen, in unserem Garten liegt ein Toter?«

»Ich weiß es, ehrlich gesagt, nicht.« Rosa betrachtete den Knochen in ihrer Hand. »Es könnte auch ein Tier sein. Ich war zwar Lehrerin für Biologie, nur ich fürchte, in Osteologie bin ich Laie – Knochenkunde. Aber ich habe da jemanden an der Hand, der sich besser auskennt, und den würde ich gerne erst einmal fragen, bevor wir hier möglicherweise aus einem begrabenen Haustier einen handfesten Mord machen.« Laura Graf schaute sie entsetzt an, überlegte und zeigte dann mit ihrem Finger auf Rosa. »Das ist eine sehr gute Idee. Puh.« Sie ließ sich auf das helle Sofa fallen. »Dieses alte Haus ist doch immer für eine Überraschung gut.« Rosa steckte den Knochen zurück in ihre Tasche.

»Ich schlage vor, wir legen alle Knochen, die wir heute ausgegraben haben, an einen trockenen, sicheren Platz, bestimmt haben Sie einen Keller. Falls sich herausstellt, dass ... also, wir wollen uns ja nicht schuldig machen, indem wir Beweismittel verschwinden lassen.«

Laura Graf nickte und wirkte erschöpft. »Okay, Martin soll Ihnen einen geeigneten Platz im Keller suchen. Wie schnell meinen Sie, wissen Sie, ob ...« Rosa lächelte sie an.

»Wir beeilen uns, es wird schon nichts Schlimmes sein. Haben Sie Kontakt zum Vorbesitzer? Dann könnten wir das sicherlich schnell klären. Der wird ja wissen, was er vor Jahren in seinem Garten vergraben hat. Hoffentlich.« Laura Graf schüttelte den Kopf und schaute sie verzweifelt an. »Das wird nicht möglich sein.«

»Warum, ist der Vorbesitzer verstorben?«

»Nein, aber verschwunden. Wie ein Schlossgespenst.«

• • •

Im Keller legte Rosa zusammen mit Moritz die Knochen auf ein in die Mauer eingelassenes Holzbrett, das früher wohl als Vorratsregal gedient hatte. Der Kellerraum sah trostlos und leer aus, bis auf ein paar wenige Gartengeräte, die in Rosas Augen verrostet und unbrauchbar waren, und einen hohen, abschließbaren Schrank. Ob das ein Waffenschrank war? Gehörten alte Jagdgewehre zur Ausstattung des Schlosses? Rosa fröstelte bei dem Gedanken und war froh, als sie wieder über eine Außentreppe in den sonnigen Garten hochstiegen. Sie hatte es plötzlich eilig, ihr Handwerkszeug zusammenzupacken. Den langen, röhrenförmigen Knochen, den sie Laura Graf gezeigt hatte, wickelte sie in eine Stoffserviette, die sie von Anna bekommen hatte. Dazu packte sie ein Stück Knochen, das von einem anderen Körperteil stammen musste. Die Grube unter der Blutbuche, in der Moritz die Knochen gefunden hatte, bedeckten sie mit einer Plane, die sie am Rand mit Steinen beschwerten, und beendeten ihren ersten Arbeitstag im herrschaftlichen Garten.

»Was meinst du«, fragte Rosa ihren Neffen, als sie im Transporter Richtung Gärtnerei fuhren, »könnte der alte Freiherr etwas mit den Knochen zu tun haben?« Sie schaute Moritz skeptisch an, der wieder am Steuer saß.

»Du meinst, ob er jemanden um die Ecke gebracht hat und deshalb verschwunden ist?«

»Na ja, das muss ja schon eine Weile her sein. Aber zumindest könnte er die Sache aufklären. Ich möchte gar nicht daran denken, dass wir vielleicht eine Totenruhe gestört haben. Wie gruselig.«

Moritz lachte über ihre Worte. »Du wirst doch keine Angst vor ein paar Knochen haben, Tantchen. Du bist schließlich diejenige, die einen Krimi nach dem anderen liest.«

»Ja, aber das sind doch nur Geschichten. Diese Knochen hier sind real.« Sie hatte sie in ihre große Handtasche gepackt, die sie sicher auf dem Schoß hielt. Jetzt holte sie daraus ihr Handy hervor. »Ich rufe sofort Karl an. Ich hoffe, er hat Zeit und kommt gleich ins Gärtnereicafé. Er kennt sich doch aus mit allem, was alt ist. Er muss uns mit den Knochen weiterhelfen. Einen Toten kann ich in meinem ersten Gartenparadies so gar nicht gebrauchen!«

Kapitel 8

Trotz der warmen, frühsommerlichen Temperaturen saß Dr. Karl Schäfer in einer karierten Weste samt weißem Hemd und Fliege im Café neben der Gärtnerei und plauderte angeregt mit Sarah, die ihm gerade einen Latte macchiato serviert hatte. Rosa lächelte. *So ist er, mein Prinz Charles!* Irgendwann nach dem Tod von Rosas Mann, auf einer von ihren und Karls gemeinsamen Reisen nach England, hatte sie angefangen, ihn so zu nennen. *Immer charming.* Wüsste sie es nicht besser, hätte Rosa gedacht, er flirte mit der jungen Frau. Aber Frauen waren nicht Karls Beuteschema. Das hatte Rosa erst nach Jahren begriffen, als sie den ewigen Single nach drei Gin Tonic mutig nach der Liebe seines Lebens gefragt und er ihr von einem gut aussehenden Griechen auf den Klippen von Lesbos erzählt hatte. Seitdem war Karl wie immer: sehr diskret.

»Semper fidelis, liebe Rosa, ich melde mich treu ergeben zur Stelle und hoffe, du hast heute erfolgreich die Saat für deinen ersten Garten in die Erde gebracht.«

Rosa begrüßte ihren Freund und Ex-Kollegen und ließ sich auf den Stuhl neben ihm fallen, während Moritz seine Bestellung für Kaffee und Kuchen bei Sarah in Auftrag gab.

»Das haben wir, lieber Karl, aber leider haben wir auch etwas aus der Erde geholt, das uns nicht gefällt und bei dem wir deine geschätzte Hilfe brauchen.« Rosa holte den langen Knochen aus ihrer Handtasche und befreite ihn von der Serviette.

»Heureka, was habt ihr denn da gefunden!« Karl schob sich die Brille auf die Stirn und betrachtete den Knochen eingehend. »Wenn der nicht aus einem Oberschenkel stammt, bin ich nie in Amphipolis gewesen. Was die damals alles ausgegraben haben, die Griechen …«

»Karl, bitte!« Rosa unterbrach ihren Freund, der geistig Richtung Mittelmeer unterwegs war. Das konnte dauern. »Sag einfach: Mensch oder Tier?« Sie zog den nächsten Knochen aus der Handtasche.

»Hm.« Ihr Freund schob sich die Brille wieder auf die Nase. »Zeig mal den anderen.« Karl fuhr mit seinem Finger über die Oberfläche, »sieht aus wie eine Augenhöhle.«

»Oh Gott.« Rosa wurde blass. Die harte körperliche Arbeit hatte sie mehr angestrengt, als sie zugeben wollte, und jetzt noch so was. »Meinst du, wir haben eine menschliche Leiche gefunden? Bitte sag, dass es eine Katze oder ein Hund oder meinetwegen ein totes Schwein ist. Auch nicht schön, aber das würde unsere Gartenarbeit nicht behindern.«

»Hm.« Karl legte die Knochen zurück auf die Serviette und nippte an seinem Latte. »Ich bin mir nicht sicher. Ich habe zwar schon einige Ausgrabungsstätten gesehen und auch ein paar Semester Archäologie studiert, aber das hier ist wohl eher ein Fall für einen Forensiker oder, falls wir es mit einem Tier zu tun haben, für einen Zoologen oder Paläopathologen.«

Rosa überlegte. Zu ihren damaligen Studienkollegen hatte sie keinen Kontakt mehr. Sie sah Karl verzweifelt an. »Den du hoffentlich kennst.« Karl tätschelte ihre Hand. »Natürlich, dank meiner Verbindung, wir nannten sie früher einfach nur Burschenschaft, weil sich tatsächlich nur Burschen trafen, wenn auch Frauen sehr gerne gesehen waren …«

»Karl! Kennst du jemanden, der uns helfen kann, oder

nicht?« Rosa wurde ungeduldig, wie immer, wenn sie müde und hungrig war. Ihr ›Sechste-Stunde-Syndrom‹, hatte sie es bis vor Kurzem noch genannt. *Wie langweilig war ihr Lehrerleben doch gewesen im Vergleich zu einem einzigen Tag als Gärtnerin!* Wobei sich Rosa gerade eher fühlte wie die Hauptermittlerin in einem Mordfall mit Hobby Blumenbinden.

»Ja oder nein?« Bevor sie von der Ermittlerin zur Mörderin mutierte und ihrem guten Freund an die Gurgel ging, kam Moritz gerade rechtzeitig mit einem Cappuccino und einem Teller, von dem sie ein Stück Tarte Tatin anlachte. Genießerisch sog Rosa den Duft von Teig und Äpfeln ein. Wie sie diese flachen, umgekehrt gebackenen französischen Apfelkuchen liebte. Kurz war sie abgelenkt.

»Darf ich mitmachen beim Quiz? Ja oder nein, was war die Frage?« Moritz setzte sich und biss in ein Vollkornbrötchen, aus dem Rucola herausguckte. Jetzt sahen schon zwei Menschen Karl fragend an.

»Mein guter Freund Bernhard ist am Museum König tätig. Professor Bernhard muss ich wohl sagen. Dem werde ich gleich morgen früh euren Fund vorlegen, wenn ihr euch denn von den Knochen trennen könnt.«

Nach einem eindringlichen Blick von Rosa fügte Karl hinzu: »Na gut, ich rufe ihn sofort an und bringe ihm die Knochen später vorbei.« Erleichtert lehnte sich Rosa zurück. »Sag das doch gleich. Und jetzt weg mit den alten Knochen.«

»Schprescht ihr von mir?« Willy war durch die gläserne Verbindungstür der Gärtnerei gekommen und stand zusammen mit Rosas Mutter Roswitha im Café. Er winkte Konditorin Sarah zu. »Liev Mädsche, tuste mir'n Kölsch?« Und mit Blick auf Rosa ergänzte er: »Feierabend, wie bei eusch, wie et aussieht.«

»Um Gottes Willen, was ist das denn?« Roswitha setzte sich zu ihrer Tochter und beäugte die Knochen auf dem Tisch.

»Haben wir beim Graben gefunden. Und jetzt hoffen wir, dass wir unseren Spaten nicht mitten in einen alten Mordfall gestoßen haben.«

»Watt denn, 'ne tote Freiherr? Hier in der Gejend?« Willy nahm dankbar das Bier von Sarah entgegen. »Det wüsst isch ever.«

»Wie gruselig! Ich lege dir gleich mal die Tarotkarten, dann wissen wir mehr.« Rosas Mutter wollte schon aufspringen.

»Lass mal, Mama. Jetzt soll die Wissenschaft sprechen. Und bis dahin – ich brauche als Erstes eine ordentliche Dusche und mein Sofa, auf das mich höchstens ein Krimi begleiten darf.«

Karl Schäfer räumte die Knochen vom Tisch und hatte wie immer einen passenden Spruch parat. »Memento mori, bedenke, dass du sterben wirst.«

»Amen«, murmelte Willy und kippte sein Kölsch in einem großen Schluck hinunter.

Kapitel 9

Am Wochenende packte Rosa Archie in den Hundekorb am Lenker, Wasserflasche und Schere in die Satteltaschen und stieg auf ihr E-Bike, das sie sich in einem Anflug von Enthusiasmus und gleichzeitiger Faulheit geleistet hatte. Eigentlich war Bonn zu eben, als dass sie einen Antrieb gebraucht hätte, aber so konnte sie viel größere Strecken zurücklegen. Letztens erst war sie durch den Wald zum Bahnhof Kottenforst gefahren, wo man im Biergarten unter alten Bäumen Rast machen und ein Radler trinken konnte. Demnächst wollte sie wenigstens ansatzweise das Siebengebirge bezwingen. *Bis zum Wohnhaus von Konrad Adenauer in Rhöndorf müsste es doch auch zu schaffen sein.* Der ehemalige Bundeskanzler hatte einen schönen Rosengarten neben seiner Bocciabahn angelegt, der existierte heute noch. *Zu sehen gibt es in und um Bonn jedenfalls genug,* dachte Rosa. Aber heute war kein Sightseeing angesagt, sondern Versuchsküche. Sie wollte endlich Holunderblüten sammeln und verarbeiten, in Friesdorf hatte sie letztes Jahr noch Unmengen davon gesehen. Rosa nahm den Weg am Rhein entlang, ihren Fluss, den sie so liebte. Gegen einen Urlaub an der Nordsee hatte sie auch nichts einzuwenden, aber war es nicht wunderbar, wenn es direkt vor der eigenen Tür ein fließendes Gewässer gab? Und dann einen so großen, schönen Fluss, der so viele Sagen und Geschichten hervorgebracht hatte, für die sie ihre Schüler immer wieder hatte erwärmen wollen bei ihren Exkursionen in die Natur. Rosa genoss Sonne und Wind im Gesicht, während sie durch die Rheinauen radelte, und lächelte über Archie, der mit flatternden Ohren wie eine Galionsfigur vor ihr saß. Wie eine sehr zerknautschte Galionsfigur. Rosa hätte das Tierheim niemals ohne ihn verlassen können, nachdem er sie mit seinen großen braunen Augen angesehen hatte. Seitdem war er ihr treuer Begleiter, der sie immer ein wenig muffelig ansah und sie damit an ihren verstorbenen Mann Erich erinnerte, wenn er seine Tuba für den nächsten Auftritt mit dem Beethovenorchester gestimmt hatte. *Wie schnell das Leben doch verfliegt.* Rosas Gedanken düsten von der Vergangenheit in die Gegenwart und landeten bei den Knochen im Garten. *Moritz hat recht*, dachte Rosa, *für einen Hund oder eine Katze sind sie einfach zu groß. Für ein Pferd zu klein. Aber alles dazwischen könnte passen. Wozu auch ein menschlicher Körper zählte.* Rosa stellte ihren Radantrieb auf Turbo und fand schnell die Stelle in Friesdorf wieder, wo sie im vergangenen Jahr Holunder gesammelt hatte. Die kleinen, weißen Blüten, die zusammen eine rundliche Dolde bildeten, leuchteten ihr schon entgegen. Rosa stellte ihr E-Bike ab, holte Archie aus dem Körbchen und die Schere aus der Satteltasche. Hier am Rande eines Sportplatzes interessierte sich niemand für Holunder, den konnte sie bedenkenlos mitnehmen. Während sie Dolde für Dolde abschnitt und in ihren großen Korb mit dem Klappdeckel auf ihrem Gepäckträger legte, rief sie sich die Rezepte in Erinnerung, die schon ihre Oma Gisela verwendet hatte. Holunderblütensirup wollte sie machen, aus Wasser, Zitronen und Zucker, dazu brauchte sie locker sechzig Dolden. Und für die Holunderküchlein, die sie heute Abend Karl kredenzen wollte, noch einmal mindestens zehn. Die würde sie in einen Teig aus Mehl, Eiern und Bier tunken und dann frittieren. Gab es etwas Gesünderes zum Naschen? Die restlichen Blüten mussten im Wasser zwar drei Tage lang ziehen, aber dann konnte sie den fertigen Sirup in hübsche Flaschen füllen und im Laden verkaufen. Dort musste sie heute eh noch hin, die Holunderbüsche vor dem Eingang hatten auch ein paar schöne Blüten, und Willy war noch nicht dazu gekommen, sie zu schneiden. Alle wollte Rosa heute allerdings nicht ernten, denn sonst würden sie im Herbst keine dunklen Holunderbeeren haben. Und aus denen ließ sich der gesunde Saft kochen. *Ach, was ist die Natur doch reichhaltig und spendabel,* freute sich Rosa, während sie Richtung Gärtnerei fuhr. *Schade, dass ich keinen Holunderstrauch in den Garten der Grafs pflanzen darf.* Denn seine Blätter waren, genau wie die ungekochten Beeren, giftig. Die Natur war eben auch immer gefährlich. Sie parkte ihr Fahrrad vor der Gärtnerei und begrüßte ihre Mutter, die mit Willy mehr plauderte als arbeitete, bemerkte Rosa.

»Watt denn, die Scheffin arbeitet am Wochenend?« Willy stand mit verschränkten Armen und in Arbeitsstiefeln, die den hageren Mann zu verschlucken schienen, im Verkaufsraum. Die Wassereimer mit den Schnittblumen waren fast leer, stellte Rosa zufrieden fest. *Dann kann das Wochenende ja beginnen.*

»Wir haben heute gut verkauft, Rosa, auch die Kräuter gingen weg wie warme Röggelschen, bei dem Sonnenschein wollen alle ihre Gärten aufhübschen.« Rosas Mutter schloss die Eingangstür ab und begann, Kasse zu machen. »Auch unsere Kooperation mit dem Spargelhof läuft tippitoppi, ich habe dir das letzte Pfund zurückgelegt, auch Bärlauch ist noch da.«

»Danke, Mama, das ist eine gute Idee, ich habe schon überlegt, was ich Karl heute Abend anbieten kann außer meinen Holunderküchlein zum Nachtisch.«

»Vielleischt 'ne griechische Kalenderspruch, isch glaub, der sammelt die.« Willy konnte es nicht lassen, gegen Karl und seine klassische Bildung zu stänkern. Rosa sah ihn strafend an, ohne auf seinen Zwischenruf einzugehen.

»Ich denke, ich mache Bärlauchpesto zum Spargel. Wenn was übrig bleibt, hätten wir ein paar Gläser für den Ladenverkauf. So, und jetzt alle raus hier bis auf Archie.«

»Hoch datt Hemd, Wochenend! Also isch halt minge Fööss in Vatter Rhein, Rosa trifft Spargeltarzan, und watt mähst du, Roswitha?«

Rosas Mutter legte das eingenommene Geld in die Kassette und nahm die Schürze ab. »Meine Freundin zeigt mir, wie man ein Geburtshoroskop erstellt. Dann kann ich dich demnächst analysieren, Willy.«

»Isch bin griechischer Liebesgott mit Aszendent Kölsch.«

Rosa lachte zusammen mit ihrer Mutter darüber, wie Willy in seiner Arbeitslatzhose samt Gummistiefeln versuchte, statuengleich zu posieren.

»Und was bin ich?« Rosa sah ihren Mitarbeiter fragend an.

»Du bist Burgfräulein mit Aszendent Rittersporn.«

»Noch so ein Spruch, Willy, und ich hol uns drei Kölsch von Sarah nebenan. Aber dann wird nichts aus meinem Wochenplan für den Schlossgarten, den muss ich noch machen.«

Das Telefon riss die drei aus ihrer Hochstimmung.

»Rosa, für dich.« Roswitha hielt den Hörer zu und flüsterte »Spargeltarzan«, bevor sie ihn an Rosa weitergab. Und zusammen mit dem alten Willy sah sie zu, wie das Lächeln aus Rosas Gesicht langsam verschwand.

»Was? Ist sich dein Freund sicher?« Rosa nickte. »Okay, dann bis heute Abend.« Sie ließ das Telefon sinken. Zwei Mitarbeiter und ein Mops sahen sie fragend an.

»Das war Karl. Sein Freund hat sich die Knochen angesehen.«

»Ah, datt tote Schlossjespenst.«

Rosa schüttelte den Kopf. »Er ist sich sicher. Das war einmal ein Löwe.«

• • •

Die Frühkartoffeln waren aufgesetzt, der Wacholderschinken vom Bonner Markt auf einer Platte angerichtet und der geschälte Spargel dampfte im Ofen in einer Auflaufform vor sich hin. Zusammen mit Butter, Salz, Zucker und Pfeffer nach dem Rezept eines Fernsehkochs würde er am Ende noch etwas knackig und wahnsinnig aromatisch sein. Viel besser als dieser labberige gekochte Spargel aus dem Topf. Für das Bärlauch-Pesto hatte Rosa ein Bündel von den länglichen grünen Blättern mit angerösteten Pinienkernen und viel Olivenöl in ihrem Mixer zu einer cremigen Masse verarbeitet, deren Geruch an Knoblauch erinnerte. Sie würde ja heute niemanden mehr küssen. *Schade eigentlich*, dachte Rosa und füllte das Pesto in eine Servierschale. Nicht dass sie jemals mehr für Karl empfunden hatte als eine tiefe Freundschaft, aber in letzter Zeit vermisste sie einen ständigen Partner an ihrer Seite. Jemanden, dem sie von ihren Erlebnissen ihrer derzeit so aufregenden Tage erzählen konnte. Mit dem sie auf runden Geburtstagen tanzen und der sie abends in den Schlaf küssen würde. Oder um denselben bringen. Das machte momentan höchstens Archie, wenn er spätabends meinte, noch mal um die Häuser ziehen zu müssen. Die Türklingel erinnerte Rosa daran, dass sie die Eiswürfel aus dem Gefrierfach nehmen musste. Wenn Karl zu Besuch kam, war für einen Gin Tonic immer Zeit. Und für eine Partie

Scrabble nach dem Essen. Dass sie heute den Kopf dafür haben würden, glaubte Rosa allerdings nicht.

»Tilia aus der Familie der Malvengewächse. Meine Blumen für dich sind Lindenblüten in destillierter Form, davon haben wir doch alle mehr.« Karl, heute in einem Leinenjackett, drückte ihr eine Flasche eines Bonner Gins in die Hand. »Traditionell wurde früher unter Lindenbäumen getanzt, mal sehen, vielleicht bin ich nach einem Glas dazu bereit. Wobei sich meine Tanzfertigkeiten auf langsamen Walzer beschränken.«

»Jetzt komm doch erst mal rein, Karl. Wir haben Wichtiges zu besprechen.« Rosa konnte es nicht erwarten, alles über ihren Gartenfund zu erfahren. Ihr Jagdinstinkt war geweckt. Das kannte sie noch aus dem Studium. Sobald eine Frage offengeblieben war, hatte Rosa weitergeforscht, bis sie das Problem lösen und für sich abhaken konnte. Der Kommentar ihrer Mutter war seitdem stets der gleiche: Du bist halt eine strebsame Jungfrau, so perfektionistisch! Rosa ließ ihre horoskopsüchtige Mutter in dem Glauben, hielt sich selbst aber einfach nur für neugierig. Was die Stapel an Klatschblättern neben ihrer Chesterfield Couch bewiesen. Sogar aus England hatte sie zwei Zeitschriften abonniert, schließlich brauchte sie unbedingt Informationen über ihr Lieblingsfachgebiet, das englische Königshaus, aus erster oder wenigstens zweiter Hand.

Rosa mischte Eiswürfel, Gin und Tonicwater und gab eine Scheibe Zitrone ins Glas, das sie Karl reichte.

»Und jetzt erzähl, warum ist sich dein Wissenschaftsfreund so sicher, dass wir ausgerechnet die Knochen eines Löwen ausgebuddelt haben?« Sie setzten sich auf Rosas kleinen Balkon, auf dem sich am Geländer die Kräutertöpfe aneinanderreihten. Karl nahm einen Schluck und nickte anerkennend.

»Zuerst hat sich mein Freund den großen, hohlen Knochen angesehen. Da war ihm schon klar, dass das kein kleines Haustier gewesen sein kann. Nach einigen Vergleichen und Recherchen und Nachfragen bei den Kollegen vom Kölner Zoo kamen sie zu dem Ergebnis, dass es ein Tiger oder ein Löwe gewesen sein muss.«

»Sind die sich so ähnlich?«, grübelte Rosa.

»Panthera leo und Panthera tigris sind eng verwandt, so auch ihre Knochen. Aber an einem Körperteil kannst du sie eindeutig bestimmen.«

»Dem Gebiss?« Aus ihren Krimis wusste Rosa, dass eine Leiche anhand der Zähne identifiziert werden konnte. »Aber wir haben bisher gar keine Zähne gefunden.«

»Das stimmt, aber du hast mir doch ein Teil mitgegeben, das so ganz anders aussah als der andere Knochen. Das mit der Einbuchtung.«

Rosa hätte sich fast an ihrem Gin Tonic verschluckt. »Eine Augenhöhle«, rief sie.

»Richtig. Ihr habt leider keinen ganzen Kopf gefunden, aber mein Freund ist sich so gut wie sicher, dass es kein Tiger, sondern ein Löwe war. Wie auf dem Bonner Wappen. Der Schädel verrät das Tier. Auf den Gartenlöwen!« Karl prostete ihr zu.

»Meinst du, der Schlossherr hat sich wilde Tiere gehalten? In seinem Park?« Rosa sank auf ihrem Stuhl zusammen. »Oder mit ihnen gehandelt? Ich habe letztens gelesen, wie teuer Löwenknochen nach Asien verkauft werden, weil man glaubt, sie hätten heilende Kräfte.«

»Na, dann hätte er sie ja nicht vergraben.«

»Stimmt natürlich.« Rosa fühlte sich plötzlich ratlos und müde. Kein schöner Zustand, wie sie aus ihrer Zeit als Lehrerin wusste. »Der junge Herr Graf wird uns da auch nicht weiterhelfen können, die Löwenknochen liegen vermutlich weitaus länger in der Erde, als er das Schloss besitzt.«

»Die Altersanalyse läuft noch«, Karl war in seinem Element. »Und vergiss nicht, das Halten von Raubkatzen ist in Deutschland nicht verboten. Selbst wenn der alte Schlossherr sich mit Löwen in seinem großen Garten umgab – eine unschöne Vorstellung für die Tiere, aber kein Gesetzesbruch.«

»Unglaublich.« Rosa stand auf. »Willy hat erzählt, dass der alte Freiherr, der vor den Grafs in dem Schlösschen wohnte, sehr zurückgezogen lebte. Den hat man eigentlich nie gesehen. Aber Löwen im Garten – das hätte sich doch herumgesprochen!«

»Du wirst noch zur Miss Marple im Garten, meine Liebe. Dann lass mich dein Mr. Stringer sein.«

»Hör bloß auf. Mir reicht es völlig, wenn wir in diesem geheimnisvollen Garten die Erde umgraben, wir müssen nicht auch noch in der Vergangenheit wühlen. Vorausgesetzt, wir finden nicht noch weitere Knochen. Nicht dass ein ganzes Rudel im Garten begraben liegt. Warten wir erst mal, was deine Analysen ergeben, bevor mein Schädel auf Spurensuche geht.«

»Ex ungue leonem. An der Klaue erkennt man den Löwen. Ein Spruch aus dem alten Griechenland.« Karl lächelte Rosa an.

»In unserem Falle wohl eher am Kopf. Gut, vertagen wir unser Löwenproblem. Meine Nase sagt, der Spargel ist fertig. Asparagus, aus dem alten Beuel, schäl sick, von der falschen Rheinseite, ich hoffe, du isst ihn trotzdem.«

Kapitel 10

Rosa war froh, dass Christopher Graf ihr die Tür öffnete und nicht sein wortkarger Diener Martin.

»Mit Ihnen wollte ich sprechen.« Mit energischen Schritten betrat Rosa das Schlösschen, während ihr Neffe den Sprinter auslud. Heute stand die zweite Hälfte der Terrassenbepflanzung an, dafür hatten sie in der Gärtnerei weitere schöne Sommerblumen eingepackt, von den Zauberglöckchen in Pink und Orange über das zarte, weiße Schleierkraut bis zum gelben Sonnenhut. Und eine dicke Schneeball-Hortensie hatten sie auch dabei. Schön bunt sollte es werden.

»Guten Morgen, Frau Reich. Haben Sie neue Informationen zu Ihrem Fund? Meine Frau hat mir die Knochen gezeigt. Als Informatiker kenne ich mich nicht so aus, aber wie ein Mensch sah mir das nicht aus. Ich hoffe, Sie können das bestätigen.« Christopher Graf wirkte auf Rosa freundlich und ehrlich interessiert. *Er hat mit den Knochen im Garten nichts zu tun. Woher sollte er auch wissen, was sich unter der Erde befindet, als er das Schloss gekauft hat?*

»Allerdings. Die gute Nachricht: Es waren keine menschlichen Knochen. Aber – halten Sie sich jetzt gut fest – wie es aussieht, gehörten die Knochen doch tatsächlich zu einem Löwen.«

»Einem was?« Der Besitzer war sichtlich überrascht. »Wie, bitte schön, kommt ein Löwe in den Garten?«

»Das wollen wir herausfinden. Das Einfachste wäre, wenn wir mit dem früheren Besitzer sprechen könnten. Aber Ihre Frau sagte mir schon, dass der verschwunden ist. Keine Chance, ihn zu kontaktieren?«

Christopher Graf zuckte mit den Schultern. »Das habe ich auch schon versucht. Er hat sehr viel zurückgelassen in dem Haus. Eigentlich alles. Die Möbel sind kein Problem, einiges gefällt uns gut, anderes verkaufen wir. Aber in den Schränken haben wir auch Persönliches gefunden, das wir ihm gerne zurückgeben würden, doch er ist unauffindbar. Der Verkauf lief über seinen Anwalt, aber auch der erreicht ihn nicht. Behauptet er zumindest.«

»Verstehe.« Rosa grübelte. So kamen sie nicht weiter. Dabei hätte sie zu gern herausgefunden, was es mit dem Löwen auf sich hatte.

Moritz streckte den Kopf zur Tür herein. »Moin. Eine Frage, Herr Graf, dürfte ich wohl über die Löwenknochen in meinem Anzeigenblatt schreiben? Das ist doch eine super interessante Geschichte. Und vielleicht meldet sich ja jemand, der weiß, wie die da hingekommen sind.«

Christopher Graf zögerte kurz. »In Ordnung. Warum nicht?« Er wandte sich an Rosa. »Aber die Polizei werde ich nicht rufen. Und Sie bitte auch nicht. Dafür fehlt uns die Zeit.«

Rosa nickte. »Einverstanden, das wird nicht nötig sein. Aber das Museum, das die Knochen untersuchen lässt, hätte Interesse an ihnen. Wenn es Ihnen recht ist, nehme ich sie später alle mit. Wer weiß, vielleicht können sie dort den Löwen rekonstruieren und sogar ausstellen. Und Sie werden lobend erwähnt.« Sie entlockte dem Besitzer ein Lächeln.

»Ich bitte darum, meine Frau ist froh, wenn die alten Knochen aus dem Keller verschwinden. Ich lasse sie Ihnen nachher zusammenpacken. Und du meldest dich einfach, wenn du für deine Geschichte noch etwas brauchst.« Er zeigte auf Moritz.

»Okay, wenn Sie es schon anbieten, würde ich gerne nachher ein Foto von Ihnen im Garten machen, am besten mit einem Knochen in der Hand.«

»Es wäre mir recht, wenn du mich da raushältst. Die Knochen und das Haus kannst du gerne fotografieren, aber meine Frau und mich nicht. Aber vielleicht hat das Personal ja Interesse.«

»Cool.«

»Aber zuerst solltest du die Beete anlegen, damit wir Gemüse sähen können, dafür sind wir schließlich hier. Und ich gehe jetzt endlich an die Stauden.« Rosa zog ihre Arbeitshandschuhe aus den Tiefen ihrer Latzhosentaschen und schob ihren Neffen zur Haustür raus. Moritz drehte sich noch einmal um. »Ach, sagen Sie, Herr Graf, nur interessehalber, was für eine App haben Sie eigentlich entwickelt?«

»*Mord im Ort. Suche den Mörder in deiner Nachbarschaft.* Solltest du dir runterladen.«

• • •

Zufrieden betrachtete Rosa ihr Werk. Von der Schlossseite her wirkte es, als würde Familie Graf auf ihrer Terrasse in einem wahren Blütenmeer sitzen. Ein Meer, das vorne von Kräutern, seitlich von runden Hortensiendolden und hinten raus von hohen Gräsern umschlossen wurde. So gefiel es ihr richtig gut. *Jetzt nur noch die Rasenkante in Form bringen, und wenn die Grafs keine Einfassung für die Beete aus Holz oder Steinen wünschen, bin ich mit diesem Teil des Gartens fertig.* Sie hielt inne, als sich laute Männerstimmen näherten.

»Ich habe es Ihnen doch schon beim Einzug gesagt – meine Antwort ist nein. Dies ist unser Privathaus und keine öffentliche Einrichtung. Wir wollen hier in Ruhe leben.«

»Das ist doch kein Problem, wir bräuchten nur zwei, drei große Zimmer, was Repräsentatives, damit wir einmal im Monat hier unsere besonderen Kulturveranstaltungen abhalten können. Natürlich sind Sie herzlich eingeladen. Dieses Schloss gehört schon so lange zu diesem Ort, da waren Sie noch gar nicht geboren. Es ist unser aller Kulturgut.«

Rosa linste durch das Pampasgras. Christopher Graf stand mit den Händen in den Hosentaschen auf der Terrasse und sah genervt aus. Die jugendliche Leichtigkeit war aus seinem Gesicht gewichen. Auch der beleibte Mann im Anzug neben ihm hatte kein Auge für ihre neu gepflanzte Herrlichkeit. Der Vollbart und die Brille kamen Rosa irgendwie bekannt vor.

»Ich habe Ihnen schon mehrfach abgesagt. Schluss jetzt, keine weitere Diskussion. Ich muss weiterarbeiten.«

»Herr Graf, Sie verstehen mich nicht. Die Stadt hat einen Anspruch auf dieses Gebäude. Georg Freiherr zu Loewenstein persönlich hat mir in die Hand versprochen, uns das Haus zu überlassen. Von Zeit zu Zeit.«

»Der leider nicht mehr der Besitzer ist. Sie können gerne mit meinem Anwalt sprechen, aber belästigen Sie uns bitte in Zukunft nicht mehr.«

Der Vollbärtige ballte die Fäuste. Sein Gesicht lief so rot an, wie sich Rosa die Tomaten erträumte, die noch nicht gesetzt waren. »So können Sie mit mir nicht umspringen. Das scheinen Sie als Zugezogener nicht zu wissen, aber Wort ist Wort. Ich habe Beweise! Ich bin der Bürgermeister, und ich fordere dieses Wort jetzt ein. Sonst …« Er trat einen Schritt auf Christopher Graf zu.

»Sonst was? Wollen Sie mir drohen? Ich fasse es nicht. Seien Sie lieber froh, dass ich ihr sogenanntes Kulturgut wieder auf Vordermann bringen lasse. Seien Sie dankbar für die vielen Handwerker aus ihrem Ort, die ich hier beschäftige. Das könnten Sie doch alles gar nicht bezahlen.« Christopher Graf deutete mit einer ausschweifenden Geste auf das alte Herrenhaus. »Und jetzt entschuldigen Sie mich bitte. Ich denke, Sie finden den Weg alleine.« Rosa sah, wie Christopher Graf durch die Terrassentür ins Haus ging, während der dicke Vollbart wütend gegen den Kübel mit dem Zitronenbäumchen trat, den sie heute mitgebracht hatten. Bevor sie entsetzt einschreiten konnte, hörte sie sein schmerzerfülltes »Au, verdammt«. Mit einem »Das wird Ihnen noch leidtun« lief der Mann im Anzug die kurze Treppe zum Garten runter, umrundete ihre Beete, ohne die frisch gepflanzten Blumen oder Rosa eines Blickes zu würdigen, und verließ den Garten. Als sie aus der Ferne einen Motor aufheulen hörte, wusste Rosa, dass dieser Spuk erst einmal vorbei war.

• • •

»Eine kleine Erfrischung aus der Küche.« Rosa fuhr herum. Diener Martin stand vor ihr mit einem Tablett in der Hand. Er reichte ihr eins der Gläser mit einer grünlichen Flüssigkeit. »Anna hat Smoothies gemacht, sie sagt, die seien sehr gesund.«

»Haben Sie mich erschreckt. Vielen Dank, sehr liebenswürdig. Was ist denn alles drin?«

Martin sah sie ernst an. »Da fragen Sie mich zu viel. Ich glaube, von Gurke und Avocado war die Rede, und einige Kräuter hat sie wohl auch hinzugegeben.« Er blieb stehen, als warte er auf etwas. Rosa probierte vorsichtig.

»Hm, lecker. Sagen Sie Anna herzlichen Dank.« Und weil Martin noch immer keine Anstalten machte, Moritz das zweite Glas zu bringen, fuhr sie fort. »Und, wie lange arbeiten Sie schon in diesem Haus, Herr, äh …« Es klang wie Small Talk, gab ihr aber so manche wissenswerte Information. Diese Art von Unterhaltung hatte Rosa auf so einigen Elternsprechtagen verfeinert, wenn sie mehr über die Familien ihrer Schüler erfahren wollte.

»Fast mein ganzes Leben lang. Warum fragen Sie?«

Rosa nahm noch einen Schluck vom Smoothie. *Schmeckt wirklich sehr grün.* »Na ja, ich frage mich, ob Sie mir sagen können, wo ich den Vorbesitzer finde. Ich, ähm, habe noch ein paar Fragen zur ursprünglichen Gartengestaltung und natürlich zu unserem Fund.«

»Bedaure. Der Freiherr hat es leider vorgezogen, sich nicht zu verabschieden. Ich denke, er ist ins Ausland gegangen.«

»Wie kommen Sie darauf?« Rosa sah den Diener neugierig an. Der zuckte mit den Schultern. »Reine Vermutung, ein Teil der Familie stammt aus Frankreich.«

»Sind Sie traurig darüber, dass der Freiherr weg ist? Wenn Sie so lange für ihn gearbeitet haben, hat es Sie sicherlich verletzt, dass er einfach so verschwunden ist.«

Rosa meinte, eine Ahnung einer Gefühlsregung hinter der versteinerten Fassade des Dieners auszumachen, konnte aber nicht sagen, was genau in ihm vorging. Als er nicht antwortete, fuhr sie fort. »Aber wie schön, dass die Grafs Sie übernommen haben und Sie weiter hier arbeiten können.«

»Nun ja, fürs Tratschen bezahlen sie mich auf jeden Fall nicht.« Fast schon ruppig beendete Martin das Gespräch und lief mit dem zweiten Smoothie zu Moritz rüber. Rosa schüttelte den Kopf, leerte ihr Glas und hatte das Gefühl, auf eine tiefer liegende Verletzung im Leben des Dieners gestoßen zu sein. *Aber dem kann ich nicht auch noch nachgehen, ich bin schließlich nicht der Sigmund Freud der Schlossgärten.* Sie räumte ihr Gartenwerkzeug in den kleinen Wagen der Gärtnerei und beschloss, für heute Feierabend zu machen. Es reichte, wenn sie morgen Möhren und Radieschen aussäte und die Kartoffeln in die Erde setzte. Kürbis, Tomate und Zucchini würden sie eh als vorgezogene Jungpflanzen aus der Gärtnerei mitbringen. Rosa wischte sich den Schweiß von der Stirn und pfiff nach Moritz. Es musste an der frühsommerlichen Hitze liegen, dass sie sich ein wenig flau fühlte. Nur noch die Knochen einpacken und weg von diesem geheimnisvollen Anwesen und seinen Bewohnern.

Sie schloss gerade die Heckklappe ihres Transporters, als Christopher Graf irritiert dreinblickend aus der Eingangstür trat.

»Es tut mir leid, aber ich kann die Knochen nicht mehr finden. Im Keller sind sie nicht, und die Handwerker schwören, nichts weggeräumt zu haben. Ich habe auch Anna und Martin gefragt, aber niemand weiß etwas. Der Löwe ist weg.«

Kapitel 11

Sarah hatte britisches Shortbread gebacken und die weichen, buttrigen, französischen Madeleines, die Rosa an Löwentatzen erinnerten. Die sie heute leider nicht so lockten wie sonst. *Schlägt mir das ungelöste Löwenrätsel jetzt schon auf den Magen?* Zur Besprechung hatte sie ihre Mutter und Willy aus der Gärtnerei geholt, und auch Sarah setzte sich neugierig dazu, weil das Café am frühen Abend kaum besucht war.

»Um es kurz zu machen – die Löwenknochen sind verschwunden.«

»Is der Leo abjehauen? Hatte vielleischt Angst vor dem Schlossjespenst.« Willy grinste in die Runde und offenbarte dabei ein bis zwei Zahnlücken.

»Die können doch nicht einfach verschwinden. Vielleicht hat sie jemand weggeschmissen. Oder ein Tier hat sie geholt.« Ihre Mutter verfügte über viel Fantasie, stellte Rosa fest. Sie schüttelte vehement den Kopf.

»Die Knochen lagen in einem Regal im Keller, da kommt kein Tier ran. Und die Handwerker, die gerade im Haus arbeiten, schwören, dass sie nichts entwendet haben. Die sind auch gar nicht im Keller zugange.«

»Vielleicht haben die neuen Besitzer die Knochen versteckt, weil sie keinen Ärger haben wollen. Die haben schließlich schon genug zu tun mit der ganzen Renovierung.« Moritz knabberte lustlos an seinem Madeleine.

»Mir scheint, Ärger haben die Grafs jetzt schon.« Rosa erzählte von dem Gespräch zwischen Christopher Graf und dem dicken, bärtigen Mann, der sich als Bürgermeister des Ortes herausgestellt hatte.

Moritz tippte auf seinem Handy herum und hielt ihr das Display entgegen. »War es der da?«

Rosa betrachtete das Foto im Internet und nickte. »Das ist er. Hat seit dem Foto ein wenig zugelegt, aber ja. *Bürgermeister Josef Breuer* steht da. Hm, habe ich vielleicht schon mal in der Zeitung gesehen. Klar will der ins Schloss einladen, zu was auch immer. Demnächst sind auch Wahlen. Vielleicht hat er seinen Bürgern Versprechungen gemacht und kann die jetzt nicht halten, weil der neue Besitzer nicht so mitspielt, wie er sich das vorgestellt hat.«

»Dann wurde auch der Bürgermeister von dem plötzlichen Verschwinden des alten Freiherrn überrascht. Warum ist der nur weg? Wenn ihr mir sein Geburtsdatum besorgt, kann ich sein Horoskop erstellen, dann wissen wir mehr über ihn.« *Mamas Wochenendkurs wirkt nach,* stellte Rosa amüsiert fest.

»Na ja, wahrscheinlich hat das ja auch gar nichts mit unserem Löwen zu tun. Ist schließlich das gute Recht von Christopher Graf, dass er in seinen privaten Räumen keinen öffentlichen Sektempfang oder Kleinkonzerte haben will.«

Moritz lehnte sich stöhnend zurück und rieb sich den Bauch. »Aber komisch war es schon, dass er so darauf bestand, wegen der Knochen nicht die Polizei einzuschalten.«

»Moritz, magst du meine Madeleines gar nicht mehr? Sonst kannst du davon doch nicht genug bekommen.« Die junge Bäckerin blickte Rosas Neffen verwundert an. »Und Rosa sieht auch ganz blass aus. Nicht dass ihr euch einen Sonnenstich im Garten geholt habt oder eine Zecke oder so.«

Moritz und Rosa sahen sich an und sagten fast gleichzeitig »Der Smoothie!«

»Warum trinkt ihr Jemüsesaft, wenn et Kölsch auf der Welt jibt?«

Rosa sah ihren Neffen an. »Der schmeckte auch etwas eigenartig, fandest du nicht auch?«

»Da wollte euch jemand vergiften!« Roswitha Reich riss die Augen auf.

»Unsinn. Die Köchin, Anna, hat uns die Smoothies gemacht, weil sie nett ist. Warum sollte uns jemand vergiften wollen? Wir sind doch nur die Gärtner. Wenn überhaupt, müsste es jemand auf den Besitzer abgesehen haben. Der ist reich, ich heiße nur so. Und überhaupt – nimmt man nicht eher Rattengift, wenn man jemanden vergiften will? So was habe ich im Keller überhaupt nicht gesehen. Und Zyankali ist nur was aus Krimis.«

»Liebschen, et reicht auch dat ein oder andere ungekochte Böhnschen. Oder haste von dinge Holunderblättern jenascht? Ooch giftisch.«

Rosa winkte ab. »Willy, hör auf. Wir fahren jetzt nach Hause und legen uns hin, das wird schon wieder. Morgen schreibt Moritz seinen Artikel, und dann gehen wir unserer eigentlichen Frage nach: Wie kommt ein toter Löwe in den Garten? Zuerst hat es mich nur persönlich neugierig gemacht, aber jetzt, da die Knochen verschwunden sind …«

»Und euch jemand vergiften wollte …«, hauchte Roswitha.

»Is klar wie Klärschen: Da hat jemand Dreck am Stecken! Aber gewaltig.«

Kapitel 12

»So wie ich das sehe, haben wir drei Apfelbäume und einen Pflaumenbaum. Und eine sehr verholzte Kirsche. Oder täusche ich mich?« Rosa stand in der Baumschule ihres Vertrauens und zeigte Andreas Krawinsky ihr Handy, auf dem sie Fotos aller Obstbäume in Familie Grafs Garten gespeichert hatte.

»Zeigen Sie mal.« Andy kam näher und drehte Rosas Handy, das sie noch in Händen hielt, in seine Richtung. Dabei berührten seine Finger ihre. Sein Kopf kam näher, und sie roch sein herbes Aftershave. *Männlich* fuhr es Rosa durch den frisch frisierten Kopf. Nachdem sie tatsächlich einen Tag mit Magen-Darm-Problemen flachgelegen hatte, war sie ihrem Bedürfnis gefolgt, sich ein wenig aufhübschen zu lassen, bevor sie dem Garten, neuen Aufgaben und dem Besuch bei Herrn Krawinsky entgegensah. Sie hoffte, dass die blonden Strähnchen im frisch gefärbten Haar sie jugendlicher wirken ließen.

»Sieht so aus. Und Sie haben recht, einen Rückschnitt brauchen sie alle. Bei den Apfelbäumen müssen wir bis zum Winter warten, bei der Pflaume machen wir nur einen Erziehungsschnitt, und wenn ich das richtig sehe, trägt die Kirsche schon. Das ist gut, dann können wir uns auch an die wagen und dabei ganz oben ernten. Sofern keine Vögel in den Bäumen wohnen.« Er lächelte Rosa an. »Apropos Schnitt, Sie waren beim Friseur, nicht wahr? Sie sehen toll aus.«

Rosa fuhr sich verlegen durch die gesträhnten Haare. »Danke, ja, manchmal braucht Frau etwas Neues.« Unsicher betrachtete sie ihre Fingernägel, die sie farblich passend zum Obst lackiert hatte, über das sie heute sprechen wollte: Pfirsich.

»Was halten Sie von einem Pfirsichbäumchen? Die blühen so schön. Oder sind die schwierig in der Haltung?«

»Nein, das ist eine gute Idee. Ich würde es wagen, wir haben ja gerade noch so Spätfrühling. Die Sorte Red Haven haben wir da, rosa Blüten im Frühjahr und viele gelbfleischige Pfirsiche im Sommer, und das Beste: Dieser Pfirsich befruchtet sich selbst, Sie brauchen keinen zweiten Baum dazu.« Er sah Rosa triumphierend an.

»Anders als bei uns Menschen.« Der Satz war Rosa rausgerutscht, bevor sie verstand, was sie da sagte. Das hier sollte ein Fachgespräch sein und keine Partnerschaftsvermittlung. Aber Andy stieß ein warmes, dunkles Lachen aus.

»Was bin ich froh, ein Mensch und kein Pfirsichbaum zu sein. Wenn Sie sehen wollen, wie viele Pfirsiche der Baum trägt, lade ich Sie im August in meinen Garten ein. Dann dürfte ich auch mit dem Hausbau fertig sein.«

»Na, schauen wir mal, wie schnell wir mit dem herrschaftlichen Garten hier fertig sind«, lenkte Rosa das Gespräch in sichere, berufliche Gefilde. »Es gibt da nämlich ein kleines Problem, von dem ich Ihnen noch gar nicht erzählt habe.« Sie berichtete Andreas Krawinsky von den Löwenknochen unter der Blutbuche. Der schüttelte amüsiert den Kopf.

»Frau Reich, Sie haben die Fähigkeit, interessante Geschichten auszugraben, im wahrsten Sinne des Wortes.« Der Baumschulbesitzer wurde ernst. »Müssen Sie das nicht der Polizei melden? Ich kann Sie auch begleiten, wenn Sie sich dabei unwohl fühlen.«

Rosa winkte ab. »Das mit der Polizei lassen wir erst mal, haben wir so mit dem neuen Besitzer besprochen. Wäre auch schwierig, denn die meisten Knochen sind verschwunden. Mein Neffe schreibt gerade eine kleine Geschichte darüber im *Wochenblatt*, vielleicht meldet sich jemand, der weiß, wie ein Löwe in den Park gekommen sein könnte. Für eine größere Geschichte müsste er mit dem Vorbesitzer sprechen, aber der ist, genau wie der Löwe, verschwunden.«

Andy Krawinsky schaute sie beeindruckt an. »Ein richtiger Krimi spielt sich da in Ihrem Garten ab. Warum suchen Sie nicht den früheren Besitzer? Weit ist der bestimmt nicht gekommen, Sie wissen ja: Einen alten Baum versetzt man nicht. Dann klärt sich alles auf, und wenn nicht, haben Sie einem alten Mann mit Ihrem Besuch eine Freude bereitet.«

»Sie haben recht, darüber habe ich auch schon nachgedacht«, Rosa packte ihr Handy ein, »aber wie wir das anstellen sollen, ist mir dabei noch nicht eingefallen. Und solange kümmern wir uns heute Nachmittag um die Obstbäume und den Urwald. Hoffentlich haben wir mit den Knochen unter der Blutbuche kein blutiges Verbrechen zutage gefördert.«

• • •

Kettensäge, Heckenschere, Häcksler, Axt und Hacke. Die Werkzeuge, die Andreas Krawinsky und seine zwei Mitarbeiter wenig später im Garten auspackten, wären auch gute Mordinstrumente, dachte Rosa und kam sich mit ihrer Gartenschere und dem Spaten etwas lächerlich vor. Sie war beeindruckt. Nicht nur von Andys professioneller Ausstattung, auch von seinem Auftreten. Die schweren Arbeitsstiefel und die Cargohose mit den vielen, praktischen Taschen ließen ihn wie einen

Mann aussehen, der genau wusste, was er tat. Unter dem engen T-Shirt sah Rosa zum ersten Mal seine muskulösen Arme. Er grinste sie an, band seine langen Haare zum Zopf und stieg auf die Leiter, die am Kirschbaum lehnte, den Werkzeuggürtel lässig um seine Hüfte.

»Dann wollen wir mal.« Das Beschneiden der Obstbäume war Andreas' Aufwärmübung, wie es aussah, danach wollte er sich mit seinen Jungs den dichten Baumbestand hinter der Blutbuche vornehmen. Den Urwald, wie Rosa ihn nannte. Sie riss sich von Krawinskys Anblick los. Für sie standen heute die Obsthecken und die Gemüsebeete auf dem Plan. Die vorgezogenen Kürbis-, Tomaten- und Zucchinipflänzchen würde sie als Erstes in die Erde setzen. Dann Radieschen, Möhre und Salat aussäen. Willy hatte auch Kartoffeln vorkeimen lassen, die Rosa heute verbuddeln wollte. Aber vorher musste sie mit den Besitzern sprechen. Sie musste die Fährte des alten Freiherrn aufnehmen. *Kann ein Mensch einfach so verschwinden?* Rosa wollte es nicht glauben. Spuren hinterließ jeder, man musste sie nur finden.

Sie traf das Paar auf der Terrasse an, wo sie Kaffee tranken und Rosas frisch gepflanztes Blütenmeer bewunderten.

»Das haben Sie sehr schön hinbekommen. Genauso habe ich es mir vorgestellt.« Laura Graf trug heute ein weit geschnittenes, dunkelblaues Businesskleid und wirkte viel formeller als beim letzten Mal. »Setzen Sie sich doch zu uns.«

»Es geht ja richtig gut voran, dank Ihnen!« Christopher Graf sah heute entspannt aus, war in Jeans und Poloshirt gekleidet und schaute in den Garten. »Gibt es etwas Neues in Sachen Knochen?«

Rosa ließ sich auf einen der bequemen Loungesessel fallen und nahm von Laura Graf eine Tasse Kaffee entgegen. »Leider nicht wirklich. Die Löwenknochen werden noch genauer untersucht. Dann wissen wir mehr. Aber ich denke mal, wenn sich das Schloss lange in Familienbesitz befunden hat, wäre der Vorbesitzer der richtige Ansprechpartner, um herauszufinden, wie sie dort hingekommen sind.«

»Der ja leider nicht aufzutreiben ist.« Christopher Graf schaute sie an, wie Jona aus der 7b, wenn er wieder einmal seine Hausaufgaben vergessen hatte.

»Gibt es da wirklich keine Möglichkeit? Vielleicht ist er gar nicht weit weg. Sie sprachen davon, dass er verkaufen musste. Aber dank des Verkaufs wird er genug Geld haben, um sich ein schönes Haus zu leisten.«

»Er war schon recht alt«, warf Laura Graf ein. »Ich bin mir nicht sicher, ob er ein ganzes Haus allein bewirtschaften könnte.«

»Oder ein schönes Seniorenheim. Sicherlich gibt es da einige in der Gegend. Ich weiß von einem recht exklusiven in Bonn. Hier im Ort ist er wahrscheinlich nicht geblieben.«

»Sehen Sie«, Christopher Graf richtete sich auf, »ich weiß nur, dass er verkaufen musste, weil er kein Geld mehr für die ganzen Reparaturen hatte. Da oben hat es durchs Dach geregnet. Es ist alles sehr schnell über seinen Anwalt gelaufen. Und dann war er von heute auf morgen auch schon weg. Vielleicht will der Freiherr nicht gefunden werden. Ich glaube, nicht einmal seine Dienerschaft weiß, wo er sich aufhält. Die beiden wirkten ziemlich überrumpelt, als der alte Besitzer eines Morgens nicht mehr da war und stattdessen meine Frau und ich auf der Matte standen. Wie es aussah, haben sie erst durch den Brief des Anwalts erfahren, dass wir sie in Zukunft bezahlen.«

»Erlauben Sie, dass ich mit den beiden spreche?« Rosa sah das Ehepaar fragend an.

»Wenn Sie etwas aus Martin herausbekommen«, Laura Graf lachte. »Vielleicht fangen Sie besser mit Anna an.«

»Wie nett, Frau Graf, dass Sie die alte Dienerschaft weiterbeschäftigen.«

»Na ja, das war Vertragsbedingung. Wahrscheinlich wollte der alte Freiherr seine treuen Diener bis ans Lebensende versorgt wissen. So, Sie entschuldigen mich, ich muss dann auch mal.« Laura Graf stand auf und gab Rosa zum Abschied die Hand. »Die Pflicht ruft.«

»Was macht Ihre Frau denn beruflich?«, fragte Rosa neugierig, als Laura durch die Terrassentür verschwunden war.

»Bürojob im Bonner Ministerium.« Christopher Graf winkte ab. »Sagen Sie, kann hier nicht einfach früher ein Zoo gewesen sein? Ich meine, Platz gibt's doch genug.« Rosa schien es, als ob der junge Herr Graf partout kein Verbrechen in seinem Garten zulassen wollte. Dabei waren Mord und Totschlag doch sozusagen die Geschäftsgrundlage der von ihm entwickelten App. Sie zuckte mit den Schultern.

»Möglich wäre es. Eine Frage noch: Haben Sie sich eigentlich gar nicht gewundert, als der alte Freiherr von heute auf morgen verschwunden ist?«

»Nicht wirklich, reiche Menschen sind manchmal wunderlich. Wir sind natürlich die Ausnahme.«

• • •

Als Erstes suchte Rosa Köchin Anna. Christopher Graf hatte ihr den Weg zur Küche gezeigt, bevor er in seinen schnittigen Jaguar gesprungen und abgedüst war. Von einem Babysitz fürs Auto, den er noch besorgen müsse, hatte er gesprochen. Und lächelnd hinzugefügt, dass er eventuell auch noch einen Abstecher in die Rheinauen machen würde, um mit Freunden Volleyball zu spielen. Rosa war also auf sich allein gestellt. Die Küche wirkte aufgeräumt und sauber, wenn auch etwas altmodisch. Und vor allem leer. Sie wollte wirklich nicht herumschnüffeln, aber die Neugier trieb sie weiter. Also nahm sie die Treppe und stieg hoch in die erste Etage. Rosa fühlte sich wie auf Klassenfahrt in der Eifel, wenn sie nachts im Schullandheim kontrollierte, ob es zwischen dem Jungen- und dem Mädchentrakt Überläufer gab. Aber hatten die Grafs nicht erzählt, dass das Personal ganz oben wohnte? Die letzte Treppe war schmaler als die anderen und endete in einem dunklen Flur. Drei Türen zählte Rosa, von denen nur eine leicht geöffnet war. Rosa blickte hinein. Ein Badezimmer. Den Fläschchen und Geräten auf der Ablage nach zu urteilen, teilte es sich das Personal. *Vielleicht sind Köchin und Diener ja ein Paar,* blitzte es in Rosas Hirn auf. Wobei ihr Martin ein paar Jährchen älter erschien. Sie wählte die linke Tür und klopfte.

»Anna, sind Sie da?« Rosa öffnete vorsichtig die Tür, als Sie keine Antwort bekam. Ein Schrank, ein Bett, ein Tisch, blitzschnell scannte Rosa den Raum ab. Schlicht, männlich, das musste das Zimmer von Martin sein. Ihr Blick fiel in die fensterlose Ecke. Dort stand ein schwerer, breiter Ledersessel, der nicht so recht zum übrigen Mobiliar passen wollte. Und darüber hing ein riesiges Hirschgeweih an der Wand. Das hätte Rosa eher in den repräsentativen Räumen im Erdgeschoss vermutet. Sie wollte die Tür schon wieder schließen, als ihr Blick unter das ausladende Geweih fiel. Ein Foto war an die Wand gepinnt. Rosa vergewisserte sich noch einmal, dass sie allein im Zimmer war, und ging schnell zur Wand, um sich das Foto genauer anzusehen. Zwei Männer standen hinter einem erlegten Hirsch, Gewehre in der Hand. Ein jüngerer und ein älterer.

Die beiden sehen aus wie Vater und Sohn, mutmaßte Rosa. Das Foto schien sehr alt zu sein. Ob das Martin mit seinem Vater war? Die Gewehre und die Jagd ließen allerdings eher auf den früheren Schlossbesitzer und vielleicht seinen Vater schließen. *Merkwürdig.* Als sie Geräusche hörte, schloss Rosa schnell die Tür und ging zurück Richtung Treppe. Aus dem rechten Zimmer drang jetzt eine Stimme. Jemand sang. Rosa klopfte. Als sie auch hier keine Antwort bekam, öffnete sie die Tür einen Spalt breit. Ein völlig anderer Anblick als im Raum am anderen Ende des Flures bot sich Rosa hier. Das Zimmer der Köchin wirkte hell und freundlich, das Bett war rosa bezogen, ein Regal und ein kleiner Tisch aus Kiefernholz machten den Raum gemütlich. Anna stand mit dem Rücken zu ihr, neben dem geöffneten Fenster, und sang jetzt lautstark »You're simply the best«, was Rosa zweifelsfrei als Tina Turners Hit identifizierte. Das Musical mit den Liedern dieser Ikone hatte sie bereits in Hamburg gesehen. Anna hatte Kopfhörer auf und stand vor einer Staffelei, auf dem Bild erahnte Rosa die berühmte Sängerin. Jetzt erst sah sie, dass Tina Turner nicht der einzige Promi im Zimmer war. An den Wänden erkannte sie Marilyn Monroe, Elizabeth Taylor und Elvis. Die Köchin schien sich in der Welt der Reichen und Schönen wohlzufühlen. Ein Windstoß ließ die helle Gardine flattern und knallte die Tür hinter Rosa zu. Anna drehte sich um und nahm den Kopfhörer ab.

»Haben Sie mich erschreckt. Brauchen Sie watt aus der Küche?«

»Äh, hallo, das tut mir leid, nein, nein, ich wollte Sie eigentlich nur etwas fragen. Entschuldigen Sie, dass ich störe. Wir sind auf der Suche nach dem Vorbesitzer des Schlosses, dem Freiherrn, der bis vor Kurzem noch hier wohnte. Sie wissen nicht zufällig, wo er hingezogen ist?«

»Nä«, sie schüttelte den Kopf, »das alte Sturgesicht hat sich nicht verabschiedet.«

»Das klingt, als seien sie froh, dass er weg ist.«

Anna zuckte mit den Schultern. »Nach all den Jahren hätte er ja mal Tschö mit ö sagen können. Zuerst wurden ein paar Möbel abgeholt, angeblich zur Ausbesserung, und dann war der Chef plötzlich weg und kam auch nicht wieder. Der Alte war 'ne Muffkopp, wie wir hier sagen. Immer schlecht gelaunt. Depressiv, wenn sie mich fragen. Jetzt kommt hier endlich frischer Wind rein.«

Rosa nickte. »Hat sich für Sie denn sonst etwas geändert? Wie ich hörte, werden Sie weiterbeschäftigt, das ist doch schön.«

»Ich hab demnächst drei zu bekochen und nicht nur einen, aber wissen Sie watt? Ich glaub, mir jefällt dat. Die Neuen sind auch viel fröhlicher. Seitdem die hier sind, habe ich auch das Schlossgespenst nicht mehr gesehen.«

»Hier spukt es?«

»Nur im Garten, ich hab's schon oft gesehen, sitzt gerne auf einer der alten Bänke, aber nur nachts.«

»Hat Ihr Kollege Martin das auch schon mal gesehen?« Etwas blitzte in Annas Augen auf, bemerkte Rosa. Vielleicht lag sie doch nicht so verkehrt mit ihrer Annahme, dass beide mehr verband als der gleiche Arbeitgeber. Oder mal verbunden hatte.

»Das wird der auch noch merken. Is noch watt? Sonst trocknet mir datt Tina ein.«

»Sieht ihr wirklich ähnlich, sehr gut getroffen, Sie haben großes Talent.« Rosa wusste aus ihrer Zeit als Lehrerin, dass ein Lob nicht nur jedem gefiel, sondern auch zutraulich und redseliger machte.

»Nur ganz kurz noch – hat der alte Freiherr zu Loewenstein noch Familie oder Freunde, hat ihn mal jemand besucht? Es ist sehr wichtig, dass wir ihn finden.«

»Nicht, seitdem ich hier bin. Sogar der Briefträger war ein seltener Gast. Na ja, wer keine Kinder hat, is schnell allein, sach isch immer.«

»War denn der Freiherr verheiratet?« Auf diese Idee war Rosa bisher noch gar nicht gekommen. Vielleicht sollte sie einfach ins Telefonbuch schauen, wenn sie seine Verwandtschaft finden wollte, zu Loewenstein war ja ein eher seltener Name, so viele würde es von denen nicht geben.

»Nicht dass ich wüsste. Wobei sich das ein oder andere Frolleinchen in all den Jahren schon hierher verirrt hat. Aber der Freiherr wollte ja nicht.«

»Hat Ihnen das Ihr Kollege Martin erzählt?« Rosa bemerkte, wie sich Anna schnell wieder ihrer Staffelei zuwandte. »Kann schon sein.«

Rosa drehte sich um und öffnete die Tür, als ihr Blick auf ein Buch fiel, das auf dem Tisch lag. *Giftpflanzen für Kenner.* Es kam ihr bekannt vor, vielleicht hatte sie es in ihrer Studienzeit mal in der Hand gehabt, vor vielen Jahren. Aber bevor sie Anna darauf ansprechen und endlich nach ihrer Theorie bezüglich der Löwenknochen im Garten fragen konnte, stand eine gedrungene Person im Türrahmen und fragte in mürrischem Tonfall: »Was machen Sie denn hier?« Vor ihnen stand Diener Martin und sah gar nicht freundlich aus.

Kapitel 13

Löwe im Schlossgarten

Einen mysteriösen Fund machte Rosalinde Reich, Inhaberin des neuen Gartenplanungsbüros *Hier blüht Ihnen was*, bei ihrem ersten Auftrag. In der weitläufigen Gartenanlage des Schlosses zu Loewenstein vor den Toren Bonns stieß ihr Team beim Umgraben auf Knochen. Löwenknochen, wie eine wissenschaftliche Analyse bewies. Seit wann diese Knochen in der Erde liegen und welches Geheimnis sich dahinter verbirgt, konnte noch nicht aufgedeckt werden. Ältere Mitbürger, die zur Klärung der folgenden Fragen beitragen können, sind angehalten, sich bei der Redaktion zu melden (Telefonnummer im Impressum): Wie kommt ein Löwe in den Schlossgarten? Was passierte in der Vergangenheit auf Gut Loewenstein? Vielen Dank für Ihre Mithilfe!

Rosa saß in ihrem Planungsbüro bei einem Cappuccino und einem winzigen roten Macaron aus Sarahs Café, Mops Archie zu ihren Füßen und die neueste Ausgabe des Wochenblatts vor sich. Die hatte ihr Moritz gerade persönlich vorbeigebracht, um dann wieder zur attraktiven Konditorin ins Gärtnereicafé zu verschwinden. Sein Artikel, stellte Rosa fest, stand weiter hinten im Blatt unter *Verschiedenes aus dem Umland.* Die baldige Bürgermeisterwahl hatte die Meldung von der ersten Seite verdrängt – und die Tatsache, dass die meisten Knochen noch immer verschwunden waren und somit nicht für ein Foto zur Verfügung standen. Genau wie die neuen Schlossbesitzer. *Warum scheuen die so sehr die Öffentlichkeit*, grübelte Rosa und erstellte eine Liste aller beteiligten Personen samt offener Fragen. Ein wenig merkwürdig waren eigentlich alle, die mit dem Schloss zu tun hatten. Christopher Graf, der neue Besitzer, kannte sich mit Mord im Ort aus, schließlich hatte er eine gleichnamige App entwickelt. Die sollte sich Moritz dringend mal ansehen. Und welchen geheimnisvollen Beruf hatte seine schwangere Frau? Das müsste doch auch zu recherchieren sein. *Es könnte mich kalt lassen*, dachte Rosa, *ein toter Löwe, na und?* Aber die Tatsache, dass die ausgegrabenen Knochen verschwunden waren, hatte ihre kriminalistische Ader geweckt. Sie hatte das Gefühl, dass jemand die Aufklärung des Falls verhindern wollte. Und dass dieser Jemand sie loswerden wollte. Aus dem Schlossgarten vertreiben wollte. Wenn sie nur wüsste, wer. Und warum. Das Telefon holte Rosa aus ihrer gedanklichen Miss-Marple-Welt. Sie drückte auf Lautsprecher und schob sich den Rest Macaron in den Mund.

»Rosalindchen, heute nicht im Garten?«

»Karl, brauchst du Rat für deine drei Kakteen oder hast du Neuigkeiten in Sachen Löwe?« Rosa fehlte die Ruhe für Geplänkel.

»Du hast es eilig, dann mach ich es kurz – mein Freund hat das Alter unserer Löwenknochen bestimmt. Er sagt, wir hätten Glück, dass sie so gut erhalten sind, nach all den Jahren in der Erde. Nicht auszudenken, wenn das Grundstück direkt am Rhein liegen würde oder wenn diese Steinplatte nicht darüber …«

»Karl, wie alt?« Ungeduldig klopfte Rosa mit den Füßen auf den Boden und hätte fast Archie getreten, der vor sich hin schnarchte.

»Wie vermutet – sie sind ungefähr fünfzig Jahre alt.«

»Fast so alt wie isch!« Willy stand im Büro und streckte Rosa einen Levkojenzweig in Zartlila entgegen. »Isch bin ja auch Löwe, Sternzeichen und Aszendingens, hat Roswitha rausgefunden. Doppel-Leo, isch bin enne janz Wilder.« Willy grinste und machte keine Anstalten, das Büro wieder zu verlassen.

»Okay, Karl, dann ist der Vorbesitzer wirklich unser Ansprechpartner. Jetzt müssen wir ihn nur noch finden.«

»Was hat das Personal gesagt?« Karl am Telefon dachte mit.

»Nichts, was uns wirklich weiterbringt.«

»Ich könnte mich im historischen Seminar der Uni umschauen, ob ich irgendetwas finde über Familie zu Loewenstein. Die Geschichte des Adels ist immer sehr gut dokumentiert, im Gegensatz zu unseren bedeutungslosen kleinen Leben.«

»Das ist eine gute Idee, Karl. Der Diener war wie immer recht schmallippig. Ich werde das Gefühl nicht los, dass er ein ehemaliger Boxer ist, der sich als Diener verkleidet hat. So wirkt er jedenfalls auf mich. Ich glaube, er war auch sauer, weil ich in ihren Kemenaten aufgetaucht bin.«

»Er verteidigt das Reich seines Herrn. Eindringlinge werden in hochherrschaftlichen Schlössern gar nicht gerne gesehen. Wie im britischen Königshaus, die haben jahrhundertelang auch nur in der eigenen Familie geheiratet.«

»Na, die Zeiten sind Gott sei Dank vorbei. Du bekommst doch auch das Wochenblatt. Da kannst du Moritz' Artikel über die Knochen lesen. Vielleicht meldet sich jemand, der weiß, wie ein Löwe in den Schlossgarten gekommen ist. Der junge Herr Graf dachte an einen Zoo.«

»Datt wüsst isch ever«, blökte Willy, »ene Besuch im Zoo, datt kannste nur in Kölle maache, in Bonn haben wir höchstens Wildschweine.«

»Sehe ich genauso«, fügte Karl an. »Wie weit in die Vergangenheit reicht denn das Zeitungsarchiv von Moritz' Blättchen? Ein Löwe im Garten ist doch eine spektakuläre Geschichte, früher wie heute. Die hätte doch Erwähnung gefunden.«

»Das werde ich ihn gleich fragen, wenn er nicht zu beschäftigt damit ist, mit Sarah zu flirten.«

»Amentes amentes, Liebende sind von Sinnen.«

»Danke, Karl, wäre ich nie darauf gekommen. Wir sehen uns zum Scrabble!«

»Nur, wenn du mit deinem berühmten Brotaufstrich aufwartest. Der war früher eine Bereicherung für jedes Pausenbrot.«

»Tomate-Basilikum oder Rote Bete?«

»Die Tomätschen sind noch grün hinter den Öhrschen.« Willy stand auf.

»Also backe ich uns ein Vollkornbrot und mache Rote-Bete-Aufstrich mit Sonnenblumenkernen. Vielleicht hilft uns das Superfood beim Denken!«

»Dann wär isch schon längst Einstein«, murmelte Willy und stiefelte aus Rosas Büro auf der Suche nach der Roten Rübe.

• • •

Auch ihr Neffe beendete gerade ein Telefongespräch, als Rosa das Café betrat, Archie flitzte durch die Tür und begrüßte Moritz für seine Verhältnisse stürmisch.

»Bingo. Die erste Leserin hat sich gemeldet. Gut, dass ich nicht vergessen habe, mein Redaktionstelefon auf mein Handy umzuleiten.«

»Wegen der Löwenknochen? Wer? Was sagt sie?«

»Das wollte sie mir am Telefon nicht erzählen, aber ich kann gerne vorbeikommen, für ein Interview.«

»Oje, hoffentlich keine einsame, alte Dame, die sich irgendwas ausdenkt, bloß um Besuch zu bekommen.« Rosa setzte sich zu ihrem Neffen.

»Die Frau klang eigentlich recht munter.« Moritz strahlte Sarah an, die ihm ein Croissant und eine große Tasse Kakao brachte. Ein Schokoladencroissant, wie Rosa feststellte.

»Du hast schon wieder Appetit. Also ich lag einen Tag lang flach nach unserem letzten Garteneinsatz.«

»Hitzestich oder Smoothie?« Moritz grinste seine Tante an. »War vielleicht gut, dass ich die Hälfte davon ins Beet geschüttet habe. Zu grün.«

»Habe ich dir erzählt, dass ich bei der Köchin im Zimmer ein Buch über Giftpflanzen gesehen habe? Wer weiß, ob sie uns nicht doch was untergemischt hat.«

»Vielleicht sammelt die Frau Kräuter für die Küche, zum Kochen«, mischte sich Sarah ein und stellte Archie einen Napf mit Wasser vor die Schnauze. »Dann muss sie wissen, was giftig ist und was nicht. Man kann sich da schnell vertun. Bärlauch kann man zum Beispiel mit den Herbstzeitlosen verwechseln oder mit Maiglöckchen.«

»Ja, du hast ja recht.« Rosa seufzte und wandte sich an ihren Neffen. »Meinst du, du kannst mich mitnehmen zu deinem Interview mit der Anruferin?«

Moritz nickte mit vollem Mund. »Klar, wollte ich dir eh vorschlagen, ich habe schon gemerkt, dass mich viele nicht für voll nehmen, wenn ich vor der Tür stehe. Ich sehe halt so unglaublich jung aus.«

»Jung und attraktiv.« Sarah wuschelte ihm durch die Haare. »Habt ihr schon mal über einen Zirkus nachgedacht?«

»Du meinst, ich soll als Clown auftreten, wenn das mit der Journalistenkarriere nichts wird?« Moritz schaute die lachende Bäckerin verdutzt an.

»Nein, sie hat völlig recht«, rief Rosa, auf einmal ganz aufgeregt. »Ein Zirkus! Mit Löwen. Warum bin ich noch nicht darauf gekommen? Ich habe immer so an der Vorstellung geklebt, dass der Freiherr illegal Löwen gehalten hat. Natürlich, ein Zirkus könnte doch viel eher dort gewesen sein als ein Zoo, was Herr Graf vermutet hatte.«

»Also, ich habe noch nie von einem Zirkus auf dem Schlossgelände gehört.«

»Du bist auch viel zu jung, Moritz. Aber vor fünfzig Jahren vielleicht. So alt sind die Knochen, hat Karl gerade berichtet. Meinst du, euer Zeitungsarchiv gibt da was her?« Rosa spürte, wie sich ein Knoten in ihrem Hirn vorsichtig löste. Euphorie machte sich in ihr breit. *Wir haben eine erste Spur, ach was, wir haben viele Spuren,* dachte sie. *Jetzt heißt es, den Überblick bewahren und eine Fährte nach der anderen verfolgen. Bis die falschen aussortiert sind und die richtige gefunden ist.*

»Ich bin mir nicht sicher, ob es unser Wochenblatt vor fünfzig Jahren schon gab«, dämpfte Moritz ihre Zuversicht. »Aber ich kann beim Mutterhaus eine Recherche in Auftrag geben.«

»Sehr gut, Karl forscht außerdem an der Uni nach der Familiengeschichte der zu Loewensteins.«

»Soll ich mich mal bei meiner weitläufigen Familie umhören, ob die was von einem Zirkus früher in Bonn weiß?« Sarah blickte fragend in die Runde.

»Nur, wenn du mir endlich erzählst, warum du so eine große Familie hast. Und was die mit Zirkus zu tun hat. Woher kommst du, Sarah Franz?«, fragte Moritz und sah die dunkelhaarige Schönheit interessiert – und ein wenig träumerisch – an.

Die stand auf. »Das erzähle ich dir, wenn ich erfolgreich war. Oder wenn *du* mir zur Abwechslung mal etwas backst.« Sie lächelte.

»Prima.« Rosa fühlte neuen Elan. »Dann haben wir alle einen Auftrag und Sarah sogar zwei. Ich wünsche mir für unsere nächste Besprechung eine Tarte au Citron.«

Kapitel 14

Rosas Spürnase musste zunächst ihren grünen Daumen den Vortritt lassen, denn der Garten der Grafs war noch lange nicht fertig. Einige Salate wie Rucola, Endivie und Radicchio wollte sie heute aussäen, ebenso Erbsen, Lauch und Rote Bete. Rosa hatte Saatgut und Werkzeug in den Transporter gepackt und ihren Neffen Moritz und Mops Archie von der hübschen Sarah losgeeist. Sie näherten sich gerade dem Eingangstor zum Schlösschen, als ihnen eine Gruppe Menschen den Weg versperrte. Sie schienen etwas zu rufen und hatten Schilder in der Hand. Als sie langsam näherrollten, konnte Rosa lesen, was draufstand: »Reichtum für alle«, »Öffnet das Schloss«, »Lasst das Volk rein«. Sie ließ ihre Scheibe runter.

»Lassen Sie uns durch?«

Eine Frau mit langen, grauen Haaren fühlte sich angesprochen. »Nicht, wenn Sie hier wohnen.«

»Wir machen nur den Garten. Weshalb demonstrieren Sie denn?«

»Wir wollen das, was uns zusteht«, rief eine zweite Frau. Rosa stellte fest, dass die gesamte Gruppe vorwiegend aus älteren Frauen bestand. Einen einzigen Mann machte sie aus, der lustlos dreinschaute. Vermutlich war er nur als Schilderträger mitgeschleppt worden. *Dieses herrschaftliche Haus scheint Ärger anzuziehen wie die Motten das Licht*, dachte Rosa und sah ihren Neffen auf dem Beifahrersitz fragend an.

»Soll ich sie aus dem Weg scheuchen?« Moritz machte sich daran auszusteigen. Rosa hielt ihn zurück. »Warte, hören wir uns an, was sie wollen.« Die Frau mit den langen, grauen Haaren reichte ihr ein Flugblatt durchs Fenster.

»Hier steht alles drauf, auch wie Sie uns unterstützen können. Wählen Sie am Wochenende den richtigen Bürgermeister für ein Schloss für alle.« Sie gab der Gruppe ein Zeichen, damit Rosa das Tor passieren konnte.

»Ob die der aggressive aktuelle Bürgermeister bestellt hatte? Ich bin mir nicht sicher, ob er sich auf diese Art Wählerstimmen sichert. Lies mal vor, was draufsteht.« Moritz überflog den Zettel.

»Ganz schön viel Text für ein Flugblatt. Im Wesentlichen geht's darum, dass die Dorfbewohner verschiedene Veranstaltungen im Schloss abhalten wollen.«

»Genau das, was der Bürgermeister gefordert hatte. Aber Herr Graf lehnt das ab.« Sie parkte den Sprinter vor dem Schloss. Gleich neben Andys Firmenwagen.

»Irgendwie kann ich die Menschen sogar verstehen. Da haben sie hier im Ort so ein altes Schloss mit einem bald traumhaften Garten vor ihren Augen und dürfen nicht mal reinschauen. Sogar die Queen hat einige Räume des Buckingham Palace für Besucher öffnen lassen. Allerdings verlangt sie Eintritt, um die Renovierung zu bezahlen. Das hätte dem alten Freiherrn nicht gereicht, um sein Schloss instand zu halten. Selbst wenn die paar Demonstranten noch ihre Freunde mitbringen und der Bürgermeister für jedes Konzert im Schloss ordentlich Miete bezahlt.«

»Unterschrieben ist der Zettel mit *Literaturverein Schöne Bücher e. V.*« Moritz schaute sie ratlos an. »In diesem Kaff gibt es einen Buchclub?«

»Hat man auch nicht oft, dass Leseratten auf die Straße gehen. Wenn du mich fragst – da ist jemand gehörig auf Ärger gepolt. Komm, wir laden aus, ich informiere die Besitzer und ihr Personal, was sich vor ihrem Tor tut. Vielleicht wollen sie mit den Leuten sprechen, und alles löst sich in Wohlgefallen auf. Und wenn nicht, hast du das nächste Thema für dein Blatt.«

• • •

Andreas war mit seinen Jungs schon im Garten eifrig zugange. Rosa sah ihn zwar nicht, aber sie hörte die Motorsäge aus dem Dickicht hinter der Blutbuche, das so langsam kein Urwald mehr war. Archie band sie mit langer Leine an einer der alten Gartenbänke fest, damit er Andy und seine Jungs nicht von der Leiter bellte. Bevor sich Rosa an die Beete machte, wollte sie erst die Brombeerhecken schneiden und ein letztes Mal düngen. Anna hatte ihnen die Tür geöffnet und, angesprochen auf die kleine Demo vor dem Tor, nur mit den Schultern gezuckt. Christopher Graf kam Rosa heute etwas verkrampft vor. Statt das Gespräch mit den Demonstranten zu suchen, flitzte er wütend an ihr vorbei und grummelte: »Dem werde ich Bescheid sagen« und »Der soll seine Truppen abziehen!«.

Klingt nach Ärger, dachte Rosa, *und nach einem Anruf beim Bürgermeister.* Den hatte sie eh noch auf ihrer Interviewliste. Sollte nicht ein Bürgermeister auch über die Vergangenheit seines Ortes Bescheid wissen? Er konnte ihnen hoffentlich erzählen, wie sich damals ein Löwe vor den Toren von Bonn unter eine Blutbuche verirren konnte. Und dann war da noch die Leserin, die sich auf Moritz' Artikel im Anzeigenblatt gemeldet hatte. Die würden sie in der Mittagspause besuchen. Es gab viel zu tun. Rosa packte ihre große Gartenschere aus und zog die Arbeitshandschuhe an. *Schade, dass die Früchte noch nicht schwarz sind,* dachte Rosa, als sie der Brombeerhecke an die Triebe ging. Nur zu gerne hätte sie davon genascht. Bei der monotonen Arbeit wanderten ihre Gedanken zu ihrer leider schon verstorbenen Tante Angela, die am Rande des Bergischen Landes gelebt hatte. *So viele Ferien hatte sie dort als Kind verbracht!* Dazu gehörte im Hochsommer das Sammeln von Brombeeren, die ihre Tante zu der von ihr so geliebten Marmelade verarbeitet hatte. Die würde sie dieses Jahr auch machen, nahm sich Rosa gerade vor, als Krawinsky hinter ihr stand.

»Wir müssen reden.« Rosa spürte, wie sie errötete, was natürlich nur an der Sonne lag. Höchstens zweitrangig an Andys Bart, seinem männlichen Duft aus Schweiß und Aftershave, der ihr in die Nase fuhr, und seinen markanten, fordernden Worten. Sie sah ihn fragend an.

»Der Rasen. Aussäen, Rollrasen oder den alten mähen und vertikutieren?«

»Äh, ja.« Rosa sammelte sich. »Ich würde sagen, wir versuchen es mit dem alten, der sieht nicht so schlecht aus. Der Kunde will schnelle Ergebnisse, und Rollrasen wäre schon sehr teuer bei der großen Fläche, was meinst du?«

Andreas Krawinsky grinste sie an. »Endlich.«

»Was?«

»Du hast mich geduzt. Ich meine natürlich, Sie haben mich geduzt, Frau Reich. Ich nehme das Angebot an. Ich bin Andy.« Er reichte ihr eine seiner großen Hände.

»Oh, ach so, ja gut, Rosa.« Während sich ihre Gesichtsfarbe der rotfleischigen Brombeersorte Navaho näherte, zog sie ihren Handschuh aus und legte ihre Hand in Andys. Um dann schnell wieder geschäftsmäßig zu werden.

»Wir, äh, also ich meine, mein Neffe und ich, wir verbringen die Mittagspause im Ort, Moritz hat da ein Interview, und ich begleite ihn.«

»Rosa, es hat dich erwischt, was? Du hast die Fährte aufgenommen. Und du wirst nicht eher aufgeben, bevor du das Geheimnis der Löwenknochen aufgedeckt hast. Pass nur auf, dass du nicht selbst zur Protagonistin in deinem Krimi wirst. Wobei ich sagen muss, dass dir die Detektivin sehr gut steht. Wenn's Probleme gibt, du weißt, wo du mich findest.«

»An der Kettensäge, wo sonst«, Rosa grinste Herrn Krawinsky an, den sie von jetzt an wohl Andreas nennen würde. »Sollen wir dir aus dem Dorf etwas zu essen mitbringen?«

»Brötchen sind schlecht für die Linie«, Andy klopfte sich mit seinen großen Händen auf den nur ansatzweise vorhandenen Bauch. »Danke, aber ich koche lieber selbst.«

»Du kochst?« Darauf wäre Rosa nicht gekommen. Dass ein Mann wie Andy, der so handwerklich begabt und beschäftigt war, abends auch noch in der Küche stand, konnte sie sich kaum vorstellen.

»Natürlich, und gar nicht so schlecht, wenn ich meiner Tochter Glauben schenken darf. Scheidungskind, ich sehe sie manchmal am Wochenende, sie studiert bald. Also, wann darf ich dich einladen?«

»Na, heute spiele ich erst mal Scrabble mit Karl«, antwortete Rosa reflexartig und kam sich so richtig altbacken vor. *Was rede ich denn da?* Sie war es halt nicht gewohnt, Essenseinladungen von Männern zu bekommen. »Ich komme sehr gerne auf dein Angebot zurück, A-Andy. Aber lass uns erst mal den Garten fertig machen. Und am besten auch diesen Löwenfall lösen. Damit wir endlich das Loch unter der Blutbuche schließen und den hübschen Sitzplatz fertig gestalten können.«

»Ich nehme dich beim Wort«, antwortete Krawinsky und zog seine Arbeitshandschuhe wieder an. »Dann mal wieder rein in den Urwald, wenn ich auch lieber mit euch Mittagspause machen würde.«

»Eine Arbeitsmittagspause. Wir interviewen Zeugen.«

»Sehr wohl, Frau Kommissarin«, grinste Andy, tippte mit dem Zeigefinger an einen imaginären Hut und stiefelte zurück in die Tiefen des Schlossgartens. Rosa blickte ihm versonnen nach und stellte nebenbei fest, dass er auch von hinten eine gute Figur machte. Sie seufzte. In ihre Gefühle, leicht wie die Samen der Pusteblume, drängte sich etwas Dunkles. So wie sich dieser traumhafte Garten gegen Ende hin in ein undurchschaubares und gefährliches Dickicht verwandelte, in das Andy gerade verschwunden war, so spürte sie deutlich, dass in diesem Paradies etwas nicht stimmte. Dass die Löwenknochen nicht das Ende, sondern erst der Anfang einer vermutlich grausamen Geschichte waren.

Kapitel 15

Die kleine Demonstration vor dem Schloss hatte sich glücklicherweise aufgelöst, als Rosa, Moritz und Archie mit dem Transporter das Schlossgelände verließen.

»Meinst du, du kommst als Journalist an den grantigen Bürgermeister ran? Der steht auf meiner Liste gleich hinter deiner Leserin.«

Moritz zuckte mit den Schultern. »Die Bürgermeisterwahl ist ja schon am Wochenende, und unser Blatt erscheint erst nächste Woche wieder. Aber ich versuche es trotzdem. Ich behaupte einfach, wir machen eine Sonderausgabe über alle Kandidaten und dass er sich noch mal präsentieren kann. Die sind doch geil auf Presse.«

»Sehr gute Idee.« Rosa war beeindruckt, wie selbstverständlich ihr Neffe vom Abiturienten über den Freiwilligendienstler in die Rolle des angehenden Journalisten hineingewachsen war. Er wurde wirklich langsam erwachsen. »Aber bekommst du keinen Ärger in der Redaktion für so eine nicht abgesegnete Recherche?«

»Wenn ich meinen Chef richtig verstanden habe, dann ist eigene Recherche ausdrücklich erwünscht, wir wollen ja nicht immer nur die Vereinsnachrichten abtippen. Wer weiß, vielleicht springt dabei eine heiße Story raus. Die Löwengeschichte war schon mal der Knaller, und er meinte, ich solle dranbleiben.«

Der Ortskern war nur wenige Fahrminuten entfernt. Moritz versuchte gerade den Wagen auf dem Seitenstreifen zu parken, als Rosa auf ein Geschäft deutete.

»Schau mal, da steht doch eins der Schilder vor dem Café. Von den Demonstranten. Komm, wir schauen, wer drinnen sitzt, vielleicht erfahren wir noch mehr über die Hintergründe.«

Beim Eintreten bimmelte ein altmodisches Glöckchen, wie Rosa es noch aus ihrer Kindheit im Ohr hatte. Sie erkannte gleich die Frau mit den langen, grauen Haaren wieder, die ihr das Flugblatt in die Hand gedrückt hatte. Sie saß an einem der Tische vor einem Stück Erdbeerkuchen.

»Demonstrieren macht hungrig«, begrüßte Rosa die Frau, die verwundert erst sie, dann Moritz und am Schluss den Mops zu ihren Füßen anblickte. »Ich bin Rosalinde Reich, die Gärtnerin, die den Schlossgarten verschönert. Sie haben uns eben am Tor durchgelassen. Das ist mein Neffe und das mein Hund Archie.« Die Grauhaarige nickte und schob sich noch ein Stück Erdbeerkuchen in den Mund.

»Darf ich Sie etwas fragen?« Rosa setzte sich zu ihr an den Tisch und verdrängte ihre gute Erziehung, erst um Erlaubnis zu bitten. Moritz murmelte »ich hol mir was zu essen« und verschwand Richtung Theke. Sein unstillbarer Hunger war ihm anscheinend wichtiger als ein informatives Gespräch. Ohne eine Antwort abzuwarten, plapperte Rosa weiter.

»Wenn ich Sie richtig verstanden habe, wollen Sie Ihre Lesungen im Schloss abhalten. Warum ist Ihnen das so wichtig, dass Sie dafür demonstrieren?« Die Grauhaarige ließ die Gabel sinken.

»Die Räumlichkeiten und auch der Garten sind wie für Poesie gemacht. Und Georg hat es mir persönlich versprochen.«

»Der Freiherr, Sie sind mit ihm befreundet?«

Die Frau fuhr sich durch die langen Haare. *Eine schöne Frau,* dachte Rosa, *noch immer. Ob sie ein Verhältnis mit dem Freiherrn gehabt hatte?*

»Wir waren es. Wir kannten uns aus dem Studium«, antwortete die Frau vorsichtig. »In Bonn, Hauptfach Germanistik. Wir lieben beide Literatur.« Archie schaute erwartungsvoll von fremder Frau zu Erdbeerkuchen, bis sie ihn endlich etwas widerwillig streichelte.

»Haben Sie ihn denn regelmäßig besucht? Ich will Sie nicht ausfragen, aber vielleicht kann ich helfen, den Kontakt zum neuen Schlossbesitzer herzustellen, Frau, äh …«

Die grauhaarige Schönheit schien kurz zu überlegen, reichte Rosa dann die Hand und sagte: »Elisabeth Lenz. Wie Siegfried. Ich leite den örtlichen Buchclub. Und nein, wir haben uns leider aus den Augen verloren. Als ich hergezogen bin, nach dem Studium, so Mitte der Siebziger, lebte er schon sehr zurückgezogen in seinem Schloss. Seine Mutter war früh gestorben, wenn ich mich richtig erinnere, sein Vater zog irgendwann weg oder war auch tot, das weiß ich nicht mehr.«

»Hatte er sich wegen einer unglücklichen Ehe zurückgezogen? Oder Liebesaffäre?« Elisabeth Lenz sah Rosa entsetzt an. »Das weiß ich nicht. Verheiratet war er jedenfalls nicht. Aber über Persönliches haben wir kaum gesprochen, sondern eigentlich ausschließlich über Literatur. Für Klatsch und Tratsch sind andere zuständig. Aber wie gesagt: Wir hatten auch schon lange keinen Kontakt mehr.«

»Ja, natürlich.« Rosa ruderte innerlich zurück. Bloß nicht zu aufdringlich wirken. Richtige Kommissare hatten Techniken, um Zeugen gezielt zu befragen. *Ich bin bloß eine ehemalige Lehrerin*, dachte Rosa. Aber auch da hatte sie Einfühlungsvermögen gebraucht, um aus den unmotiviertesten Schülern Wissen herauszukitzeln.

»Gibt es in der Gemeinde denn sonst keinen Treffpunkt?«

Elisabeth Lenz hatte ihren Erdbeerkuchen inzwischen aufgegessen, lehnte sich zurück und seufzte. »Nicht wirklich. Das Gemeindehaus hat den Charme einer Turnhalle und sowieso gerade einen Wasserschaden. Das ist doch kein Rahmen für große Literatur.«

Wie ist eine Frau mit solch einer Einstellung nur in diesem Örtchen gelandet? Warum war sie nicht in der Universitätsstadt Bonn geblieben? Moritz kehrte zurück an den Tisch, in der Hand ein belegtes Brötchen, in der anderen eine Tüte. Wenigstens war er so gestärkt für das kommende Interview. Rosa erhob sich von ihrem Platz. »Eine Frage noch, Frau Lenz, Sie sagten, Freiherr Georg zu Loewenstein habe Ihnen versprochen, dass Sie Ihre Lesungen im Schloss abhalten könnten. Aber Sie sagten auch, dass Sie keinen Kontakt hatten, richtig?« Frau Lenz nickte.

»Richtig. Hatten wir eigentlich auch nicht. Ich habe ihn nur einmal besucht, das ist einige Monate her. Ich dachte, aus alter Verbundenheit würde er uns wenigstens ein paar Mal im Jahr ein oder zwei repräsentative Räume überlassen. Für Lesungen mit prominenten Autoren und Autorinnen, unser Krimifestival, haben Sie davon schon einmal gehört? Mir schien, Georg könnte Geld gebrauchen. Das Schloss ist, na ja, in die Jahre gekommen. Wir hätten für die Veranstaltungen bezahlt, besser gesagt, die Stadt. Da steht der Bürgermeister ganz auf unserer Seite.«

»Sie meinen Josef Breuer, der wieder kandidiert«, mischte Moritz sich kauend ein. »Glauben Sie nicht, dass das nur Wahlversprechen sind?«

Elisabeth Lenz legte ein paar penibel abgezählte Münzen auf den Tisch und erhob sich dann ebenfalls. »So ist er nicht. Josef hat hier schon vieles möglich gemacht, auf dem kurzen Dienstweg.«

»Sie meinen Geklüngel?« Wenn Rosa ehrlich war, hatte sie von der Vetternwirtschaft im Rheinland bisher nur gehört, sie jedoch nie richtig erlebt, aber vielleicht war das der Sinn der Sache.

»Nennen Sie es, wie Sie wollen. Was zählt, ist doch, was am Ende rauskommt. Josef Breuer setzt sich wenigstens für uns ein, deshalb wird er auch am Wochenende meine Stimme bekommen. Besser als die anderen Kandidaten ist er allemal, dieser wenig ansprechende Brauereibesitzer oder diese Frau, die hat sogar was gegen Blumen.«

»Gegen Blumen?« Rosa verstand nicht, wie die Literaturliebhaberin mit den langen, grauen Haaren geistig von Stadtpolitik zu ihrem Berufsbereich der Blumen springen konnte.

»Na, hier soll doch die nächste Landesgartenschau stattfinden. Wenn es nach Josef Breuer geht. Sogar den Schlosspark könnte man einbeziehen. Seine Kontrahentin ist dagegen. Und so eine Frau will Bürgermeisterin werden. Die weiß doch gar nicht, was gut für den Ort ist.« Elisabeth Lenz schlüpfte in ihr weißes Leinenjackett und griff nach ihrer Handtasche.

»Verstehe, Frau Lenz.« Rosa grübelte. Da hatten ja einige in diesem Örtchen handfestes Interesse an dem Schloss. »Sie wissen nicht zufällig, wo wir den Freiherrn aktuell finden? Ich frage nur wegen der Bäume, da wüssten wir gerne, wann die gepflanzt wurden.« Die Buchclubchefin wandte sich zum Gehen.

»Sie können sich vorstellen, dass ich das auch gerne wüsste. Schließlich hat er mir nach unserem Treffen in die Hand versprochen, dass wir ein paar Lesungen im Jahr in seinem Schloss abhalten könnten. Als ich das nächste Mal bei ihm anklopfte, stand dieser Jungspund vor mir.«

»Herr Graf, der neue Besitzer?« Elisabeth Lenz nickte. »Dieser Mensch hat keinerlei Sinn für Literatur. Wahrscheinlich besitzt er kein einziges Buch, nur Handy und Computer. Eine Tragödie im wahrsten Sinne.« Sie verließen das Café zu dritt und traten auf die Straße. »Ich hätte nie gedacht, dass Georg uns im Stich lässt. So ein Mensch ist er nicht.«

»Was für ein Mensch ist er denn?« Rosa und Moritz sahen Frau Lenz interessiert an. Archie grunzte.

»Feinsinnig. Ehrlich. Verlässlich. So habe ich ihn zumindest damals kennengelernt. Ein guter Mensch. So sind wir Literaturliebhaber eben.« Sie lächelte, bevor sie sich abwandte, ihr Schild ergriff und davonschritt.

»Noch eine, die den alten Schlossbesitzer sucht.« Moritz griff in die Tüte und holte das nächste Brötchen hervor. »An seiner Stelle wäre ich auch abgehauen. Das riecht nach Ärger.«

»Du meinst, er hat nicht aus Geldsorgen verkauft, sondern er wollte weg von hier?«

»Weiß man's? Wenn ich so alt wäre, hätte ich wahrscheinlich am liebsten einfach meine Ruhe und viel Kohle.« Moritz lächelte seine Tante an. Rosa nahm ihn am Arm.

»Na komm, dann tun wir jetzt was für dein Geld und gehen zu unserem Verhör. Ich meine natürlich, zu deinem Interview.«

Kapitel 16

Sie ließen das große Auto stehen und liefen zu Fuß zum Haus der Leserin, die Emmi Schulz hieß. Archie trottete angeleint hinterher.

»Hatte diese Frau Lenz eben eine Idee zu den Löwenknochen im Garten?«, wollte Moritz von seiner Tante wissen, während er in seinem Handy den Weg ortete. Rosa schüttelte den Kopf.

»Mir lag die Frage auf der Zunge, aber ich habe es dann doch gelassen. Ich vermute, sie weiß noch nichts von dem Knochenfund, sonst hätte sie mich danach gefragt. Dein Blatt liest sie bestimmt nicht, nur Bücher. Aber wenn sie davon erfährt, rennt sie doch sofort zum Bürgermeister. Das wäre ein willkommener Anlass, um weiter Ärger zu machen. Vielleicht, um die Besitzfrage des Schlosses neu zu diskutieren. Wie auch immer, wir bekämen am Ende Schwierigkeiten mit unserem schönen Auftrag. Deshalb – von mir erfährt sie es nicht.«

»Da ist es, das Fachwerkhaus, sieht ganz schön alt aus.«

Moritz, Rosa und Archie blieben auf dem schmalen Gehweg stehen und schauten auf die gegenüberliegende Seite. Vorgärten waren in dieser alten Dorfstruktur kaum möglich. Die Häuser grenzten fast direkt an die enge Straße, auf der sich entgegenkommende Autos aneinander vorbeidrückten. Wie man entspannt beim Frühstück sitzen sollte, während vor dem Fenster der Bus vorbeiratterte, hatte Rosa noch nie verstanden.

Nur das Häuschen von Emmi Schulz besaß einen winzig kleinen Vorgarten, in dem rote Rosen blühten.

Eine kleine, beleibte Frau mit weißen Haaren, gekleidet in Strickjacke und Blümchenkleid, öffnete ihnen die Tür.

»Na, du klein Moppelschen«, rief sie erfreut aus und knuddelte Archie, bevor sie Rosa und Moritz begrüßte. »Das muss ja ein wichtiger Artikel sein, wenn Sie zu zweit erscheinen, na kommen Se rein.«

Im Leben von Emmi Schulz schien alles klein zu sein. Die Frau, ihr Häuschen, das Wohnzimmer, in das Emmi sie führte. Rosa hatte das Gefühl, den Kopf einziehen zu müssen, um nicht an die Balken an der Decke zu stoßen, während sie die Figürchen im Setzkasten an der Wand betrachtete. Einige Karnevalsorden hingen daneben.

»Sie buddeln also beim Georsch im Garten.« Emmi klang wie eine Urrheinländerin, die ihrer Zunge befahl, Hochdeutsch zu sprechen, die ihre Herkunft aber nicht verleugnen konnte. Rosa fühlte sich direkt an Willy erinnert. »Hab isch gelesen, isch bin ja Rentnerin und habe Zeit.« Sie ließ sich in einen der Sessel fallen und nahm wie selbstverständlich Archie auf den Schoß, der viel zu überrumpelt war, um sich auch nur halbherzig dagegen zu wehren.

»Genau. Und Sie haben sich bei der Zeitung gemeldet, weil Sie uns sagen können, wie die Löwenknochen, die wir gefunden haben, in den Schlossgarten gekommen sind.« Emmi Schulz kam Rosa wie eine Frau vor, die klare Worte liebte.

»Sagen wir so, isch kann es mir vorstellen.«

Rosa warf ihrem Neffen, der fast in der alten Couch versank, einen genervten Blick zu. Das hatte sie befürchtet, eine einsame, alte Frau, die sich über Besuch und Abwechslung freute, ihnen aber am Ende nicht weiterhelfen konnte.

»Wie lange wohnen Sie schon hier?« Moritz hatte die Aufnahmefunktion seines Handys gestartet und schaute auf seinen Notizzettel.

»Mein ganzes Leben. Also nicht ganz so lange, wie es das Schlösschen gibt, aber länger als die demonstrierenden Leseratten hier im Ort.«

»Sie haben von der Demo gehört?«, warf Rosa wenig einfallsreich ein.

»Na sischer, wissen se, isch hab fünfzig Jahre in unserem kleinen Supermarkt hier im Ort an der Kasse gesessen, da kriegste alles mit.« Emmi schaute Beifall heischend in die Runde, während sie ununterbrochen Archie streichelte, der verträumt die Augen geschlossen hatte und leicht röchelnde Geräusche von sich gab.

»Und was haben Sie vom Schloss und seinem Besitzer mitbekommen?«

»Moment, isch zeig Ihnen was.«

Emmi setzte den erschrockenen Archie auf den Boden und wuchtete sich aus ihrem Sessel hoch. Aus dem Wandregal holte sie einen Karton, aus dem sie ein Foto zog. Sie reichte es Moritz.

»Klassenfoto anno dazumal. Vorne janz rechts mit den Zöpfen, das Zuckerschneckchen bin ich. Und daneben, datt is unser kleiner König aus'm Schloss. Muss jetzt ziemlich genau sechzig Jahre her sein.«

»Sie waren mit Freiherrn Georg zu Loewenstein in einer Klasse?« Moritz reichte seiner Tante das Foto.

»Ja, gucken Se nicht so, ich bin ein Momentchen älter, hab ein paar Ehrenrunden gedreht. Man kann nicht alles können.«

»Und wie war Georg so als Schüler, als junger Mensch?«, mischte Rosa sich ein.

»Ein feines, kluges Kerlchen, nicht so laut wie die anderen. Das sind halt Bauern hier. Der Georsch hat in den Pausen lieber gelesen, als Fußball zu spielen. Ein Eigenbrötler war er. Wenn auch manche Mädchen hinter ihm her waren. Eigentlich hätte der auf 'ne schickere Schule gehen können. Oder einen Privatlehrer anstellen. Aber wenn Sie mich fragen, der Vater wollte das so.«

»Damit der Sohn nicht abhebt? Sich nicht für etwas Besseres hält? Kontakt zu normalen Menschen hat?« Rosa kannte das Bestreben aus ihrer Lehrerzeit, sie hatte einige Diplomatensöhne und -töchter in ihren Bad Godesberger Klassen gehabt.

»Na eher, um sein Volk kennenzulernen und später auszunehmen. Dem gehörte damals noch sehr viel Land hier in der Gegend, hat er teuer verpachtet. Das war kein guter Mensch, der Vater vom Georsch. Aber der Georsch, der war anders.«

Während Emmi erzählte, betrachtete Rosa das alte Schwarz-Weiß-Foto genauer. »Kennen Sie zufällig auch Martin, seinen Angestellten?«

»Den ollen Grimm? Klar, so groß war die Schule damals nicht. Den können Se lange auf dem Foto suchen, der war nicht in unserer Klasse, der war jünger und is irgendwann abgegangen, um für die Freiherren zu arbeiten.«

»Dann waren Georg und Martin befreundet, zumindest früher mal?«

Emmi Schulz winkte ab. »Freundschaft würde ich das nicht nennen. Datt hätte Martin gerne gehabt. Wissen Se was? Den haben wir früher in der Schule immer Grimms Martin genannt, wie Grimms Märchen, der träumte davon, im Schloss zu wohnen wie ein Prinz. Oder eben Freiherr. Hat ja geklappt, das mit dem Wohnen.«

»Kennen Sie auch die Köchin im Schloss? Anna?« Emmi nickte. »Natürlich. Die kam oft zum Einkaufen in meinen kleinen Laden. Anna Wernig, datt war mal 'ne Hübsche. Hätte jeden haben können, ich glaube, die wollte 'nen reichen Mann. Na ja, gibt ja auch keinen hier in dem Uselsdorf.«

»Bis auf den Freiherrn«, warf Moritz dazwischen.

»Der war zuletzt aber auch knapp bei Kasse, heißt es.«

»Wissen Sie, wo er sein könnte? Er scheint spurlos verschwunden zu sein, nachdem er sein Schloss verkauft hat.« Rosa stupste mit dem Fuß ihren Mops an, der angefangen hatte zu schnarchen.

»Na, bei mir hat er sich nicht abgemeldet.«

»Haben Sie ihn eigentlich mal mit einer Frau gesehen?« Moritz ging die Punkte auf dem Notizzettel in seinem Mobiltelefon durch. »Verheiratet war er wohl nie, oder?«

»Datt Angebot war da, aber watt sein Vater ihm anschleppte, wollte er nicht, mit den meisten Frauen wars wohl nur Freundschaft, wie mit dieser Bücherliesel.«

»Sie meinen Elisabeth Lenz vom Bücherverein? Hatten sie die ganzen Jahre über Kontakt? Sie hat es verneint.«

»Is wohl 'ne beleidigte Leberwurst, weil sie nie richtig landen konnte beim Georsch.«

»Warum nicht? Sie ist doch noch immer eine sehr attraktive Frau.«

Rosa sah ihren Neffen von der Seite an. Dass Liebe nicht unbedingt etwas mit dem Aussehen zu tun hatte, konnte er sich wohl nicht vorstellen. Sie wurde ungeduldig, hatten sie doch noch gar nicht über die Löwenknochen gesprochen. Aber Rosa wartete. Schließlich war sowohl Emmi als auch sie selbst Rheinländerin, die machten unterhaltungstechnisch oft einen ganz schönen Umweg, aber irgendwann kamen sie zum Punkt.

»Vielleicht gibt es für manche nur eine große Liebe im Leben, und die hatte der Georsch schon getroffen.« Emmi Schulz machte eine bedeutungsvolle Pause.

»Ach ja? Und wer war das?« Das interessierte Moritz jetzt doch.

»Warum interessieren Sie die alten Geschichten eigentlich so?«

»Ich schreibe einen Artikel über die Löwenknochen, die wir beim Graben im Garten gefunden haben.«

»Stimmt. Deswegen sind Se ja hier. Datt habe isch gelesen und gleich gedacht: Da isser also geblieben.«

»Wie bitte?«

»Na, der Löwe, der war damals verschwunden, nach dem …« Emmi zögerte. »… Unfall.«

»Welcher Unfall?« Moritz versuchte sich auf dem weichen Sofa aufzusetzen. Endlich wurde das Interview in seinen Augen interessant.

»Da war doch früher immer dieser Zirkus im Schlosspark.«

»Zirkus!«, riefen Moritz und Rosa gleichzeitig. Archie wurde wach und kläffte mit, was ein bisschen nach heiserem Großvater klang.

»Jaja, datt war 'ne große Sache damals für datt Kaff. Hier war ja nix los. Es gab nicht mal Bürgersteige. Also noch weniger als heute.«

»Der Zirkus«, versuchte Moritz Emmis Erinnerungen in die richtige Richtung zu lenken.

»Ja, den hatte der alte Freiherr organisiert, also der janz alte, der Vater vom Georsch, seitdem kam der jedes Jahr. War nur ein kleiner Zirkus, aber hatte eine besondere Attraktion.«

»Einen Löwen«, schlussfolgerte Moritz.

»Rischtisch, bis der erschossen wurde.«

»Hatte er jemanden angegriffen?« So langsam formte sich in Rosas Kopf eine Geschichte.

»Rischtisch. Sogar erfolgreich, aus der Sicht des Löwen.«

»Sie meinen ...«

»Er hat interessanterweise den Löwendompteur angegriffen und jetötet. Datt habe ich nie verstanden, die sollten doch mit ihren Löwen umgehen können.«

»Das hört man immer wieder, dass Dompteure von ihren Tieren angegriffen werden«, wusste Rosa.

»Augen auf bei der Berufswahl, sagte mein Vater immer.«

»Ist der Zirkus deshalb nicht mehr gekommen?« Moritz war mit seinem Interview noch nicht am Ende.

»Es gab auch Gerede.« Emmi griff sich wieder Archie, um ihn zu kraulen.

»Was für Gerede?«

»Wie ich schon sagte, manchmal gibt es nur die eine große Liebe.«

»Was?« Moritz war verwirrt.

»Die Liebe des Lebens, werden Se auch noch treffen, junger Mann. Also, der Dompteur hatte eine junge, hübsche Frau. Sie war Seiltänzerin im Zirkus. Ganz zartes Persönchen. Das Gegenteil von mir quasi«, Emmi lachte, dass ihr Busen bebte. Archie sah sie erschrocken an. »Was hätte ich drum gegeben, ihr Figürchen zu haben, aber ich habe halt andere Gene.«

»Sie meinen, jemand hat sich in die Frau des Dompteurs verliebt?«

»Eigentlich alle Männer hier im Ort. Aber einer wohl ganz besonders.« Emmi machte eine dramatische Pause. »Na, Georsch, der saß in jeder Vorstellung und verbrachte die Nachmittage gerne bei den Artisten. Kunststück, wenn die hinten in seinem Garten kampieren.«

»Wollen Sie damit sagen, dass der Freiherr als junger Mann eine Liebesbeziehung zur Seiltänzerin hatte?«

Emmi zuckte mit den Schultern. »Ich tratsche ja nicht. Aber das behaupteten damals viele. Wir waren da auch schon nicht mehr in der Schule, das war später. Ich kann nur sagen, dass Georsch nie ein Auge für andere Mädchen gehabt hat. Vielleicht war er einfach immer in die Seiltänzerin verliebt.«

»Und die war verheiratet.« Rosa spürte, dass sie ein Puzzleteil gefunden hatten. Wenn es auch ein 1000-Teile-Puzzle war.

»Der Rest ist Fantasie«, schloss Emmi dramatisch und schaute Moritz an, »aber davon haben Sie als Journalist ja sicherlich genug. Komme ich jetzt in die Zeitung?«

Kapitel 17

Ein Löwe wird erschossen und vergraben, weil er einen Menschen angegriffen hat und das im eigenen Garten. Rosa schüttelte innerlich den Kopf. So eine Geschichte konnte man sich nicht ausdenken. Es sah danach aus, als ob das Geheimnis der Löwenknochen damit gelöst war, dachte sie und war überrascht, dass sie nicht einfach nur froh darüber war. Was war es, was in ihr rumorte? War es Enttäuschung? Es hatte Spaß gemacht, das Rätsel zu lösen. Wenn Moritz einen alten Artikel über den Tod des Dompteurs im Archiv seines Wochenblatts fand, wäre die Herkunft der Knochen bestätigt und der Fall zu Ende. Rosa holte die Rote Bete aus dem Ofen, die Willy ihr in den Mini gepackt hatte. Karl liebte ihre Rote-Bete-Creme, wenn sie aus selbst gegarten Knollen gemacht wurde und nicht aus den vorgekochten, abgepackten aus dem Supermarkt. Ihre schmeckten viel intensiver. Während Rosa die Knollen abschreckte und dann schälte, bohrte sich ein anderer Gedanke in ihr Hirn. Es blieb die Frage, warum die Knochen verschwunden waren, genau wie der Freiherr. Rosa freute sich darauf, mit Karl zu diskutieren, wie der Bürgermeister und der wütende Buchclub ins Bild passten.

Nach dem ausführlichen Gespräch mit Emmi Schulz war sie mit Moritz und Archie schleunigst zurück in den Schlossgarten gefahren. Sie hatte Anna gezeigt, wie die Gemüsepflanzen zu pflegen, wie oft zu gießen waren. Zum Schluss hatte sie es auch noch geschafft, die Buchsbäume in Form zu bringen, und beglückt festgestellt, dass Andy mit dem Rasen gut vorankam. Gemeinsam hatten sie die verrosteten Bänke abtransportiert. *So langsam kommt Licht ins Dunkel*, dachte Rosa, *wenigstens im Garten*. Sie gab Sonnenblumenkerne, Öl, Pfeffer, Salz und ein wenig Meerrettich zusammen mit der inzwischen abgekühlten und klein geschnittenen Rote Bete und dem Fetakäse in eine Schüssel und pürierte mit ihrem Stabmixer alles zu einer Creme. Fertig war ihr Dip. Auch das Vollkornbrot war bereits aus dem Ofen, als Karl vor der Tür stand, unter dem Arm das Scrabble-Spiel. Es war zur Gewohnheit geworden, dass sie einmal in der Woche auf Rosas Balkon spielten, solange das Wetter schön war, und sich bei Regen und im Winter in Karls balkonloser Wohnung trafen.

»Wusstest du, dass ›to scrabble‹ ›suchen, herumwühlen‹ heißt? Nie passte unser Knobelspiel so gut wie heute. Und älter als die Löwenknochen ist es außerdem.«

»Komm rein, Karl, und ich erzähle dir, welches Rätsel wir heute bereits gelöst haben.«

• • •

»B, L, U, T, Blut«, Karl legte vier Steinchen auf das Spielfeld und biss in eine Scheibe Vollkornbrot, die einen Bart aus Rote-Bete-Creme in seinem Gesicht hinterließ. »Sieben Punkte, ein mittelmäßiger Start, würde ich sagen. Aber für deinen Dip gibt es eindeutig volle Punktzahl, wie kann ich mich nur revanchieren?«

»Mit deinem strukturiert denkenden Hirn«, antwortete Rosa und legte einen ›Löwen‹ senkrecht an das L von Karls ›Blut‹. »Ha, doppelter Buchstabenwert, schreib auf.«

Rosa hatte sich gleich neben dem Hibiskus auf ihrem Balkon platziert. Karl saß ihr gegenüber. Aus dem Kasten am Geländer duftete es verführerisch nach Basilikum und Lavendel. Leider brauchten die Zitronen an ihrem Bäumchen noch ein paar sonnige Wochen und auch etwas Kälte, damit sie ihren Gästen einen Gin Tonic mit eigenhändig angebauter Zitrone servieren konnte. Ihr neues Teeservice, das sie aus dem Onlineshop des britischen Königshauses erstanden hatte, würde sie auch erst präsentieren können, wenn die Temperaturen sanken. Heute bevorzugten sie Berliner Weiße.

Karl zog neue Steine aus dem Säckchen und sortierte sie auf seiner Scrabble-Schiene. Er sah seine Freundin an.

»Beinah hätte ich gesagt ›schieß los‹, was mir im Zusammenhang mit einem möglichen Kriminalfall passend erscheint. Aber haben wir denn überhaupt noch einen Fall, oder hast du den Löwen zum adligen Haustier gemacht?«, fragte er und legte ›Buche‹ hinter ›Blut‹. »Doppelter Buchstaben- und dreifacher Wortwert, das katapultiert mich an die Spitze. Jetzt kann ich mich entspannt deiner blutroten Roten Bete und deinem hoffentlich nicht allzu blutrünstigen Krimi zuwenden. Erzähl!«

Rosa bestrich eine Scheibe Brot mit ihrer Gemüsecreme und lehnte sich zurück. »Ich bin mir nicht sicher, was genau passiert ist, aber wir wissen jetzt, in welchem Rahmen.« Sie erzählte Karl die Zirkusgeschichte von Emmi Schulz. »Der Löwe tötet den Dompteur. Das ist nicht schön, aber kommt leider Gottes immer mal wieder vor. Selbst bei Siegfried und Roy gab es doch diesen Unfall mit ihrem weißen Tiger. Das passiert auch Profis, die schon jahrelang mit Wildkatzen arbeiten. Vielleicht ist unsere Geschichte hier zu Ende.« Sie nahm vier Steinchen aus ihrer Schiene und legte einen ›Toten‹ senkrecht an das T von Karls ›Blut‹.

»Aber wie passt diese Liebesgeschichte des Freiherrn und der Seiltänzerin ins Bild? Was, wenn es kein Unfall war, bei dem der Dompteur sein Leben ließ?« Karl zog neue Buchstaben aus dem Scrabble-Säckchen.

»Glaubst du etwa, Georg zu Loewenstein hat als junger Mann den Dompteur mit Hilfe des Löwen umgebracht? Wie soll das funktionieren, Karl, ein Löwe ist schließlich kein Auftragskiller.« Rosa versuchte, wenigstens dem Spiel die Blutrünstigkeit zu nehmen, und vervollständigte das ›Löwen‹-W und das E aus ›Toten‹ zu ›Wiese‹. *Langweilig, aber schließlich mein Fachgebiet.*

Karl nickte. »Um den genauen Tathergang zu rekonstruieren, bräuchten wir das Polizeiprotokoll von früher. Aber weder wissen wir, ob es so etwas überhaupt gegeben hat, ob ermittelt wurde, noch kenne ich jemanden bei der Polizei. Da versagen selbst meine Beziehungen. Und falls es einen Ermittler gab – ob der Kommissar von damals noch lebt, ist mehr als fraglich.«

»Hoffentlich findet Moritz etwas im Zeitungsarchiv«. Rosa seufzte. »Wenn wir zur Polizei gehen, fragen die uns doch, warum wir das wissen wollen. Dann müssten wir ihnen von unserem Fund erzählen, den es ja gar nicht mehr gibt.«

»Bis auf die zwei Knochen, die im Museum sind. Fortuna!« Karl legte Stein um Stein an das H aus seinem Wort ›Blutbuche‹. ›Hoffnung‹, las Rosa und schrieb ihrem Freund neidlos die Punkte gut. Sie erzählte Karl von der kleinen Demo vor dem Schloss und dem Buchverein. »Es sieht so aus, als wolle jeder das Schloss haben. Ich denke mittlerweile, dem Freiherrn wurde das zu viel, er hat es kurz entschlossen verkauft und ist weg und Tschö. Ende der Geschichte.« Sie legte das Wort ›fort‹ an das eine F der ›Hoffnung‹, während Karl neue Steinchen sortierte. Er fixierte sie durch seine Brillengläser.

»Ich sehe dir am roten Klecks auf der Nasenspitze an, dass du von diesem Ende nicht überzeugt bist.«

Rosa wischte sich mit der Serviette die Creme aus dem Gesicht. »Ich würde einfach zu gern mit dem Freiherrn sprechen. Seine Version der Geschichte hören. Ihn fragen, warum er regelrecht untergetaucht ist. Warum will er nicht gefunden werden? Wenn du mich fragst …«, sie richtete den Zeigefinger auf Karl wie damals, wenn ein Schüler auf dem richtigen Lösungsweg war, »die Sache stinkt! Ein Mann in dem Alter verschwindet nicht einfach so. Hat er Geld veruntreut? War ihm die Mafia auf der Spur? Ich bin mir sicher, es hat etwas mit den Knochen zu tun. Das spüre ich.« Karl zuckte die Schultern.

»Ich glaube, er will in seinem Alter schlicht und einfach seine Ruhe haben. Ich kann das nachvollziehen. Ich glaube, eine Rasselbande von Schülern wäre mir mittlerweile auch zu anstrengend, wenn mir als Lehrer einzelne Schüler auch lieb und teuer waren. Genau wie dir.« Ihr ehemaliger Kollege lächelte Rosa an.

»Aber verlässt man wegen ein bisschen Ruhe gleich sein Elternhaus? Sein prachtvolles Schloss, seinen wunderschönen Garten? Ich verstehe das nicht.«

»Der erst durch dich und deine Arbeit wieder prachtvoll wird, Rosa. Viele träumen von so einem Anwesen, aber wenn man dann selbst drin wohnt, merkt man, wie viel Arbeit so ein altes Gemäuer eigentlich macht und wie viel Geld es schluckt.«

»Diener Martin hat davon geträumt, behauptet Emmi Schulz«, warf Rosa ein, und erzählte ihrem Freund von dem Hirschgeweih und dem Foto, die sie in Martins Zimmer gesehen hatte. »Da waren ein Mann und ein Junge bei der Jagd drauf. Ich tippe auf den Freiherrn als Kind und seinen Vater.«

»Der Diener muss sie sehr geliebt haben, fast wie eine eigene Familie, wenn er sich ein solches Foto aufhängt. Und erst recht so ein Hirschgeweih.«

Beim Stichwort Hirsch kam Archie angetrottet und blickte sehnsuchtsvoll Richtung Tisch. Er sabberte.

»Kein Brot für dich, Archie, sonst kriege ich dich bald gar nicht mehr gehoben.« Rosa nahm ihren Mops auf den Schoß. »Und Köchin Anna malt in ihrer Freizeit Porträts von Prominenten, sah für mich wie Malen nach Zahlen aus. Aber das deutet doch darauf hin, dass sie sich ebenfalls ein anderes Leben erträumt. In ihrem Zimmer lag übrigens ein Buch über Giftpflanzen. Ich habe schon mit Moritz darüber gescherzt, ob uns nach ihrem Smoothie so übel war, weil sie zu ausführlich darin gelesen hatte. Nicht dass die Angestellten am Ende unseren Freiherrn auf dem Gewissen haben.«

»Dann, meine liebe Rosa, wäre er wohl kaum noch imstande gewesen, sein Schloss zu verkaufen. Dass er verschwunden ist, heißt ja noch lange nicht, dass er nicht mehr lebt.«

»Du hast recht, Karl. Ich sehe mittlerweile schon überall Verbrechen. Hast du an der Uni schon was über die Familiengeschichte der zu Loewensteins herausgefunden?«

Karl lehnte sich zurück. »Das wollte ich dir beim Stichwort Vater gerade sagen. Den Namen Loewenstein habe ich im historischen Seminar gefunden. Lange Linie, altes Geschlecht. Der Letzte, der im Stammbaum steht, ist Heinrich zu Loewenstein, Anfang des vergangenen Jahrhunderts geboren.«

»Das wird Georgs Vater sein, oder? Zeitlich käme das hin.« Rosa verspürte eine innere Unruhe. Sie setzte Archie auf den Boden, der zielstrebig sein grün-kariertes Hundekissen ansteuerte, das, genau wie das Teeservice, königlicher Herkunft war. Nein, die Corgis und Dorgis der Queen hatten noch nicht drin gelegen, aber schon das Krönchen auf dem Paket des royalen Shops hatte Rosa in majestätische Stimmung versetzt. Während Archie einmal dran geschnüffelt, sich drei Mal darin gedreht und endlich seufzend niedergelassen hatte, als wäre er Queen Mum persönlich. »Steht in deinen historischen Büchern auch etwas zum Wohnort und weiteren Familienmitgliedern?«

»Diese alten Schriftstücke sind keine Romane. Letztendlich geht es um Herrschaft, nicht um Lebensweisen. Das Geschlecht ist ausschlaggebend, nicht das Einzelschicksal. Die einzige Information, die für uns interessant sein könnte, ist, dass Heinrich mit einer Frau namens Hortense zu Loewenstein verheiratet war, geborene von Martial. Altes französisches Adelsgeschlecht, das eine Linie im Rheinland hat. Jetzt schau nicht so enttäuscht.«

Rosa räumte die Teller zusammen und sog an ihrem Strohhalm den Rest Berliner Weiße mit Schuss aus dem rötlich schäumenden Glas. Der Schuss war ein selbst gemachter Himbeersirup vom vergangenen Jahr, der sich auch über Eis gut machte. Den hatte sie ausnahmsweise aus gefrorenen Früchten hergestellt, weil die viel intensiver als die zarten frischen schmeckten. »Jahreszahlen und Stammbäume, das ist alles, was wir haben. Dafür habe ich zwei G und zweifachen Wortwert.« Rosa legte ein »Genug« an das G von Karls »Hoffnung«.

»Die müssen wir nur mit Geschichte füllen. Mit Geschichten. Vielleicht weiß deine Emmi Schulz noch mehr über die Familie? Oder gibt es einen alten Pfarrer im Ort, die kannten doch zumindest früher alle ihre Schäfchen. Auch die schwarzen.«

»Jemanden zu finden, der älter ist als Emmi, dürfte schwierig sein.« Rosa sah ihren Freund so verzweifelt an, als hätte der all ihre Hoffnung aufs Scrabble-Spielfeld gepackt.

»Warum quetschst du nicht noch mal den Diener aus, er kannte unseren Freiherrn doch am längsten von allen. War ihm so nah wie sonst niemand. Angestellte bekommen immer viel mit.«

»Und schweigen, wenn sie loyal sind. In Ordnung, Karl, ich versuche es. Ich werde seine versiegelten Lippen zum Reden bringen. Vielleicht packe ich ihm ein Glas Rote-Bete-Creme ein, damit er den Mund aufmacht.«

»Fortes fortuna adiuvat, dem Mutigen hilft das Glück.«

»Das kannst du uns eh wünschen, Karl. Moritz versucht, einen Interviewtermin beim jähzornigen Bürgermeister zu bekommen.«

»Fast so gut wie ein Pfarrer, was Informationen betrifft.«

Kurz schwieg Karl und schien nachzudenken. Dann meinte er: »Was hältst du davon, wenn ich die Altersheime in der Umgebung abklappere? Natürlich nur die teuren, exklusiven. Ich könnte behaupten, ich suche einen Platz und frage unauffällig, ob auch Adlige darin wohnen. Sag, gehe ich als ein ›von und zu‹ durch?«

Rosa lachte. »Das schon. Aber dir glaubt doch keiner, dass du schon ins Heim willst. Aber bitte, wenn ich dich so langweile, dass du jetzt schon Altenheime aufsuchen willst …«

»Langeweile? Niemals! Hast du heute schon deine Post geöffnet? Unsere ehemaligen Schüler laden uns zur Aufführung ihres neuen Musicals ein. Und ich biete mich als deine Begleitung an oder als dein Plus one, wie man heutzutage sagt.«

»Nur, wenn du nicht wieder mitsingst, Karl. Aber vorher muss ich dieses Spiel beenden.« In Rosas Augen blitzte der Killerinstinkt auf, als sie ihr letztes Wort samt Joker auf das Scrabble-Feld legte: M O R D E N.

Kapitel 18

Am nächsten Vormittag radelte Rosa mit gemischten Gefühlen zur Gärtnerei. Morgens hatte sie die Einladung ihrer Schüler aus dem Briefkasten gezogen, von der Karl gesprochen hatte. Sie war neugierig auf das Schulmusical, auch wenn sie diesmal nicht als künstlerische Leiterin dabei war. Gleichzeitig war ihr das Leben als Lehrerin noch nie ferner vorgekommen. So viel war passiert in der Zwischenzeit! *Wie viele Bäume und Büsche habe ich gepflanzt, wie viele Knospen zum Blühen gebracht!* Von versteckten Löwenknochen, uralten Liebesdramen und schrägen Schlossbesitzern ganz zu schweigen. Es war fast erschreckend, aber an ihre Schule hatte Rosa kein einziges Mal gedacht, wenn sie ehrlich war. Dabei hatte sie dort dreißig Jahre ihres Lebens verbracht. Trotzdem freute sich Rosa nach der harten Arbeit, nach Wochen mit den Händen in der Erde, auf einen leichten, musikalischen Abend. An dem sie ihre grüne Latzhose und Gummistiefel gegen ein Sommerkleid und Sandalen eintauschen konnte. Ihre Leidenschaft für extravagante Schuhe blieb gerade so was von auf der Strecke.

Ihre Mutter Roswitha saß mit Willy in Sarahs Café, als Rosa reinkam, um sich ihren Cappuccino fürs Büro mitzunehmen.

»Watt gibt's Neues vom Schlossjespenst?« Willy lachte ihr in seiner grünen Arbeitshose entgegen. »Und ehe du fragst, Scheffin, die Hortensien und Röschen sind schon jeschnitten und warten im Eimerschen auf Kundschaft.«

»Und der Holunderblütensirup ist ausverkauft. Wenn du willst, mach ich als Nächstes Brombeermarmelade für unseren Shop.« Rosa schien es, als hätten ihre Mutter und Willy trotz ihres Alters neuen Schwung bekommen, seitdem sie in der modernisierten, helleren Gärtnerei arbeiteten. Was wahrscheinlich vor allem am hübschen Café und der noch hübscheren Konditorin und ihren leckeren Törtchen lag. Rosa entdeckte eine angeschnittene Tarte au Citron mit Baiserhaube in der Auslage.

»Stückchen Kuchen als zweites Frühstück?« Sarah trug heute ihre dunklen Haare zum Pferdeschwanz gebunden und hätte Moritz mit ihrer fröhlichen und quirligen Art zum Dauergrinsen gebracht, dachte Rosa. Pech für ihn, dass er heute die Zirkusgeschichte zu einem längeren Artikel umwandeln wollte. Danach würde Rosa ihn zum Interview mit dem Bürgermeister treffen. Wenn das so weiterging, wäre ihr Neffe schneller Fulltime-Journalist, als der Garten fertig war, und ging ihr als Aushilfe verloren.

»Heb mir lieber ein Stück als Belohnung nach der Arbeit auf! Übrigens, deine Vermutung, dass wir es mit einem Zirkus im Schlossgarten zu tun haben, war goldrichtig!«

»Ja, das hat auch meine Verwandtschaft gesagt!« Sarahs Augen leuchteten. »Ich habe meine Mutter gefragt, und die hat ein wenig herumtelefoniert, und ein sehr alter Onkel von mir hat sich erinnert, dass da ein kleiner Zirkus war, der regelmäßig in Bonn gastierte, schon in den Fünfziger-, Sechzigerjahren. Den gibt es aber wohl schon lange nicht mehr.«

Rosas Herz schlug schneller, obwohl sie noch keinen Schluck Kaffee getrunken hatte. Sie gab ihren Angestellten eine kurze Zusammenfassung des Liebesdramas samt totem Dompteur und Löwen, von dem Emmi Schulz erzählt hatte.

»Vielleicht lebt die Seiltänzerin ja noch. Wenn wir nur wüssten, wie sie hieß. Da müssen wir wohl auf Moritz warten.«

»Wie romantisch!« Roswitha schaute sie glücklich an, wie sonst nur, wenn ihr Tageshoroskop die große Liebe plus den Jackpot im Lotto versprach. »Warum ist der Freiherr damals nicht mitgegangen? Warum wollte er seiner Liebe nicht folgen?«

»Als watt denn? Als Mann aus der Kanone? Schwebende Jungfrau? So ein Adelsjesicht kann doch nix.« Willys sozialistische Ader trat mit zunehmendem Alter immer stärker hervor, stellte Rosa belustigt fest, als Willy fortfuhr. »Vielleicht hat der ja auch den Löwendompteur auf dem Jewissen. Wer will schon 'ne Romanze mit einem Mörder?«

»Ich hoffe, dass ich ihn das demnächst selbst fragen kann. Aber dafür müssten wir ihn erst mal ausfindig machen.«

»Kann Moritz nicht einen Aufruf ans Ende seines Artikels setzen wie letztens? Den lesen doch bestimmt viele. Wenn der Freiherr noch in der Nähe ist, hat ihn vielleicht jemand gesehen oder von ihm gehört.«

»Richtig, Sarah, was einmal funktioniert hat, könnte uns auch diesmal weiterhelfen, ich schreibe ihm gleich eine Nachricht. Jetzt muss ich erst noch mal in den Garten. Ich habe Andy versprochen, ihm beim Stutzen der Büsche und Hecken zu helfen, und werfe mein geschultes Auge auf die Nadelhölzer.«

»Andy! Den Namen hör isch in letzter Zeit öfter! Jetzt duzen wir uns schon?« Willys Augen blitzten sie schelmisch an. Er lachte, als Rosa errötete. »Nä, mach nur Liebschen, mit einem kleinen Flirt jeht die Arbeit doch leischter von der Hand, 'ne Roswitha?« Er boxte seine frühere Chefin liebevoll in den Arm.

»Vielleicht bringt uns ja das Gespräch mit Josef Breuer weiter.« Rosa griff nach ihrer Tasche.

»Der fiese Möpp? Der tut doch alles, um jewählt zu werden. Typisch Politiker. Isch sachet dir, wenn der datt Schlösschen will, dann kriegt der datt.«

Rosa wandte sich zum Gehen. »Und hoffentlich erzählt er uns, warum er sich da so sicher ist.«

• • •

»Sie haben fünfzehn Minuten, und ich bekomme eine Doppelseite!« Bürgermeister Josef Breuer begrüßte Rosa und Moritz in seinem Büro und blieb stehen, während er ihnen seinen Wahlzettel reichte. »Hier steht im Grunde alles Wichtige drauf. Wo wollen Sie mich fotografieren? Sie sind doch die Fotografin?«

Rosa war überrascht, aber auch erleichtert. Der Bürgermeister hatte sie also nicht aus dem Schlossgarten wiedererkannt. Dank des Pampasgrases und der Wut des Bürgermeisters, die ihn für alles um ihn herum blind gemacht hatte, hatte er sie vermutlich gar nicht bemerkt. Rosa nahm ihre Sonnenbrille ab. Viel Attraktives gab es allerdings nicht zu sehen. Der Bürgermeister residierte in einem dieser unpersönlichen Siebzigerjahre-Bauten. Schade, dabei hatte der Ort doch so viele schöne, historische Gebäude. Wäre eins davon nicht repräsentativer als Rathaus gewesen, überlegte Rosa, während sie Josef Breuer beobachtete. »Nennen Sie mich Dschäibi«, hatte er ihnen zu Beginn des Interviews mehr befohlen als vorgeschlagen, was Rosa erst nach einigen Sekunden als Abkürzung seines Namens erkannte. Wie es aussah, wollte JB so kurz vor der Wahl lieber modern und dynamisch rüberkommen als geschichtsverbunden. Anders konnte sich Rosa nicht erklären, warum der Bürgermeister so aufgeregt durch sein Büro lief. Bei ihren Schülern hätte Rosa auf Hyperaktivität getippt, das hier sah ihr eher nach Bluthochdruck in Verbindung mit Übergewicht aus. Was JB an Größe fehlte, hatte sein Körper in Breite investiert. An zu vielen Empfängen und Gästeessen konnte es angesichts der Größe des Ortes nicht liegen, dachte Rosa und vermutete, dass er sich jeden Tag durch die ansässigen Lokale futterte, nicht nur zu Wahlkampfzeiten. Bestimmt auf Kosten der Gasthäuser, schließlich war er der Bürgermeister. Ein Bürgermeister, der ein Klischee lebte. Fünfundsechzig Jahre alt, zum fünften Mal verheiratet, wobei die Frauen immer jünger wurden und er immer dicker, hatte Moritz sie vor der Rathaustür noch schnell in Kurzform gebrieft. In sämtlichen Vereinen des Ortes aktiv, häufig im Vorstand. Wahrscheinlich hielt er sich deshalb seit vierzehn Jahren als konservativer Bürgermeister. Stärkste Konkurrentin bei der diesjährigen Wahl: eine zwanzig Jahre jüngere Frau von den Grünen. Und natürlich der Brauereibesitzer.

»Was halten Sie von Matthias Ludwig von der Brauerei? Ist er ein ernst zu nehmender Konkurrent? Kann er Ihnen gefährlich werden?« Moritz aktivierte die Aufnahmefunktion seines Mobiltelefons.

»Schnickschnack, schauen Sie ihn sich doch an.«

Eine große goldene Uhr blitzte auf, als Josef Breuer die Ärmel seines Jacketts hochschob. Für ihn schien das Thema Konkurrenz damit beendet zu sein. Sein Hemd stand eindeutig zu weit auf für einen Mann in seiner Position. Und vor allem für einen Mann seines Alters, überlegte Rosa, während JB sein Wahlprogramm runterbetete. Sie riss ihren Blick von seiner dicken goldenen Gliederkette los, die inmitten eines Büschels Brusthaare aus seinem Hemd schaute, und unterbrach ihn.

»Ich habe gehört, Sie wollen die Landesgartenschau herholen. Das ist bestimmt eine Menge Arbeit. So etwas zu planen, ohne zu wissen, ob man den Zuschlag am Ende auch tatsächlich erhält.«

Der Bürgermeister sah sie scharf an. Er schien zu überlegen, wie weit er sich aus seinem Rathausfenster lehnen durfte. Aber wer sich JB nannte, war kein Mann, der sich stoppen ließ. »Die Pläne sind fertig. Wenn wir den Zuschlag bekommen, was für mich außer Frage steht, legen wir sofort los.«

»Stimmt es, dass Sie auch den Schlossgarten in die Planungen miteinbeziehen wollen, aber dass der neue Besitzer dagegen ist?«, warf Moritz ein. »So könnte es natürlich schwieriger werden mit der Wiederwahl.« Breuer kniff die Augen zusammen. »Jetzt hören sie mir mal genau zu, junger Mann. Ich zeige Ihnen etwas, das beweist, dass die Stadt der rechtmäßige Besitzer des Schlosses ist. Danach stellen Sie keine dummen Fragen mehr.« Er holte aus seiner Schreibtischschublade ein Blatt Papier, das in einer Klarsichthülle steckte, und legte es vor Rosa und Moritz auf den Tisch. *Nießbrauchrecht für Gut Loewenstein* stand darauf.

»Der Freiherr hat Ihnen das Schloss zur Nutzung überlassen?« Rosa konnte nicht glauben, was sie da las.

»Das ist so echt wie meine Zähne!« Ein mutiger Vergleich, den Rosa spontan anzweifelte. Als Lehrerin hatte sie noch jede Lüge für unentschuldigte Fehlstunden und vergessene Hausaufgaben meilenweit gegen den Wind gerochen. Sie ging mit Moritz den Text durch. »Hiermit überlasse ich, Freiherr Georg zu Loewenstein, Geburtsdatum, meine Immobilie, Straße, Ort usw. zur Nutzung der Stadt. Der Freiherr bleibt weiterhin Eigentümer. Der Vertrag gilt ab … sofort. Sie hatten eine Vereinbarung, aber der Freiherr hat das Schloss verkauft.«

»Eine Unverschämtheit, wenn ich Georg zu fassen kriege, er dachte, er kann mich austricksen.« Der Bürgermeister spuckte die Worte verächtlich aus seinem Vollbart.

»Scheint so, als habe er sich die Sache anders überlegt. Er wollte dann doch lieber alles an Herrn Graf verkaufen«, fasste Moritz den Sachverhalt nüchtern zusammen. »Warum haben Sie denn Freiherrn Georg seine Immobilie nicht vorher abgekauft? Wie es aussieht, wollte er sie ja loswerden.«

Der Bürgermeister warf sich in seinen Ledersessel. »So ein Haus kostet Millionen. So viel Geld hat keine Stadt, die nur so groß ist wie unsere. Wir hatten eine Vereinbarung getroffen. Wir nutzen die Räume und kommen für kleinere Unkosten auf. Georg sollte Eigentümer bleiben. Eine Win-win-Situation.« Er breitete die Arme aus, dass sein Goldschmuck nur so klimperte.

An irgendjemanden erinnerte der Bürgermeister Rosa. Sie kramte in ihrer Erinnerung und landete schließlich bei der Fernsehserie *Dallas*. Fehlte nur noch der Cowboyhut, und JB würde zu JR.

»Sie vergessen, dass dem Freiherrn auch das Geld fehlte, um alles instand zu halten.« Rosa nickte bedächtig. »Da war der Verkauf an Familie Graf vermutlich die einzige Möglichkeit für Herrn zu Loewenstein.«

»Reingelegt hat er mich.« JB sprang wieder auf. »Ich habe versucht, mit dem neuen Besitzer handelseinig zu werden. Er kann von mir aus dort wohnen bleiben, während wir ein paar Räume nutzen. Aber er ist stur. Ich sage Ihnen was, er tut sich damit als Zugezogener keinen Gefallen.« Josef Breuer stand mit protziger Gürtelschnalle und erhobenem Zeigefinger vor ihnen und plusterte sich genauso auf wie im Garten vor Christopher Graf.

»Was wollen Sie unternehmen?« Moritz blieb sachlich.

»Wenn die Wahl rum ist, schalte ich einen Anwalt ein. Denn wissen Sie was? Ein Nießbrauchrecht erlischt nicht mit dem Verkauf. Erst mit dem Tod des Eigentümers.« Er grinste böse.

»Oder des Nutznießers«, warf Rosa ein. Sie war froh, mit ihrem Steuerberater ein paar grundlegende Dinge durchgesprochen zu haben, bevor sie die Gärtnerei ihrer Mutter übernommen hatte. *Hat die stundenlange Beschäftigung mit trockenen Paragrafen am Ende doch noch einen Nutzen*, dachte sie.

»Ich habe noch jedes Wahlversprechen gehalten. Schreiben Sie das! Auf das Wort von Bürgermeister Josef Breuer ist Verlass! Wenn ich erst wiedergewählt bin, hole ich uns das Schloss zurück! Darauf können Sie Gift nehmen!«

Kapitel 19

Als Rosa zurück zum Schloss kam, ging sie nicht sofort in den Garten, sondern klingelte an der Eingangstür. Sie wollte Christopher Graf warnen, dass nach der Wahl am Wochenende etwas auf ihn zukommen konnte. Es war auch in ihrem Interesse, dass sich die Besitzverhältnisse nicht änderten, bis ihre Arbeit beendet und der Auftrag abgeschlossen war. Christopher Graf öffnete selbst und führte sie Richtung Wintergarten. Hier wäre genug Platz, um Oleander und Zitrone überwintern zu lassen, stellte Rosa zufrieden fest.

»Tut mir leid, dass Sie warten mussten. Aber ich glaube, Martin ist einkaufen, meine Frau irgendwo im Haus beschäftigt und Anna wahrscheinlich in der Küche. Kommen Sie durch, in den ersten Zimmern sind die Handwerker immerhin schon fertig.« Rosa folgte dem Besitzer durch die Räume. *Hier würde es mir auch gefallen*, dachte sie. Sie gelangten in ein langes, großes Zimmer, das durch Schiebetüren in drei kleinere, gemütliche unterteilt werden konnte. Praktisch – für größere Gesellschaften konnte man alle Türen öffnen, für den Fernsehabend oder ein Essen zu zweit schloss man sie einfach. Rosa musste insgeheim Elisabeth Lenz vom Verein *Schöne Bücher* recht geben. Das Interieur schrie förmlich nach Empfängen, Lesungen, schönen Zusammenkünften im edlen Rahmen. Jetzt, da langsam, aber sicher Raum für Raum in neuem Glanz erstrahlte, erahnte Rosa den Charme vergangener Tage. Familie Graf hatte den Twist von altem Gemäuer und modernen Möbeln geschafft. Wenige Schränkchen sahen antik aus.

»Sind die noch vom alten Freiherrn?«

»Ja, von außen ganz hübsch, aber innen herrscht ein einziges Durcheinander. Ich kam noch nicht dazu auszumisten. Alter Papierkram, wer weiß, was davon zu den Unterlagen des Hauses gehört. Na ja, solange wir keinen Platzmangel haben, muss das warten. Wie geht es im Garten voran?« Sie ließen sich auf zwei Ledersesseln nieder.

»Gut, ich denke, wenn es so weiterläuft, ist allmählich ein Ende in Sicht. An den Beeten beschrifte ich Ihnen, was wo wächst und hoffentlich keimt. Ich schaue mir noch zusammen mit Andreas, ich meine natürlich Herrn Krawinsky von der Baumschule, den alten Springbrunnen an und bringe die Wege in Ordnung. Und dann müssen wir uns natürlich noch um das Löwenloch unter der Blutbuche kümmern.«

Christopher Graf nickte beeindruckt. »Eine ganz schöne Geschwindigkeit, die Sie vorlegen.«

»Und das ist auch gut so. Herr Graf, es könnte sein, dass der Bürgermeister weiter Ärger macht.«

Rosa schilderte dem neuen Besitzer die Gefahr, die von Josef Breuer ausging, sollte er die Wahl zum Bürgermeister erneut gewinnen. »Dann steht er mit seinem Vertrag auf der Schwelle. Wussten Sie, dass er das Nießbrauchrecht vom Freiherrn zugesichert bekommen hat?«

Christopher Graf wurde blass.

»Warum hat er denn davon bisher nichts gesagt?«

»Er hatte wohl auf Ihre Einsicht und Offenheit gehofft. Vielleicht auch auf Ihre zwei Stimmen bei der Wahl.«

Die Schiebetür öffnete sich und Anna trat ein. Sie servierte zwei Gläser mit einer gelben Flüssigkeit mit den Worten:

»Selbst gemachte Zitronenlimonade, das Beste bei der Hitze, wohl bekomms!« Während sie so schnell verschwand, wie sie gekommen war, beäugte Rosa kritisch ihr Glas, aber als Christopher Graf davon trank, versuchte sie es auch. Erfrischend, nicht zu süß und hoffentlich bekömmlicher als der Smoothie.

»Mir ist daran gelegen, dass wir zügig zum Ende kommen im Garten«, fuhr sie fort, »und Ihnen ja sicher auch. Aber in einem Punkt hat der Bürgermeister leider recht – das Nießbrauchrecht bleibt trotz des Verkaufs bestehen, bis zum Tod des Eigentümers oder Nutznießers. Wenn der Schrieb denn echt ist. Ich bin kein Jurist, aber ich hoffe, Sie haben einen an der Hand.«

Christopher Graf nickte. »Mein Anwalt sagte beim Kauf damals, dass zwei Räume jeden Monat von der Stadt genutzt werden könnten. Aber da das wohl bisher nicht vorkam, habe ich das nicht so ernst genommen.«

Er schaute verzweifelt, als sich schon wieder die Schiebetür öffnete.

»Schatz, wusstest du, dass der Waffenschrank im Keller ein kaputtes Schloss hat?«

Laura Graf stand im Raum. *Im Hosenanzug wirkt sie wie ein weiblicher James Bond*, kam es Rosa in den Sinn. *Ein schwangerer James Bond, fehlt nur noch die Waffe am Halfter.*

»Oh, hallo Frau Reich, sagen Sie nicht, dass Sie noch mehr Löwen gefunden haben. Oder Borkenkäfer oder was sich in diesem Garten sonst noch so versteckt.« Rosa erhob sich.

»Keine Sorge, von meiner Seite aus läuft alles wie am Schnürchen. Über mögliche Schwierigkeiten von außen habe ich Ihren Mann gerade unterrichtet. Vielleicht haben wir Glück, und der Querulanten-Bürgermeister Josef Breuer wird am Wochenende nicht wiedergewählt.«

»Wie ich unser Glück kenne, siegt er haushoch.« Auch Christopher Graf stand auf. »Und erhebt dann Anspruch auf unser Schloss. Das müssen wir unbedingt verhindern.«

• • •

Krawinsky hatte bereits den alten Springbrunnen gereinigt, obwohl das nicht zu seinen Aufgaben zählte, stellte Rosa lächelnd fest, als sie zurück in den Garten kam. Nicht nur deshalb tat es ihr leid, als sie seinen Vorschlag, am Wochenende bei ihm zu essen, schon wieder ablehnen musste.

»Ich gehe mit Karl ins Musical. Unsere ehemaligen Schüler machen in der Aula eine Aufführung und haben uns dazu eingeladen. Du musst wissen, dass ich die Theater-AG der Schule früher geleitet habe, Musicals gehörten auch dazu.« Andy nahm ihre Abfuhr gelassen auf, wie Rosa beruhigt feststellte.

»Du magst Musik«, grinste er, »da haben wir schon wieder etwas gemeinsam. Ich spiele in einer Band.«

»Lass mich raten«, Rosa griff den Rasenkantenstecher. Wenn sie schon plauderten, konnte sie wenigstens nebenbei mit dem Garten weitermachen. »Du siehst nach Folkmusik aus. Die mag ich auch, seitdem ich Irish Folk auf einer Reise kennengelernt habe.«

»Ähm, genau, so was in der Art. Ich spiele Gitarre. Wenn du schon nicht zum Essen kommst, lade ich dich zu unserem nächsten Auftritt ein.«

Mit einem Lächeln wandte sich Rosa der Rasenkante zu, die den sandigen Weg durch den Garten begrenzte. Mit ihr würde sie die nächste Stunde verbringen. Trotzdem freute sie sich. Auf den Musicalabend mit Karl und ihren Schülern. Und darauf, Andy an der Gitarre zu erleben. Oder am Kochtopf.

Kapitel 20

»I have a dream, a song to sing.« Rosa schmetterte den Abba-Hit lautstark aus dem offenen Fenster in verwunderte Gesichter aus den Nachbarautos, während Archie nicht ganz harmonisch dazu jaulte. *War das ein Musicalabend gewesen!* Rosa holte mit ihrem Mini ihren Neffen ab, während sie noch immer auf einer Erinnerungswolke aus gefühlvollen Melodien, bunten Kostümen und einer schmissigen Performance schwebte, die ihre Schüler gestern Abend hingelegt hatten. Wie es aussah, war Rosas Arbeit mit ihnen auf fruchtbaren Boden gefallen. *Was für ein schönes Gefühl, zu sehen, dass ich diesen jungen Menschen etwas mitgeben konnte. Durch mich haben einige von ihnen die Liebe zu Musik, Kunst und Kultur entdeckt!* Wenn ihr zu Beginn des Abends die Räume der Schule auch merkwürdig vertraut und gleichzeitig fremd vorgekommen waren, so hatten ihre Lieblingsschüler ihr die Beklommenheit schnell genommen. So herzlich, wie sie sie begrüßt und in die erste Reihe gesetzt hatten, zusammen mit Karl. Einige wollten wissen, ob sie die Schule vermisse. Rosa hatte sich gerade noch bremsen können, bevor sie viel zu schnell «Nein, überhaupt nicht!« rufen konnte. Gerne würde sie mit einigen von ihnen in Kontakt bleiben. Dennis aus der Zwölf hatte sich sogar als Hilfe bei der Gartenarbeit angeboten. Bestimmt würde sie darauf zurückkommen. *Denn wie es aussieht, wird Moritz so langsam ein ernst zu nehmender Journalist*, dachte Rosa mit einem Anflug von

Stolz und gleichzeitig Wehmut. Auch er würde seinen Weg machen, und der lief leider nicht ständig parallel zu ihrem. Aber erst mal hatten sie einen gemeinsamen Auftrag. Gestern, als sie mit Karl aus dem *Mamma-Mia*-Schülermusical gekommen war, hatte sie eine Nachricht von ihm auf ihrem Handy. Eine, die Rosa heute früh aus dem Radio bestätigt bekommen hatte: Josef Breuer war wieder zum Bürgermeister gewählt worden. Mit großer Mehrheit. Sein Geklüngel hatte also funktioniert. Oder JB hatte einfach viele Freunde und Fans im Ort. Rosa seufzte und bog in den Weg Richtung Rhein ein, wo Moritz im Studentenwohnheim eine kleine Wohnung gefunden hatte. Sein Informatikstudium spielte momentan allerdings eine eher untergeordnete Rolle in seinem Leben, um es mal diplomatisch auszudrücken. Er hatte es angefangen, weil es irgendwie nach Computerspielen klang, erst durch seinen Nebenjob bei der Zeitung war in Moritz der Wunsch erwacht, Journalist zu werden. Für ein Journalismusstudium hätte er Bonn verlassen müssen. Was vor allem Rosa bedauert hätte. Sie holte ihren Neffen ab, damit er für seinen Artikel noch einmal mit Breuer sprechen konnte. Sie hatte sich gerne angeboten mitzukommen. Nicht dass sie scharf darauf war, einen Mann wie JB öfter als nötig zu sehen, da war sie ganz Willys Meinung: Watt für 'ne fiese Möpp! Aber Christopher Graf hatte sie gebeten, unauffällig vorzufühlen, wie der Bürgermeister nach einem möglichen Wahlsieg vorzugehen gedenke. Nach einem Gespräch mit seinem Anwalt, war dem neuen Schlossbesitzer wohl klar geworden, dass er den nervigen Bürgermeister nicht so leicht loswurde. Vielleicht konnte Rosa zwischen den Streithähnen vermitteln. Und wenn sie ehrlich war, war sie einfach neugierig, wie sich die Sache mit dem Schloss entwickelte. Schließlich war »ihr« Garten davon ja auch irgendwie betroffen.

Moritz wartete schon vor dem hohen grauen Gebäude auf sie, sprang ins Auto und begrüßte sie mit einem »Moin, Tantchen« und Archie mit einem Tätscheln. »Wir fahren zu JB nach Hause!«

»Nicht wieder ins hässliche Rathaus?« Rosa sah ihren Neffen verwundert an, der leicht angeschlagen aussah und etwas von einer Party in der Wohnheimbar murmelte.

»Seine Sekretärin meinte, er wird heute sicherlich ausschlafen, nachdem er die ganze Nacht gefeiert hat. Er ist noch nicht wieder im Rathaus aufgetaucht. Aber sie wollte seiner Frau Bescheid sagen, dass wir kommen. Nach diesem Wahlsieg ist er sicherlich zu einem Interview bereit.«

»Im Terminkalender stehen wir aber nicht?« Rosa lernte jeden Tag mehr, dass Frau Reich, die Lehrerin, korrekt und höflich auftrat, dass die Garten-Kriminalistin Rosa allerdings viel forscher vorgehen musste.

Als sie nach einigen Kilometern, vorbei an wogenden Getreidefeldern, in Kappeshoven angekommen waren, lotste Moritz sie vor einen frei stehenden Bungalow, dessen Vorgarten ein wenig Pflege gebrauchen könnte, wie Rosas Kennerblick schnell feststellte. Auf der Kiesauffahrt stand ein dunkler Mercedes. *Vermutlich derselbe, den ich im Schlossgarten gehört habe, als Josef Breuer nach seinem Streit mit Christopher Graf abgerauscht war*, dachte Rosa, *der blitzt genauso wie seine Uhr und sein Schmuck, wenn auch nicht golden.*

Eine junge Frau öffnete ihnen, die Rosa entfernt an Daniela Katzenberger erinnerte. Was daran liegen mochte, dass sie einen pinken Jogginganzug trug und die langen, blonden Haare nicht sehr natürlich aussahen.

»Wir kommen vom Wochenblatt und würden gerne Josef Breuer sprechen. Ich schreibe über seinen Wahlsieg in der nächsten Ausgabe.« Moritz wirkte professionell, stellte Rosa fest. Barbie dagegen, als hätten sie sie beim Serienmarathon gestört.

»Der schläft noch. Kommen Sie rein, der kann langsam mal aufstehen, hat mir versprochen, den Pool zu reinigen.«

Sie folgten der Frau in ein Wohnzimmer, in dem sich Donald Trump vermutlich sehr wohlgefühlt hätte. Rosa erinnerte sich dunkel an die Fotostrecke in einer Zeitschrift, die die ehemalige Präsidentenfamilie Trump inmitten von viel Plüsch, Teppich und Gold gezeigt hatte. Moritz und sie blieben ratlos stehen, als die pinke Erscheinung, die wahrscheinlich Frau Breuer Nr. fünf war, abzog, um ihren Mann zu holen.

Rosa war gerade dabei, Archie an der Leine davon abzuhalten, einen Königspudel aus Porzellan anzukläffen, als ein spitzer Schrei durch den Bungalow hallte. Moritz und sie sahen sich erschrocken an, und sogar Archie wurde still.

»Sie wird doch nicht in den Pool gefallen sein?« Statt einer Antwort griff Rosa nach dem Arm ihres Neffen und zog ihn aus dem Wohnzimmer in die Richtung, aus der der Schrei gekommen war. Eine Tür im langen Flur stand offen. Zwischen dem Fenster mit der halb geöffneten Jalousie und dem Bett stand Frau Breuer, die Fünfte, und hielt sich ihre langen pinken Fingernägel vor den Mund. Sie starrte auf den Kopf ihres Mannes in der Bettwäsche mit Leoprint. Aus seinem Mund lief eine rote Spur ins Kissen und hatte ihm einen schon leicht angetrockneten rötlich-braunen Heiligenschein verpasst. Vor dem sich sein bleicher, nackter Oberkörper mit den ausgestreckten Armen grotesk abhob. Rosa meinte, das Ticken seiner dicken, goldenen Armbanduhr zu hören. Das Interview konnten sie wohl vergessen. Denn Bürgermeister Josef Breuer war tot. Mausetot, um genau zu sein.

Kapitel 21

Rosa und Moritz standen wie erstarrt im Türrahmen, sogar Archie hatte seinen Schwanz eingezogen und blickte mit fragendem Blick in die Runde. Nach einem Schreckmoment, in dem Rosas Hirn versuchte zu begreifen, was ihre Augen sahen, drückte sie Moritz die Leine in die Hand und lief zu Josef Breuers Frau ins Zimmer, die jetzt nicht mehr schrie, sondern zitterte. Rosa legte ihre Hand auf die rosa Samtschulter und schob sie langsam aus dem Schlafzimmer zu Moritz. Parallel scannte sie den Raum ab: Im Bett der eindeutig tote Bürgermeister mit nacktem Oberkörper auf dem blutigen Kissen. Daneben das offene Fenster mit der halb heruntergelassenen Jalousie, durch die sich die Vormittagssonne hereindrückte. Rosa hatte genug Krimis gelesen, um zu wissen, dass sie nichts anfassen, keine möglichen Spuren verwischen durfte. Denn dass es sich hier im Schlafzimmer von JB um einen Tatort handelte, war mehr als offensichtlich. Das Blut um den dicken, bärtigen Kopf des Bürgermeisters schien vor allem von seinem rechten Ohr ins Kissen gesickert zu sein. Statt eines Ohrs konnte Rosa allerdings nur noch eine rote Masse erkennen, die sie an ein überfahrenes Tier erinnerte. Instinktiv hielt sie sich die Nase zu, als sie auf der linken Schädelseite einen kleinen, roten Kreis auf Schläfenhöhe entdeckte. Wenn das kein Kopfschuss gewesen war, abgefeuert vom Fenster aus! Dass sich Josef Breuer selbst getötet hatte, schloss Rosa spontan aus, schließlich hatte er gerade eine Wahl gewonnen. Und JB kam ihr auch alles andere als depressiv, verzweifelt, einsam oder verschuldet vor, oder was es sonst für Gründe geben mochte, seinem Leben eigenhändig ein Ende zu setzen. Außerdem müsste dann hier auch eine Waffe zu finden sein. Rosa riskierte einen Blick unters Bett, konnte aber nichts Auffälliges entdecken. Sie folgte Moritz und Frau Breuer ins Wohnzimmer, wo ihr Neffe auf der Couch neben der jungen Witwe saß, die mechanisch Archie auf ihrem Schoss streichelte und dabei leise wimmerte. Rosa bat ihren Neffen, die Polizei zu rufen, während sie die Minuten bis zu ihrer Ankunft nutzen wollte, um mit der Ehefrau des Verstorbenen zu sprechen. Auf einem goldenen Wägelchen in der Ecke des Zimmers entdeckte sie eine verzierte Glasflasche mit bräunlichem Inhalt, den ihre Nase als Whiskey identifizierte. Sie goss einen ordentlichen Schluck in eins der bereitstehenden Gläser und reichte es der jetzt lautlos weinenden Blondine.

»Trinken Sie, das wird sie beruhigen!« Rosa schob ihr sanft das Glas zwischen die Finger. Von Eyeliner verschmierte Augen sahen sie verzweifelt an. »Frau, äh, Breuer, nehme ich an …«

»Sagen Sie Daniela zu mir.« *Also doch Katzenberger.*

»Daniela, Sie sind zu Recht völlig aufgebracht, aber sagen Sie, haben Sie eine Ahnung, was passiert ist?«

Daniela Breuer hielt sich an ihrem Glas fest, nippte und schüttelte zaghaft den Kopf. Rosa stellte eine Frage, die Sie so schon in so mancher *Tatort*-Folge gehört hatte. »Wann haben Sie Ihren Mann denn das letzte Mal lebend gesehen? Atmete er noch, als Sie aufgestanden sind?« Der pinke Jogginganzug zuckte mit den Schultern.

»Wir haben getrennte Schlafzimmer«, piepste Daniela Breuer. »Weil er schnarcht. Und oft so spät von seinen Sitzungen nach Hause kommt. Und gestern von der Wahlparty. Zuerst war ich im Rathaus dabei, aber dann bin ich nach Hause gefahren.«

»Dann wissen Sie also gar nicht, wann Ihr Mann nach Hause gekommen ist?« Moritz hatte sein Telefonat im Flur beendet und setzte sich neben die Frau auf die Couch.

»Ich bin irgendwann nach dem Kulturmagazin im Fernsehen schlafen gegangen, kurz nach Mitternacht. Da war er noch nicht da. Wer tut nur so was?« Die Tränen liefen ihr übers Gesicht, als sie verzweifelt Rosa ansah.

»Vor allem, wie. Sagen Sie«, Rosa kam ein Gedanke, »haben Sie vorhin die Jalousie hochgezogen und das Fenster geöffnet?« Daniela schüttelte heftig den Kopf, dass ihre Haar-Extensions nur so flogen.

»Ich, ich habe gar nichts gemacht. JB schläft im Sommer immer mit offenem Fenster und macht die Jalousie nie richtig zu.« Sie schniefte und holte tief Luft. »Er hatte das Gefühl, ständig zu ersticken. Krumme Nasenscheidewand. Mir war das unheimlich. So im Erdgeschoss. Außerdem viel zu laut und zu hell.«

»Hatte ihr Mann Feinde? Hat ihm jemand in letzter Zeit gedroht?« Daniela Breuers Glas war leer.

»Er legte sich doch mit jedem an, wenn er seinen Willen nicht gleich bekam. Aber deshalb bringt man doch niemanden um.« Tränen liefen ihr über die Wangen und tropften auf den pinken Samt.

»Was ist mit diesem Matthias Ludwig von der Brauerei, der wollte doch auch Bürgermeister werden. In welchem Verhältnis standen die beiden zueinander?«

»Der hatte keine Chance gegen meinen Mann. JB hat ihn nicht ernst genommen. Nur sein Bier.«

»War er gestern Abend auch auf der Wahlparty? Grund zu feiern hatte er ja nicht.«

Daniela nickte. »Der war noch da, als ich ging. Aber so betrunken, dass er in einer Ecke eingeschlafen ist.«

»Besaß Ihr Mann eine Waffe?«

»Nicht dass ich wüsste.« Es klingelte. Moritz stand auf, um zu öffnen. Zwei Polizisten kamen hinter ihm ins Wohnzimmer. Rosa kniff die Augen zusammen.

»Pittermännchen, bist du das?« Rote Haare, dicke Brille und Sommersprossen. Das, in einer Person vereint, hatte sie bisher nur in Klasse 5 bis 10d erlebt. Vor ein paar Jahren. Sein Kollege grunzte belustigt.

»Ähm, Frau Reich, was machen Sie denn hier? Ich bin jetzt eigentlich nur noch Peter Klein.«

Nebenan lag ein Toter im Bett, aber Rosa verkniff sich ein breites Grinsen. *Er ist es.* Peter Klein, der, als er zu ihr in die Klasse gekommen war, so süß und so besonders mit seinen roten Haaren ausgesehen hatte, dass er von allen Kindern nur noch »Pittermännchen« gerufen worden war. Die rheinische Form von Peter war gleichbedeutend mit einem 10-Liter-Kölschfass. Eine Prophezeiung, die sich erfüllen sollte. Beim Abschiedsfest in der zehnten Klasse hatte Peter das Fässchen so ungeschickt angeschlagen, dass er danach aussah, als habe er in schäumendem Kölsch gebadet. Ob ein Scherz seiner Mitschüler dahintersteckte, die das Fass vorher geschüttelt hatten, oder einfach Pech, konnte nie geklärt werden. Ihr Lehrerherz hüpfte erfreut. Das Pittermännchen hatte es also zur Polizei geschafft. Dorfpolizei traf es wohl eher.

»Oberkommissar Peter Klein.« Er nahm seine Dienstmütze ab und hielt den Kopf gesenkt, ganz so, als ob er einen Tadel oder eine Aufgabe seiner früheren Lehrerin erwarte.

»Mensch, Peter, da ist ja richtig was aus dir geworden!« Sie lächelte ihn an und hätte ihm fast mütterlich über den Kopf gestrichen. Das mit dem Siezen fing sie jetzt auch nicht mehr an. Daniela Breuer wimmerte leise und erinnerte Rosa daran, dass es einen Todesfall gab, den es aufzuklären galt.

Sie stellte Peter Klein und seinem Kollegen die Witwe vor und führte sie zum Tatort. Nebenbei erklärte sie, dass ihr Neffe für ein Interview fürs Wochenblatt hier war und sie ihn hergefahren habe. Nachdem Pittermännchen, also Oberkommissar Klein, ihre Personalien aufgenommen und sich kurz ihre Beschreibung des Leichenfunds angehört hatte, durften sie gehen. Das Versprechen, am nächsten Tag aufs Revier zu kommen, um noch einmal ausführlich zum Sachverhalt vernommen zu werden, gab Rosa gern.

»Natürlich werde ich alles tun, um diesen Fall aufzuklären, Pitter-, äh Peter, ich fühle mich ja involviert in das Drama. Du weißt doch noch, was die Grundzüge eines Dramas sind, oder?«

»Natürlich, Frau Reich.« Peter Klein sah gar nicht glücklich aus, was sicherlich größtenteils an dem Todesfall in seinem Revier lag und nur minimal mit der Tatsache, dass seine ehemalige Lehrerin ihn gedanklich in seine Schulzeit zurückversetzte. Rosa zwinkerte ihm zu, grüßte den Kollegen und verließ mit Moritz den Tatort. Vor der Tür hatten einige Polizisten damit begonnen, das Grundstück mit Flatterband abzusichern. Ein Notarzt kam ihnen entgegen. Schaulustige standen bereits auf dem Bürgersteig. Als sie durch die wärmende Mittagssonne zu ihrem Auto gingen, warf Rosa noch einen Blick auf das Fenster mit der halb geöffneten Jalousie und die nähere Umgebung. Aber ihre Augen fanden keine Tatwaffe.

Kapitel 22

Schneller als erlaubt, lenkte Rosa ihren Mini zurück zur Gärtnerei. Nach diesem Schrecken brauchte sie Beistand. Und Zucker. Die von Sarah für heute angekündigten Baba au rhum, wunderbare sirup- und vor allem rumgetränkte Hefeküchlein, würden sie beruhigen, hoffte Rosa, als sie das Gärtnereicafé betrat. Ein paar Gäste saßen draußen vor dem Eingang an den wenigen Tischen in der Sonne, drinnen war niemand bis auf Sarah, die Karl gerade einen der Rumkuchen servierte.

»Alkohol schon am frühen Nachmittag …« Rosa ließ sich seufzend auf den Platz neben ihm fallen.

»In homöopathischen Dosen regt er die Gehirntätigkeit an. Rosalindchen, ich dachte, ich beginne die Woche bei euch und Sarahs formidablen Gebäcken. Was ist los, du bist ja ganz blass.«

»… ist genau das, was ich jetzt brauche, wollte ich sagen. Sarah, rette mich mit deinen Rumtörtchen. Karl, wir stecken mitten in einem Mordfall. Der Bürgermeister ist tot.«

»Der frisch gewählte?« Ihre Mutter Roswitha erschien in der offenen Verbindungstür zur Gärtnerei. »Um Himmels Willen, Rosa, warst du dabei?«

Rosa winkte ab. »Nein, als ich ihn zusammen mit Moritz interviewen wollte, lag er tot im Bett.«

Karl schüttelte ungläubig den Kopf. »Du musstest seine Leiche sehen, Rosa? Der Bürgermeister war nach euren Erzählungen schon lebendig kein beglückender Anblick, aber tot … Ich will es mir gar nicht vorstellen.« Jetzt stiefelte auch Willy ins Café.

»Jetzt isses ein toter fieser Möpp. Isch habbet grad im Radio gehört. Im Leben kommt alles zurück, isch glaub, datt hat er sich redlich verdient.«

»Willy, so spricht man nicht über Tote«, regte sich Roswitha auf. »Wir sehen uns alle wieder im nächsten Leben. Vielleicht hast du den Bürgermeister demnächst in deinem Beet, als wohlriechende Rose.«

»Eher als Pissnelke. Darauf ein Kölsch.«

Sarah servierte Rosas Rumkuchen und stellte Willy seine übliche Flasche Bier vor die Nase.

»Datt wäre ja mein Lieblingsleben, als Kölsch-Fässchen. Den ganzen Tag rumliegen und die Menschen glücklich machen.«

Rosa nahm einen großen Bissen vom Kuchen und lehnte sich genüsslich zurück. »Das war wirklich kein schöner Anblick. Man müsste blind sein, um nicht zu erkennen, dass er erschossen wurde. Kugel in den Kopf. Das halbe Bett war voll Blut.«

»War datt sing Frau? Die erbt doch alles. Prost!«

Rosa schüttelte den Kopf. »Frau Breuer? Sie kommt mir, nun ja, etwas unbedarft vor. Ich kann sie mir nicht mit einer Waffe in der Hand vorstellen. Höchstens an Karneval. Daniela Breuer wirkte geschockt, zuerst sogar leicht hysterisch. Vielleicht ist sie aber auch eine gute Schauspielerin. Sie hat es angeblich erst gemerkt, als sie ihren Mann für unser Interview wecken wollte. Sie haben wohl getrennte Schlafzimmer, und sie dachte einfach, er schläft seinen Rausch aus – nach der Siegesfeier gestern Abend. Moritz konnte sie aber ein wenig beruhigen, bevor die Polizei eintrudelte.«

»Alter Witwentröster, isch dachte, so heißen nur Likörschen. Macht er datt jetzt hauptberuflich oder wo ist der Jung?« Der gute Willy musste aber auch immer alles ganz genau wissen.

»Moritz ist zu seiner Zeitung gefahren, die wollen natürlich gleich die Story haben, er war ja sozusagen hautnah dabei. Er darf sogar für die überregionale Tagespresse schreiben. Jetzt bin ich ihn wohl endgültig als Gartenhilfe los.«

Karl hatte seinen Baba au Rhum aufgegessen. »Wer könnte es sonst gewesen sein? Und wie? Ganz schön kaltblütig, einfach ins Haus zu spazieren und einen Menschen in seinem eigenen Schlafzimmer zu erschießen.«

»Wenn du mich fragst …« Rosa beugte sich verschwörerisch vor, ganz in ihrer Ermittlerrolle. »Der Täter oder die Täterin ist durchs Fenster rein. Nach Auskunft der Ehefrau schlief der Tote immer bei offenem Fenster, die Jalousien nur halb heruntergelassen. Kinderspiel für jeden Einbrecher. Und schon steht ein Mörder vor deinem Bett.« Sie schaute ihren Freund mit ernstem Blick an. »Ich denke, genau das wird die Spurensicherung bestätigen. Die kam, nachdem die Polizei da war. Apropos Polizei – Karl, du errätst nie, wer als Polizist vor der Tür des Bürgermeisters stand: unser Pittermännchen aus der Schule.«

Karl zog erstaunt die Augenbrauen in die Höhe. »Peter Klein, der Kurzsichtige mit den roten Haaren? Da halte ich es mit Pythagoras: nil admirari – über nichts wundern. Aber die Frage bleibt.« Er stützte seinen Kopf auf die Hände und schaute nachdenklich durch seine goldene Brille in die Runde, so wie er seine Schüler früher angesehen hatte, wenn sie im Lateinunterricht den Ablativ mal wieder nicht verstanden hatten. »Warum sollte jemand so etwas tun?«

»Du meinst das Motiv?« Rosa hatte das Gefühl, in einem ihrer Krimis zu stecken, die zu Hause auf dem Nachttisch auf sie warteten. »Pitter-, äh, die Polizei wird sicherlich zuerst mit seiner stärksten Kontrahentin bei der Bürgermeisterwahl sprechen. Vermutlich ergebnislos, das wäre wirklich zu auffällig. Und dann kandidierte ja noch der Chef der Brauerei, allerdings nicht sehr erfolgreich. Den sollten wir uns anschauen.«

»Ein Motiv hätte er, jetzt muss es eine Nachwahl geben.«

»Wir sind doch nicht im Wilden Westen, wo Waffen entscheiden, wer der Chef im Dorf ist, oder?«

»Datt is doch fast schon Eifel, da is alles möschlisch.«

»Da wird dein Auftraggeber aber erleichtert sein, dass jetzt niemand mehr sein Häuschen will, was?« Karl schaute sie herausfordernd an. »Dein Herr Graf mit dem Schlossgarten. Er könnte nicht, sagen wir, irgendetwas damit zu tun haben? Schließlich hat er doch dieses Computerspiel entwickelt …«

»*Mord im Ort*? Du meinst, deshalb steckt er hinter dem Mord am Bürgermeister? Bisschen viel Aufwand für eine Spielrecherche oder um seine Ruhe zu haben, findest du nicht? Aber klar, auch wenn es zynisch klingt – jetzt hat Christopher Graf eine Sorge weniger. Der Bürgermeister kann nicht mehr von seinem Nutzungsrecht Gebrauch machen und sich ins Schloss klagen, und wir können in aller Ruhe die Gartenarbeit zu Ende bringen.«

»Vergesst nicht euren Leo!« Roswitha stand auf. »Apropos Löwe – Willy, wir brauchen neue Löwenmäulchen, pinke, die passen so schön zu den lila Schmuckkörbchen. Ich meine die Blumen, nicht das Geflochtene. Wäre auch was für deinen Schlossgarten, Rosa.«

»Ja, der Löwe, den hätte ich über den morgendlichen Schrecken fast vergessen. Ich spreche noch mal mit den Angestellten im Schloss. Wir müssen den Freiherrn finden, sonst können wir dieses Geheimnis nicht lösen, fürchte ich. Warst du denn schon erfolgreich in den Altersheimen, Karl?«

»Als watt denn, noch ein Witwentröster?« Willy zeigte sein Zahnlücken-Grinsen.

»Als Undercover-Rentner«, berichtete Karl mit einem Hauch von Stolz in seiner Stimme. »Sie wollten mich alle. Ich könnte schon morgen einziehen. Aber einen Freiherrn als Zimmernachbarn konnte mir noch niemand bieten. Ich habe erzählt, ich suche meinen alten Freund, der ins Heim gezogen ist, und ich habe vergessen, in welches. Einem alten, vergesslichen Mann hilft man gerne weiter.«

»Na gut«, Rosa seufzte, »dann statte ich morgen erst mal unserem Polizei-Pitter einen Besuch ab und mache meine Zeugenaussage. Und dann fühle ich den Grafs auf den Zahn, ich bin gespannt, was sie dazu sagen, dass es keinen lästigen Bürgermeister mehr gibt.«

Kapitel 23

Pünktlich um zehn Uhr betraten Rosa und Moritz am nächsten Morgen das kleine Polizeirevier von Kappeshoven. Es zu finden war nicht schwierig gewesen, denn es befand sich direkt gegenüber dem Rathaus, in dem bis vor Kurzem noch Josef Breuer residiert hatte. Rosa warf einen Blick hoch zum Fenster, hinter dem JB vor wenigen Tagen noch große Reden geschwungen und sich wichtigtuerisch vor ihrer Kamera aufgebaut hatte. Jetzt lag er dick und nackt ohne sein Goldgeklimper in einer Kühlkammer und wurde obduziert, nahm sie an, obwohl die Todesursache klar sein dürfte. *Das Leben war wie ein Titanwurz,* grübelte Rosa und dachte spontan an die riesige Pflanze aus Sumatra, die nur für vierundzwanzig Stunden blühte – aber dafür wahnsinnig schwer und mit einem phallusartigen Blütenstand ausgestattet war. Und leider schlimmer stank als Willys ungewaschene Socken nach einem Jahrhundertsommer.

»Jetzt schau nicht so angesäuert, das wird schon nicht so schlimm, wir haben mit all dem ja nichts zu tun. Und notfalls zücke ich meinen Redaktionsausweis.«

Moritz hakte seine Tante unter, die abwinkte. »Das weiß ich doch. Aber so unsympathisch dieser Bürgermeister Breuer auch war, ich möchte jetzt schon gerne rausfinden, wer ihn auf dem Gewissen hat.«

»Da ist sie wieder, unsere Kommissarin Butterblume.«

»Gerechtigkeitsfanatische Jungfrau, würde Roswitha sagen. Na komm, schauen wir, was wir aus unserem Pittermännchen rausquetschen können. Der wird sich sicherlich freuen, uns zu sehen.«

»Polizei Bonn III – Dienststelle Kappeshoven« stand auf der Tür, hinter der sie Oberkommissar Peter Klein erwartete. *Seine Berufswahl hat sich allein schon wegen der Uniform gelohnt.* Wieder einmal war Rosa froh, dass Polizeibeamte seit vielen Jahren Dunkelblau und nicht mehr dieses hässliche Grün trugen. Wohlwollend betrachtete sie ihren ehemaligen Schützling, der sie brav begrüßte, und folgte ihm in sein Büro.

»Machen Sie sich keine Sorgen, Frau Reich. Wir vernehmen Sie ja nur als Zeugin. Ich gehe davon aus, dass Sie mit dem Tod des Bürgermeisters nichts zu tun haben.« Peter Klein sah sie durch seine dicken Brillengläser scharf an. Rosa setzte ihr Eins-plus-mit-Sternchen-Lächeln auf und nickte.

»Ich vertraue dir voll und ganz, Peter, schließlich kenne ich dich seit der fünften Klasse. Wolltest du nicht damals schon den Wachtmeister Dimpfelmoser im *Räuber Hotzenplotz* spielen?«

»Ähm ja, ich bringe dann erst mal Ihren Neffen zu meiner Kollegin. Wir sind zwar nur eine kleine Wache, aber die Zeugenaussagen müssen wir getrennt aufnehmen.«

Rosa schaute sich um, als Peter mit Moritz den Raum verließ. *Keine privaten Fotos auf dem Schreibtisch. Ob Peter verheiratet war?* Rosa konnte sich nicht erinnern, dass Pittermännchen während der Schulzeit je eine Freundin gehabt hatte. Aber deshalb war sie nicht hier. Im Fernsehkrimi hätte jetzt eine Akte auf dem Tisch gelegen, in die sie kurz gespinkst hätte, um wertvolle Informationen zu erhalten. Aber leider war Oberkommissar Klein nicht so nachlässig. Schade eigentlich. *War er am Ende doch nicht der Vier-minus-Kandidat, für den sie ihn jahrelang gehalten hatte?* Wie es schien, musste sich Rosa auf ihre verbalen Fähigkeiten verlassen, wenn sie etwas aus Peter Klein herausbekommen wollte. Denn natürlich war sie nicht nur auf die Wache geeilt, um als brave Bürgerin, die sie sicherlich auch war, ihre Zeugenaussage zu machen. Die ermittelnde Gärtnerin, die gerade Fahrt aufnahm, hatte Informationsbedarf! Informationen, die ihr nur die Polizei liefern konnte, sie musste sich also mit ihrem ehemaligen Schüler gut stellen. Rosa beschloss, dass Pittermännchen ab sofort ihr momentaner Lieblings-Ex-Schüler war, als er ins Büro zurückkehrte.

»Also, Frau Reich, wir nehmen erst mal Ihre Personalien auf, und dann erzählen Sie mir einfach, was sich gestern im Haus von Josef Breuer zugetragen hat.«

»Ist er eigentlich schon untersucht worden? Obduziert, heißt das doch immer im *Tatort*. Ich glaube, mir wäre viel wohler, wenn ich wüsste, dass er, nun ja … Hat er gelitten?« Rosa setzte einen mitfühlenden Gesichtsausdruck auf. »Ich habe heute Nacht furchtbare Sachen geträumt.« Peter Klein sah sie ratlos an.

»Die Untersuchungen sind noch nicht abgeschlossen. Ich darf auch gar nicht …«

»Mir sah es nach einem glatten Durchschuss aus. Bestimmt habt ihr eine Patrone in der gegenüberliegenden Wand gefunden oder im Schrank.«

»Ich bin wirklich nicht befugt …« Rosa erkannte an Peters Gesichtsfarbe, die sich langsam, aber sicher seinen Haaren annäherte, dass er sich unwohl fühlte. Sie setzte nach.

»Mich würde interessieren: War die Tatwaffe zufällig ein Jagdgewehr?«

»Frau Reich, wir haben den Fall der Staatsanwaltschaft in Bonn übergeben, wir können dazu leider gar nichts sagen. Ich bringe Sie nach nebenan, wir nehmen sicherheitshalber noch Ihre Fingerabdrücke.«

Rosa verstummte und sah ihren Lieblings-Ex-Schüler erstaunt an. *Das Pittermännchen hatte sich gemacht. Alle Achtung.* Nur wenig erinnerte noch an das Bürschchen mit den zwei linken Händen, das beim Schulfest von allen ausgelacht im Kölsch-Regen stand, weil es kein Fass anschlagen konnte. Rosa entschied, es für heute gut sein zu lassen und zur Abwechslung mal eine brave Ex-Lehrerin zu sein, indem sie Peter Klein ihre Sichtweise der Ereignisse zu Protokoll gab. Denn zwei Informationen hatte sie bekommen: Der Leichnam von Josef Breuer befand sich noch beim Rechtsmediziner. Wenn die Polizei noch keine Untersuchungsergebnisse hatte, musste sie auch nicht weiterbohren. Und: Die Staatsanwaltschaft hatte den Fall übernommen. Das hieß, es war mit Sicherheit kein Selbstmord gewesen, ein natürlicher Tod sowieso nicht, sondern das, was sie von Anfang an vermutet hatte: ein Mord.

Kapitel 24

Rosa hatte dem staunenden Andy von ihrem abenteuerlichen Vormittag als Hobbyermittlerin und ihrem jetzt schon zweiten Fall, *Bürgermeister mit Kopfschuss*, erzählt. Seitdem huben sie schweigend nebeneinander das Löwenloch weiter aus, jeder in seine Gedanken vertieft. Für den Schattenplatz unter der Blutbuche mussten sie ein ordentliches Fundament legen. Deshalb hatte Rosa über Andys Baumschule Pflastersteine bezogen, die der Anbieter mit der Farbe saharabeige beschrieb. Die neuen Besitzer sollten mit ihrem Baby auf hellem und freundlichem Boden unter dem roten Laubbaum sitzen und auf ihr Schlösschen blicken können. Wenn auch darunter einmal ein exotisches, totes Tier gelegen hatte. *Tod und neues Leben, so nah beieinander. Wo ich auftauche, gibt es neuerdings Tote,* blitzte es in Rosas Kopf auf. *Gut, dass das nicht schon zu Schulzeiten so war, nicht auszudenken, wenn ich von Klassenfahrten zurückgekommen und ein Kind nicht mehr lebendig nach Hause gebracht hätte.* Ihre Schaufel stieß auf etwas Hartes. Sie zuckte zurück.

»Stopp.« Ihr Kollege sah sie verwundert an. »Da ist etwas.« Sie legte ihr Werkzeug zur Seite, stieg vorsichtig in die Grube und buddelte mit ihren Händen weiter. »Ha, ich habe es geahnt.« Triumphierend hielt Rosa eine bräunliche Platte hoch.

»Was ist das? Doch nicht schon wieder ein Knochen?« Andreas half ihr aus dem Loch heraus.

»Ich fürchte ja.« Sie wischte mit ihrem Handschuh die Erde von der glatten Fläche. »Sie mal, das muss von einem ganz anderen Körperteil stammen als die anderen Knochen, die wir gefunden haben. Den werde ich Karl geben, dann hat das Museum den Löwen bald zusammen.«

»Warte.« Andreas nahm ihr den flachen, glatten Knochen aus der Hand und goss Wasser aus der Gießkanne darüber. »Schau dir das an!« Er hielt Rosa den blanken Knochen vor die Nase. Sie schob sich die Brille auf die Stirn.

»Da steckt was drin. Was Schwarzes.«

Andy nickte. »So was findet man auch schon mal in den Knochen von Tieren, die man gejagt hat. Hirsche oder so.«

»Du jagst?«

»Nee, aber ich hatte mal 'ne Freundin …« Rosa wischte Andys Einwand und den Gedanken beiseite, ihren neuen lieb gewonnenen Freund im Geiste mit anderen Frauen an seiner Seite zu sehen. Ihr Hirn hatte anderes zu begreifen.

»Andreas Krawinsky. Willst du mir etwa sagen, dass dieser schwarze Knubbel eine Kugel ist?« Andy zuckte mit den Schultern, nickte aber dazu.

»Dann wäre das der Beweis – unser Löwe ist nicht einfach nur tot. Er wurde erschossen.«

• • •

Rosa beschloss, dass ein Mann, der sich mit Waffen und Geschossen auskannte und der in seiner Freizeit ein ganzes Haus eigenhändig bauen konnte, mit diesen wenigen Quadratmetern auch allein zurechtkommen würde. Wie ihre weitere Buddelei ergeben hatte, schien das der letzte Löwenknochen in der Erde zu sein. Zeit, um mit den Grafs zu sprechen und am liebsten auch mit den Angestellten. Kam es ihr nur so vor, oder waren sie nie richtig zu greifen?

Rosa erreichte das Haus über die menschenleere Terrasse. Die Tür stand wie immer offen. Sie betrat den Wintergarten und warf einen Blick rechts und links durch die geöffneten Schiebetüren. Von den Grafs keine Spur. Mit der Gewissheit und der möglichen Entschuldigung parat, dass sie die Erlaubnis hatte, wann immer nötig, die Gästetoilette zu benutzen, ging Rosa weiter in den dunklen Flur. Niemand zu sehen, aber aus dem oberen Stockwerk hörte sie laute Stimmen. Sie zögerte, gab sich dann aber einen Ruck und stieg die Treppe langsam hoch. Von den Eigentümern irgendwo im Haus ertappt zu werden, konnte sich nicht schlimmer anfühlen als die erste Stunde vor einer neuen Klasse. Und davon hatte sie einige gehabt. Und überlebt. Am Ende der Treppe riskierte Rosa einen Blick um die Ecke in den dunklen Gang. Eine der Türen war angelehnt, dort erhellte ein schmaler Lichtschein den Flur. Sie schlich näher.

»Wenn ich weg sage, meine ich weg. Was ist daran so schwer zu verstehen?« Rosa glaubte, die Stimme von Laura Graf zu hören.

»Vielleicht hast du einfach nur vergessen, wo du sie hingelegt hast. Ist doch in deinem Zustand nicht unüblich.« *Christopher! Das junge Ehepaar scheint zu streiten.* Lauras Stimme wurde schrill.

»Was hat denn das mit meinem Zustand zu tun?! Du verstehst nicht, was das bedeutet, oder? Wenn sie gestohlen wurde, muss ich das melden.«

»Dann melde es deiner Dienststelle und gut. Dein Spielzeug taucht schon wieder auf, das Haus ist groß. Du wirst sehen, Schatz.«

»Das ist eine Katastrophe! Ich wollte sie nur noch abgeben, bevor ich in Mutterschutz gehe. Wenn mein Chef das erfährt, bin ich meinen Job los!« Lauras Stimme wurde plötzlich leiser.

»Findest du es nicht merkwürdig, dass hier ständig Dinge verschwinden?« Rosa wagte sich einen Schritt weiter Richtung Tür vor.

»Ich hoffe für uns beide, dass sie so schnell wie möglich wieder auftaucht. Christopher, wenn sie jemand genommen hat, dann hat er etwas damit vor. Und zwar nichts Gutes. Oh Gott, ich flippe aus, wir müssen dieses Scheißding finden, ehe etwas passiert!«

»Jetzt beruhige dich, Laura. Ich frage erst mal Martin und Anna, die können uns suchen helfen.«

»Nein! Sie dürfen davon nichts erfahren. Dieses Haus hat sowieso überall Ohren.« Prompt wurde die Tür geschlossen. Rosa erschrak und trat reflexartig einen Schritt zurück, auch wenn das gar keinen Sinn machte. Genug gelauscht. In diesen Streit konnte sie jetzt nicht reinplatzen. Sie schlich die Treppe hinunter und wäre im Flur beinahe mit Anna zusammengestoßen.

»Kann isch helfen?«

»Ich ähm, nein, ich wollte nur kurz die Gästetoilette benutzen. Ich finde es immer noch verwirrend in diesem großen Haus, vielen Dank.« Anna zeigte ihr mit verwundertem Gesichtsausdruck den Weg.

»Ach, ähm, Anna, Sie haben sicherlich von dem Mord im Ort gehört, der Bürgermeister, was sagen Sie dazu?«

»Keine Zeit, hab 'nen Jemüseauflauf im Ofen.« Mit diesen Worten verschwand Anna Richtung Küche.

Als sich Rosa im Gäste-WC frisch gemacht hatte und gerade wieder Richtung Garten gehen wollte, kam Christopher Graf die Treppe herunter. »Hallo, Herr Graf, nicht mehr lange und Ihr Schattenplatz unter der Blutbuche ist fertig.«

»Hm, was? Ach, ich meine, das ist schön, Frau Reich.« Er schien mit seinen Gedanken woanders zu sein.

»Haben Sie schon das vom Bürgermeister gehört?«

»Dass er wiedergewählt wurde. Ja, leider. Wer weiß, was er jetzt vorhat.« Christopher Graf sah sie erschöpft an.

»Nicht mehr viel, würde ich sagen. Ähm, Sie wissen es noch nicht, oder? Josef Breuer ist tot.«

»Was?«

»Ja, erschossen, fürchte ich. Es kam auch schon in den Nachrichten.«

»Erschossen? Mit einer Waffe? Das ist ja furchtbar. Wer, wer war das?« Der Schlossbesitzer wurde blass.

»Das ist noch nicht raus, soweit ich weiß. Auch das *Warum* ist nicht klar. Ich meine, Josef Breuer war vielleicht bei einigen in Kappeshoven durchaus beliebt, aber kein besonders freundlicher Mann. Machtbesessen und selbstherrlich. Ich kann mir gut vorstellen, dass er sich mit vielen angelegt hat. Ich meine, Sie können ja selbst ein Lied davon singen, nicht wahr?«

»Ja, ich, entschuldigen Sie mich. Ich muss, meine Frau …« Christopher Graf drehte sich um und lief die Treppe wieder hoch, die er gerade runtergekommen war. Rosa sah ihm nachdenklich hinterher. *Dass ihm der tote Bürgermeister so zusetzt … hätte er nicht ein wenig erleichtert wirken müssen? Wie auch immer, hier komme ich heute nicht weiter,* beschloss Rosa. Zeit, Andy Krawinsky aus der Löwengrube zu befreien.

• • •

»Ist das jetzt ein Date oder eine Ermittlung?« Andy lenkte seinen Pick-up auf den größten Parkplatz des Ortes, der direkt an die hiesige Brauerei grenzte.

»Wir gehen einfach ein Feierabendbier trinken. Hätten wir schon längst machen sollen. Und nebenbei hören wir uns um, welche Spekulationen es zum Mord am Bürgermeister gibt. Dafür ist die Dorfkneipe immer der beste Ort, weiß man doch. Da vorne ist noch ein Platz frei, direkt vor dem Eingang, perfekt!« Rosa dirigierte Andy vor das mächtige rote Backsteingebäude. »Ludwigsbrauerei« stand auf den Fahnen, die vor der Eingangstür wehten. Durch die großen Fenster waren die kupferglänzenden Braukessel zu sehen. Rosa war beeindruckt.

»Warte«, rief sie, als Andy gerade aussteigen wollte. »Schau mal.« Sie wies auf zwei Männer, die wenige Meter von ihnen entfernt vor der Brauerei standen und sich unterhielten, jeder ein Bierglas in der Hand. Einer rauchte. »Das ist doch Martin, unser Diener!«

»Du fühlst dich schon selbst als Schlossfräulein, oder?« Andy grinste sie von der Seite an und ahmte sie nach. »*Unser* Diener!«

Aber Rosa ließ sich nicht ablenken. »Mach mal das Fenster auf.« Sie klappte vorsichtshalber die Sonnenblende samt Schminkspiegel herunter, damit Martin und sein Gegenüber sie nicht gleich erkannten, falls sie in ihre Richtung schauten. Aber die beiden Männer schienen mit sich selbst beschäftigt zu sein. Rosa lauschte und linste durchs Fenster. »Klingt, als hätten die eine Auseinandersetzung. Heute scheint jeder zu streiten. Meine Mutter würde sagen, das liegt am Vollmond. Wer wohl der andere Kerl ist? Und was haben die so intensiv zu bereden?« Der gestaucht wirkende Diener Martin trug heute keinen Anzug – seine Livree, wie er es wohl genannt hätte –, sondern eine schwarze Lederjacke zu ausgebeulten Jeans. Das Bier in seiner Hand schwappte leicht aus dem Glas, als er sichtlich aufgebracht auf den Hünen vor ihm einredete. Der hatte inzwischen seine Zigarette auf den Boden geworfen, das Glas beiseite gestellt und schaute sein Gegenüber jetzt mit verschränkten Armen über dem Bierbauch grimmig an.

»Du musst etwas tun!«, schallte es zu Rosa herüber.

»Den kenne ich doch!«, stieß sie aufgeregt hervor. »Ich erinnere mich an seinen dicken Schnäuzer, der Typ ist von der Brauerei. Hat die Grafs vor Wochen mit Bier beliefert, auf gute Nachbarschaft und so.«

»So werden Netzwerke gespannt. Klappt in so einem kleinen Ort wahrscheinlich besonders gut. Wenn ich auch ewig mit dir im Auto sitzen könnte, aber so langsam bekomme ich Durst. Kriege ich jetzt mein Bier, oder reden wir nur drüber?« Andy schaute Rosa von der Seite aufmunternd an.

»Ja, sofort. Schau mal!« Rosa zeigte in Richtung von Martin Grimm, der immer aufgebrachter wurde und wild mit den Händen fuchtelte. Rosa meinte die Wörter »Abmachung« und »Geld« herüberwehen zu hören. Daraufhin beugte sich der Hüne zu Martin runter und packte ihn am Kragen. Rosa glaubte kurz, er wolle ihn hochheben, aber das hier war kein Bud-Spencer-Film. Hatte sie das Wort »Bürgermeister« vernommen, oder bildete sie sich jetzt schon Dinge ein? Als sie gerade aussteigen wollte, sah sie, wie Martin sich losmachte, dem großen Mann sein Bier vor die Füße schüttete und davonlief.

• • •

»Hoffen wir, dass das Bier nicht so schlecht schmeckt, wie es aussieht.« Rosa und Andy näherten sich dem Eingang.

»Wer sagt, mein Bier ist schlecht?« Der Hüne trat ihnen in den Weg. Rosa roch seinen Zigarettenatem. Seine Augenlider waren gerötet. Sie konnte nicht erkennen, ob seine blonden Haare nach hinten gegelt oder einfach nur fettig waren. Instinktiv trat sie einen Schritt zurück.

»Na ja, wir dachten, wenn ein Gast sein Bier wegschüttet, wird es ihm wohl nicht so besonders geschmeckt haben.«

»Ach der … den dürfen Sie nicht so ernst nehmen. Kleine Leuchte. Im wahrsten Sinne des Wortes.« Er lachte. Dreckig, fand Rosa.

»Worüber hat er sich denn so aufgeregt?« Sie bemerkte Andys ungeduldigen Blick, er hielt bereits die Tür zur Brauerei auf. »Bestimmt ging es um den getöteten Bürgermeister, was für ein Drama. Das muss doch den ganzen Ort erschreckt haben.«

Der Mann kniff seine wässrigen Augen zusammen. »Sie sind wohl nicht von hier?«

»Nein, nur zu Besuch, quasi. Also mich würde das verrückt machen, wenn ein Mörder in meiner Nachbarschaft frei herumlaufen würde.« Rosa schaute den Mann herausfordernd an. Mit Andy an ihrer Seite konnte ihr so leicht nichts passieren, hoffte sie.

»Vielleicht war der ja unglücklich und hat sich selbst erschossen. Was weiß ich.« Der Mann zuckte die Schultern.

»Hatte der nicht gerade die Wahl gewonnen? Da erschießt man sich doch nicht.«

»Auch erfolgreiche Menschen können unglücklich sein.«

»Also mir kam er sehr selbstsicher vor, nicht wie jemand, der sich gleich umbringt.«

Die Stimme des Mannes wurde schneidend. »Ich denke, Sie sind nur zu Besuch hier, woher kennen Sie dann den Bürgermeister?«

»Wir haben ihn im Fernsehen gesehen, letztens in den Lokalnachrichten«, mischte Andy sich ein. Rosa warf ihm unauffällig einen anerkennenden Blick zu.

»Jetzt rückt wahrscheinlich diese Frau als Bürgermeisterin nach, wie heißt sie noch?«

»Ach, die Zugezogene«. Der Mann spuckte aus. »Aus Düsseldorf. Das wird noch allen leidtun.«

»Sie kann doch nichts dafür, dass ihr Vorgänger tot ist, oder?«

»Wollen Sie jetzt ein Bier oder nicht?«

»Auf jeden Fall!«, rief Andy, bevor Rosa etwas erwidern konnte und lotste alle in die Brauerei.

»Aber sagen Sie, da wir hier ja sozusagen Touristen sind, dieses schöne Schloss, das wir gesehen haben, ist das zu besichtigen? Ich habe gehört, ein alter Freiherr ist der Besitzer.«

»Na, Sie hören ja ganz schön viel. Der ist weg. Da sitzt jetzt auch so ein Zugezogener drin und will seine Ruhe haben. Der wird sich noch wundern.«

»Wie meinen Sie das, Herr, äh?« Rosa steuerte mit Andy und dem großen Mann die Theke an und hievte sich auf einen der Barhocker.

»Ich zapfe Ihnen jetzt erst mal ein schönes Helles. Auf dem Glas steht auch mein Name drauf. Ludwig, wie das Bier.«

»Ach, wie lustig. Wenn man genauso heißt wie sein Arbeitgeber, das passt doch. Was sagt denn Ihr Chef dazu?« Sie lächelte ihn aufmunternd an. Der Hüne mit den fettigen Haaren knallte das fertig gezapfte Bier Rosa vor die Nase, sodass sie erschrocken zurückfuhr. Er stützte seine Fäuste auf die Theke und kam ihr so nah, dass sie seinen Bieratem roch.

»Ich bin hier der Chef. Und der nächste Bürgermeister.«

Kapitel 25

»Kein Problem, trotzdem vielen Dank, Sie haben mir sehr geholfen.« Rosa stellte den Telefonhörer zurück auf die Basisstation und schaute nachdenklich durch die Glaswand in die Gärtnerei rüber. Willy schnitt gerade im Beet die hochgewachsenen Dahlien ab und band sie zu Sträußen. Wenn auch viele Kunden die prallen, bunten Blütenköpfe liebten – diese Blume war eine der wenigen, die Rosa nicht besonders schätzte. In ihrer Jugend waren Dahlien auf einer der Briefmarken abgebildet gewesen, die sie in ihrem dicken Album gesammelt hatte, um sie mit ihrem Schwarm Hannes zu tauschen. Aber Hannes hatte ihre Dahlienmarke mit der Ausrede verschmäht, sie sei schon gestempelt, und stattdessen lieber mit der frühreifen Astrid geknutscht. *Merkwürdige Zusammenhänge, die einem manchmal in Erinnerung bleiben.* Rosa seufzte, schob alles, was ihr aktuell im Kopf rumging ins hinterste Hirnareal und ging zu Willy ins Gewächshaus rüber. Der hatte schon Töpfchen bereitgestellt, um heute auch die Bergminze für den Verkauf fertig zu machen – bei den Kunden sehr beliebt für diverse Sommerdrinks! Was dazu aber momentan fehlte, war die Sonne. Von draußen schlugen schwere Tropfen gegen die Glasfront, was Willy zu einem »Oben ohne sonnen fällt heute aus, is aber joht för de Blömsche« verleitete. Auch Rosa kam der Regentag in diesem bislang heißen und trockenen Sommer gerade recht. So konnte sie mit ihrer Mutter und Willy die Aufträge durchgehen, mit Kunden telefonieren, bei Sarah das ein oder andere Törtchen probieren und vor allem ihre Gedanken zu ihren Fällen ordnen. Denn ihr Krimihirn hatte mittlerweile zwei Großbaustellen: der tote Bürgermeister, an dem sich ihr Neffe Moritz für seine Zeitung noch immer die Finger wundtippte. Dass eine so bedeutende Person wie Josef Breuer in der Nacht seiner Wiederwahl erschossen worden war, das war ein Schock für Kappeshoven. Wie es hieß, war die Tatwaffe bisher immer noch nicht aufgetaucht. Oder ein Verdächtiger. Seine Kontrahenten bei der Wahl hatten Alibis für die Mordnacht, Rosa hätte eh nicht an ein politisches Motiv geglaubt. Aber – alles gefundene Stories für Moritz' Blatt. Nicht zu vergessen, die verschwundenen Löwenknochen, die vielleicht ein noch größeres Geheimnis bewahrten als nur den toten Löwen. Ihr morgendlicher Rundruf bei diversen Bonner Ministerien hatte ihr auch kein klares Bild von Laura Grafs Berufsbeschreibung eingebracht, sondern eher noch ein weiteres Fragezeichen hinter die aktuellen Geschehnisse gesetzt. Denn nirgendwo kannte man eine Laura Graf. Rosa schnappte sich drei Minzetöpfchen für Sarahs Café und lief an ihrer Mutter vorbei, die Gläschen mit Aprikosen- und Erdbeermarmelade ins Regal räumte. Erst mal in Ruhe einen Cappuccino trinken. Sarah sortierte gerade die Auslage neu.

»Möchtest du ein Shortbread zum Kaffee? Ich habe welches mit Earl Grey, Zitrone und Lavendel gemacht. Was Britisches passt heute am besten zum Wetter, dachte ich.«

Rosa überreichte ihr die Minze für die Tische und ließ sich auf einen Stuhl fallen. »Am besten von jedem eins. Das erinnert mich daran, dass ich Willy noch sagen wollte, dass er Lavendel vor das neue französische Restaurant am Rhein pflanzen muss. Der Auftrag kam gerade rein.«

»Dann läuft der Laden?« Sarah strahlte sie an.

»Ich bin so weit zufrieden. Wenn wir erst mal mit dem großen Schlossgarten fertig sind, kann ich mich auch besser um die übrige Kundschaft kümmern. Aber vermutlich haben wir dann schon Herbst, und ich muss mir ganz andere Arbeitsfelder suchen. Im Winter passiert im Gartenbereich nicht so viel.«

»Blumen und Pflanzen haben immer Saison – im Herzen der Menschen. Ich bin mir sicher, euch fällt etwas ein. Schließlich gibt's die Gärtnerei doch schon seit fünfzig Jahren, hat mir deine Mutter erzählt.«

»Das stimmt. Tradition und Moderne, gute Idee. Sollte ich im Briefkopf verwenden. Aber jetzt muss ich erst mal über einen toten Bürgermeister und verschwundene Löwenknochen nachdenken. Es wird immer verworrener.« Sie erzählte der Konditorin von der gefundenen Kugel im Löwenknochen.

»Rosa«, Sarah setzte sich zu ihr an den Tisch. »Ich habe nachgedacht. Den Zirkus, über den wir gesprochen haben, gibt es zwar schon lange nicht mehr. Aber ich habe mir überlegt – vielleicht lebt ja noch jemand, der damals dabei war. Die Seiltänzerin zum Beispiel. Die könnte uns auch sicherlich mehr über ihren Mann, den Löwendompteur erzählen. Ob es ein Unfall war oder ob wirklich mehr dahintersteckt.«

»Ach, Sarah, das wäre natürlich wunderbar. Aber wie sollen wir eine Frau finden, die in den Fünfzigern und Sechzigern Seiltänzerin war? Wir kennen nicht mal ihren Namen. Und vielleicht kommen wir einfach zu spät.« Rosa sah die junge Konditorin freundlich an. »Wirklich nett, dass du mir bei den Ermittlungen hilfst … ich meine natürlich, bei den Recherchen.«

»Einen Versuch wäre es doch wert!« Sarahs Augen blitzten. »Wer als Seiltänzerin auftritt, ist jung und schön und sportlich.

Also war sie damals noch keine dreißig. Fünfzig Jahre drauf, wären wir bei achtzig Jahren, höchstens. Wenn wir Glück haben, lebt sie noch. Soll ich mich noch einmal umhören? Ich mache das gerne!«

Rosa spürte neue Energie. Was am Kaffee, dem Zucker oder an Sarahs Zuversicht liegen konnte – oder an einer Kombination aus allem. »So langsam mache ich mir ein Bild von deiner Familie. Ich glaube, du könntest viel über sie erzählen. Und ich brenne darauf, deine Geschichten zu hören, wenn du magst. Erst mal danke, Sarah. Ich kann mir nicht vorstellen, dass du Erfolg hast, aber versuchen wir es. Und Moritz muss jetzt endlich das Zeitungsarchiv stürmen. Wenn er was über die Zirkusgeschichte findet, dann bestimmt auch Namen. In Ordnung. Suchen wir nicht nur einen Freiherrn, sondern auch eine Seiltänzerin!«

• • •

Für den Abend hatte Rosa Karl nicht direkt zu sich zitiert, wie bestimmte Schüler nach der Stunde, wenn sie, statt ihrem Unterricht zu lauschen, lieber unter dem Tisch mit dem Handy gespielt hatten. Es war eher eine ausdrückliche Bitte gewesen. Oder wie Karl es formulierte, als er mit einem leichten Sommerwein von der Ahr vor ihrer Tür stand: »Lass mich dein Sancho Panza, dein Freddy Frinton, dein *Lindenstraßen*-Gung, dein Struppi sein. Lass mich dir helfen, den Faden der Ermittlungen weiterzuspinnen.«

»Karl, bist du von deiner Bibliotheksleiter gefallen oder hat dein Panamahut ein Loch? Egal, leg den Wein kurz ins Eisfach und lass uns die Fakten zusammentragen.« Heute war keine Zeit für Scrabble, fürs Kochen, für Small Talk. So wie

Rosalinde Reich, die Lehrerin, sich noch vor wenigen Monaten manches Mal die große Pause herbeigesehnt hatte, so brauchte die Gartenkommissarin in ihr jetzt endlich Erkenntnisse. Fast ein wenig stolz überreichte sie ihrem Freund den neuen Knochenfund, den er so schnell wie möglich untersuchen lassen wollte. Es blieben offene Fragen in der Gegenwart.

»Hast du das richtige Heim gefunden?«, wollte Rosa wissen, während sie Käsecracker in ein Schälchen füllte. Die machte sie gerne auf Vorrat, auch herzhaft war ihr Gebäck immer willkommen. Genauso ging es Karl, der Gläser und Cracker auf ihren Balkontisch unter den aufgespannten Sonnenschirm stellte und schon mal einen mopste. Der Regen vom Vormittag hatte sich längst verzogen.

»Das klingt ja, als wolltest du mich loswerden. Nein, meine Liebe. Leider habe ich immer noch nicht die neue Residenz des Freiherrn gefunden. Die Seniorenstifte in Bonn und der näheren Umgebung bin ich jetzt durch. Eine Erfahrung, die wir in Zukunft vielleicht noch gebrauchen können, ich habe eine Excel-Datei mit allen Vor- und Nachteilen und Preisen angelegt, kleine Nebenbeirecherche. Was unseren verschwundenen Freiherrn betrifft, fürchte ich allerdings, dass wir ein wenig ferner schweifen müssen, vielleicht hole ich unsere Erkundigungen besser telefonisch ein, sonst muss ich Kilometergeld berechnen.«

»Dass er von heute auf morgen verschwunden ist, gibt mir immer mehr zu denken. Was hat der alte Mann zu verheimlichen? Ist das Teil eines Plans? Wir müssen ihn finden. Entweder hat er selbst Dreck am Stecken, oder er kann uns helfen, die Sache aufzudröseln. Ich würde dir ja helfen, Karl, aber Moritz, Andy und ich waren auch unterwegs.« Rosa erzählte ihrem Freund von ihren Ausflügen in die Brauerei und dem merkwürdigen Verhältnis von Diener Martin zu diesem schnauzbärtigen Brauereitypen, den sie im Internet als Matthias Ludwig, Chef der Ludwigsbrauerei identifiziert hatte.

»Hältst du es für möglich, dass die zwei etwas mit dem Tod des Bürgermeisters zu tun haben?« Rosa biss in einen Käsecracker und sah ihren Freund fragend an.

»Du gehst in medias res, liebe Rosa. Meine Gegenfrage lautet: Warum sollten sie?«

»Richtig, das Motiv. Josef Breuer war in dem Ort schon etliche Jahre Bürgermeister. Wenn also dem Brauereichef seine Politik nicht gepasst hat, warum auch immer, hätte er ihn schon längst um die Ecke bringen können.«

»Nicht gerade die feine Art in einem funktionierenden Rechtsstaat, aber ja.«

»Da fällt mir ein – als ich zum ersten Mal den Schlossgarten besichtigt habe, hat dieser Brauerei-Ludwig Christopher Graf einige Kisten Bier gebracht. Angeblich als Willkommensgeschenk. Klingt netter, als er aussieht. Was, wenn die zusammenarbeiten? Der Bürgermeister wollte ins Schloss, hatte sogar was Schriftliches, die Grafs waren dagegen.«

»Also heuern sie Bier-Matthes an? Das, liebe Rosa erscheint mir doch ein wenig weit hergeholt. Nach deinen Erzählungen ist dieser Brauereichef kein ganz so sympathischer Typ, um nicht zu sagen, ein schmieriger Geschäftsmann. Aber das macht ihn noch lange nicht zu einem Auftragskiller.«

»Du hast recht, wir sollten einen Schluck trinken und umdenken.« Rosa holte den Wein und stieß mit Karl an. »Schauen wir uns die netteren Menschen in diesem Fall an. Das Ehepaar Graf hätte ein Motiv.« Rosa erzählte Karl von dem Streit. »Es klang, als hätten sie etwas verloren, was gefährlich werden könnte, wenn es jemand findet.«

»Eine Bombe? Ein Aktenstück! Sagtest du nicht, Frau Graf arbeitet in einem der Ministerien?«

Rosa nickte gedankenverloren. »Richtig, so sagte es zumindest ihr Ehemann. Ich habe mich allerdings heute Vormittag umgehört. Bisher habe ich kein Ministerium in Bonn gefunden, bei dem Laura Graf angestellt ist, als was auch immer. Aber als ich ganz am Anfang mal bei ihr im Zimmer war, lag auf dem Schreibtisch eine braune Mappe, auf der *Verschlusssache* stand. Geheimnisvoll.«

»Vielleicht hat sie mit internen politischen Absprachen zu tun. Irgendetwas politisch Wichtiges, deshalb gibt sie ihren Namen nicht preis. Von allen Ministerien, die ihren Dienstsitz noch in Bonn haben, erscheint mir das einzige mit einer solchen Brisanz das der Verteidigung zu sein. Vielleicht ist ihre Behörde in einen Waffenhandel verstrickt, von dem niemand wissen darf?«

Rosa blickte Karl entgeistert an. »Waffe! Du sagst es. Als ich Christopher Graf vor dem Bürgermeister gewarnt habe, weil der das Nießbrauchrecht für das Schloss besaß, tauchte seine Frau auf und meinte, dass der Waffenschrank kaputt sei. Der war mir schon aufgefallen, als wir im Keller die Löwenknochen deponiert haben. Mich hat nicht gewundert, dass in so einem Schloss ein Waffenschrank steht, aber dass ihr der Schrank so wichtig ist, ist schon merkwürdig, findest du nicht?«

»Du meinst, sie besitzt eine Waffe, die sie wegschließen wollte? Beruflich vielleicht. Wobei ich mir nicht vorstellen kann, dass die Mitarbeiter im Verteidigungsministerium alle Waffe tragen. Da würde ein Ministertreffen schnell mal zum Showdown, eine wilde Vorstellung. Aber ernsthaft – vielleicht arbeitet deine Frau Graf ja in einer anderen Behörde. Polizei oder Ähnliches.«

»Laura Graf kann ich mir gar nicht beim Schießen vorstellen.« Rosa grübelte. »War sie so aufgebracht bei ihrem Streit, weil eine Waffe verschwunden war? Na, das wäre ja was. Ach, Karl, verrennen wir uns nicht in irgendwelche Hirngespinste? Wollen wir etwas sehen, was gar nicht da ist?« Rosa goss ihrem Freund Wein nach.

»Lass uns einfach den Gedanken weiterspinnen, auch wenn er noch so absurd ist. Brainstorming habe ich das bei meinen Schülern immer genannt. Ihre Waffe verschwindet. Damit fällt sie wohl aus als mögliche Täterin. Wenn der Streit nicht inszeniert war.«

»Sie wussten ja nicht, dass ich sie belausche.«

»Richtig. Frau Graf bleibt geheimnisvoll, spielt aber vielleicht auf der richtigen Seite, der guten. Also müssen wir sie eventuell aus unserem Kreis der Verdächtigen streichen, aber nicht die mögliche Tatwaffe.« Karl sah Rosa an wie ein Grundschüler, der eine komplizierte Matheaufgabe an der Tafel gelöst hatte.

»Sehr gut, Karl.« Fast hätte Rosa noch ein »Setz dich« angefügt. Jahrelang trainierte Angewohnheiten gab man so schnell nicht auf. »Jemand findet die Waffe …«

»Oder nimmt sie sich …«

»Oder nimmt sie an sich und macht kurzen Prozess mit dem Bürgermeister, weil der ihn oder sie stört.«

»Aber warum?« Karl schaute grübelnd in die Ferne und griff instinktiv nach einem Käsecracker.

»Weil er der Bürgermeister ist …«

»Das war er doch schon gefühlt, irgendwie, immer …«

»Weil er etwas vorhat …«

»Er will die Landesgartenschau in die Gegend holen, das war doch sein großes Projekt.«

»Wen sollte das stören?« Rosa konnte sich partout nicht vorstellen, wer etwas gegen Gärten und Blumen haben sollte, selbst wenn sie künstlich angelegt waren.

»Die Grafs, weil er den Schlossgarten miteinbeziehen wollte?«

»Punkt für dich, Sancho Panza, äh Karl. Womit wir wieder beim Ausgangspunkt wären. Denn den Grafs fehlt ja die Waffe für die Tat. Wäre auch eine etwas übertriebene Reaktion. Mist. Gehen wir noch mal einen Schritt zurück.« Sie hatte zwar nie Mathematik unterrichtet, aber genauso hätte sie auch dem langsamsten Schüler den Satz des Pythagoras beigebracht. »Was wollte der Bürgermeister noch?«

»Das Schloss für seine Veranstaltungen, zum Angeben, damit er immer wieder gewählt wird, der große Macher, der König des Ortes, der …«

»Karl, bleib bei der Sache. Wer hat was dagegen, dass der Bürgermeister sich das Schloss aneignet?«

»Wieder die Grafs. Rosa, so kommen wir nicht weiter. Du sagst doch auch, die zwei sind viel zu sympathisch, wenn das auch kein Argument sein darf. Außerdem gebe ich zu bedenken, dass Frau Graf in anderen Umständen ist. Es ist zwar nicht ausgeschlossen oder unmöglich, aber in meinen Augen hat eine Schwangere anderes im Kopf als einen Mord. Ja, vielleicht bin ich naiv oder, sagen wir lieber, hoffnungslos gutgläubig.« Karl nahm einen Schluck Wein und lehnte sich zurück. Rosa spürte, dass seine Aufmerksamkeit ausgereizt war. Sancho Panza saß schon wieder auf dem Esel, also musste Don Quijote ran.

»In Ordnung. Denken wir an die Waffe. Wenn es stimmt, dass die Grafs, besser gesagt, Laura Graf, eine besitzen – warum auch immer, sie aber nicht mehr finden können, dann haben sie sie entweder verloren …«

»Was reichlich dumm und nachlässig wäre«, warf Karl zwischen zwei Crackern ein. »Auch, wenn der Waffenschrank kaputt ist.«

»Oder jemand hat sie genommen, gestohlen, entwendet.« Rosa redete sich langsam in Rage.

»Für deine Synonyme bekommt du eine Eins, wir sollten das Scrabble-Spiel holen …«

»Karl, warte. Wenn wir das *Warum* erst mal außer Acht lassen und uns auf das *Wie* stürzen – wer hätte überhaupt Gelegenheit, den Grafs eine Waffe zu stibitzen?«

»Schon wieder ein neues Wort, Rosa, du übertriffst dich heute selbst und das nach einem langen Arbeitstag. Na ja, alle, die in diesem Schloss ein- und ausgehen, würde mein weingetränktes Hirn sagen, wenn es denn sprechen könnte. Wie du zum Beispiel.«

»Danke, Karl. Mich können wir, glaube ich, ausschließen. Gut, die Handwerker waren auch ständig dort, aber wer sonst noch immer da ist und sehr vertraut mit den Räumen, das sind die beiden Angestellten, Martin und Anna.«

»Der Butler war immer der Mörder.«

»Der Gärtner heißt es richtig, Karl, aber wie ich gerade schon sagte …«

»Du bist unschuldig, Rosa, ich verbürge mich für dich. Wenn du irgendwann mal ein Alibi brauchst … wusstest du, dass alibi *woanders* heißt? Von lateinisch alius = ein anderer und ibi = dort, also: ein anderer Ort. Wer nicht da war, kann nicht der Täter sein.«

»Danke, Karl, das sind ja völlig neue Erkenntnisse«, entgegnete Rosa spitz. »Aber du hast recht. Ich nehme mir die beiden Schlossangestellten vor. Den Diener und die Köchin. Sie hätten die Gelegenheit gehabt, an die Waffe zu kommen. Und sie könnte Moritz und mir etwas in den Smoothie gerührt haben«, fügte Rosa an. »Sie scheint sich in die Welt der Reichen und Schönen zu träumen, wenn ich mir ihre Bilder so ansehe. Ob sie schon mal straffällig geworden ist?«

»Du meinst, sie hat früher Willy Millowitsch gestalkt?«

»Ich könnte unser Pittermännchen fragen, ob er für uns einen Blick in seinen Polizeicomputer wirft. Falls sie eine Akte hat, dürfte ihn das schließlich auch interessieren.«

»Das wird er wahrscheinlich schon gemacht haben, liebe Rosa, schließlich hast du ihn zu einem logisch denkenden Menschen erzogen. Aber wenn du etwas von ihm willst, solltest du dich für das Pittermännchen entschuldigen. Sonst untergräbst du seine Autorität als Oberkommissar. Wir Männer mögen das nicht.« Karl grinste seine Freundin an. »Und wenn er dann noch zögert, erinnerst du ihn daran, dass ich sogar mein Hühnerauge damals zugedrückt habe, um ihn durchs große Latinum zu bekommen.«

Aber Rosa ließ sich in ihrem Denkfluss nicht stören.

»Genau wie Anna hatte auch Martin Zugang zu den Knochen. Warum sollten sie nicht wollen, dass die alte Geschichte wieder ausgegraben wird?«

Karl zuckte mit den Schultern. »Weil sie dem Freiherrn damals geholfen haben, den Dompteur zu töten?«

»Anna ist noch nicht ganz so lange im Haus wie Martin«, gab Rosa zu bedenken. »Aber selbst, wenn beide beteiligt waren – warum sollten sie? Warum schützen sie Georg jetzt noch, obwohl er sie hat sitzen lassen? Und vor allem – haben sie auch etwas mit dem toten Bürgermeister zu tun?«

»Der wollte in ihr Schloss, den mussten sie loswerden.«

»Du meinst, Anna und Martin sind Angestellte mit Mehrwert? Für ein gutes Geld tun sie alles für ihren jeweiligen

Herrn?« Rosa sah den mit ordentlich Fantasie gesegneten Karl fragend an. »Andererseits – du hättest das Gesicht von Christopher Graf sehen sollen, als ich ihm erzählt habe, dass der Bürgermeister erschossen wurde. Er rannte sofort zu seiner Frau. Ich spüre einfach – da ist was im Busch, in diesem Fall tippe ich auf Attich. Der gibt vor, ein reizender Holunderbusch zu sein, ist aber giftig.«

»Es ist erstaunlich, dass wir für so etwas Einfaches eine Flasche Wein und ein Dutzend Käsecracker gebraucht haben, um am Ende im giftigen Busch zu landen, aber wenn du das sagst, Rosa, wird es schon stimmen.«

»Das, lieber Karl, haben meine Schüler auch immer gesagt.«

»Da fällt mir etwas ein.« Karl sprang derart elanvoll auf, dass Archie erschrocken bellte. »Hast du Moritz' Anzeigenblatt von dieser Woche noch da?«

»Auf der Kommode im Flur. Aber sein Artikel mit der Suchmeldung nach dem Freiherrn erscheint erst noch.« Karl ließ sich nicht beirren. Mit der alten Ausgabe kam er zurück auf den Balkon und hielt Rosa die letzte Seite hin.

»*60 Jahre Ludwigsbrauerei*«, las sie vor, »*Brauereifest mit Tombola, Wett-Trinken, Fass-Akrobatik und Spiel und Spaß für die ganze Familie.* Am Wochenende auf dem Brauereigelände.«

»Und rate, wer vorbeireitet? Don Quijote und Sancho Panza.« Triumphierend ließ sich Karl wieder auf seinen Stuhl sinken und griff nach der Flasche Rosé. »Na, wir zwei Hübschen natürlich. Eventuell noch Archie. Sollte Matthias Ludwig eine kriminelle Ader haben, werden wir das bei der Gelegenheit herausfinden.« Rosa schmunzelte über Karls Enthusiasmus.

»Na, da bin ich aber gespannt, wie du dich bei der Fass-Akrobatik anstellen wirst. Aber versprich mir eins, Sancho Panza. Archie darf mit, aber der Esel bleibt zu Hause!«

Kapitel 26

Rosa begann den neuen Morgen in Pink. Sie konnte zwar nicht mit Sicherheit sagen, um was für Blüten es sich bei dem abstrakten Druck auf ihrem Sommerkleid handelte – irgendetwas Richtung Kamelie, nahm sie an, aber ihr war beim Aufwachen nach einem Hauch von modischer Eleganz und nach einer, für ihr Alter fast schon verwegenen Freizügigkeit gewesen. Also hatte sie ihr kürzestes Lieblingskleid aus dem Schrank genommen, welches ihre Beine gut zur Geltung brachte. Die sie immer noch problemlos vorzeigen konnte, wie Karl nicht müde wurde zu betonen. Dabei hatte er sie nur ein einziges Mal während einer Vertretungsstunde Sport in Shorts gesehen. Es war momentan auch einfach zu heiß, und Rosa war froh, einmal ohne Erde unter den Fingernägeln und Gummistiefeln an den Füßen unterwegs sein zu können. Richtig leicht kam sie sich vor, als sie in ihre neuen beigen Sandalen schlüpfte und sich die Designer-Sonnenbrille ins Haar schob. Auch als Ex-Paukerin und Nachwuchs-Garteneule konnte man Mode lieben! Und dank ihrer fast täglichen Arbeit im Freien hatte sie mittlerweile eine Sonnenbräune zum Vorzeigen. Eigentlich das richtige Outfit, um Andreas Krawinsky einen Besuch abzustatten, überlegte Rosa lächelnd, als sie nach Schlüssel, Handtasche und Hundeleine griff und Mops Archie rausließ, der schon hechelnd und erwartungsvoll die Wohnungstür anstarrte. Aber Flirt und Freizeit mussten warten. Bevor sie morgen wieder im Garten arbeiten und bei der Gelegenheit ein Gespräch mit Martin und Anna suchen würde, wollte sie noch einmal Emmi Schulz einen Besuch abstatten. Um mit ihr die neuesten Entwicklungen zu besprechen. Diesen Blitzgedanken hatte Rosa beim Aufwachen gehabt. Denn wenn sich jemand mit den Menschen im Ort auskannte, dann war es die Frau, die jahrelang an der Kasse des einzigen Lebensmittelmarktes gesessen hatte. Und wie sie Emmi mittlerweile kannte, hatte sie ihre Augen und Ohren auch heute noch überall. Sie musste alles über jeden im Ort wissen, und – noch wichtiger – sie wusste auch das, was jemand zu verheimlichen versuchte.

• • •

Rosa lenkte ihren Mini langsam durch die engen Straßen. Altstadt war hier kein Viertel, Altstadt war gefühlt fast alles. In dem Ort, zu dem das etwas weiter abseits hinter den Feldern liegende Schlösschen gehörte, gab es eine Hauptstraße mit wenigen Geschäften, die eher Praktisches für den täglichen Bedarf im Angebot hatten. Modeläden suchte man hier vergebens, aber Rosa entdeckte eine Metzgerei, einen Blumenladen, ein Elektrogeschäft und das Café, in dem sie nach der Minidemo vor dem Schloss Elisabeth Lenz getroffen hatten. Archie bellte kurz auf, als Rosas Blick auf die Plätze vor dem Café fielen. Da war sie wieder, diesmal in einem langen Wallekleid, das besser auf eine griechische Insel gepasst hätte als in dieses Dorf, und trug auch heute ihre grauen Haare offen: Elisabeth Lenz. Die Leiterin des örtlichen Buchclubs. Im Gespräch mit einer zweiten Frau, die optisch nicht unterschiedlicher hätte sein können und Willy zu einem »da laachste disch kapott!« verführt hätte – Daniela Breuer. Witwe des verstorbenen Bürgermeisters, JB. Heute in Minirock, schulterfreiem Oberteil und in so hohen Schuhen, dass sich Rosa fragte, wie sie damit über die zum Teil kopfsteingepflasterten Nebenwege im Ort staksen konnte. *Wie eine trauernde Witwe sieht sie nicht gerade aus*, bemerkte Rosa im Vorbeifahren. Sie schob sich die Sonnenbrille auf den Kopf und bremste ab.

»Was hältst du davon, Archie, wenn wir einen kleinen Spaziergang machen, bevor wir deine neue Freundin Emmi besuchen?« Mit Schwung bog Rosa links ab und fand am Seitenstreifen einen freien Parkplatz. *Wollen wir doch mal sehen, was ausgerechnet diese beiden Frauen miteinander zu schaffen haben*, dachte sie, als sie langsam zurück Richtung Café bummelte. Die Frauen hatten zwei halb leere Gläser Latte macchiato vor sich stehen und beugten sich über ein Handy. Dass sich ihnen eine ermittelnde Gärtnerin im Sommerkleid näherte, bemerkten die beiden erst, als Rosa schon vor ihnen stand.

»Hallo, Frau Lenz. Ach, und Frau Breuer, ich habe Ihnen noch gar nicht mein Beileid ausgesprochen. Ich hoffe, Sie haben sich ein wenig erholt von dem, ähm, Schock.« Ohne auf eine Antwort der verdutzten Witwe zu warten oder auf das »Sie schon wieder« von Frau Lenz einzugehen, nahm Rosa auf dem freien Stuhl am Tisch Platz, während Archie an Daniela Breuers Highheels schnupperte. Mit einem »ah, der süße, kleine Mops« stürzte sich Daniela Breuer auf Archie. Dass sie ihr bei ihrer ersten Begegnung das Du angeboten hatte, schien sie vergessen zu haben. Daniela Breuer wirkte traurig, aber gefasst, als sie hochblickte.

»Ich habe mich noch gar nicht richtig bei Ihnen bedankt. Wie gut, dass Sie da waren, als Jupp …« Ihre Stimme drohte zu brechen. Sie nahm einen Schluck von ihrem Latte macchiato und blickte etwas verloren drein.

»Ist doch kein Problem.« Rosa legte ihr sanft eine Hand auf den Arm. »Gibt es denn schon neue Erkenntnisse?« Daniela zuckte mit den nackten Schultern und wirkte verloren in ihrer aufreizenden Carmen-Bluse.

»Die Polizei hat mich und was weiß ich wen noch vernommen, mehrfach sogar, aber ich glaube, eine richtig heiße Spur hat sie nicht.«

»Daniela, Schätzchen, ich denke, das ist nicht der richtige Zeitpunkt für derartige Gespräche«, mischte sich Elisabeth Lenz ein und warf Rosa einen strengen Blick zu. »Sie sehen doch, dass die Gute noch völlig aufgelöst ist.«

Aber der richtige Zeitpunkt, um fröhlich mit der jungen Witwe im Straßencafé zu sitzen, ist es wohl schon, dachte Rosa amüsiert und beschloss, sich nicht abwimmeln zu lassen.

»Was wird denn jetzt eigentlich aus Ihren Lesungen? Jetzt, da der Bürgermeister sich nicht mehr für die Räume im Schloss einsetzen kann?«

»Wir finden eine Lösung, zerbrechen Sie sich nicht unseren Kopf. Wenn die Demokratie in diesem Ort mit Füßen getreten wird, müssen wir eben selbst aktiv werden.«

»Wie meinen Sie das?«

»Ich habe Elisabeth angeboten, die Lesungen bei uns im Haus abzuhalten«, mischte sich Daniela ins Gespräch ein, während sie gedankenverloren Archie streichelte. »Ich meine, bei mir im Haus. Oder im Sommer auch im Garten, am Pool. Da ist genug Platz. Das könnte doch ganz hübsch werden.«

»Sind Sie eigentlich auch im Buchclub, oder woher kennen Sie sich?«

Statt einer Antwort sprang Elisabeth Lenz auf. »Ich muss dann mal zahlen. Es gibt schließlich noch viel zu tun vor unserer großen Fontane-Nacht.«

»Ich übernehme deinen Kaffee«, antwortete Daniela Breuer mit fester Stimme.

»Danke, Schätzchen, und vergiss nicht, du brauchst jetzt viel Ruhe und keine Aufregung mehr.« Mit einem vernichtenden Blick auf Rosa rauschten das bunte Wallekleid und die graue Mähne ab. *Sie würde eine gute Schauspielerin abgeben,* dachte Rosa beeindruckt und notierte sich auf ihrer geistigen To-do-Liste, über Elisabeth Lenz' Vergangenheit noch mehr herauszufinden.

»Sie meint es nur gut. Sie gibt mir ein wenig Halt in dieser … in dieser Zeit.«

»Ich hätte nie gedacht, dass ausgerechnet Sie beide sich beim Thema Bücher treffen.«

Ein Lächeln huschte über Daniela Breuers Gesicht. »Wir sind uns nicht immer einig, gerade bei der postmodernen Literatur haben wir einige Differenzen. Aber im Grunde lieben wir beide Bücher, und ich bin dankbar, dass ich ein wenig helfen kann.«

»Sie lesen gern?« Rosa war beeindruckt und nahm sich vor, nie wieder vom Äußeren auf den Geist eines Menschen zu schließen. Und endlich wieder mehr postmoderne Literatur zu lesen. Daniela nickte und strahlte sie an.

»Ich kümmere mich um die sozialen Netzwerke des Buchclubs, mache da ein bisschen Werbung für die Lesungen. Demnächst lege ich eine Homepage für den Club an, neue Mitglieder werben, so was. Früher war ich Influencerin, aber mein Mann wollte nicht, dass ich arbeite.« Der Anflug von Fröhlichkeit war vorbei.

»Ihr Mann hatte eine klare Vorstellung von dem, was er wollte und was nicht. Diesen Eindruck hatte ich auch. Das heißt, Sie bleiben erst einmal hier wohnen?«

Daniela Breuer nickte. »Ich möchte das Haus ein wenig modernisieren, wenn alles wieder freigegeben ist. Aber zuerst muss ich das Durcheinander aufräumen.«

»Durcheinander?« Rosa wurde hellhörig. »So unordentlich sah es gar nicht aus, als ich mit meinem Neffen zum Interview bei Ihnen war.«

Daniela Breuer trank den mittlerweile wahrscheinlich kalten Kaffee in einem Schluck aus und sah Rosa verzweifelt an.

»Ich kann das auch nicht verstehen. Mein Mann war vielleicht chaotisch und manchmal aufbrausend. Aber dass er sein Arbeitszimmer regelrecht verwüstet hinterlassen hat, das ist noch nie passiert. Seine Aktenordner lagen herum, die Schubladen am Schreibtisch standen offen, überall Papiere …«

»Also doch ein Einbruch? Wurde denn irgendetwas gestohlen?«

Daniela schüttelte den Kopf. »Das hat die Polizei auch schon gefragt. Schwer zu sagen. Ich hatte keinen Einblick in die geschäftlichen Unterlagen meines Mannes. Es sieht aus, als hätte jemand etwas gesucht. Aber Einbruchsspuren gab es keine. Und sein Computer ist auch noch da. Vielleicht hat mein Mann einfach selbst diese Unordnung verursacht.«

»Das wird die Spurensicherung klären. Besaß Ihr Mann eigentlich eine Waffe?«

Daniela Breuer zuckte mit den Schultern. »Ja, so ein Gewehr, wie alle im Schützenverein. Aber das hatte er nicht zu Hause, das wollte ich nicht. Ich hatte Angst, dass was passiert. Und jetzt ist was passiert.« Sie hatte Tränen in den Augen. Rosa nickte verständnisvoll. »Sie hatten mir ja erzählt, dass Ihr Ehemann im Sommer immer bei geöffnetem Fenster schläft.« Rosas Spürnase nahm Witterung auf. »Das heißt, es hätte theoretisch jeder einfach einsteigen können.«

»Genau das habe ich Jupp immer gesagt«, antwortete Daniela mit weinerlicher Stimme.

»Aber wenn sich jemand im Haus rumgetrieben und etwas gesucht hat, das Arbeitszimmer verwüstete – das hätten Sie doch mitbekommen, Sie waren doch zu Hause.«

»Ja, schon«, Daniela tropften Tränen in den Ausschnitt. »Aber ich habe geschlafen. Ich leide sowieso unter Schlafstörungen, und wir haben gerade Vollmond, da nehme ich immer eine Schlaftablette, sonst kann ich das mit dem Schlafen vergessen, und dann ist der Tag gelaufen. Oh Gott«, sie schluchzte auf. »Ich habe den Mord an meinem Mann einfach verpennt.«

Kapitel 27

Emmi Schulz war gerade dabei, die Rosen in ihrem kleinen Vorgarten zu gießen, als Rosa mit dem schwanzwedelnden Archie des Weges kam.

»Ah, der liebe Jung is wieder da«, begrüßte Emmi den Mops. Rosa überreichte ihr zwei Gläser mit Erdbeer- und Brombeermarmelade aus ihrem Gärtnereiladen, die ohne Kerne und Samen. Ihre Mutter Roswitha wurde nicht müde, die Fruchtmasse durch ein Sieb zu streichen, bevor sie sie in Gläser abfüllte. Das kam besonders bei den älteren Kunden sehr gut an und sorgte in den Sommermonaten schon mal für Lieferengpässe.

»Sie kommen wie jerufen. Sollen wir ein Ründchen mit dem Hündchen drehen? Mein Arzt sacht, isch muss misch mehr bewegen, wenn ich hundert werden will.«

Also lief das ungleiche Trio wenig später auf dem schmalen Gehweg wie die Orgelpfeifen hintereinander her. Vorneweg Archie, der aufgeregt die neue Umgebung beschnupperte und alle paar Meter sein Beinchen hob. Dahinter, mit der Leine fest in der Hand, humpelte die übergewichtige Emmi vor Rosa, die sie um mehr als einen Kopf überragte. Nach ein paar Ecken erreichten sie die nahe gelegenen Felder, und Emmi blieb schnaufend stehen.

»Bis zum Achzigsten lauf isch Marathon. Wo haben Sie eijentlisch Ihren jungen Schreiberling jelassen?«

Rosa ließ Archie von der Leine, der über den Feldweg peste und die Vögel vertrieb. »Der schreibt einen Artikel nach dem nächsten über den toten Bürgermeister und die Ermittlungen der Polizei.« Emmi Schulz winkte ab.

»Datt musste ja so enden.«

»Wie meinen Sie das?«

Emmi trottete weiter den Feldweg entlang. »Isch zeig Ihnen mal was.« Nach einigen Minuten erreichten Sie ein Absperrgitter. Dahinter war ein Rohbau zu sehen, der Rosa an das Becken einer Kläranlage erinnerte. »Datt sollte das größte Spaßbad weit und breit werden. Auf dem wertvollen städtischen Grund und Boden. Bis unserem feinen Herrn Bürgermeister datt Geld ausging. Wie immer, großes Maul und nix dahinter, so war der Jupp. Damit macht man sich keine Freunde.«

»Genau wie mit seiner geplanten Landesgartenschau?«

»Hören Se auf, da wäre nie was draus jeworden. Wissen Se, was et kostet, allein die janzen Blömsche zu gießen?« Rosa hatte eine gewisse Vorstellung davon, wollte Emmi aber nicht unterbrechen. Rhetorische Fragen waren ein beliebtes sprachliches Mittel der Rheinländer, sich selbst im Redefluss zu halten.

»Der Jupp hat Luftschlösser jebaut. Dann hat er sisch Sponsoren jesucht, sisch alles Möschlische vorab bezahlen lassen, und dann sind die Luftschlösser in den Dornröschenschlaf jefallen. Wenn Se misch fragen – der hat in die eigene Täsch jewirtschaftet.« Sie liefen weiter.

»Hatte aktuell noch jemand eine Rechnung mit ihm offen?«

»Wahrscheinlisch jeder.« Emmi wurde kurzatmig. Und wortkarger, stellte Rosa unzufrieden fest. Sie pfiff Archie zurück und steuerte die nächste Bank am Rande eines Maisfeldes an.

»Vielleicht ja auch der Chef der Ludwigsbrauerei?« Rosa dachte nur ungern an den schnauzbärtigen Bierbauchträger, der ihr wie der böse Bruder von diesem netten Fernsehkoch vorkam.

»Da war unser Jupp guter Kunde.« Emmis Redefluss war wieder in Schwung gekommen. »Bei jedem städtischen Event rollte der Laster von den Ludwigs an. Wahrscheinlich gab's Sonderpreise.«

»Dieser Matthias Ludwig hat auch den Grafs Bier gebracht, als sie neu eingezogen waren«, warf Rosa ein.

»Ja, wenn es darum geht, für die Plörre zu werben, is der sisch für nix zu schade.«

»Klingt nach einem korrupten Dorf.« Rosa warf für den gelangweilten Archie ein Stöckchen, der sich trollte.

»Solange jeder zufrieden ist, sag isch immer, ist alles joht.«

»Aber einer oder eine war nicht zufrieden und hat den Bürgermeister umgebracht. Kennen Sie seine Frau?«

Emmi Schulz wuchtete sich von der Bank hoch. »Wir müssen raus aus der Mittagshitze. Meinen Se den Katzenberger-Klon? Niedlisch, was? Aber täuschen Sie sisch nischt. Die is nisch so dumm, wie se aussieht.«

Rosa musste grinsen. Das hatte sie auch schon festgestellt.

»Sie ist sogar im Buchclub, habe ich erfahren.«

»Na ja, Einstein isse nich, aber lesen kannse. War ihr wahrscheinlich langweilig in ihrem Flachdach. Der Alte macht Karriere, und sie hockt zu Hause, das arme Ding. Haben sich bei einer Misswahl kennenjelernt. Jeder Topf findet sein Deckelschen, sach isch immer.« Emmi schnaufte schon wieder. Rosa reichte ihr den Arm, auf den sie sich dankbar stützte.

»Wahrscheinlich ist sie Alleinerbin, meinen Sie nicht auch?«

»Wenn's da mal viel zu erben gibt. Würde misch nisch wundern, wenn der aale Jupp nur Schulden hinterlassen hat. Bei seinem Lebenswandel. Dickes Auto, großes Haus, teures Ührschen, immer nur datt Beste.«

»Wussten Sie, dass er das Nießbrauchrecht für das Schloss besaß? Also, dass er es nutzen durfte, für Veranstaltungen?«

Emmi blieb stehen und sah sie verwundert an. »Krumme Jeschäfte mit dem Georsch? Die konnten sisch doch nischt leiden. Isch sach ja immer, der Georsch war zu weich. Wenn einer watt von dem wollte, gab der nach. So war datt auch mit dem Land.«

»Ach ja, Sie hatten letztens erwähnt, dass zu dem Schloss früher auch noch Ländereien gehörten.«

»Rischtisch.« Emmi drehte sich um. »Diese Felder hier. Die gehörten dem Vater vom Georsch, dem Heinrich. Der hat die teuer verpachtet.«

»Und sein Sohn Georg, der Freiherr, der jetzt verschwunden ist, der hat sie dann verkauft?«

»Bingo. Und wissen Se an wen? An die Brauerei. An den Vater von Matthes. Der brauchte die für sein Bier. Gerste, Weizen, seitdem sind die hier 'ne Nummer in der Gegend. Kommt keiner dran vorbei am Ludwigs-Bier.«

Rosa spürte, wie in ihrem Kopfpuzzle wieder ein Teil an die richtige Stelle rückte.

»Und Georg hat das Land so einfach weggegeben? Er hätte es auch weiter verpachten können wie sein Vater.«

Emmi winkte ab. »Et wird doch alles teurer. Als isch in Rente bin, haben die Kunden in meinem Laden für 'ne Liter Milsch datt Zehnfache bezahlt wie früher. So is datt. Dat is doch dattselbe in Grün bei so 'nem Schlösschen. Und der Georsch konnte nischt kämpfen. Der wollte wahrscheinlisch mal wieder seine Ruhe haben.«

Sie waren zurück in den kleinen Straßen des Ortskerns. Emmi ächzte, Rosa tippte auf eine kaputte Hüfte.

»Dieser Matthias, Matthes, was ist das für ein Mensch?«

Rosa, Emmi und Archie standen vor Emmis Fachwerkhäuschen. Die alte Besitzerin stützte sich auf dem Gartenzaun ab.

»Nehmen Sie den Bürgermeister, legen Se noch einen Meter drauf, ziehen Se datt Goldjeklimper ab, dafür ein paar Muckis dazu, schon haben Se den Matthes. Beim Jupp war immer viel Show und Gerede und nix dahinter. Beim Matthes isses umgekehrt.« Rosa grübelte, ob Emmi ihr gerade eine treffsichere Personenbeschreibung geliefert hatte oder nur einen schönen Spruch raushauen wollte.

»Sie meinen, Matthias redet nicht, aber handelt? Könnte er etwas mit dem Verschwinden des Freiherrn zu tun haben? Oder mit dem toten Bürgermeister, Frau Schulz?«

Emmi Schulz zuckte mit ihren kleinen, aber massiven Schultern. »Isch weiß nisch alles, aber nennen Se misch doch Emmi. Sie sind mir sympathisch. Jenau wie Archie, auch wenn er gerade auf meine Gloria Dei kackt.«

Kapitel 28

Es ist Zeit, die wiederentdeckte Beziehung zu ihrem ehemaligen Schüler zu intensivieren, dachte Rosa, als sie vor dem schlichten Polizeirevier stand. *Wenn ich schon mal in Kappeshoven bin, kann ich mich auch unauffällig nach dem neuesten Ermittlungsstand im Fall toter Bürgermeister erkundigen. Das Pittermännchen wird sich sicherlich freuen.* Lächelnd betrat sie die Wache und ließ sich nach einem »Ich bin Oberkommissar Kleins ehemalige Lehrerin, ich habe einen Kuchen für Sie alle gebacken« von äußerst freundlichen Polizisten in sein Büro geleiten.

»Was wollen Sie denn hier?« Die Überraschung war geglückt. Oberkommissar Peter Klein schaute erschrocken hinter seinem Computer hervor. Rosa schickte die grinsenden Kollegen ein möglichst großes Messer suchen und fügte hinzu: »Das dürfte auf einem Polizeirevier ja wohl zu finden sein, aber bitte ohne Blut.« Dann packte sie den morgens frisch gebackenen Bienenstich vor Pittermännchens staunenden Augen aus, der angesichts der perfekt gebräunten Mandelkruste und des Vanillearomas in der Nase schon etwas weniger verdrießlich dreinblickte.

»Ich dachte, du kannst eine Stärkung gebrauchen!« Rosa lobte sich für ihre Idee, auf diese Art die neugierigen Kollegen abzulenken, die fröhlich schwatzend jeder mit einem Stück Bienenstich abzogen und ihr im Gegenzug einen Automatenkaffee brachten, während sie beteuerten, dass sie so eine Lehrerin auch gerne gehabt hätten. Gleichzeitig hoffte sie, ihren ehemaligen Schüler aus der Reserve zu locken.

»Ich will dich gar nicht lange aufhalten, Peter, sicherlich arbeitest du gerade an der Pressekonferenz. Moritz erzählte mir, dass sie Mittwochvormittag sein wird. Du weißt ja, dass er für die Zeitung schreibt.« Sie schob ihm ein Stück Bienenstich rüber. Seufzend schaute Peter Klein auf seine Uhr, probierte einen Bissen und nickte, während Rosa fortfuhr. »Es gibt da ein kleines Problem. Moritz' Zeitung hat heute Abend bereits Redaktionsschluss, sie erscheint nur einmal die Woche …«

»Sie meinen, das Anzeigenblatt?«

»Ähm, richtig, sein erster Job, und er ist auch wirklich engagiert, und das will ich als Tante und ehemalige Lehrerin natürlich unterstützen, genau wie euch damals bei der Projektwoche, warst du nicht bei diesem Bienenprojekt dabei?« Sie sah ihren Ex-Schüler fragend an, der mittlerweile das halbe Stück Kuchen vertilgt hatte, während Bilder von einem jungen Pittermännchen vor ihrem inneren Auge aufploppten, der Junge auf der Flucht vor einem gesamten Bienenvolk. Sie hatte den Rettungsdienst rufen müssen.

Peter lief rot an. »Ich weiß wirklich nicht, was das mit …«

»Wir brauchen die Untersuchungsergebnisse schon heute. Damit Moritz das noch ins Blatt bekommt. Es erscheint auch wirklich erst nach eurer PK. Wie schmeckt dir der Kuchen?«

»Sehr gut, Frau Reich, aber …«

»Es weiß ja niemand, und ich denke, es ist auch nicht unüblich, besonders treue Kollegen der Presse vorab zu informieren.« Rosa kramte aus ihrer Handtasche ihr altes Adressbuch und schlug die letzten freien Seiten auf. »Also«, sie klickte mit dem Kugelschreiber, »stell dir einfach vor, ich sei Moritz und wir sitzen in der Pressekonferenz. So kannst du schon mal üben, du hast wahrscheinlich noch nie eine geleitet. Moritz sitzt gerade in einer Vorlesung, und das ist auch gut so, wir wollen doch beide, dass er das Studium beendet, nicht wahr?« Sie blitzte Peter durch ihre Brille an. »Was hat denn die Obduktion ergeben? Es gab doch eine Obduktion oder etwa nicht?«

»Ja, Josef Breuer wurde erschossen, in den frühen Morgenstunden. Ich denke, damit verrate ich kein Geheimnis. Er starb an seiner Schussverletzung am Kopf.«

Rosa nickte. Ein anderes Ergebnis hätte sie auch sehr gewundert.

»Was ist mit seiner Frau, Daniela Breuer? Sie hat mir erzählt, sie hat in der Mordnacht Schlaftabletten genommen und nichts mitbekommen.«

Peter Klein nickte. »Die Tabletten haben wir auch gefunden. Aber kein Motiv.«

»Was ist mit seinem Erbe? So ein Bürgermeister ist doch bestimmt reich!«

»Josef Breuer hinterlässt nicht das Vermögen, das man vielleicht vermutet. Zu viele Zahlungen an zu viele Ex-Frauen. Außerdem ...«

»Außerdem?« Rosa wurde ungeduldig. Peter lächelte schüchtern.

»Daniela Breuer scheint ihren Mann wirklich geliebt zu haben.«

»Verstehe. Kommen wir zur Tatwaffe. Konntet ihr sie sicherstellen? Oder wenigstens anhand des Projektils die Waffe bestimmen?« *Am besten schreibe ich selbst den Artikel, so leicht, wie mir die Fachbegriffe über die Lippen kommen.*

Peter blieb stumm. Er schien zu überlegen. »Es ist wirklich nur für das Anzeigenblatt?«

»Ehrenwort. Wenn Moritz die Infos nicht im Artikel hat, kann er einpacken. Du weißt ja, wie das mit der Konkurrenz ist. Er hat ja auch nur das geschrieben, was du abgenickt hast, nachdem wir den toten Bürgermeister gefunden haben. Du kannst dich auf ihn verlassen. Und wer weiß, vielleicht hat er bald im Gegenzug Infos für euch. Also, die Waffe …«

»Die ist noch nicht wieder aufgetaucht.«

»Also kein Selbstmord, das habe ich mir schon gedacht. Was für eine war es denn, ein Gewehr?« *Dem Pittermännchen muss man wohl alles aus der Nase ziehen, da hat sich wohl nicht viel geändert in den vergangenen Jahren.*

Er schüttelte den Kopf. »Der Patrone nach zu urteilen, die wir gefunden haben, war es eine Heckler und Koch. Eine Pistole.«

»Also keine Verbindung zum Schützenverein?«

»Schützenverein?« Peter sah sie verwundert an.

Rosa winkte ab. »Ich habe gehört, dass Josef Breuer im Schützenverein war. Aber die haben ja eher Gewehre. Ich stelle es mir auch äußerst kompliziert vor, sich mit einem Gewehr das Leben zu nehmen. Aber einen Selbstmord schließen wir ja eh aus.«

Peter sah seine ehemalige Lehrerin unsicher an. *Soll er doch denken, dass ich eine verwirrte alte Frau mit einer Vorliebe für Krimis bin.*

»Nein, wir gehen davon aus, dass es gar nichts mit dem Bürgermeister zu tun hat.« Peter Klein stand auf. Er schien jetzt wirklich schon mal für die Pressekonferenz zu üben. »Vermutlich war es diese Autoknackerbande, die gerade ihr Unwesen treibt. Die haben es auf teure Limousinen abgesehen, die sie nach Osteuropa verschieben.«

»Aber das Auto des Bürgermeisters ist doch noch da, oder?«

»Ja, das hat auch eine Alarmanlage. Da haben sie sich nicht rangetraut. Und weil sie nicht ohne Beute abziehen wollten, sind sie ins Haus eingestiegen und wurden dabei gestört.«

»Weil das Fenster offen stand?« Vorsichtig betrat Rosa den geistigen Weg, den ihr Ex-Schüler mutig eingeschlagen hatte. Ohne Beweise, wie ihr schien. Ein Trampelpfad, mehr nicht. »Gibt es denn Spuren? DNA? Fasern, irgendwas?« Sie kam sich schon selbst wie die ermittelnde Beamtin vor. *Vielleicht eine weitere Jobmöglichkeit, wenn das mit dem Gartenplanungsbüro schieflaufen sollte.* Peter Klein blätterte in einer Dokumentenmappe.

»Wir haben Fasern gefunden, weiß, Baumwolle, aber das kann alles Mögliche sein. Fingerabdrücke gab es keine. Auch keine Schuhspuren.«

»Also hat der Täter sauber gearbeitet.« *So langsam kommt das Pittermännchen in Schwung, man muss ihn nur fordern, hätte ich das nur ein paar Jahre früher gewusst.*

Nur – was brachte das alles? Rosa bezweifelte, dass eine Autoknackerbande so professionell vorgehen würde, wie Peter es beschrieb. Und eine Alarmanlage hatte wohl auch niemand gehört. Oberkommissar Klein bekräftigte noch einmal, dass nichts gestohlen wurde, während Rosa eifrig notierte.

»Ich fasse zusammen.« Im Geiste hörte sie das Pausenklingeln. »Josef Breuer wurde mit einer Pistole erschossen, die bisher noch nicht gefunden wurde. Die Polizei geht von Einbruch mit Todesfolge aus, heißt das so?« Sie sah hoch. »Gestohlen wurde aber nichts.« Hätte Rosa mit solch einem Halbwissen ihre Schulstunden beendet, hätte sie sich nicht mit gutem Gewissen in die Rente verabschiedet. »Aber eins kannst du sicherlich sagen, Peter, von wo wurde JB erschossen? Sicherlich vom Fenster aus.«

Er nickte. »Mit einem gezielten Schuss.«

»Und niemand hat etwas gehört?« Rosa blickte in ratlose Augen. Insgeheim war sie sich sicher: Wer einen Schalldämpfer benutzt, handelt mit Vorsatz. Ein überraschter Einbrecher auf der Flucht verhielt sich anders. Außerdem war die Zahl der Einbrüche seit Jahren rückläufig. Aber was wusste sie schon? Sie war ja nur eine ehemalige Lehrerin, die gerne Krimis las.

»Raubüberfall mit Todesfolge, das kann Moritz schreiben. Und dass die Leser ihre Autos und Häuser gut abschließen sollen. Auch Sie, Frau Reich. Ich hoffe, Ihr Bienenstich war kein versteckter Hinweis auf die Projektwoche. Er war nämlich sehr lecker.«

Kapitel 29

Rosa sog den leicht zitronigen Duft der rosa Blüte ein und befreite die vorgezogene Blume aus ihrem Topf. *Kiss me Kate* war ein hübscher Name für eine Rose, der sie an Prinz Williams Ehefrau erinnerte. Sie mochte den Kleidungsstil der Herzogin, Kate sah in Ringelshirt und Jeans genauso royal aus wie in einer eleganten Abendrobe. Und so skandalfrei wie sie war, würde sie sicherlich einmal eine gute Königin abgeben. Rosa lächelte und setzte ihre eigene Kate in die Erde. Sie liebte die englische Blütenform und die kräftig pinken Knospen der Kletterrose. Lag es am gestrigen Besuch bei Emmi Schulz und ihren Rosen im Vorgarten oder am Vollmond, von dem Daniela Breuer gesprochen hatte, dass sie derart lebendig von einem Rosengang geträumt hatte? Beim Aufwachen jedenfalls war Rosa plötzlich klar geworden, was fehlte, um dem Schlossgarten den Glanz vergangener Tage zurückzugeben, das i-Tüpfelchen auf ihrer wochenlangen Arbeit. So wie Köche ihr Signature Dish hatten, ihr Vorzeigemenü, ihre einzigartige Handschrift, die sie einem Gericht gaben, so würde der Rosengang Rosas Ausrufezeichen hinter ihrer Gartengestaltung werden. Platz genug gab es dafür im Mittelteil des Schlossgartens, gleich hinter Beeten und Obstbäumen, noch vor dem waldähnlichen Teil, den Andy ausgedünnt und beschnitten hatte. Ihn hatte Rosa heute früh als Erstes angerufen, damit er die weißen Holzbögen mitbrachte, die er jetzt zusammen mit

Moritz zu einem kurzen Gang aufbaute. Ihr Neffe hatte sich wieder zur Gartenarbeit gemeldet, nachdem er die vergangenen Tage über nichts anderes als den vermeintlichen Mord an Bürgermeister Josef Breuer und die polizeilichen Ermittlungen geschrieben hatte. Auch dank Rosas Informationen, die sie noch einmal besprachen.

»Ich kann mir nicht vorstellen«, begann sie, »dass jemand das Arbeitszimmer verwüstet und dann nichts mitnimmt. Wenn du mich fragst – da hat jemand gezielt nach etwas gesucht und vielleicht nicht gefunden.«

»Und wenn es keine Fingerabdrücke gibt, hat der Täter Handschuhe getragen«, fügte Moritz an. »Mich wundert nur – wer trägt schon Weiß bei einem Einbruch? Wegen der Fasern, die gefunden wurden.« Rosa konnte nicht aufhören zu grübeln. Es blieben einfach zu viele Fragen offen. Dieser Fall wurde immer verworrener, immer mysteriöser.

»Was für einen Eindruck hattest du von der Witwe?« Sie drückte die frische Erde rund um die erste Kate-Rose am Fuß des Holzbogens fest und sah zu Moritz hoch, der einen Meter weiter mit Andy den nächsten Bogen in die Erde rammte.

»Sie ist nicht so schlicht, wie man auf den ersten Blick vermuten könnte.«

»Das hat Emmi auch gesagt! Hältst du es für möglich, dass Daniela in der Lage wäre, zusammen mit der Buchclubchefin einen Mord zu begehen?«

Moritz lachte auf. »Du meinst, Frauenpower contra Machogehabe? Ich bin mir sicher, die Frauen hätten JB auch ohne Gewalt ordentlich Bescheid sagen können. Davon abgesehen – ich glaube nicht, dass Daniela Breuer mit diesen langen Fingernägeln überhaupt schießen kann. Um die Sache mal ganz praktisch zu betrachten.« Moritz grinste sie frech an und sah dabei so spitzbübisch charmant aus, dass sich Rosa beim besten Willen nicht erklären konnte, von wem er sein attraktives Aussehen geerbt haben könnte.

»Du hast recht. Ich möchte ihr auch ungern etwas anhängen. Ich glaube, ich mag sie. Vielleicht war es Elisabeth Lenz ohne fremde Hilfe? Ich weiß, eigentlich hatte sie den Bürgermeister schon auf ihrer Seite, was das Schloss betrifft. Warum also sollte sie ihren Kompagnon kaltmachen? Sie kommt mir nur irgendwie so radikal vor.«

Moritz nickte. »Das habe ich dir noch gar nicht erzählt. Ich war im Archiv und habe auch nach Elisabeth Lenz gesucht.«

»Ach ja, und?« Rosa stand auf und griff nach der Gießkanne, um die frisch gepflanzten Rosen zu wässern.

»Sie wurde in einigen Artikeln aus den Sechzigerjahren als Sprecherin einer Frauenbewegung zitiert. Mit ein paar anderen Frauen hat sie regelmäßig vor der Bonner Uni demonstriert, für oder, besser gesagt, gegen alles Mögliche, sie wurde auch einmal verhaftet. Die Jane Fonda aus dem Rheinland hat man sie genannt. Sie hieß früher übrigens ganz anders, ich habe sie nur gefunden, weil sie als verheiratete Frau anfangs noch weiterdemonstriert hat. Moment, ich hab's mir notiert.« Er zog seine Arbeitshandschuhe aus, um sich mit seinem T-Shirt den Schweiß vom Gesicht zu wischen. Dann zog er einen gefalteten Zettel aus seiner Hosentasche und las vor. »Elisabeth zu Malshausen hieß sie vor der Heirat, Lenz ist der Name ihres Mannes.«

»Eine Adlige? Wie der Freiherr?« Rosa blickte Moritz verwundert an. »Und dann die Demos. Passt gar nicht zusammen.«

»Wahrscheinlich hat sie genau deshalb den Namen gewechselt, weil sie keine Adlige mehr sein wollte. Und natürlich, weil man das früher bei der Heirat so gemacht hat.«

»Eine adlige, radikale Feministin«, grübelte Rosa. »Sie muss den Bürgermeister gehasst haben. Auch wenn er ihr geholfen hat, Zugang zum Schloss zu bekommen.«

»Aber deshalb bringt man ja noch niemanden um, Tantchen.«

»Oder die beiden Frauen sind ein Paar, und der unliebsame Gatte musste weg.«

Andy an den Rosenbögen lachte laut auf. »Ich glaube, ihr zwei macht mal Schluss für heute, mir scheint, die Sonne bekommt euch nicht.«

»Du hast recht, mein Miss-Marple-Hirn galoppiert mir gerade davon.« Rosa legte ihrem Neffen einen Arm um die Hüfte, und gemeinsam blickten sie in den weitläufigen Garten. »Schau, was wir gemeinsam schon alles geschafft haben, schön sieht es aus.«

Moritz nickte. »Den Platz unter der Blutbuche habt ihr echt cool hinbekommen. Da im Schatten lässt es sich bestimmt gut chillen.«

»Was mich daran erinnert, dass unsere Löwenknochen noch immer nicht wieder aufgetaucht sind.«

»Das hätte ich fast vergessen.« Moritz drehte seinen Notizzettel um und zeigte ihr den Ausdruck eines Zeitungsartikels. Was er Rosa vor die Nase hielt, ließ ihr Herz hüpfen. Sie las laut vor.

»*Dramatischer Unfall im Zirkus – Dompteur tot, Löwe erschossen.* Da haben wir unseren Beweis.« Sie überflog den alten Artikel. »Das ist ja schon ein historisches Dokument. Dass deine Zeitung so etwas überhaupt noch hat.«

»Alles digitalisiert worden, kein Problem, du kannst einfach nach Stichworten suchen. Bei ›Zirkus‹ und ›Löwe‹ hatte ich die Story schnell gefunden.«

»Hier steht, es sei ein Unfall gewesen. Der Dompteur lag morgens tot im Käfig. Sein Löwe hielt ihn wie eine Beute fest. Daraufhin wurde das Untier, wie es hier heißt, erschossen. Und vergraben, wie wir wissen.« Rosa ließ den Ausdruck sinken.

»Damals wurde wahrscheinlich keine Obduktion gemacht. Die Sache schien allen klar zu sein. Der Löwe hat den Dompteur totgebissen, fertig, aus. Hat ihn mit seinem Frühstück verwechselt.«

»Aber wenn der Dompteur zum Löwen in den Käfig geht«, mischte sich Andy ein, der gerade den letzten Rosenbogen in die Erde gebracht hatte, »dann wollte er ihn wahrscheinlich füttern, sonst macht das doch keinen Sinn. Geprobt haben die bestimmt direkt im Zirkuszelt. Oder gab's morgens eine Runde Kuscheln mit dem Raubtier?« Er sah sie herausfordernd an und schenkte Rosa gleichzeitig ein sanftes Lächeln, das sie leicht erröten ließ. Schnell dachte sie an ihren Fall. Ihre Fährte führte sie in die Vergangenheit, in einen Zirkuswagen mit einem Löwen drin.

»Dass die Zirkusleute ein so wertvolles Raubtier, ihre Attraktion, erschossen haben sollen, ist merkwürdig. Es sei denn, es gab einen Kampf. Vielleicht lebte der Dompteur noch, als man die beiden fand. Gruselig.« Rosa fröstelte trotz der Sonne. »Auf jeden Fall will Sarah ihre familiären Fühler ausstrecken. Es wäre aber schon ein sehr großer Glücksfall, wenn sie wirklich die Seiltänzerin von früher finden würde. Stell dir vor, sie könnte uns erzählen, was wirklich passiert ist. Dann hätten wir eine Chance, wenigstens dieses Rätsel zu lösen.«

»Bis dahin bleiben uns ein toter Bürgermeister und ein verschwundener Freiherr«, fasste Moritz zusammen. »Morgen erscheint endlich mein Artikel mit dem Aufruf am Ende. Vielleicht meldet sich jemand, der weiß, wohin sich Freiherr

Georg abgesetzt hat.« Rosa seufzte. Ihr Neffe hatte die Gabe, die wichtigsten Informationen bis zum Schluss zurückzuhalten. Oder zu vergessen. Wie oft war er bei ihr zu Hause nach der Schule vorbeigekommen, weil er seinen Hausschlüssel verschludert hatte?

»Du wolltest noch Erdbeeren pflanzen, höchste Zeit für Elvira, gute Wahl, übrigens«, meldete sich Andy thematisch nicht ganz passend. »Und in unserem Dschungel da hinten habe ich einen alten Kirschbaum gefunden, der noch nicht beschnitten und abgeerntet ist.«

»Und ich wollte Anna zeigen, wie sie Lavendel für eine Tinktur ansetzt. Und Schnaps aus Johannisbeeren macht.« Rosa verschränkte die Arme. »Also gut, Jungs, ihr habt ja recht. Wir haben noch ein bisschen was hier im Garten zu tun. Aber wisst ihr was? Vorher statte ich Martin einen Besuch ab. Ich habe noch einige Fragen an diesen eigenartigen Diener, der Schlossgespenst spielt und sich am liebsten unsichtbar macht.«

Kapitel 30

Rosa betrat das Anwesen durch die Terrassentür. Die wie immer, wenn sie im Garten arbeitete, offen stand. Im Vorbeigehen warf sie einen Blick auf die von ihr gepflanzten Gräser, Blumen und Kräuter, die gut angegangen waren, wie sie zufrieden feststellte. Die Blüten des Sonnenhuts strahlten ihr entgegen. *So sieht Sommer aus!* Sie durchquerte Wintergarten und Salon, in dem sie erst vor Kurzem mit Christopher Graf gesessen und über den Bürgermeister gesprochen hatte, und gelangte in den dunklen Flur. Rosa blickte sich um. Die Tür zur Küche stand einen Spaltbreit offen, Licht fiel in den Flur, und sie vernahm die Stimme von Anna, die ein Lied trällerte, das Rosa entfernt an einen Karnevalsschlager erinnerte. Wo die Köchin und Haushälterin des Hauses war, wusste sie jetzt, aber wo steckte Martin? Rosa beschloss, diesmal nicht durchs Haus zu schleichen, sondern gleich zu fragen. Sie klopfte an die offene Küchentür und steckte den Kopf rein.

»Hallo Anna, Sie wissen nicht zufällig, wo ich Ihren Kollegen Martin finde?« Anna schaute auf und unterbrach die Reinigung der Arbeitsflächen. »Wieso? Brauchen Se watt, oder soll er helfen?« Rosa winkte ab. »Nein, nein, ich wollte ihn nur etwas fragen. Nach dem Schloss und dem Freiherrn.«

»Der Grimm is vor 'nem Sekündchen weg auf seinen abendlichen Spaziergang. Feierabend. Den mache ich auch gleich. Sie kommen aus dem Garten ja auch ohne mich raus.«

»Klar, wir packen schon ein und sind sofort verschwunden.« Rosa eilte zurück zu Moritz und Andy, die bereits dabei waren, die Gartenwerkzeuge in die Autos zu verfrachten. Sie verzichtete auf eine langwierige Verabschiedung. Kurze klare Anweisungen hatten auch in ihrem Unterricht immer am schnellsten zum Ziel geführt.

»Andy, können wir dich allein lassen? Moritz, wir müssen hinter Martin her, er ist wohl gerade raus. Ich wüsste zu gern, wo der Diener seine Freizeit verbringt.«

Sie beschlossen, den Mini stehen zu lassen und es zu Fuß zu versuchen.

Hinter der Schlossmauer führte der Weg zur nächstgrößeren Straße und dahinter begannen die Felder. Rosa meinte, eine Person in der Ferne auszumachen. Sie liefen schneller, rechts und links raschelte der Weizen sanft in der Abendbrise. Bevor sie den Ort mit den ersten Fachwerkhäusern und einem Rest Stadtmauer erreicht hatten, bremste Rosa ab. Sie waren ihrer Zielperson schon sehr viel näher gekommen, sie war sich sicher, dass sie dem Richtigen gefolgt waren. Die untersetzte Gestalt des Dieners trug, wie es aussah, noch immer die elegante Arbeitshose und trotz der lauen Sommerluft dieselbe schwarze Lederjacke, die sie schon Tage zuvor an ihm gesehen hatte. Martin ging um ein paar Ecken durch den Ort, und nicht nur Rosa dämmerte, wo er hinwollte.

»Hätten wir uns denken können, wo der seinen Feierabend verbringt. Vorglühen in der Brauerei.« Moritz sah sie mit einem schelmischen Grinsen an. »So gefällt mir Recherche.« Rosa überlegte. »Geh du rein und versuche rauszufinden, was er schon wieder mit diesem Matthias zu besprechen hat. Mich kennt er, aber dich hat er nur kurz im Garten und beim ersten Besuch gesehen. Lass am besten deine Baseballcap auf.

Ich hole das Auto und hole dich ab.« Sie klopfte ihrem Neffen auf die Schulter.

»Hast du nicht was vergessen?« Moritz streckte ihr lachend die offene Hand hin. »Recherche kostet.« Rosa wühlte in ihrer Handtasche und zog einen Schein aus dem Portemonnaie. »Du hast recht, seitdem du mir keine Zeugnisse mehr präsentierst, gibt's nur noch was zum Geburtstag und zu Weihnachten. Wenn wir den Fall lösen, können wir das sicherlich von der Steuer absetzen.«

»Ich bringe dir gerne die Rechnung mit«, konterte Moritz, zog sich die Kappe tiefer ins Gesicht, rückte die Sonnenbrille zurecht und verschwand in der Brauerei. Rosa nahm denselben Weg zum Schloss zurück, den sie gekommen war, und war froh, dass sich die zusätzliche Anstrengung wenigstens positiv auf ihren Schrittzähler auswirken würde, den ihr Moritz letztens als App installiert hatte. Ob ihr Mobiltelefon auch die Blüten zählen konnte, mit denen sie die Welt bereits verschönert hatte? Das wäre eine Innovation, die auch Rosa begeistern würde.

Nach dem zügigen Marsch durch die Sonne stand Rosa endlich schwitzend auf dem schattigen Zufahrtsweg zum Schloss, als sie sah, dass sich die große, braune Tür mit dem Klopfer im Löwenmaul öffnete. Instinktiv wich Rosa zurück und verbarg sich hinter einer dicken Kastanie. Es war Anna, die aus dem Gebäude heraustrat, abschloss und auf ein altes Damenrad stieg, das Rosa vorher gar nicht gesehen hatte. Ohne nach rechts und links zu schauen, radelte die Köchin an ihr vorbei. Rosa atmete auf. Sie hätte keine Antwort auf die Frage gehabt, was sie hinter dem Baum zu suchen hatte. Zum Kastaniensammeln war es noch zu früh im Jahr. Nicht dass die Angestellte sie bei dem Besitzerpaar anschwärzte, weil sie auch nach Dienstschluss auf ihrem Grund und Boden herumlungerte. Als Neuling in ihrem Beruf konnte sie keine schlechte Mund-zu-Mund-Propaganda gebrauchen. Rosa trat auf den Weg und sah in der Ferne Anna davonbrausen. Wie es aussah, hatte sie sich nicht über Rosas Mini gewundert, der noch immer vor dem Schloss stand. Vielleicht war Anna in dem Glauben weggeradelt, die gesamte Gärtnertruppe sei mit Andys großem Lieferwagen nach Hause gefahren. Der war nämlich schon weg. Auch der Wagen der Grafs fehlte. Das Ehepaar war also noch immer unterwegs, das Schloss musste menschenleer sein. Rosa spürte es in ihren Fingerspitzen kribbeln. Kurz entschlossen steckte sie den Autoschlüssel wieder in die Tasche und ging links am Haus eine Steintreppe hinunter zum Dienstboteneingang. Durch den waren sie damals gekommen, um die ausgegrabenen Knochen im Keller zu deponieren. Die Tür war unverschlossen. *Wie leichtsinnig*, dachte Rosa, als sie durch den Keller und von dort hoch in den Eingangsbereich lief. Der Wandteppich mit der unschönen Jagdszene hing noch immer dort. Laura Graf hatte, wie es aussah, anderes zu tun, als sich ums Haus und die Deko zu kümmern. Mit dem Gefühl, die Ermittlerin in ihrem eigenen Gartenkrimi zu sein, stieg Rosa die nächste Treppe hoch in den ersten Stock. Sie erinnerte sich, hinter welcher Tür sich Laura Grafs Zimmer befand und drückte die Türklinke runter. Abgeschlossen. Das sprach dafür, dass etwas abhandengekommen war und die Grafs jetzt vorsichtiger agierten. Den kleinen, versteckten Dienstboteneingang zum Haus hatten sie wahrscheinlich einfach vergessen oder darauf vertraut, dass Martin ihn abschloss. Rosa nahm die schmale Treppe in die oberste Etage, zu den Zimmern der Angestellten. Den Gedanken, irgendjemand könnte sie hier überraschen, verdrängte sie bis unter den dunkelroten Teppich, der ihre Schritte auf den Stufen verschluckte. Sie blickte nach links. Martins Zimmer war ihr erst mal am wichtigsten. Auch diese Tür – unverschlossen. Rosa trat ein und stellte verwundert fest, dass die Tür gar kein Schloss hatte. Merkwürdig. War es früher Sitte gewesen, den Angestellten des Hauses keinerlei Privatsphäre zu erlauben? Wie dem auch sei, ihren Ermittlungen kam es jedenfalls entgegen. Auf den ersten Blick wirkte Martins Zimmer unverändert. Der breite Sessel, das Geweih darüber – wie bei ihrem ersten Besuch. Aber wo war das Foto von der Jagd? Es hing nicht mehr an der Wand. Nur ein heller Fleck verriet, dass hier etwas lange Zeit gehangen hatte. Sie ging zum Schreibtisch. Auf der schwarzen Unterlage sah sie nur einen Aktenordner, der mit »Rechnungen Haus« beschriftet war. Rosa öffnete den Deckel. Das sah nach den Handwerkerrechnungen der letzten Wochen aus. Oh ja, so ein Schlösschen instand zu setzen war teuer. Sollte sie jemals davon geträumt haben, in so einem alten Gemäuer zu wohnen, so schoben die Rechnungen gerade eine dicke dunkle Zahlenwolke vor ihren bonbonfarbenen Traum. Ein Blick in den Kleiderschrank bestätigte ihren Verdacht: Martin besaß seine Arbeitsuniform in mehrfacher Ausführung und nicht sehr viel mehr. Unbefriedigend. Rosa ging zurück in den Flur, rüber zu Annas Zimmer. Tina Turner auf der Staffelei sah fertig aus und war gar nicht schlecht getroffen. Wen Anna wohl als Nächstes porträtierte? Das Buch über Giftpflanzen war nirgendwo zu entdecken. Hatte es die Köchin versteckt? Oder brachte sie es gerade einfach nur zur Bibliothek zurück? Bevor sie das Zimmer verließ, riskierte Rosa auch hier einen Blick in den Kleiderschrank. Darin sah es schon sehr viel bunter und voller aus als bei Martin. Sie ließ ihre Hände sanft über Kleider und Blusen gleiten. Das fühlte sich nach edlen Stoffen an. Designerstücke, verrieten die Etiketten. Entweder gab Anna ihr gesamtes Geld, das sie verdiente, für schöne Kleidung aus, überlegte Rosa, oder sie kannte einen verdammt guten Secondhandladen in der Gegend. Ihr Blick fiel auf eine Plastiktüte, die, von den Kleidern verdeckt, in die hintere Ecke des Schranks verbannt worden war. Rosa zog sie hervor. Und was sie darin erblickte, sah ganz und gar nicht nach den erwarteten Altkleidern aus, sondern trieb Rosas Blutdruck in dieselbe Höhe wie drei Cappuccini bei Sarah: In der Tüte lag ein Haufen Knochen. Und Rosa wollte nie wieder ihre Nase in fremde Häuser, Zimmer und Kleiderschränke stecken, wenn das nicht die verschwundenen Löwenknochen aus dem Garten waren!

Kapitel 31

»Bin draußen.« Rosa drückte auf Senden und hoffte, dass Moritz Empfang hatte. Es wäre nicht sehr geschickt, wenn sie jetzt reinginge und sich Martin und Matthias sozusagen selbst vor die Linse schob. Also blieb Rosa im Auto sitzen, das sie diesmal nicht direkt vor der Brauerei geparkt hatte, und wartete, bis Moritz rauskam und bei ihr einstieg. Wieder einmal bestätigte sich: Geduld war nicht gerade ihre Stärke. Und die von Moritz auch nicht.

»Wo warst du so lange? Ich musste fünf Kölsch trinken. Ganz schön geschäftstüchtig, dieser schmierige Ludwig.«

Rosa sah ihrem Neffen in die glasigen Augen. »Hat Martin dich erkannt? Bist du aufgeflogen?«

Er winkte ab.

»Nee, ich saß mit dem Rücken zu ihm. Die Kappe habe ich auch nicht abgenommen. Praktischerweise hing an der Wand ein Spiegel, in dem ich die beiden beobachten konnte.«

»Ganz schön clever, mein Neffe.« Rosa war beeindruckt. »Und, konntest du hören, was sie besprochen haben? Haben sie wieder gestritten?«

»Hm, hm, sie waren sehr leise, getuschelt haben sie, würdest du sagen. Da habe ich nicht viel verstanden, außer ›nicht hier‹, das hat dieser Matthias ständig gesagt, und dann sind beide verschwunden, in einen Neben- oder Vorratsraum oder was weiß ich.«

»Hm, was haben ein Hausangestellter und ein Brauereibesitzer miteinander zu schaffen?« Rosa hatte es noch nie gemocht, wenn sie ein Rätsel nicht zügig knacken konnte. Egal, ob es sich dabei um das Sudoku in ihrer wöchentlichen Fernsehzeitschrift oder die Geheimnisse der menschlichen DNA während ihres Biologiestudiums handelte.

»Ungefähr ein Kölsch lang blieben sie verschwunden. Ich habe in der Zwischenzeit mit meinem Handy im Netz recherchiert. Die Ludwigsbrauerei wurde von Matthias' Vater gegründet, der Hieronymus hieß, echt crazy Name. Seit seinem Tod leitet Matthias Ludwig den Laden. Und ist wohl selbst sein bester Kunde. Hat ein Bier nach dem anderen gekippt, mit Martin diskutiert und zwischendurch seine Angestellten rundgemacht. Voll der Sympath!« Rosa war froh, dass sie den Anblick des selbstherrlichen Schnäuzer- und Bierbauchträgers heute nicht ertragen musste.

»Und das, was Martin gesagt hat, hast du gar nicht verstanden?« Natürlich wollte sie ihrem Neffen nicht unterstellen, zu tief ins Glas und zu wenig auf die Tatverdächtigen geschaut zu haben. Aber ein wenig enttäuschend war das Ergebnis ihrer ersten offiziellen Beschattung schon. Sie startete den Wagen und steuerte ihn vom Parkplatz Richtung Heimat.

»Na ja, er hat rumgemeckert. Ich hatte den Eindruck, dass er irgendwas von diesem Matthias Ludwig will. Aber der hat abgeblockt. Und irgendwann ist unser Diener dann abgehauen.«

»Einfach so?«

»Hm, jetzt fällt's mir erst auf: Ich glaube, er hat nicht bezahlt.«

Kein ganz ungewöhnliches Verhalten in rheinischen Wirtschaften, dachte Rosa, während sie über die Landstraße fuhr.

»Wahrscheinlich hat er einen Deckel und zahlt einmal die Woche oder so. Scheint doch Stammkunde zu sein.« Die alte Methode, nicht jedes Getränk einzeln abzurechnen, sondern als Strich auf dem Bierdeckel zu notieren, um alle am Ende zu bezahlen, hatte im Laufe der Trinkgeschichte schon zu einigen Rechtsstreitigkeiten geführt, wie Rosa aus der Zeitung wusste. Und zu unliebsamen Überraschungen nach einem langen Abend an der Bar, wie Willy des Öfteren erzählte. Andererseits – so schnell wie ein Kölschglas leer und gegen ein neues, volles ausgetauscht wurde, war ein anderes Abrechnungssystem wahrscheinlich unrealistisch, zumindest im Rheinland.

»Also, ich habe keinen Deckel gesehen.« Moritz klang überzeugt. »Würde mich echt nicht wundern, wenn der auf Kosten des Hauses getrunken hat.«

Rosa überholte waghalsig einen Traktor. »Du meinst, es könnte eine Abmachung zwischen den beiden geben? Martin hat was gut bei Matthes, vielleicht hat er ihn sogar in der Hand? Ob der Brauereichef irgendetwas getan hat, was Illegales, und unser Diener weiß davon?«

»Erpressung?« Moritz gähnte. Das lag am Hopfen, wusste Rosa, der machte den Biertrinker immer so schön entspannt, die meisten jedenfalls.

»Wahrscheinlich sind sie nur gute Kumpels, Buddys, und wir machen uns 'nen Kopf. Wobei, da fällt mir ein. Als sie rauskamen aus diesem Nebenraum, da hat sich dein Diener was in die Jacke gesteckt, sah aus wie ein Umschlag.«

»Umschlag? Was für ein Umschlag, was war da drin? Geld? Geheime Unterlagen? Kumpels sind die nie und nimmer, so wie die sich ständig anblaffen – oder ist das auch nur Show? Rosa blieb skeptisch. Vielleicht hatte ihr Neffe wenigstens die Faser eines roten Fadens erwischt, den sie nur weiterverfolgen mussten. Sie sollte sich dankbarer zeigen, Moritz hatte ja nicht ganz freiwillig den halben Abend in merkwürdiger Gesellschaft verbracht. »Schau mal, da kommt das Stadtschild von Bonn, bald sind wir zurück in der Gärtnerei. Dort warten Menschen auf uns, die uns wirklich mögen, die wir uns nicht schön trinken müssen. Auch wenn Willy das am liebsten täglich tun würde.«

• • •

Von mögen konnte vorerst allerdings keine Rede sein. Harmonie in der Gärtnerei? Fehlanzeige. Als Rosa mit ihrem Neffen reinkam, stritt ihre Mutter gerade mit Willy darüber, ob es ratsam sei, bei Vollmond Kohlrabi auszusäen. Nicht nur zum Bedauern von Moritz hatte Sarah nebenan schon Feierabend gemacht. Die Konditorin, die mit ihrem sanften Charakter doch immer wie eine Art Airbag zwischen den Temperamenten ihrer Mitarbeiter fungierte, wollte Rosa nicht mehr missen. Kuchen und Kölsch waren dabei natürlich auch hilfreich.

»Willy, ich habe den Mondkalender studiert.« Roswitha baute sich vor dem ältesten Mitarbeiter der Gärtnerei auf, was angesichts ihrer übersichtlichen Körpergröße eher süß als einschüchternd wirkte. »Kohlrabi hat das Element Wasser. Bei dem ist Aussaat bei Vollmond nicht anzuraten. Wir sollten noch ein paar Tage warten, stattdessen könntest du doch düngen. Aber nicht, wenn der Mond im Löwen steht, das muss ich noch nachgucken.«

»Du bess mir enne Kohlrabikopp, Roswitha. Löwe bin isch selbst und wart noch ein Stündchen, dann bin isch ooch voll.« Siegessicher stand Willy mit seinen grünen Gummistiefeln und verschränkten Armen vor der zweitältesten Mitarbeiterin der Gärtnerei, die mit dem Einsatzplan für die nächsten Tage wedelte.

»Falsch, mein Freundchen, ich bin nach dem Mondkalender vielleicht eine luftige Rose, du bist 'ne taube Nuss oder höchstens 'ne olle Bohnenstange. Fruchtpflanze eben.«

»Was ist denn hier los? Ist heute Tag des Zankapfels? Gerade haben wir noch von eurer grenzenlosen Zuneigung gesprochen und dem wunderbaren Arbeitsklima.«

»Watt habt ihr denn jeraucht?«

»Nicht geraucht, nur getrunken.« Moritz ließ sich ermattet auf den einzigen Stuhl im Laden, hinter der Kasse, fallen und legte seine Füße auf den Bedientresen. »Alles im Dienste der Ermittlungen. Ihr könnt mich ›Detective Kölsch‹ nennen.«

»Sieht mir eher nach Kommissar Stinkesökk aus. Und – watt hann die Ermittlungen ergeben? Erfolgreisch jewesen beim Rumschnüffeln?«

Rosa fasste Moritz Rechercheergebnisse zusammen, die erstaunlich kurz ausfielen und sich laut Roswitha in einen Satz packen ließen: »Da ist was im Busch.« Nur was ein Brauereibesitzer und der Angestellte eines herrschaftlichen Hauses gemeinsam ausheckten, konnte sie auch nicht sagen. Plötzlich fiel Rosa etwas ein.

»Das habe ich ja noch gar nicht erzählt! Die Löwenknochen sind wieder aufgetaucht, hier schaut!« Sie kramte ihr Mobiltelefon aus ihrer Handtasche und suchte das jüngste Foto. Statt die ganze Plastiktüte mit den Knochen mitzunehmen, hatte Rosa beschlossen, nur einen einzigen einzupacken und den Rest zu dokumentieren, aber am Platz stehen zu lassen. Nicht dass ihr jemand auf die Schliche kam, wenn die Teile verschwanden. Wichtige Regel für Hobbydetektivinnen und Gärtnerinnen des zweiten Bildungsweges: Verändere niemals einen Tatort. In Annas Kleiderschrank war zwar so direkt niemand zu Tode gekommen, aber irgendjemand würde sich wundern und aufgeschreckt werden, wenn die Tüte nicht mehr da wäre. »Ich muss den Knochen gleich zusammen mit Karl ins Museum bringen, ich hoffe, sie können dort bestätigen, dass der zu unserem Gartenfund gehört. Aber die Frage bleibt – warum hat die Köchin die Knochen versteckt?«

»Sie hat halt aufgeräumt und wusste nicht, wohin damit. Ist so was eigentlich Restmüll oder Biotonne?« Rosa liebte die praktische Art ihrer Mutter.

»Aber warum hat sie nicht Bescheid gesagt? Sie wusste doch, dass wir die Knochen gesucht haben.«

»Vielleischt wollte se sisch 'ne Jerippe basteln, 'ne Knochenmäneken.«

»Um was zu tun? Es abzumalen wie im Kunstunterricht?« Rosa mochte keine Unterbrechung ihrer Überlegungen, wenn die sie in die falsche Richtung führten. »Willy, etwas mehr Ernst stünde dir ganz gut in Anbetracht des Todes, den wir hier in Form der Knochen vor uns sehen.«

»Gevatter Tod betrachtet misch schon lange, Frau Lehrerin, bis jetzt war isch dem aber zu schön.«

Rosa seufzte. »Du wärst eine Bereicherung für den Debattierclub an unserer Schule gewesen, Willy. Jetzt konzentrieren wir uns alle noch mal kurz, ich weiß, es war ein langer Tag.« Fast hätte sie ihren Lieblingsspruch gebracht: »Auch für mich ist es die sechste Stunde.« Welche Halbwertszeit hatte Schulvokabular? Moritz mischte sich ein.

»Sie hat sie einfach im Schrank aus den Augen verloren. Anna könnte doch die Knochen zusammengeräumt und verstaut haben, und weil die ihr so einen Schrecken eingejagt haben, hat sie sie verdrängt und vergessen, wo sie sie hingepackt hatte. Das passiert mir auch schon mal. Mein Pausenbrot hab ich auch ganz oft erst nach den Ferien wiedergefunden …« Rosa seufzte. Das war es wohl mit der Konzentration ihrer Mitarbeiter für heute. Sie fasste zusammen. »Ich denke, wenn Anna die Knochen vorsätzlich hätte verschwinden lassen oder verstecken wollen, dann hätte sie das besser machen können.«

»Die hat ihr jemand unterjejubelt. Wie een uneheliches Blag.« Wie Willy von Knochen auf Kinder kam, blieb Rosa ein Rätsel. Aber das war eine mögliche Erklärung.

»Wer sollte das tun und warum? Martin? Die Grafs? So viele kommen schließlich nicht infrage. Einen Haufen alter Knochen hat halt niemand gerne im Haus.«

»Isch geh ja schon.« Willy stiefelte zur Tür.

Rosa lachte. »Du hast recht, machen wir Schluss für heute. Ich habe heute Scrabble-Abend mit Karl.«

»Na, da haben wir ja doch noch eenen jefunden, der sisch über alte Knochen freut.« Willy hob die Hand zum Gruß und verschwand, ohne sich umzudrehen. Rosa rief ihm hinterher.

»Kümmert ihr euch mal lieber um euren Löwen im Vollmond, ihr alten Kohlrabi-Köppe.«

Kapitel 32

Gut gelaunt lenkte Rosa ihren Mini in die Auffahrt von Schloss Loewenstein, auf dem Beifahrersitz neben sich eine Zeitung und einen Strauß großer, leuchtender Sonnenblumen, die sie heute früh aus der Gärtnerei mitgenommen hatte, dafür musste Mops Archie dortbleiben und wurde gleich mit Leckerli von Roswitha verwöhnt. In der aktuellen Ausgabe seines Anzeigenblatts hatte Moritz über die dramatische Zirkusgeschichte berichtet und am Ende Freiherrn Georg aufgerufen, sich zu melden – oder jemanden, der wusste, wo er sein könnte. *Was hat der alte Freiherr mit dem Tod des Dompteurs und seines Löwen zu tun?*, hatte Moritz geschrieben. Den Artikel wollte Rosa heute den Grafs zeigen. Die Sonnenblumen waren ein Versuch, nicht nur deren Garten, sondern auch ihr Haus zu verschönern.

Das Ehepaar saß auf der Terrasse beim Mittagsimbiss unter einem großen Sonnenschirm. Rosa lächelte, als sie die hochgeschossenen lila Blütenbälle des Zierlauchs im Beet daneben sah. Gut, dass sie die noch ausgesät hatte, als attraktiven Blickfang, der über einen Meter hoch werden konnte.

»Frau Reich, setzen Sie sich doch zu uns und verraten Sie uns, welche blühenden Überraschungen Sie noch für unseren Garten planen.« Christopher Graf machte eine einladende Geste. »Meine Frau ist ganz begeistert von Ihrem Rosengang. Passt in diesen Garten, als wäre er schon immer dort gewesen.«

Laura Graf nickte beim Kauen. »Und Anna hat uns heute einen Salat mit Gemüse aus dem Garten gemacht. Schmeckt alles wunderbar.«

»Das freut mich.« Rosa setzte sich. »Ich pflanze heute die letzten *Kiss me Kate*, damit die noch gut anwachsen in diesem Sommer und spätestens nächstes Jahr alle Rosenbögen voller Blüten sind. Außerdem muss ich noch düngen und ein paar Pflanzen beschneiden. Und ich habe einen Plan für Sie zum Absegnen dabei, was ich noch machen möchte, danach sind Sie mich auch wirklich los. Ich verspreche es.«

»Sie sind doch eine Bereicherung für uns. Und für den Garten sowieso. Ich bin immer noch ganz begeistert, wie hübsch der Platz unter der Blutbuche geworden ist.« Christopher Graf schaute über die Rasenfläche in den hinteren Teil des Gartens, soweit das durch das in den letzten Wochen hoch gewachsene Pampasgras möglich war. Dann warf er einen Blick auf die Zeitung, die Rosa ihm hingelegt hatte. »Ah, die Zirkusgeschichte. Irgendwelche neuen Erkenntnisse?«

»Wir müssen abwarten, ob sich Freiherr Georg meldet. Oder jemand, der weiß, wo er geblieben ist. Er könnte uns bestimmt so einiges erzählen. Aber falls nicht, wollte ich Sie etwas fragen.« Christopher Graf sah sie an, als hätte er Magenschmerzen.

»Ich glaube, mir bekommt so viel Rohkost auf einmal nicht. Was wollen Sie wissen?«

»Sie sagten doch mal, Freiherr Georg habe viele seiner persönlichen Sachen im Haus zurückgelassen. Haben Sie sich die schon angesehen? Ich meine Unterlagen oder Schriftstücke.« Die Grafs schauten sie schweigend an. »Sie müssen wissen, in meinem früheren Leben war ich Lehrerin an einem Gymnasium. So alte Geschichten haben mich schon immer interessiert. Und Liebesgeschichten erst recht.« Rosa wurde warm. Sie lächelte verlegen.

»Und Krimis, wie mir scheint«, warf Laura Graf ein.

»Ach, die lese ich nur zum Einschlafen. Ich habe mir gedacht, vielleicht hat der Freiherr ja irgendetwas hinterlassen, das uns dabei helfen könnte, das Rätsel des toten Dompteurs und seines Löwen zu lösen.«

Christopher Graf zeigte mit seinem Kopf Richtung Haus. »Im kleinen Salon, in dem wir letztens geredet haben, steht eine alte Kommode. Da habe ich alles an Schriftkram reingepackt, was ich gefunden habe. Wir können damit wahrscheinlich eh nichts anfangen. Ich kam nur noch nicht dazu, auszusortieren und wegzuschmeißen. Der Schlüssel für die Kommode liegt«, er senkte seine Stimme, »unter dem Glockenrock dieser Nippesfigur, die obendrauf steht. Ist auch übrig geblieben vom Vorbesitzer. Nicht dass Sie denken, das sei unser Geschmack.«

Er lehnte sich stöhnend zurück und hielt sich den Bauch.

Rosa überging das. »Ich helfe im Gegenzug auch sehr gerne, den alten Wandteppich im Eingangsbereich abzuhängen. Der stört Sie doch, oder? Frau Graf sagte so etwas bei meinem ersten Besuch. Ich habe Ihnen übrigens ein paar Sonnenblumen mitgebracht, für die große Vase auf dem Tisch in der Eingangshalle, sie wirkt doch freundlicher mit frischen Blumen.« Sie deutete auf ihren eingepackten Strauß.

»Danke! Ach, der alte Mopp an der Wand, den sehe ich schon gar nicht mehr«, meinte Laura. »Komisch, ich hatte Martin mehrfach gebeten, ihn zu entfernen und in ein Antiquitätengeschäft zu bringen, aber anscheinend hat er es vergessen.«

Rosa nickte. »Es gibt Menschen, die es nicht mögen, wenn sich ihr gewohntes Umfeld verändert. Vielleicht ist er Sternzeichen Krebs, die klammern gerne und haben so etwas Häusliches. Meine Mutter liebt alles, was mit Horoskopen und Sternen zu tun hat«, fügte sie erklärend hinzu.

»Na, wenn ihm das Haus so am Herzen liegt, hätte er seinen Freiherrn beizeiten dazu bewegen sollen, das Schloss instand zu halten.« Christopher warf sein Besteck auf den Tisch. »Die Handwerker, die ich vor Wochen anrief, waren völlig überrascht. Niemand von denen war jemals hier drin gewesen. Es klang, als ob seit Jahrzehnten gar nichts am Haus gemacht worden ist. Sie entschuldigen mich.« Er sprang auf und lief ins Haus.

»Chris, was ist los,«, rief ihm seine Ehefrau hinterher, bekam aber keine Antwort. Rosa beschloss, die ruhigen Minuten allein mit Laura Graf zu nutzen. »Wann ist es eigentlich so weit?« Sie zeigte lächelnd auf Laura Grafs gut gerundeten Bauch.

»Voraussichtlich im November.«

»Ach, dann habe ich ja doppelten Grund, noch einmal vorbeizuschauen. Flieder pflanzen und ein niedliches Baby besuchen. Was wird es denn?« Hoffentlich klang sie nicht zu neugierig, dachte Rosa.

»Wir wollen uns überraschen lassen.« Laura Graf hatte ihren Salat aufgegessen, lehnte sich zurück und sah auf die Uhr.

»Arbeiten Sie momentan eigentlich noch? Oder sind Sie schon im Mutterschutz?« Die junge Frau nickte lächelnd. *Was für eine hübsche Schwangere*, dachte sie. *Ob sich unter der schönen Fassade eine eiskalte Mörderin verbarg?*

»Mein Gedächtnis ist leider nicht mehr das beste«, Rosa zog im Geiste die Alterskarte, »Sie hatten mir schon mal erzählt, in welchem Ministerium Sie arbeiten, aber ich glaube, ich habe es vergessen.«

»Ich helfe hier und da aus. Zuletzt war ich bei einem EU-Parlamentarier angestellt.« Ihr Ehemann kehrte zurück auf die Terrasse. Er wirkte blass. »Chris, was hast du?«

»Ach, geht schon wieder. Nichts gegen Ihren Salat und das Gemüse aus dem Garten, Frau Reich, aber irgendwas ist mir nicht bekommen. Rückstände können keine drin sein, oder?«

Rosa stutzte. »Das ist alles bio, kein Gift auf meinen Beeten, darauf können Sie Gift … also ich meine, vielleicht vertragen Sie irgendetwas nicht. Meine Mutter bekam als erwachsene Frau eine Tomatenallergie, ging aber so schnell wieder weg, wie sie gekommen war.«

Diener Martin stand plötzlich in der Terrassentür und blickte mit unbewegter Miene seine Arbeitgeber an.

»Sie haben Besuch. Die Polizei möchte Sie sehen.«

Kaum hatte er die Worte ausgesprochen, betraten auch schon zwei Uniformierte die Terrasse. Eine junge Polizistin und ein Polizist mit roten Haaren.

»Oberkommissar Klein«. Er nahm die Mütze ab und stutzte. »Frau Reich? Was machen Sie denn hier?«

»Pitter-, äh Peter! Na, ich bin hier die Lehrer- äh, die Gärtnerin.«

Christopher und Laura Graf sahen sich überrascht an. »Sie kennen sich? Und – was will die Polizei von uns? Wir haben nichts am Gebäude verändert, der Denkmalschutz wurde eingehalten.« Christopher erhob sich.

Oberkommissar Peter Klein warf einen unsicheren Blick auf seine ehemalige Lehrerin, bevor er antwortete. »Es geht nicht um das Schloss. Es geht um eine Waffe. Ihre Waffe.« Rosa wusste ausnahmsweise einmal nichts zu sagen. Obwohl das Wörtchen »Waffe« ihr einen Schrecken hätte einjagen sollen, durchströmte sie ein Glücksgefühl. Sie hatte recht gehabt.

Die Grafs besaßen eine Waffe. Vielleicht war es die Waffe, mit der der Bürgermeister erschossen worden war! Jetzt wurde es spannend. Leider nicht für Rosa.

»Lassen Sie uns reingehen.« Während Martin den Polizisten den Weg ins Haus wies, wandte sich Christopher Graf an Rosa: »Frau Reich, Sie entschuldigen uns.« Sie blieb allein auf der Terrasse zurück und fühlte sich wie als kleines Mädchen, wenn ihre Eltern den Fernseher ausgemacht hatten, während sie *Unsere kleine Farm* schauen wollte.

»Kein Problem, ich wollte eh gerade einen Ungeziefercheck machen.« Ihre Worte verhallten ungehört, die Grafs waren mit Martin und den Polizisten im Haus verschwunden. Die Terrassentür blieb offen. Rosa konnte erkennen, dass die Gruppe in den kleinen Salon gegangen war und die Schiebetür hinter sich zugezogen hatte. Sie stand auf, schnappte sich den Sonnenblumenstrauß, als wollte sie sich dahinter verstecken, und schob ihren Kopf durch die Terrassentür in den Wintergarten. Wenn sie jemand bemerkte, suchte sie einfach nur eine Vase für die Blumen. Aus dem Nachbarraum hörte sie leise Stimmen. Sie schlich sich näher an die Schiebetür zum Salon heran, indem sie darauf achtete, immer nur auf schrittdämpfende Teppiche und nie auf möglicherweise knarrendes Parkett zu treten. Rosa überlegte. Dass plötzlich jemand die Tür aufzog, war nicht zu erwarten. Die Grafs würden Pittermännchen und seine Kollegin nach dem Gespräch vermutlich durch die andere Tür Richtung Ausgang bringen. Von den Angestellten war niemand zu sehen. Rosa hielt ihr Ohr an die Schiebetür und linste durch den winzigen Spalt. Sie hörte ihren ehemaligen Schüler sprechen. Peter Klein, er hatte sich wirklich gemacht, stellte sie zufrieden fest. Früher im Unterricht hatte ihr Pittermännchen den Mund nicht aufbekommen, für mündliche Mitarbeit hatte sie ihm nie etwas Besseres als eine Vier geben können. Dabei hatte er immer gut gelernt. Auch die Pressekonferenz hatte er vermutlich souverän geleitet. Gut, dass sie noch mal mit ihm geübt hatte! Mittlerweile sprach Laura Graf. Rosa hörte die Worte »Arbeitgeber« und »Dienstwaffe«. Wer war Laura Graf wirklich? War sie wie vermutet Jane Bond im Mutterschutz? Im kleinen Salon wurde es lauter. Ging die Polizei etwa schon? Rosa wich erschrocken von der Tür zurück und stieß gegen ein Windspiel, das leise bimmelte. Rosa hielt die Luft an und erstarrte. Wenn sie jemand hinter der Tür erwischte, war klar, dass sie gelauscht hatte. Dann könnte sie ihre Gartenscheren gleich einpacken. Sie hörte, wie die Gruppe den Salon durch die andere Schiebetür verließ. Rosa atmete auf, legte die Blumen auf ein Tischchen und beschloss, dass sie dringend etwas aus ihrem Auto holen musste. Sie lief zurück auf die Terrasse und nahm den seitlichen Garteneingang zum Platz vor dem Haus, wo ihr Mini stand. Irgendwann musste die Polizei zum Haupteingang wieder herauskommen. Sie tat, als wühle sie im Kofferraum. Schließlich öffnete sich die schwere Haustür mit dem Löwenkopf-Klopfer. Aus den Augenwinkeln sah Rosa die Grafs. Sie hatten Jacken dabei, und Laura Graf trug eine Handtasche über der Schulter. Die Polizistin hielt ihnen die Tür des Polizeiwagens auf. Pittermännchen trug eine schwarze Box in den Händen. War dort eine Waffe drin? Rosa spürte eine Gänsehaut auf ihren Armen. Das war ja wie im *Tatort* am Sonntagabend. In ihre Richtung sah niemand. Peter Klein setzte sich ans Steuer, und das Polizeiauto rollte durch die Schlossausfahrt. Rosa klappte ihren Kofferraum mit lautem Knall zu und sah dem wegfahrenden Wagen hinterher. War sie etwa gerade Zeugin der Verhaftung von Josef Breuers Mördern geworden?

Kapitel 33

Es war doch immer ratsam, eine Zeitung von der ersten bis zur letzten Seite zu lesen, und wenn es auch nur ein Anzeigenblatt war, stellte Rosa zufrieden fest, als sie neben Andy in seinem Geländewagen saß. Ihr Mini musste heute Abend zu Hause bleiben, genau wie Archie. Es war einfach zu ungewiss, wie ein Mops auf Theodor Fontane reagieren würde. Wenn er schon bei Musicalaufführungen im Fernsehen in letzter Zeit die Angewohnheit entwickelt hatte loszuheulen, sobald der männliche Held auftrat. In Moritz' Anzeigenblatt von letzter Woche, in derselben Ausgabe, in der Karl die Einladung zum Brauereifest entdeckt hatte, stand der Hinweis auf den Fontane-Abend im Dorf in der Nähe des Schlosses. Organisiert vom Buchverein, dem Elisabeth Lenz vorstand, und zwar im Garten von Daniela Breuer. Wenn das nicht nach einer Zusammenkunft des hoffentlich halben Dorfes klang und damit nach einer guten Gelegenheit zu recherchieren. Rosa glaubte zwar nicht daran, ausgerechnet neben dem Swimmingpool das Rätsel um den ermordeten Bürgermeister zu lösen – vielleicht noch zu den Zeilen des Herrn von Ribbeck mit dem Birnbaum im Garten. Aber wenigstens war das eine schöne Gelegenheit, die demosüchtige Buchclubchefin und Witwe Daniela zu beobachten. *Und ein wenig Kultur kann schließlich nie schaden*, dachte Rosa und sah Andy von der Seite an. Er trug passend zum Anlass ein blaues Leinenjackett, was ihr sehr ungewohnt an dem Baumschulbesitzer vorkam, ihm aber ausgesprochen gut stand, wie sie zugeben musste. Nur der Vollbart und seine langen, zum Zopf gebundenen Haare erinnerten an Andy, den Naturburschen, der heute noch im Schlossgarten Wurzeln aus der Erde gerissen hatte. Wie es aussah, verunsicherte ihn der Sprung zwischen den Welten überhaupt nicht. Andy schaute grinsend von der Fahrerseite zu ihr rüber.

»Meine erste Lesung! Mit dir kommt man wirklich rum!«

»Schauen wir mal, ob du in einer Stunde noch genauso enthusiastisch bist. Viele finden Fontanes Frauengeschichten kitschig und altmodisch. Arme Hausmädchen verlieben sich in reiche Kerle.«

»Ich will dir ja auch schon lange mein Haus zeigen.«

»Dann bin ich nur eine kleine Angestellte für dich?« In Rosas amüsierten Blick mischte sich ein Fragezeichen.

»Nein, du bist die Königin der Blumen, so schreibt es Moritz doch in seinem Artikel. So schön könnte ich es niemals ausdrücken, aber genauso sehe ich dich auch. Vor allem, wenn du ein Kleid trägst wie heute. Nichts gegen deine grüne Latzhose, Rosa, aber blau steht dir eindeutig besser. Was tun wir eigentlich dort?« Sie passierten das Ortsschild. »Ich sehe dir doch an, dass du nicht nur an romantischen Geschichten interessiert bist.«

»Wir schauen, ob Elisabeth Lenz was im Schilde führt.«

»Muss ich mich mit ihr über Literatur unterhalten?« Andys spitzbübisches Lächeln wich einem Anflug von Panik.

»Frag sie lieber privat aus. Ja, mach dich doch an sie ran, für ihr Alter sieht sie sehr gut aus. Und sie ist ein wildes Ding. Noch immer.« Rosa blieb keine Zeit zu beobachten, ob sich Andys Laune zum Hochsprung bereit machte, denn das Navigationssystem erklärte in diesem Moment, dass sie ihr Ziel erreicht hatten. Sie hielten vor dem Bungalow, in dem Daniela Breuer jetzt allein wohnte. In der langen Einfahrt parkten schon einige Autos, die Haustür stand offen. Daniela Breuer hatte nach dem Mord in ihrem Haus, wie es aussah, keine Angst vor weiteren Attacken oder unliebsamen Gästen. Dabei lief der Täter noch frei herum. Oder die Täterin. Oder war sie es selbst gewesen und deshalb so sorglos? Mit diesem Gedanken folgte Rosa Andy ins Haus. Sie ließen sich von den Stimmen Richtung Garten leiten, quer durch das große Wohnzimmer, das unverändert aussah. Rosa zwinkerte dem Porzellanpudel zu, der sich seit ihrem letzten Besuch ebenfalls nicht vom Fleck gerührt hatte. Sollte die Spurensicherung auch hier gearbeitet haben, so war davon nichts mehr zu spüren.

Das Erste, was Rosa im großen Garten erblickte, war ein Stand der Ludwigsbrauerei. Zwei große Fahnen flankierten rechts und links die professionelle Zapfanlage, Understatement schien nicht Matthias' Sache zu sein. Der Brauereichef selbst war allerdings nirgendwo zu sehen. Dafür entdeckte Rosa Emmi Schulz. Einige Stuhlreihen waren neben dem Swimmingpool aufgebaut. Emmi saß in der ersten Reihe, ganz vorne beim Rednerpult.

»Minge Öhrschen jefällt et hier am besten«, erklärte sie, als Rosa sie begrüßte und Andy vorstellte.

»Du machst datt rischtisch, Rosa, immer ein anderes junges Kerlschen dabei. Haste deinen Löwentöter jefunden? Wir waren doch beim Du, oder?«

»Sehr gerne, Emmi. Nein, leider noch nicht, aber da wir jetzt per Du sind, verrate ich dir was im Vertrauen – die ausgegrabenen Knochen sind wieder aufgetaucht.« Rosa beugte sich zu Emmi Schulz runter und senkte ihre Stimme. »Ich habe sie in einer Tüte im Kleiderschrank der Schlossköchin gefunden. Das bleibt aber bitte unter uns.«

Emmi verschränkte die Arme und sah sie nur leicht überrascht an. »Langfingerschen Anna Wernig? Datt hätt isch dir gleisch sagen können.«

»Wie meinst du das?« Rosa setzte sich neben Emmi und schaute sie neugierig an. Andy machte sich auf den Weg zur Theke.

»Et is schon länger her, aber als isch noch an der Kass im Supermärktchen saß, da gab's mal einen Vorfall.« Emmi sah sie bedeutungsschwanger an. »Die Polizei musste kommen. Denn eine Frau hatte zwei Pikkolöschen in ihrer Bluse versteckt, geklaut, verstehste? Und diese Frau war …« Emmi machte eine wirkungsvolle Pause.

»Anna Wernig«, folgerte Rosa. Emmi nickte. »Und et jing datt Gerüscht, datt datt nisch datt erste Mal war.«

»Kleptomanie oder der Wunsch nach Konsumgütern, die sie sich nicht leisten kann.« Rosa überlegte. »Aber was sie mit einem Haufen alter Löwenknochen anfangen will, verstehe ich nicht.«

»Eine Frau, die nicht rätselhaft ist, ist keine. Meint Fontane.« Für Emmi war damit alles gesagt.

Rosa erhob sich und musste grinsen. »Eins plus mit Sternchen, Emmi, ich bin beeindruckt, ich sehe, du hast dich auf die Lesung vorbereitet.«

»Nä, steht im Programmheft.«

• • •

Andy stand mit einem Kölschglas in der Hand neben Daniela Breuer und ließ sich die Vorteile einer elektrischen Poolabdeckung erklären. Eine Recherche, die in die falsche Richtung lief, stellte Rosa fest. Sie begrüßte die junge Witwe, an der heute alles strahlte. Hübsch sah sie aus in ihrem bunten Maxikleid, aus dem braun gebrannte Schultern hervorguckten. Daniela Breuer schien Zeit und Muße zum ausgiebigen Sonnenbaden gehabt zu haben. Gerade erzählte die Blondine von den Umgestaltungen im Haus, die sie plante.

»Es soll alles heller, frischer und moderner werden, ich denke an pastellfarbene Wände und eine große Sofalandschaft in Beige fürs Wohnzimmer. Aber zuerst ist der Garten dran. Sie sehen ja, außer Rasen ist hier gar nichts. Mein Mann hatte nie Zeit dafür – und auch kein Interesse. Er hätte am liebsten alles gefliest. Was Sie hier sehen, ist unser Kompromiss. Dabei liebe ich Blumen.«

»Zum Glück kenne ich jemanden, der Ihnen helfen kann.« Rosa zog eine ihrer neuen Visitenkarten aus der Handtasche. Hatte es sich doch gelohnt, sie drucken zu lassen. »Wenn Sie mögen, überlege ich mir ein paar blühende Inseln und schöne Sitzplätze für Ihren Garten. Ich müsste nur vorher vorbeikommen und alles ausmessen, dann kann ich einen Plan und Kostenvoranschlag machen.« Daniela nahm die pinke Karte entgegen und lächelte.

»Das wäre wundervoll. Das machen wir.«

»Sobald wir im Schlossgarten fertig sind, habe ich Zeit. Apropos Schloss, kannten Sie eigentlich Freiherrn Georg zu Loewenstein?« Rosa hoffte, dass sich die Frage einigermaßen logisch anschloss.

»Leider nein.« Daniela Breuer schüttelte den Kopf. »Mein Mann hat nur mal erwähnt, dass er wohl ein ganz schöner Sturkopf sei, mit dem man nicht verhandeln könne.« Rosa wechselte einen Blick mit Andy, der sich bisher aus dem Gespräch rausgehalten hatte. *Bisher hatten alle nur von Georgs Sanftheit berichtet. Sie* beschloss, sich noch weiter vorzuwagen.

»Wussten Sie, dass Ihr Mann das Nießbrauchrecht für das Schloss hatte? Also einen …«

»… einen Vertrag, der ihn dazu berechtigte, das Schloss zu nutzen. Ja, ich weiß, was das bedeutet. Ich hatte ein paar Vorlesungen in Jura, aber das war mir zu trocken auf Dauer«, fügte Daniela Breuer erklärend hinzu. »Ich wusste davon, aber ich habe meinen Mann gebeten, es bei den neuen Besitzern erst mal ohne Vertrag in der Hand zu versuchen. So ein Schloss wäre natürlich ein viel schönerer Rahmen für unsere Veranstaltungen, im Grunde war es nur eine meiner spontanen Ideen. Deshalb muss man sich ja nicht gleich mit den Menschen anlegen oder vor Gericht ziehen. Das ist zumindest meine Meinung.« Sie lächelte Rosa und Andy sanft an. »Mein Mann wollte mir einen Gefallen tun mit dem Schloss, aber ich habe ihm gesagt, nicht um den Preis von guter Nachbarschaft und Unfrieden im Dorf. Das ist es nicht wert.«

Rosa musterte sie verwirrt. »Dann war es Ihre Idee, dass der Buchverein ins Schloss zieht?« Sie beschloss, beim Sie zu bleiben, so ließen sich Verdächtige einfach besser vernehmen. Und so sympathisch ihr Daniela Breuer auch noch immer war, sie zählte nun mal zum Kreis der potenziellen Verdächtigen im Mordfall ihres Mannes.

»Irgendwie schon. Als wir einmal am Schloss vorbeifuhren, meinte ich nur: ›Stell dir vor, wenn wir da drin unsere Lesungen abhalten könnten.‹ Eigentlich nur so dahingesagt, aber mein Mann konnte mir keinen Wunsch abschlagen.« Daniela wurde kleinlaut. »Wahrscheinlich hat er auch gedacht, dass ich bei *Schöne Bücher e.V.* einen guten Einstand hätte, wenn ich gleich das Schloss für Lesungen organisiere. Mit seiner Hilfe natürlich. Er wusste, wie schwer es für Neuankömmlinge im Dorf sein kann.« Ein rasender Bürgermeister, dessen Kriegszug zur Schlosseroberung eigentlich nur ein Liebesdienst war? Fast wäre Rosa gerührt gewesen, aber schon schob sich das Bild des eitlen JBs vor diese Gefühle. Er hätte sicherlich mit großer Genugtuung in dem herrschaftlichen Ambiente die Gäste begrüßt.

»Verstehe. Und Elisabeth Lenz war natürlich sofort begeistert von der Idee und ging dafür auf die Barrikaden.«

»Höre ich da meinen Namen?« Die Buchclubchefin rauschte mit wehenden Haaren heran, die aus einer Art Turban schauten. Zur Feier des Tages war sie in weißes Leinen gewandet, was ihr das Aussehen einer Wüstenbewohnerin verlieh. Eine Kette mit schweren schwarzen Kugeln versuchte, ihre Erscheinung aufzuhübschen, wirkte auf Rosa aber eher bedrohlich und erinnerte sie an die Folterkammer im Tower of London.

»Ich erzähle Frau Reich gerade, wie sehr es mich freut, dass unsere Lesungen jetzt hier stattfinden …«

Elisabeth Lenz unterbrach Daniela Breuer. »Natürlich ist es in deinem Garten ganz bezaubernd, aber was dein lieber Mann nicht mehr geschafft hat, das werden wir fortführen, nicht wahr, Dani?«

Drei verwunderte Augenpaare sahen sie an.

»Heißt das, Sie geben die Hoffnung auf das Schloss nicht auf? Wie wollen Sie das schaffen?« Dreißig Jahre lang hatte Rosa auch den Schülern mit den abstrusesten Ideen eine Chance gegeben, selbst zu erkennen, was in ihrem Köpfchen gerade schieflief. Und zugegebenermaßen hatte sie auch immer ein wenig die Hoffnung gehabt, eines Tages doch noch einen Einstein in der 6b zu entdecken. Daher sah sie Wüsten-Elisabeth aufmunternd an, die in ihrem Element zu sein schien.

»Dani erbt doch alles. Und Vertrag ist schließlich immer noch Vertrag.«

»Aber leider einer, der mit Ende der Lebenszeit des Nutznießers erlischt.«

Elisabeth Lenz riss die Augen auf und wurde blass. »Was? Wieso? Der Vertrag besteht doch zwischen dem Freiherrn und der Stadt.«

Daniela Breuer schüttelte den Kopf. »Leider nicht. JB hatte mir erzählt, dass der Freiherr nur mit Menschen verhandeln wollte und nicht mit der ganzen Stadt. Ich weiß auch gar nicht, ob das vertraglich überhaupt möglich gewesen wäre. Leider ist der Vertrag mit JBs Tod hinfällig. Altpapier.«

Elisabeth Lenz griff nach einem Kölschglas, das gerade in einem Bierkranz vorbeigetragen wurde, und stürzte es in einem Zug runter. *Was angesichts der schmalen Gläschen nicht so schwierig ist*, dachte Rosa, die sich aber doch wunderte. Augenscheinlich war die Vereinsvorsitzende tatsächlich davon ausgegangen, demnächst mit ihren Veranstaltungen ins Schloss zu ziehen, auch gegen den Willen der Besitzer. Diese Überlegung ging wohl auch gerade Daniela Breuer durch den Kopf.

»Ich dachte, es gefällt dir hier. Schau, wenn ich drinnen erst einiges umgestaltet habe, können wir hier auch im Winter Lesungen abhalten. Und Frau Reich hilft mir mit dem Garten. Da bekommen wir eine schöne edle, entspannte Atmosphäre hin.«

»Aber doch kein ganzes Krimifestival unter.« Elisabeth Lenz schnappte sich das nächste Glas. »Ich habe schon Zusagen von Autoren aus ganz Europa. JB und ich, wir wollten, dass ganz Deutschland nach Kappeshoven pilgert. Wir hatten Visionen!« Sie spuckte beim Sprechen.

Daniela nahm sie sanft am Arm. »Na komm, das will ich doch auch. Uns fällt schon noch was ein für das Festival. Kümmern wir uns erst mal um die Gäste dieser Lesung. Lass uns loslegen. Ich sehe, mein Prof aus Bonn ist da. Und wie es aussieht, hat er Fontanes Gesamtausgabe dabei.« Daniela Breuer zwinkerte Rosa und Andy zu und zog mit Elisabeth Lenz ab. Zurück blieb eine höchst verwunderte Rosa, die ratlos Andy ansah.

»Dafür, dass dieser grauhaarige Althippie einen auf Eigentum für alle macht, ist sie aber doch ganz schön scharf auf Reichtum und Protzigkeit.« Andy hatte nicht nur einen guten Blick für Nacktschnecken auf Salat, sondern auch für menschliche Abgründe, bemerkte Rosa zufrieden. Sie nickte.

»Sie war ganz schön überrascht davon, dass es jetzt nichts wird mit den Krimis im Schloss. Wobei wir dort eigentlich schon einen Krimi haben. Ich hätte sie auch für klüger gehalten und nicht so anmaßend.«

»Leseratte halt, zu viel Fantasie.« Andy winkte ab. »Na komm, es geht los mit deinem Fontane. Suchen wir uns zwei Plätze ganz hinten, dann können wir verschwinden, wenn es zu langweilig wird. Wobei ich gegen ein kleines Freibier gar nichts einzuwenden habe.« Er schnappte sich zwei Gläser und dirigierte Rosa zu den freien Stuhlreihen am Ende.

»Ja, die Ludwigsbrauerei lässt keine Gelegenheit aus, Werbung zu machen.«

»Und der Chef keine, an der Quelle zu stehen.« Andy wies auf Matthias Ludwig, der wie aus dem Nichts aufgetaucht war und abwechselnd ein Glas für den Bierkranz zapfte und sich selbst eins einverleibte. Zwischendurch trieb er die Bedienung an, jedem Gast sein Infoblatt zum Brauereifest in die Hand zu drücken. Auch Rosa und Andy wurde eins aufgedrängt.

»Da will Karl mit mir hin, er verspricht sich davon wohl, irgendwas über Matthias' Machenschaften herauszufinden. Falls es die überhaupt gibt. Mit ein bisschen Glück können wir auch Martin dort beobachten, der ja auffallend oft in der Brauerei ist und ganz dicke mit Matthias zu sein scheint. Hier habe ich ihn allerdings noch nicht entdecken können.« Rosa schaute sich um.

»Das, liebe Rosa, ist auch kein Wunder. Wenn ich mich zwischen Fontane und einem Kneipenbesuch entscheiden müsste, ich wüsste, was ich nehme. Bierblume statt Prosablüten.« Er lächelte Rosa an, die konterte.

»Wie gut, dass es heute beides gibt. Und dass ich keinen Kulturbanausen dabeihabe.«

Kapitel 34

Was für ein Wochenende! Rosa konnte sich nicht daran erinnern, als Lehrerin jemals so unternehmungslustig gewesen zu sein wie in letzter Zeit. Fast jeden Abend war sie auf Jück, wie der Rheinländer sagt. Während vermutlich achtzig Prozent der Menschheit glaubte, der Lehrerberuf sei ein lockerer Halbtagsjob, in dem man immer wieder dasselbe erzählte und nachmittags die Füße hochlegte, war sie nach nur einer Unterrichtswoche häufig so erschöpft gewesen, dass sie es sich am Wochenende am liebsten mit einer Tasse Earl Grey, einem Krimi und Archie auf der Couch bequem gemacht hatte. Rosa, die Gärtnerin, war agiler. Gestern Fontane mit Andy, heute Kölsch mit Karl. Ihr Sancho Panza, der sie aufs Brauereifest begleiten wollte. Rosa bezweifelte zwar, dass sich ihr Freund fürs Wetttrinken oder die angekündigte Fass-Akrobatik begeistern würde, was auch immer das sein mochte. Aber es könnte eine gute Gelegenheit sein, sich umzuhören, was über Brauereibesitzer Matthias Ludwig im Dorf getratscht wurde. Und vielleicht ließ sich auch Martin Grimm blicken, der, wenn er privat auftrat, hoffentlich offener und gesprächsbereiter war als bislang.

Noch saß Rosa allerdings in ihrem Büro und ging die Anfragen durch, die per E-Mail eingegangen waren. Blumen ausliefern oder Balkone bepflanzen, das hatte Willy bislang noch gut allein geschafft oder mit Roswithas Hilfe. Aber es gab mittlerweile auch die ein oder andere Nachfrage für die Gestaltung ganzer Gärten. Es wurde Zeit, dass sie ihre Arbeit im Schlossgarten zu Ende brachte, sinnierte Rosa, ihre bisherigen Ermittlungen hatten sie doch mehr abgelenkt, als ihrer Arbeit guttat. Aber noch konnte sie diesen Fall, aus dem mittlerweile Fälle geworden waren, nicht ruhen lassen. Amüsiert beobachtete sie ihre beiden Mitarbeiter, die die ersten Kürbisse des Jahres aus den Beeten in den Verkaufsraum trugen. Es war schon immer Willys Bestreben gewesen, den größten Kürbis weit und breit zu züchten. Auch wenn sich die dicken Exemplare höchstens zu Halloween verkauften. Rosa zückte ihre Handykamera. Was für ein Bild, wie Willy auf seinen dünnen Beinchen einen Kürbis im Arm balancierte, der gefühlt drei Mal so rund war wie er! Vielleicht konnte Moritz darüber in seinem Anzeigenblatt berichten. Oder sollten sie eine eigene Gärtnereizeitung herausgeben? Ein paar der kleineren Kürbisse konnte Sarah bestimmt auch für ihre nächsten Kuchenkreationen verwenden. Rosa stand auf und ließ Archie raus, der schon schwanzwedelnd durch die Glastür gestarrt hatte und sich jetzt kläffend auf Willy und den Riesenkürbis stürzte. Wahrscheinlich hielt ihr Mops die Aktion für einen Angriff von außerirdischen Lebensformen.

»Chefin, halt datt Untier zurück. Wenn isch ming Siegerkürbis fallen lass, jibbet heut Abend Blootworsch ›Archie‹.« Willy stiefelte zu Roswitha in den Verkaufsraum und ließ seinen Kürbis auf den Boden sinken, dass die Knie knackten. »Isch hab ihn Altmaier jetauft. Hoffentlich verkauft er sisch jetzt noch.« Willy richtete sich ächzend auf. »Watt Neues vom Schlossjespenst?«

Es war fast schon beruhigend, wie ihr ältester Mitarbeiter einen toten Bürgermeister, einen toten Dompteur und einen toten Löwen unter dem Begriff *Schlossgespenst* zusammenfasste. Für Willy war alles, was sich da im Örtchen und im Schloss an unerklärlichen Phänomenen und Gewaltverbrechen ereignete, einfach nur ein Gespenst. Flüchtig, nicht zu fassen und für alle, die nicht daran glaubten, gar nicht existent. Rosa seufzte. Was gäbe sie darum, dass das alles nur ein Spuk war! Doch zu deutlich saß ihr die Erinnerung an den toten Körper des Bürgermeisters in der Leo-Bettwäsche im Hirn fest.

»Wenn du den erschossenen Josef Breuer meinst, lieber Willy, da gibt's was Neues. Die Polizei stand bei den Grafs vor der Tür und hat sie und ihre Waffe mitgenommen, zur Vernehmung.«

»Watt denn, datt Pistölschen kann reden?« Willy grinste. »Watt datt wohl zu verzälle hät.« Angesichts der Neuigkeiten trippelte Roswitha hinter den Kürbissen hervor, die aufeinander gestapelt schon einen ganzen Berg ergaben. Archie schnupperte neugierig daran und ließ sich von Rosa nur widerwillig daran hindern, sein Bein an der Kürbispyramide zu heben.

»Also waren die Herrschaften die Mörder? Ausgerechnet deine ersten Kunden.« Sie sah enttäuscht aus. »Wenn das kein schlechtes Omen ist.«

»Watt die in ihrer Freizeit machen, is uns doch peng. Hauptsach, wir kriejen unser Jeld.«

Rosa winkte ab. »Ich glaube einfach nicht, dass die Grafs den Bürgermeister um die Ecke gebracht haben, nur weil der an ihr Schloss wollte. Sie kommen mir doch sehr zivilisiert und vernünftig vor. Laura Graf arbeitet sogar für die Regierung. Behauptet sie zumindest.«

»Datt sind die Schlimmsten.«

»Wahrscheinlich besitzt sie deshalb die Waffe.« Rosa hatte jahrzehntelang trainiert, auf unqualifizierte Zwischenrufe gar nicht erst zu reagieren.

»Schauen wir mal, ob die beiden am Montag wieder im Schloss sind, wenn ich mit Moritz und Andy weiter im Garten arbeite. Gartenplanerin Rosa Reich macht Schluss für heute. Zeit für weitere Ermittlungen, das Brauereifest wartet auf uns.«

»Schon überredet, isch bin dabei.«

»Das ist lieb von dir, Willy, aber du und Altmeier, ihr bleibt mal lieber hier. Wer weiß, vielleicht begegnen wir dort ja dem Mörder.«

• • •

Rosa hatte sich für praktische Jeans und eine sommerliche Bluse entschieden, Archie an die rote Leine gelegt und Karl abgeholt, der zur Feier des Tages seinen Strohhut trug. Während der Fahrt nach Kappeshoven berichtete er ihr von seinem Gespräch mit dem Tierexperten aus dem Museum König. Der Knochen aus der Tüte in Annas Kleiderschrank passte seiner Analyse nach zu den Knochen, die Moritz im Garten der Grafs ausgegraben hatte. Das Ergebnis überraschte sie nicht. Wohl aber die Tatsache, dass ihnen, kaum hatten sie, von lauter Schlagermusik begleitet, das Brauereigelände betreten, die Polizei in die Arme lief.

»Pitter-, ich meine Peter. Was machst du denn hier?« Bildete sich Rosa das nur ein oder wurde Peter Klein mal wieder ein wenig blass unter seinen roten Haaren? Statt Uniform trug er heute beige Hose und T-Shirt. Sein Blick wanderte von ihr zu Karl und runter zu Archie, der ihn hechelnd ansah, als erwarte er eine Streicheleinheit.

»Frau Reich! Und Dr. Schäfer, Sie auch hier?«

Rosa hatte selten eine dümmere Frage gehört. Aber sie musste sich bremsen. *Du bist nicht mehr im Klassenzimmer*, schalt sie sich. Außerdem hatte sie doch erste zarte Bande zum Oberkommissar geknüpft, er konnte ihr noch wichtige Informationen liefern. Erleichtert stellte sie fest, dass ihr ehemaliger Schüler ein Bierglas in der Hand hielt. Alkohol machte die meisten Menschen doch redseliger.

»Wie kommst du denn voran mit dem Fall?«

»Keine Sorge, wir meinen nicht den lateinischen Ablativ. Den mochtest du doch früher nicht so.« Karl zwinkerte ihm zu und erntete von Rosa einen strengen Blick. *Jetzt bloß nicht die Bierfeststimmung verderben und das Pittermännchen an seine schlimmsten Schulstunden erinnern.*

»Schade, dass du deine Uniform heute nicht trägst«, säuselte Karl jetzt, »wie ich gehört habe, hast du richtig Karriere gemacht. Glückwunsch, mein lieber Peter. Ich wusste immer, dass du einen wichtigen Beruf ergreifen würdest.« Er klopfte ihm gönnerhaft auf die Schulter. »Prost, auf dich, einen unserer liebsten Ex-Schüler.« Karl hatte zwei Bier organisiert und stieß sein Glas an Peters, der pflichtschuldigst einen Schluck nahm. Karls Lobhudelei schien zu wirken. Peinlich berührt lächelte Peter Klein jetzt mit Bierschaum über der Lippe.

Rosa übernahm. »Sag mal, Peter, habt ihr denn die Grafs wieder laufen lassen? Ich frage nur, weil ich morgen doch in ihrem Garten arbeite und nicht vor verschlossenen Türen stehen möchte.« Dass ihr auch die Angestellten öffnen könnten, dass ihr eigentlich niemand öffnen musste, damit sie in den Garten kam, ließ Rosa einfach mal aus.

»Frau Reich, ich habe Ihnen doch schon den Wissensstand aus der Pressekonferenz mitgeteilt. Über noch laufende Ermittlungen kann ich wirklich nicht …« Peter schaute sie mit gequältem Gesichtsausdruck an.

»Wir wissen von der Waffe«, preschte Karl vor. Rosa sah ihren Freund erschrocken an. »Du wirst verstehen«, Karl senkte seine Stimme verschwörerisch, »dass ich mir deshalb Sorgen um meine liebe Freundin hier mache. Sie arbeitet in einem Haus, in dem eine Waffe …«

»Keine Sorge, die Tatwaffe haben wir natürlich einbehalten«, rief Peter dazwischen, als erhoffte er sich einen Fleißpunkt von seinen beiden ehemaligen Lehrern.

»Dann wurde der Bürgermeister des Ortes also mit der Waffe von Laura und Christopher Graf erschossen?« Rosa fixierte Peter. Der bemerkte seinen Fehler und schüttelte den Kopf. »Bitte, Frau Reich, ich darf wirklich nicht …« Schweißtropfen glänzten auf seiner Stirn, während er mit seinem Fuß versuchte, Archie loszuwerden, der sein Hosenbein besprang.

»Sieh mal, du willst doch nicht, dass deine ehemalige Lieblingslehrerin, das war sie doch hoffentlich«, Karl sah Peter aufmunternd an, »in einem Haus von zwei potenziellen Mördern arbeitet und womöglich ihr nächstes Opfer wird, oder?« Peter Klein nahm einen tiefen Schluck aus seinem Glas und sah sich um, als suche er in der Umgebung nach Mithörern.

»Ich denke, Sie können beruhigt sein. Zumindest hat sich Laura Grafs Arbeitgeber für sie verbürgt. Außerdem … sie haben ein Alibi.« Er flüsterte jetzt fast. »Sie waren zur Tatzeit zu Hause, das hat ihre Angestellte bestätigt.«

»Anna Wernig, die Köchin? Die habe ich auch kennengelernt, was hältst du von ihr? Wusstest du, dass sie Prominente porträtiert? Hast du sie schon überprüft?« Rosa schaute Peter mit ihrem Eins-plus-mit-Sternchen-Blick an. »Natürlich hast du sie überprüft, du bist ja schließlich Oberkommissar.«

Peter nickte vorsichtig. Stolz sprach aus seinen Augen.

»Du weißt ja, dass wir als Lehrer dem Staat verpflichtet sind«, warf Karl ein, »es bleibt selbstverständlich alles unter uns. Inter nos manet. Kennst du sicherlich noch.«

Peter seufzte. »Eine alte Vorstrafe wegen Diebstahls«, murmelte er und sah an seinen ehemaligen Lehrern vorbei wie auf der Suche nach einem Fluchtweg. Aber Rosa ließ nicht locker, wenn auch Archie an der Leine zog. Ihm schien es langweilig geworden zu sein so ganz ohne Zuwendung.

»Woher weißt du, dass nicht Anna Wernig die Waffe genommen hat? Vielleicht im Auftrag der Grafs. Dann wäre ihr Alibi nichts wert.« Peter schwieg. Wahrscheinlich wusste er das alles nicht, hatte aber das Ehepaar trotzdem gehen lassen müssen, aus Mangel an Beweisen.

»Woher hattet ihr den Tipp mit der Waffe?«

»Enger Umkreis«, murmelte Peter mit zusammengebissenen Zähnen.

»Was ist mit Martin Grimm, dem Diener?«

Peters Finger umklammerten sein leeres Glas. »Der war zur Tatzeit in dieser Brauerei hier, das wurde auch von Herrn Ludwig und den Angestellten bestätigt. Sie können also beruhigt im Schlossgarten weiterarbeiten. Wieso sind Sie jetzt eigentlich Gärtnerin? Das haben Sie mir noch gar nicht erzählt.«

»Aber wenn sie alle unter einer Decke stecken?« Rosa ließ sich nicht ablenken. »So wie du damals mit der Steffi, als wir auf Klassenfahrt in Berlin waren, weißt du noch? Was ist aus der eigentlich geworden?« Sie hatte nur die Atmosphäre entspannen und zurück zu ihrer Befragung kommen wollen, aber Peters Augen weiteten sich angstvoll. Er holte tief Luft.

»Frau Reich, ich kann Ihnen nur eins sagen, wir sind uns ziemlich sicher, dass es ein versuchter Einbruch war. Der Dieb wurde vermutlich vom Bürgermeister überrascht, der hat ihn gesehen, deshalb musste der Einbrecher ihn erschießen. Die Waffe hat er vermutlich auch gestohlen. Wahrscheinlich ist er längst über alle Berge. Sie brauchen sich also wirklich keine Gedanken mehr zu machen. Es war schön, Sie wiederzusehen.« Schneller als Rosa den Mund öffnen konnte, war ihr Pittermännchen im Gewühl verschwunden.

Sie sah Karl an. »Ich hätte Peter zu gern noch gefragt, wie es sein kann, dass eine Waffe erst verschwunden ist und am Ende doch wieder im Haus gefunden wird. Da stimmt was nicht. Das muss unserem Oberkommissar doch aufgefallen sein. Ich meine, wer nimmt seine Waffe, erschießt jemanden damit und legt sie anschließend zurück in die Schublade? Die würde man doch verstecken. Und wenn es ein Einbrecher war – der klaut doch nicht in dem einen Haus die Waffe, um im anderen jemanden damit zu erschießen, um sie anschließend zurückzutragen?« Sie sah Karl fragend an. Der zuckte mit den Schultern.

»Na ja, das hellste Licht im Klassenraum war unser Pittermänchen nie, aber dafür ist er ja ganz liebenswert. Und er hat uns dann doch eine Menge erzählt.«

»Wenn es niemand von den Handwerkern war, bleiben nur Anna und Martin.«

»Oder der Ehemann. Ich weiß, Rosa, du kannst ihn gut leiden, aber hat er sich für seine Computeridee nicht mit Morden beschäftigt?«

»Eine Spiele-App, die sich Moritz ansehen sollte. Und du, Archie, hörst auf zu jaulen.«

»Er könnte die Waffe seiner Frau entwendet und den Widersacher erschossen haben, der an sein Schloss wollte, ist wieder nach Hause, hat die Waffe zurückgelegt, und niemand hat etwas bemerkt.«

»Aber wenn die Köchin ihnen ein Alibi gegeben hat, dann hat sie die beiden zur Tatzeit, also irgendwann nachts, gesehen oder zumindest gehört.« Rosa sah ihren Freund an.

»Das kann ein Fernseher oder ein Radio hinter verschlossener Tür gewesen sein, was Anna gehört hat. So wird der Eindruck erweckt, dass jemand im Raum ist, obwohl das gar nicht der Fall ist. Habe ich letztens noch in diesem alten Schwarz-Weiß-Krimi gesehen, wie hieß der noch gleich?«

»Peter scheint ja überhaupt niemanden aus dem Schloss zu verdächtigen«, grübelte Rosa, ohne auf Karls Ausführungen einzugehen.

»Erare humanum est. Irren ist leider die Natur des Menschen, mein lieber Don Quijote. Wenn das einer weiß, dann wir ehemaligen Lehrer!« Archies Bellen klang wie eine Bestätigung.

Kapitel 35

Rosa blieb auf ihrem Rundgang mit Karl kurz an der Wiese hinter der Brauerei stehen und staunte über einen jungen Mann, der auf einem liegenden Bierfass stand, das er mit seinen bloßen Füßen zum Rollen brachte, während seine Partnerin auf seinen Schultern einen Handstand machte. Ob auch die ehemalige Seiltänzerin aus dem Schlossgarten-Zirkus solche Kunststücke gekonnt hatte? Spektakel wie diese waren früher eine Attraktion gewesen. *Und sie sind es noch immer*, dachte Rosa, als die Besucher stürmisch applaudierten. Sie hatte Archie mal lieber auf den Arm genommen und drängte sich mit Karl jetzt durch die Menschen, als sie Daniela Breuer entdeckte. Die junge Frau stand in einem kurzen bunten Kleid im Ibiza-Stil an der langen Outdoortheke und unterhielt sich mit – Martin. Suchte sich die Witwe einen neuen Sugardaddy? Da war sie bei Martin Grimm, dem einfachen Angestellten, sicherlich an der falschen Adresse. Oder waren sie etwa Komplizen in einem Mord? Vielleicht stand sie aber auch nur auf ältere Männer. Rosa zupfte Karl am Ärmel und zog ihn Richtung Bar. Doch als sie ankamen, war Martin verschwunden. *Hatte er sie kommen sehen und war daraufhin untergetaucht?* Sie setzte Archie auf den Boden, der schwanzwedelnd seine Freundin begrüßte.

»Liebe Daniela, Archie kennen Sie ja noch, aber darf ich Ihnen meinen guten Freund und ehemaligen Kollegen Karl

Schäfer vorstellen?« Karl deutete eine leichte Verbeugung an und lüftete seinen Strohhut. »Wir wollten aber niemanden vertreiben.«

»Nein, nein«, winkte Daniela Breuer ab, »ich weiß auch nicht so richtig, was er eigentlich wollte. Ich kenne ihn kaum, eigentlich nur vom Sehen.«

»Es ist doch nur verständlich, dass so eine hübsche, junge Frau angesprochen wird.«

Rosa schaute Karl belustigt an, der in seinem Lieblingsfach, Charme versprühen, zur Höchstform auflief.

Daniela Breuer lächelte und schüttelte den Kopf. »Ich fürchte, er hatte eher geschäftliche Interessen. Irgendwelche Unterlagen soll mein Mann, mein verstorbener Mann, noch von ihm haben, wenn ich ihn richtig verstanden habe. Aber ich habe ihm gleich gesagt, dass die Polizei alle Papiere mitgenommen hat. Komisch, ich habe diesen Herrn Grimm eigentlich nie zusammen mit meinem Mann gesehen, erwähnt hat er ihn auch nicht.«

»Schließen Sie bloß immer gut ab.«

»Ja und die Polizei hat mir auch empfohlen, die Fenster mit Schlössern zu versehen. Sicher ist sicher.«

»Das halte ich für eine sinnvolle Idee. Oh, ich sehe gerade, uns rennt die Zeit davon. Ich melde mich bald wegen Ihres Gartens.« Rosa griff Archie und zog Karl mit sich, der sie erstaunt ansah. Möglichst unauffällig wies sie durch die Menge. Ganz am Ende der Theke, stand Martin Grimm. Zwar mit dem Rücken zu ihnen, aber Rosa erkannte seine schwarze Lederjacke.

»Hallo, Martin, ich darf Sie doch Martin nennen? Welche Biersorte können Sie uns denn empfehlen? Ich glaube, Sie kennen sich da aus.« Martin Grimm drehte sich um und schaute sie ruhig an. Rosa meinte jedoch, Überraschung in seinen Augen zu erkennen.

»Mein Freund, Dr. Karl Schäfer.« Karl deutete eine leichte Verbeugung an, was Martin zu gefallen schien. Sollte er sich kurz überlegt haben zu verschwinden, so gab er dieses Vorhaben angesichts von gleich zwei Störenfrieden in diesem Moment auf. Rosa beschloss, nicht lange um den heißen Brei zu reden.

»Wussten Sie von der Waffe im Schloss?«

Martins Gesicht blieb unbewegt wie immer, bis auf seine Augenbraue, die sich leicht in die Höhe schob.

Rosa fuhr fort. »Sehen Sie, ich arbeite wirklich nicht gerne in einem Haus, in dem Waffen herumliegen. Das verstehen Sie sicher.«

»Es steht Ihnen frei zu gehen.«

Rosa war erstaunt. Sie hatte nicht gedacht, dass Martin seine Abneigung gegen sie aussprechen würde, wenn auch höflich verpackt.

»Sie halten normalerweise das Haus und den Garten in Ordnung, richtig?« Sie blickte Martin freundlich an.

»Seit vielen Jahren, ja. Bis Sie kamen.«

»Es hat Sie in Ihrer Ehre verletzt, dass die Grafs mich angestellt haben. Ich verstehe das sehr gut.« Rosa nickte, um ihr Mitgefühl auszudrücken.

Martin zögerte. »Ich bin der Meinung, ich hätte es auch weiterhin ohne fremde Hilfe geschafft.«

»Oder wollten Sie nicht, dass ich unter der Blutbuche grabe?« Rosa sah den Hausdiener herausfordernd an. Karl fächelte sich mit seinem Strohhut Luft zu, hielt es aber für angebracht, den Mund zu halten. Stattdessen hielt er Archie an der Leine und bei Laune.

»Woher sollte ich wissen …« Martin zuckte mit den Schultern, ohne den Satz zu beenden.

»Sie müssen sich doch an den Vorfall von früher erinnern. Da waren Sie schon im Haus angestellt. Ein Löwe tötet den Zirkusdompteur und das im eigenen Garten, das bekommt man doch mit.«

»Es tut mir leid, zu dieser Uhrzeit schlafe selbst ich für gewöhnlich noch.«

»Was ist denn morgens Ihre erste Aufgabe?«

»Na ja, irgendetwas reparieren. Einkaufen, damit Anna das Mittagessen vorbereiten kann, nach dem Frühstück.«

»Dann ist Anna die Erste, die im Hause wach ist?«

Martin murmelte Zustimmung.

»War das auch so, als Sie noch für den Freiherrn gearbeitet haben?«

»Er las schon mal sehr früh morgens die Zeitung, wenn er nicht schlafen konnte. Darf ich fragen, warum Sie das interessiert? Ich denke, Sie sind die Gärtnerin und nicht die Polizei.«

»Ach, ich liebe einfach solche Geschichten. Und nachdem ich die Löwenknochen gefunden habe …«

»Martin, kommst du mal, ich brauche deine Hilfe!« Eine laute Stimme unterbrach barsch Rosas Unterhaltung. Aber als ehemalige Lehrerin hätte sie die Frühpension niemals bei guter Gesundheit erreicht, wenn sie sich von jedem Störenfried aus der Ruhe hätte bringen lassen.

»Herr Ludwig! Was für ein gelungenes Fest. Sie beide sind befreundet?« Statt einer Antwort haute Matthias Ludwig mit einem »Pronto« auf die Theke und verschwand.

»Zumindest lieben Sie sein Bier, wie mir scheint«, Rosa wandte sich unbeeindruckt wieder Martin zu. »Herr Ludwig ist ja auch sehr freigiebig damit.«

»Gegen ein gepflegtes Feierabendbier ist nichts einzuwenden, denke ich. Wenn Sie mich entschuldigen, Sie haben ja gehört, dass ich gebraucht werde.«

»Eine Frage noch, Herr Grimm. Haben Sie jemals darüber nachgedacht, ins Dorf zu ziehen? Raus aus dem Schloss? Ist alles nicht mehr auf dem neuesten Stand, scheint mir, es muss im Winter sehr kalt dort sein.«

Martin Grimm leerte sein Glas in einem Zug. »Warum sollte ich? Das Schloss ist schließlich mein Zuhause!«

• • •

Nachdem Martin hinter der Theke verschwunden war, blieben Rosa und Karl noch auf ein Glas und schwiegen sich ratlos an. Rosa fragte sich, was sie von Martin halten sollte. Er kam ihr sehr distinguiert vor. Ein von seiner Herkunft her einfacher Mann, der sich im Rahmen seiner Möglichkeiten hochgearbeitet hatte. Der diese adlige, diese vornehme Welt liebte und das passende Verhalten übernommen hatte – auch wenn diese Welt im Schloss längst nicht mehr so vornehm und von Reichtum strotzend war wie vermutlich früher einmal. War seine Art anmaßend oder bemitleidenswert? Rosa seufzte. Irgendetwas an Martin störte sie, irgendetwas war nicht so aalglatt, wie er erscheinen wollte. Wie der Wassertropfen auf der ansonsten penibel polierten Oberfläche der Theke, auf der sie ihr Kölschglas abstellte.

»Sie sind ja immer noch hier.« Matthias Ludwig baute sich vor ihnen auf. »Und wie ich gehört habe, gar nicht zu Besuch in Kappeshoven, sondern zum Arbeiten und Rumspionieren. Ihre Begleitung wird ja immer jünger«, fügte er mit einem ironischen Seitenblick auf Karl hinzu.

»Hora fugit, facta manent.« Karl deutete eine leichte Verbeugung an, behielt seinen Strohhut aber auf und verriet auch nicht, welchen lateinischen Spruch er soeben losgelassen hatte. Für Rosa ein untrügliches Zeichen, dass er dem Brauereibesitzer auf den ersten Blick skeptisch gegenüberstand. Aber ihr Freund hatte wie immer recht. Die Zeit zerrann wie der Biervorrat auf diesem Brauereifest. Unsere Taten aber blieben. Und welche Taten Matthias Ludwig in seinem Leben schon begangen hatte, das würden sie hoffentlich herausfinden. Momentan schaute der Chef der Biere irritiert zu Karl.

»Beeindruckend, was Sie auf die Beine gestellt haben, so ein schönes Fest. Und was für eine moderne Brauerei Sie haben. Und so viele Biersorten!« Rosa versuchte Matthes' kritischen Gesichtsausdruck wegzulächeln.

»Und es werden demnächst sogar noch mehr.«

»Es muss schwierig sein, sich gegen die Konkurrenz durchzusetzen. Bier gibt es im Rheinland schließlich mehr als genug.«

Matthias Ludwig zuckte mit den Schultern. »Wenn sich der Chef selbst einsetzt, läuft der Laden schon, machen Sie sich mal keine Sorgen.«

»Auf der Fontane-Lesung Bier zur Verfügung zu stellen war eine wunderbare Idee. Setzen Sie das Sponsoring als Werbekosten ab?« Auch bei jeder Fünf, die sie als Lehrerin geben musste, hatte Rosa immer noch ein kleines Lob für ihre Schüler gefunden.

»Das war ja wohl das Mindeste, das ich für meinen alten Freund JB noch tun konnte. Das scheinen Sie nicht zu kennen, aber wenn jemand hier im Dorf stirbt, kümmern wir uns um die Hinterbliebenen. Für mich ist es eine Selbstverständlichkeit, dass ich seine Witwe unterstütze.«

»Auch wenn er Ihr Kontrahent war? Warum wollten Sie eigentlich Bürgermeister werden? Sie sind doch sicherlich genug ausgelastet als Chef dieser Brauerei.«

»Das sind zwei Berufsfelder, die einfach gut zusammenpassen.« Er grinste. »Aber kommen wir mal zu Ihnen! Es scheint Ihnen hier richtig gut zu gefallen. Ich habe Sie gesehen, im Garten der Breuers, da waren Sie auch, der da war aber nicht dabei.« Matthes' Kinn zeigte Richtung Karl, der sich jetzt auch ins Gespräch einmischte.

»Bei so viel Barmherzigkeit in Form von Freibier nehmen Sie ja gar nichts ein.«

»Ich habe genug Stammkundschaft und Gäste wie Sie, zerbrechen Sie sich mal nicht meinen Kopf. Aber jetzt Klartext. Sie sind gar keine Touristen, wie Sie mir letztens weismachen wollten. Ich habe gehört, Sie graben alte Geschichten aus, die Sie nichts angehen.« Matthias Ludwig starrte sie an. Finster, bemerkte Rosa.

»So viele Touristen werden wohl doch nicht kommen, jetzt, da sich niemand mehr für die Landesgartenschau einsetzt. Und für das Krimifestival im Schloss.« Matthias' Miene wurde noch düsterer. »Der Mord an Josef Breuer muss Sie stark getroffen haben«, fuhr Rosa fort, »er hatte sich engagiert für diesen Ort. Wenn die Besucher fortbleiben, leidet auch Ihr Geschäft.«

»Jetzt hören Sie mal gut zu. Es wird eine Nachwahl geben. Und die gewinne ich.« Matthias Ludwig hatte die Worte ausgespuckt und begann, neues Bier zu zapfen. Vom Bierkönig zum Bürgermeister, dachte Rosa, eine schwierige Vorstellung, aber wer weiß, vielleicht war das ja wirklich Ludwigs Ziel. Sollte das ein Grund sein, JB zu ermorden?

»Wenn Sie Bürgermeister werden wollen, müssen Sie aber noch lernen, mit Menschen umzugehen. Mir scheint, Sie legen sich gerne an. Ich war Lehrerin, ich hatte in jeder Klasse mindestens einen Schüler, der sich ständig prügeln musste. Soweit ich das verfolgt habe, ist aus denen erst dann was geworden, nachdem sie sich grundlegend geändert haben.«

»Ihnen auch noch einen schönen Tag. Dahinten fängt gleich das Fassrollen an. Das ist doch was für Sie.«

»Oh, ihre Fässer sind nicht nur zum Trinken, sondern auch zum Rollen da«, warf Karl wenig einfallsreich ein. »Ich bin mir nicht sicher, ob meine Bandscheibe diese Herausforderung annehmen will. Wer tritt denn an?«

»Na, dann trinken Sie sich mal Mut an.« Matthes knallte ihnen zwei Gläser Kölsch auf den Tresen. »So, und jetzt Abmarsch. Der Stärkste ist immer Martin. Auch wenn man ihm das nicht ansieht. Passen Sie mal lieber auf, dass Sie ihm nicht im Dunkeln begegnen.«

Kapitel 36

Rosa löffelte geistesabwesend den Schaum vom Cappuccino und schob ihn sich in den Mund. Sie starrte auf ihre To-do-Liste, die mit »Brombeerhecke beschneiden« anfing und mit »Narzissenzwiebeln setzen« noch lange nicht endete. Ihr Plan für die letzten Tage im Schlossgarten war durchaus umfangreich. Herbst und Winter mussten vorbereitet, das Frühjahr wollte geplant werden. Rosa unterdrückte ein Gähnen. Es fiel ihr heute schwer, sich auf die grüne Zukunft zu konzentrieren, solange es in der Vergangenheit und Gegenwart noch dunkle Flecken gab. Zu viele Verdächtige tummelten sich in ihrem Kopf rund um den Mord an Bürgermeister Josef Breuer. Wenn es kein verpatzter Einbruch gewesen war, woran Rosa nicht glaubte, blieben die Indizien, die letztendlich alle Richtung Schloss führten. Und dort lagen noch immer die Löwenknochen im Kleiderschrank der Köchin, sofern Anna sie nicht entsorgt hatte, und erzählten von einem toten Dompteur und seinem Löwen. Nur leider nicht die ganze Geschichte. Rosa seufzte, als sich ein zartes Gebilde mit grünem Sahnekringel und Himbeere obendrauf vor ihre Augen schob.

»Windbeutel mit Pistaziencreme und Himbeerkern.«

Sarah stand vor ihr und holte Rosa mit ihrem Lächeln vom Gedankenkarussell. Und mit ihrer kleinen Köstlichkeit.

»Du siehst aus, als könntest du eine Aufmunterung gebrauchen. Was ist los, hat's dir die Petersilie verhagelt oder sind

Heuschrecken über die Rabatten hergefallen?« Die Bäckerin setzte sich zu Rosa, die ihr einen mutlosen Blick zuwarf.

»Ach, Sarah. Ich habe das Gefühl, ich stecke fest. Nicht mit der Gartenarbeit, das läuft. Aber mit unseren Toten.« Die Unzufriedenheit sprudelte aus Rosa heraus. »Ein Dorf und ein Schloss mit lauter Verdächtigen. Aber keine Beweise. Die Polizei hat auch nur die Tatwaffe, aber die Besitzer waren es vermutlich nicht. Sie hätten die Gelegenheit gehabt und die Waffe, aber ich möchte es ihnen einfach nicht anhängen. Und den Personen, denen ich es zutrauen würde, kann ich es nicht beweisen. Wie auch? Im Dorf bin ich nicht bei allen gerne gesehen, und mein Auftraggeber wartet darauf, dass ich die Arbeit in seinem Garten endlich abschließe.« Rosa zerteilte den Windbeutel mit der Gabel, sodass die Sahne hervorquoll, und probierte ein Stück. »Aber wie kann ich gehen, bevor ich nicht weiß, ob es die neuen Schlossbesitzer waren, die Josef Breuer ermordet haben. Und ob der tote Löwe ein Unfall oder kaltblütiger Vorsatz war. Verstehst du? Es geht mich eigentlich gar nichts an, aber der Garten ist mein Baby und das will ich nicht in einer mörderischen Umgebung lassen. Verrückt, oder?« Rosa lächelte Sarah verzweifelt an und nahm den nächsten großen Bissen samt Himbeerkern. »Hm, so lecker, dein Windbeutel. Ja, natürlich bin ich auch ein neugieriger Mensch und kann es kaum ertragen, dieses Rätsel nicht zu knacken.« Sarah legte Rosa ihre Hand auf den Arm.

»Ich verstehe dich sehr gut. Und ich bin mir sicher, dass du das Rätsel lösen wirst. Zumindest das um den toten Löwen. Vielleicht hilft dir das.« Sie zog einen Zettel aus ihrer Schürzentasche. »Es sieht so aus, als hätten wir sie gefunden, deine Seiltänzerin aus dem Zirkus früher.« Rosa blickte erstaunt von ihrem Windbeutel auf.

»Isadora«, las sie. »Ist sie das wirklich? Ihr seid unglaublich. Du und deine große, verstreute Familie! Oh mein Gott, Sarah, du rettest meinen Tag. Ich rufe sie gleich mal an.«

»Das musst du nicht. Sie ist auch gar nicht zu Hause. Isadora ist unterwegs nach Deutschland. Verwandtenbesuche, sie wird auch nach Bonn kommen. Hier haben wir eine große Community, weißt du. Isadora hat versprochen, in meinem Café vorbeizuschauen.«

»Dann können wir sie hier vernehmen. Ich meine natürlich, mit ihr sprechen. Vielleicht kann Moritz über sie schreiben. Es geht weiter, die Sache kommt ins Rollen! Sarah, wie kann ich dir nur danken?« Rosa fiel ihrer Konditorin in die Arme. Sie spürte neue Energie. Ein weiteres Puzzleteil würde das Bild von früher noch ein bisschen klarer machen. Die Lösung des Rätsels rückte in greifbare Nähe.

»Watt auch immer ihr jejessen habt, isch hätt gern dattselbe. Vielleicht klappt's dann ja auch bei mir endlich mit der großen Liebe.« Willy stand im Café und betrachtete amüsiert die beiden Frauen.

»Da du Liebe sagst, Willy, wenn wir jetzt noch Freiherrn Georg finden, dann können wir unsere ehemaligen Liebenden wieder zusammenbringen. Wer weiß, vielleicht stimmt die Chemie ja noch immer.«

»Wie romantisch!« Sarah sprang auf. »Ich kann auch Hochzeitstorten!«

»Ne Amerikaner würd mir grad reischen, aber danke.« Willy stiefelte zur Theke.

»Du hast ja recht, Willy, erst die Arbeit, dann die Nachforschungen. Der Schlossgarten muss langsam auf den Herbst vorbereitet werden. Bevor ich noch selbst im Herbst des Lebens stehe.« Rosa stand auf, fuhr sich durch die angegrauten

Haare, die mal wieder Farbe gebrauchen konnten, und dachte an Andy, den sie heute im Garten treffen würde und dessen Einladung sie noch immer nicht angenommen hatte.

»Watt heißt hier Herbst? Isch seh nur tiefsten Winter. Und wenn isch nisch gleich watt zu futtern krieje, fängt et an zu schneien.«

• • •

Nach dem Windbeutel und Sarahs guter Nachricht zum zweiten Frühstück war Rosa voller Tatendrang in ihren Mini gesprungen und zum Schloss gefahren, um den Garten so schnell wie möglich zu seiner Vollendung zu bringen. Zufrieden betrachtete sie jetzt den Rosengang. Nicht mehr lange und der ganze Rosengang würde geradezu königlich duften. *Wie gerne würde ich einmal den Palastgärtnern des neuen King Charles zuschauen, wenn sie den Park des Buckingham Palace bepflanzen*, dachte Rosa. Das war definitiv eines ihrer nächsten Reiseziele! Denn der weitläufige Garten war im Sommer für alle geöffnet und musste vor Wildblumen, Kamelien, Magnolien, Azaleen und Maulbeerbäumen nur so strotzen. Magnolien! Wie sie die Blüten im Frühjahr liebte! Die musste ihr Andy noch dringend besorgen, die würde sie als i-Tüpfelchen ins vordere Drittel des Gartens pflanzen, als Pendant zum geplanten Flieder auf der anderen Seite. Wo war Andreas überhaupt? Rosa hörte in weiter Entfernung die Motorsäge, er musste im hinteren Teil des Gartens beim Ausdünnen des Urwaldes sein. Und Moritz? Ihr Neffe wollte ihr heute helfen, den Komposthaufen, den sie weiter hinten im Garten gefunden hatte, umzugraben. *Keine schöne Arbeit, ist er deshalb verschwunden oder wollte er wirklich nur die Waschräume im Schloss aufsuchen?*

Rosas Gedanken kehrten ins britische Königreich zurück, wo sie zuletzt durch diesen wundervollen Garten gewandelt war, der zu Queen Mums kleinem Schlösschen an der schottischen Küste gehörte. Dort hatte sie auf der Bank gesessen, auf die Schmucklilien geblickt und sich selbst wie eine Königin gefühlt.

Mitten in Rosas blumige Erinnerungen platzten zwei Dinge gleichzeitig. Eine Gestalt erschien, aufgeregt winkend, auf der Terrasse, die sie mit zusammengekniffenen Augen schließlich als Moritz identifizierte. Während er ihr entgegenlief, bohrte sich ein lauter Schrei durch Büsche und Bäume in ihre Ohren. Das konnte nur Andy sein! Rosa lief los in die Richtung, aus der das Gepolter zu hören war, Moritz spurtete hinterher.

Sie fanden Andreas Krawinsky im hinteren Teil des Gartens auf dem Boden zwischen Blättern und Wurzeln. Er lag auf dem Rücken, ein gestiefeltes Bein hing noch auf der untersten Leitersprosse, während weiter oben einige der Sprossen fehlten. Er hielt sich den anderen Fuß.

»Mensch, Andy!« Rosa stürzte zu ihm. Ein Stöhnen entwich seinem Vollbart. Sein T-Shirt war hochgerutscht und gab den Blick auf einen leicht behaarten und trainierten Bauch frei. Rosa kniete sich neben ihn auf die Erde. »Was ist passiert, bist du von der Leiter gefallen? Tut dir was weh?« *An meiner Angewohnheit, in Ausnahmesituationen Fragen zu offensichtlichen Sachverhalten zu stellen, sollte ich dringend mal arbeiten.* Andy versuchte, sich aufzurichten. *Gott sei Dank ist er bei Bewusstsein*, fuhr es Rosa durch den Kopf.

»Verdammt, mein Fuß!« Während Moritz Andy stützte, versuchte Rosa, ihm den Stiefel vorsichtig auszuziehen. Andy stöhnte auf.

»Kannst du den Fuß bewegen?« Er schüttelte den Kopf und sah nicht glücklich aus. Einen Notfall wie diesen hatte Rosa in ihrer Zeit als Lehrerin nicht häufig gehabt. Beim Klassenfest in wilder Natur war ein Schüler mal in eine Glasscherbe getreten, ein anderer hatte sich mit sehr dick geschwollenem Finger gemeldet mit den Worten »Ich habe einen Stich«. Und eine Schülerin hatte sich einmal in ihrem Biologieunterricht übergeben, was vielleicht bloß am Film über Wattwürmer gelegen hatte, den sie gerade gesehen hatten, wahrscheinlicher war es das Mettbrötchen vom Bäcker nebenan gewesen. Und nicht zu vergessen Pittermännchens Bienengeschichte. Jedes Mal war Rosa klar gewesen: Sie hatte das Hütchen auf, sie war der Chef im Ring, sie musste sich kümmern.

»Moritz, du hast sicherlich dein Handy bei dir. Wir müssen einen Krankenwagen rufen.« Mit Notfallnummern hatte ihr Neffe mittlerweile Erfahrungen. Rosa nahm Andys Hand und drückte sie.

»Gleich kommt Hilfe. Mach dir keine Sorgen, das kann dem besten Gärtner passieren.« Aber Andy hörte ihr scheinbar gar nicht zu, sondern kniff vor Schmerz die Augen zusammen und wimmerte. Moritz joggte durch den großen Garten zurück zum Schloss, um den Krankenwagen zu empfangen und den Sanitätern den Weg zu weisen. Rosa vertrieb den Gedanken, was die Grafs wohl davon halten würden, dass es jetzt auch noch einen Unfall in ihrem Garten gab. Und wo waren eigentlich die Angestellten, wenn man sie einmal brauchte?

• • •

Als Rosa die Gärtnerei betrat, kam es ihr vor, als seien Tage vergangen und nicht nur Stunden. Durch die Glasscheibe sah sie

Moritz bei Sarah im Café sitzen, natürlich. Er hatte sich ausnahmsweise ein Taxi nehmen dürfen, während sie selbst hinter dem Krankenwagen ins Krankenhaus gefahren war. Koffein brauchte Rosa gerade mal nicht, sie hatte das Gefühl, noch immer unter Adrenalin zu stehen. Ein Schnaps zum Runterkommen war jetzt eher angebracht. Und ihre Lieben um sich herum. Roswitha, Willy und Archie trippelten aufgeregt hinter ihr her und bestürmten sie mit Fragen. Bis auf Archie natürlich.

»Wie geht es Andy, was sagt der Arzt, muss er operiert werden?«

»Wird Romeo wieder 'ne Maibaum stelle könne?«

Rosa ließ sich neben Moritz auf einen Stuhl fallen und hob Archie auf ihren Schoss. »Er hatte Glück. Wie es aussieht, sind die Bänder im Fuß und im Knie nur angerissen. Schmerzen hatte er trotzdem. Und einen ordentlichen Schock, würde ich sagen. Einfach von der Leiter zu rutschen, das ist ihm noch nie passiert.«

»Augen auf bei der Berufswahl. Singe Arbeitsmaterialien sollte man in Schuss halten.«

»Das war ja gar nicht seine Leiter.« Rosa winkte ab. »Andy hat sich die aus dem Schloss ausgeliehen, weil seine nicht mehr zu finden war. Verschwunden, gestohlen, einfach weg.«

»Du meinst«, Roswitha zog sich einen Stuhl heran, »die Leiter war manipuliert? Vielleicht waren ein paar Sprossen angesägt?« Verschwörerisch sah sie Rosa an.

Die zuckte mit den Schultern und streichelte mechanisch ihren Mops, der gähnte. »Oder sie war einfach nur alt, wie das ganze Schloss, das werden wir nicht mehr feststellen können. Ich muss die Grafs noch informieren, die waren gar nicht zu Hause. Und Martin und Anna wirkten irgendwie unbeteiligt, als der Krankenwagen kam. Als ob sie das gar nichts angeht.«

»Wie schrecklich. Ihr müsst dort aufhören. Wo soll das alles enden?« Roswitha drückte Rosas Arm.

»Na, da wo alles endet und anfängt. Inne Ääd!«

»Willy!«

»Biste bang, Liebschen? Dann solltet ihr Jefahrenzulage fordern. Dinge Gräfin mit dem Pistölschen müsste datt doch kennen. Mit ’nem appen Bein kann Romeo keene Bäume mehr ausreiße.«

Rosa liebte ihren Mitarbeiter, aber seine anschaulichen, wenn auch treffsicheren Bemerkungen, waren nicht in jeder Lebenslage gut auszuhalten. Sie seufzte.

»Sein Fuß wird erst mal ruhiggestellt, eine Operation ist bislang nicht nötig. Aber Andy wird die nächsten Wochen an Krücken laufen. Wenigstens waren die Jungs so gut wie fertig im Garten. Oh Gott!« Rosa schüttelte verzweifelt den Kopf. »Ich komme mir so schuldig vor. Ohne mich wäre er nie in diesem Unglücksgarten gelandet.«

»Voll aufs Föttche jelecht, datt Naturbürschchen.«

»Wir sollten ihm Blumen bringen.« Rosas Mutter sprang auf. »Ich habe noch Sonnenblumen da, da packe ich dir ein paar Gräser dazwischen.«

»Nimm lieber ’n Fläschchen Kölsch, besser jejen die Schmerzen.«

»Ich helfe dir bei den letzten Arbeiten im Garten. Das kriegen wir schon hin, Tantchen.« Moritz lächelte sie an. Dann fiel ihm etwas ein. »Das habe ich ja völlig vergessen. Es gibt auch good News. Als wir im Schloss waren, habe ich einen Anruf bekommen. Von der Leiterin eines Seniorenheims. Die hat meinen Artikel gelesen und weiß angeblich, wo der Freiherr ist.«

»Im Ernst? Wo denn?« Rosa sah überrascht auf.

»Das will sie mir nur persönlich verraten. Wir haben uns für morgen Mittag, zwölf Uhr, verabredet. An irgendeinem Feldweg. Sehr spooky. Moment, ich hatte es mir aufgeschrieben, wo habe ich den Zettel?«

»High noon. Datt kann ja heiter werden.«

»Ich komme mit. Da gehst du nicht allein hin.« Rosa sah ihren Neffen ernst an. »Warum tut sie so geheimnisvoll?«

»Sie wollte Geld. Ich habe einfach gesagt – geht klar. Wobei mein Chef grundsätzlich nie für Auskünfte bezahlt. Aber ich dachte, ich kann sie vielleicht auf ein Jahresabo unserer überregionalen Tageszeitung runterhandeln.«

»Könnt ihr nicht die Polizei mitnehmen? Wenigstens euer Pittermännchen, zum Schutz!« Roswitha sah besorgt aus.

»Ach, weshalb denn?« Rosa spürte, wie ihre Tatkraft zurückkehrte. »Wir sind am Freiherrn doch nur privat interessiert. Wenn er in der Vergangenheit etwas verbrochen hat, dann müssen wir ihm das erst mal nachweisen. Er ist ein alter Mann. Und die Stiftsleiterin ist vielleicht geldgierig, aber keine Profikillerin. Mit der werden wir schon fertig!« Archie gab ein bestätigendes Bellen von sich.

»Dein Wort in Gottes Jehörgang.«

Kapitel 37

»Die Kugel ist aus Blei. Moment, ich hab's mir notiert. Kaliber 8x57 JRS. Sie muss aus einer Drilling von Sauer & Sohn geflogen sein, mit übrigens 600 Metern pro Sekunde.« Karl am anderen Ende klang stolz. »Mein Freund aus dem Museum hat wiederum einen Kollegen, der sich mit alten Waffen auskennt …«

»Karl, bitte, dass unser Löwe erschossen wurde, dürfte ja klar sein, wenn eine Kugel im Knochen steckt. Aber was für eine Waffe ist denn dein Zwilling, nein Drilling …?«

Rosa sah Hilfe suchend zu ihrem Neffen Moritz auf dem Beifahrersitz rüber. Sie hatten ihren Ex-Kollegen gleich angerufen, nachdem sie ins Auto gestiegen waren. Aber bevor sie ihn über die aktuellen Geschehnisse informieren konnten, hatte auch Karl Neuigkeiten.

»Ein Drilling, meine liebe Rosa, ist ein Jagdgewehr. Mit der Patrone kannst du einen Löwen töten. Vermutlich hat die Kugel sein Herz und die Lunge zerstört und blieb dann in der Schulterschaufel stecken. Sagt mein alter Freund.«

»Ein Jagdgewehr passt doch zu diesem ollen Teppich, der im Eingang hängt«, meldete sich Moritz zu Wort.

»Dann gehörte die Waffe vermutlich dem Freiherrn.« Rosa schaltete einen Gang höher. »Schon wieder ein Hinweis, der zu ihm führt. Jetzt bin ich noch gespannter, was unsere Zeugin über ihn zu erzählen weiß.«

»Audaces fortuna adiuvat, ich hoffe für dich, liebe Rosa, dass den Mutigen heute das Glück hilft. Mir ist nicht wohl bei dem Gedanken, dass ihr ohne Schutz wildfremde Informantinnen trefft. Wenigstens hat es aufgehört zu regnen, was für ein Unwetter heute Nacht.« Karl klang aufgeregt am Telefon.

»Wir sind der Lösung auf der Spur, Karl. Vielleicht haben wir schon in wenigen Stunden Freiherrn Georg in seinem Seniorenstift gefunden und können ihn verhören.«

»Meinst du wirklich, der alte Adlige zieht aus der Ferne die Fäden?« Karl am anderen Ende klang unsicher.

»Warum nicht?« Rosa blieb zuversichtlich. »Vielleicht macht er mit seinen Angestellten gemeinsame Sache. Sie lassen die Grafs das Haus renovieren. Bis alles fertig ist, haben sie sie längst vertrieben durch sogenannte Unglücksfälle und kaufen am Ende das Schloss günstig zurück. Der Gedanke kam mir heute Nacht.« Rosa betrachtete mit einem Auge den Routenplaner auf Moritz' Handy, das er in einer Halterung an der Windschutzscheibe befestigt hatte.

»Das klingt mir nach einer gewagten These. Der Freiherr muss über achtzig sein.«

»Na und? Du bist doch auch schon im Ruhestand und mischt noch ordentlich mit. Und denk an Prinz Philip, der beinahe hundert wurde und bis kurz vor seinem Tod noch gearbeitet hat. Ganz zu schweigen von Queen Mum damals.«

»Und warum konnte euch diese Informantin nicht alles am Telefon sagen? Das kommt mir nicht geheuer vor. Sicherlich ist es eine von denen, die sich hervortun wollen, um in die Zeitung zu kommen. Moritz, pass mir gut auf deine Tante auf!«

»Na logo. Wir zwei werden mit der Chefin eines Altersheims schon fertig. Die will nur Geld.« Moritz grinste aufmunternd, als wollte er Karl durchs Telefon hindurch beruhigen.

»Avaritia prima scelerum mater.«

»Hey, du Sackgesicht, geht's dir zu gut?«, schrie Rosa und stieg auf die Bremse, als ein Lieferwagen aus einer Seitenstraße preschte.

»Ich wollte dich nur erheitern«, meldete sich Karl am anderen Ende des Telefons ein wenig pikiert. »Aber wenn du willst, bin ich sofort mit meinem Latein am Ende, sozusagen.«

»Ach, Karl, entschuldige, dass die Habsucht die Mutter aller Verbrechen ist, wissen wir. Hier hat uns gerade so ein Verrückter die Vorfahrt genommen. Was hat der hier so zu rasen?« In dem Moment vermeldete das Navigationssystem, dass sie in fünfhundert Metern ihr Ziel erreicht hatten. Rosa bog von der Landstraße in eine Sackgasse ab, rechts und links stand der Mais hoch in den Feldern. »Hier geht's zum Friedhof, sehr merkwürdig.«

»Wenn das mal kein schlechtes Omen ist. Warum empfängt euch die Dame nicht in ihrem Altersheim? Was für eins soll das überhaupt sein? Ich möchte nicht prahlen, behaupte aber, inzwischen alle Seniorenstifte im Umkreis von hundert Kilometern zu kennen. Und dort, wo ihr gerade rumkurvt, ist keins, das haben meine Nachforschungen zumindest ergeben.«

»Ach, Karl«, unterbrach Rosa ungeduldig ihren alten Freund. »Wenn wir uns direkt in ihrem Heim treffen würden, müsste sie uns ja nicht mehr verraten, wo es ist. Das wird sie uns hoffentlich gleich sagen können. Und in welchem Appartement Freiherr Georg sitzt. Dann dauert es nicht mehr lange und wir treffen ihn, den möglichen Kopf hinter all den Verbrechen.«

• • •

Rosa und Moritz hielten auf dem kleinen Parkplatz neben dem Friedhof. Fast tat es Rosa leid, dass sie ihren Mops nicht mitgebracht hatte. Archie hätte es gefallen, durch die Felder zu springen und am Wegesrand sein Bein zu heben. Aber sie war sich am Morgen nicht sicher gewesen, wie sich die Leiterin eines Seniorenstiftes mit einem Mops vertrug. Archie war zwar die Liebenswürdigkeit in Hund, aber nicht jeder Mensch mochte Tiere.

»Ich kann niemanden sehen. Kein Wunder, bei dem Wetter. Schade, ich hatte gehofft, wir könnten unser Treffen in etwas belebterer Umgebung abhalten.«

Moritz lachte beim Aussteigen. »Du meinst, mit den drei Besuchern irgendwo auf dem Friedhof fühlst du dich sicherer? Die Toten können uns nicht mehr helfen.«

»Sollen wir die Nummernschilder der Autos fotografieren? Für alle Fälle?« Nur wenige Kleinwagen standen mitten in der Woche um diese Uhrzeit auf dem Parkplatz des Friedhofs, der von Feldern umgeben war. Auf einer Seite erahnte Rosa Wald, auf der anderen begann hinter dem Feld ein Wohngebiet. Moritz sah seine Tante überrascht an, tat dann aber, was ihr in den Kopf gekommen war.

»Die meisten haben ein Bonner Kennzeichen, nur eins hat GM. Das dürfte Gummersbach sein, noch hinter Bergisch Gladbach.« Sie verschlossen das Auto und suchten den Weg, den die Stiftsleiterin beschrieben hatte.

»Sie sagte extra noch, nicht auf den Friedhof gehen, sondern seitlich entlang, es gäbe nur einen Weg durch die Felder. Wir würden das Wegekreuz dann schon sehen.« Moritz versuchte sich auf seiner Karte im Handy zu orientieren. »Hier geht's lang.« Rosa hielt sich ihre Handtasche schützend vor den Bauch. *Vielleicht sind wir doch zu leichtsinnig, uns im Nir-*

gendwo mit einer Fremden zu treffen. Nicht mal Pfefferspray habe ich dabei. Und wieso musste ich Moritz mit hineinziehen? Rosalinde, das ist unverantwortlich! Während sich Rosa im Geiste Vorwürfe machte, näherten sie sich dem großen Kreuz, das tatsächlich schon von Weitem sichtbar war.

»Echt krass, dass sich die Frau hier mit uns treffen will.«

»Hast du Angst? Das nennt man wohl investigativen Journalismus«, lenkte Rosa von ihrem eigenen Unbehagen ab. »Also ich find's aufregender als jeden Aufklärungsunterricht der vergangenen Jahre«, redete sie sich Mut zu. »Ich glaube, das Aufregendste, was ich als Lehrerin erlebt habe, war, als Timo, der Schönling aus der 10b, rausgefunden hat, dass er was mit beiden Zwillingen von den Schröders hatte.« Sie hakte sich beim grinsenden Moritz ein und war froh, nicht allein unterwegs zu sein.

»Habe ich dir schon gesagt, wie stolz ich auf dich bin? Du wirst ein richtig guter Journalist, glaube ich.«

»Ach, Tantchen.«

»Nenn mich nicht Tantchen, wenn du in deinem Leben noch einmal ein solches Kompliment hören willst.« Sie näherten sich der Wegegabelung mit dem großen Steinkreuz. Auf der Bank daneben saß eine Person.

»Wie heißt deine Stiftsleiterin eigentlich?« Rosa senkte die Stimme.

»Ihren Namen hat sie mir nicht genannt, sonst hätte ich ja rausfinden können, in welchem Heim sie arbeitet.« Sie traten an die Bank heran.

»Hallo, entschuldigen Sie.« Die Person auf der Bank bewegte sich nicht. Ihr Kopf hing ihr auf die Brust, neben ihr stand ihre große Tasche. Die kurzen grauen Haare verrieten, dass sie schon älter war.

»Die ist eingepennt.« Moritz streckte den Arm nach ihr aus, doch Rosa hielt ihn ab.

»Nicht. Da!« Sie zeigte vorsichtig auf den Hals der Frau, auf dem seitlich rote Striemen zu sehen waren. Moritz zuckte zurück. Rosa näherte sich vorsichtig und legte der Frau zwei Finger an die Stelle, die ihr altes Menschenkundebuch als Halsschlagader bezeichnet hatte. Als sie nichts spürte, zog Rosa ihren Taschenspiegel aus der Handtasche und hielt ihn der Frau unter die Nase. Schließlich stupste sie ihr einen Finger in den Oberarm. Keine Reaktion.

»Ich fürchte, wir kommen zu spät.« Trotz ihres Schreckens versuchte Rosa sachlich zu klingen. »Wenn das deine Stiftsleiterin ist, dann ist sie tot. Ich meine natürlich, auch wenn sie es nicht ist, ist sie tot. Aber warum sollte hier jemand einfach so tot sitzen, wenn nicht die Stiftsleiterin?«

Moritz schaute sie entgeistert an und stammelte dann: »Soll ich jetzt wieder die Polizei rufen?«

»Warte noch kurz. Auf eine Minute mehr oder weniger kommt es jetzt auch nicht mehr an, tot ist sie ja schon.« Rosa atmete einmal tief ein und aus und betrachtete dann den Hals der Toten aus der Nähe.

»Das sieht mir nach Strangulation aus. Den Flecken nach zu urteilen eher nicht mit dem Seil erdrosselt, sondern mit bloßen Händen erwürgt.« Sie richtete sich auf und sah Moritz triumphierend an. Der wirkte blass.

»Wenn jemand sie umgebracht hat, und danach sieht es aus, dann muss er oder sie noch mehr Spuren hinterlassen haben. Sieh dich um, ohne etwas anzufassen oder kaputt zu treten. Vielleicht hat der Täter oder die Täterin etwas verloren.«

»Du liest wirklich zu viele Krimis«, murmelte Moritz, senkte seinen Blick dann aber doch Richtung Boden. »Ich sehe nix.«

»Vermutlich hat der Mörder sie überrascht. Vielleicht kam er von hinten. Sieh mal, um die Bank herum ist das Gras niedergetrampelt. Da waren wir nicht. Und hier weiter hinten im Feld in der Erde – sieht aus wie ein Fußabdruck. Und was für ein schöner.«

»Das ist wahrscheinlich unser eigener.« Moritz stand steif in der Landschaft, als habe er Angst, irgendetwas am Tatort zu verändern.

»In diesen Matsch bin ich ganz bestimmt nicht gestiegen. Zeig mal deine Sneakers.« Rosa ließ sich die Sohle von Moritz' Turnschuhen zeigen. »Viel zu wenig Profil. Und ich trage heute Absatz. Genau wie die tote Frau.« Rosa kniete sich vor der Unbekannten hin. »Die hat außerdem sehr kleine Füße. Nein, das ist nicht ihr Abdruck. Moment.« Sie kramte in ihrer Handtasche, bis sie fand, was sie suchte.

»Wusste ich doch, dass es noch da ist.«

»Du hast ein Geodreieck in deiner Handtasche?« Moritz sah aus als könne er einen Schluck Wasser gebrauchen.

»Das sollte jeder immer dabeihaben. Habe ich Emilia in einer der letzten Stunden abgenommen, weil sie nicht aufhörte, Ole damit zu piesacken. Eins von den schicken großen mit Holzgriff. Ihr Vater ist Architekt, gar nicht geeignet für den Schulunterricht. Muss ich wohl vergessen haben zurückzugeben.«

Sie lächelte eine Entschuldigung in Richtung ihres Neffen und hielt das Geodreieck an den Fußabdruck in der Erde. »Genau eine Geodreiecks-Länge, circa 26 Zentimeter. Ordentlicher Durchschnitt, würde ich sagen. Sehr ausgeprägtes Profil. Du kannst gleich mal im Internet recherchieren, welcher Schuhgröße das entspricht. Oder wir rufen bei Köchling im Laden an.«

»Vielleicht war das einfach nur ein Bauer bei der Arbeit.« Moritz wirkte ratlos.

»Dann wären hier doch so was wie Treckerspuren, oder glaubst du, dass ein Bauer zu Fuß aus dem Ort kommt?« Rosa hatte sich gefasst und ihr imaginäres Sherlock-Holmes-Hütchen aufgesetzt. »Du machst Fotos von allem, ja?«

Ihr Neffe musste beschäftigt werden, sonst klappte er ihr noch zusammen. Sie stieg weiter durchs Unkraut, das noch immer feucht von den nächtlichen Unwettern war. »Diesen Weg könnte der Täter oder die Täterin genommen haben.« Sie deutete durchs Feld. »Von der Bank aus würde man nicht sehen, wenn sich von hinten jemand anschleicht. Schau mal, hier liegt etwas.« Rosa hielt inne und bückte sich. Moritz kam dazu. »Nicht anfassen, nur gucken.« Ein Zettel steckte zwischen den Gräsern. »*Damit's läuft wie das Bier: Wählt Matthias Ludwig zum Bürgermeister*«, entzifferte Rosa. »Das ist der Werbezettel für die Bürgermeisterwahl in Kappeshoven!«

»Aber die ist doch schon vorbei.« Moritz sah sie fragend an.

»Erzähl das dem Zettel, du Schlaumeier. Was hat die Werbung von diesem schmierigen Brauereibesitzer Ludwig auf einem Feld in der Nähe einer Toten zu suchen? Fern seines Wahlkreises.«

»Den kann doch jeder verloren haben. Der scheint sie großflächig verteilt zu haben. Ist einem Friedhofsbesucher vielleicht aus der Tasche gefallen oder steckte am Scheibenwischer und ist dann hierher geflogen.«

»Ja, das könnte sein.« Rosa richtete sich auf. »Aber eins ist merkwürdig. Der Zettel ist trocken. Als wäre er gerade eben erst hier gelandet. Würde er schon länger hier liegen, müsste er durchweicht und nass sein nach dem Regen. Wenn du mich fragst: Den hat der Mörder oder die Mörderin verloren.«

»Dann sollte ich wohl jetzt die Polizei rufen.«

»Momentchen noch. Eins müssen wir noch klären.«

»Was?« Moritz schaute sie ängstlich an, sein Smartphone in der Hand. Rosa lief zurück zur Bank mit der Toten.

»Na, wir wissen immer noch nicht, ob das unsere Stiftsleiterin ist und wie sie überhaupt heißt.« Sie schaute sich die Frau genau an, ihr Blick fiel auf die große Handtasche neben der Leiche.

»Du willst doch nicht … Wir müssen warten, bis die Polizei kommt.« Rosa wischte Moritz' Einwand beiseite und öffnete erneut ihre eigene Handtasche. »Wie gut, dass ich so selten hier drin aufräume.« Sie fand ein älteres Hustenbonbon, das sie Moritz zuwarf, und zog die dünnen Gartenhandschuhe raus, die ihr die Schüler zum Abschied geschenkt und die sie noch nie benutzt hatte. Bis heute. »Zum Umgraben waren die mir immer zu schade, aber hierfür sind sie genau richtig.« Sie zog sich die Handschuhe über und öffnete dann vorsichtig die Tasche der fremden Frau. Nach einem kritischen Blick ins Innere fasste sie vorsichtig die lange, schwere Brieftasche mit zwei Fingern an und holte sie heraus. Sie löste den Druckknopf und schaute hinein. Im Seitenfach fand Rosa, was sie suchte. »Komm her mit deiner Kamera.« Langsam zog sie den Personalausweis der Toten aus der Geldbörse, den sie auch nur vorsichtig am Rand anfasste. »Lies vor, die Schrift ist mir ohne Lesebrille zu klein.«

»Stocklhuber«, las Moritz, »Gerlinde Ursula. 30. November 1958. Ah, ich glaube, sie ist, äh, war Schütze, das wird Oma interessieren.« Ihr Neffe schien seinen Humor wiedergefunden zu haben.

»Okay, das reicht.« Vorsichtig schob Rosa den Personalausweis wieder in sein Fach, schloss die Börse und legte sie zurück in die Handtasche. Als sie sicher war, dass alles so war, wie sie es vorgefunden hatten, zog sich Rosa die Handschuhe von den Fingern und sagte: »So, jetzt kannst du die Polizei rufen.«

• • •

Die Polizei kam wieder zu zweit, und Rosa war froh, dass diesmal nicht ihr Pittermännchen Peter Klein dabei war. Sonst hätte der seine ehemalige Lehrerin bald selbst verdächtigt, sämtliche Morde in der Umgebung begangen zu haben. Schrecklich genug, dass es in ihrer Anwesenheit schon wieder eine Leiche gab. Rosa wurde den Gedanken nicht los, dass sie es war, die die Sterblichkeitsrate der Umgebung beeinflusste, auch wenn sie natürlich niemanden umbrachte. Ein ungutes Gefühl.

Der Notarzt kam fast zeitgleich mit den beiden Polizisten am Tatort an. Letztere zogen sich nun ihrerseits durchsichtige Plastikhandschuhe an und untersuchten vorsichtig die Frau und die nähere Umgebung. Der Notarzt bestätigte ihren Tod. Dann holte einer der Polizisten Flatterband aus ihrem Auto, das sie in einigen Metern Entfernung neben dem Wegekreuz geparkt hatten. Während der jüngere Kollege versuchte, den Tatort abzuriegeln, indem er das Band um Kreuz und Bank wickelte und dann nach weiteren Bäumen zur Befestigung suchte und dabei unbeholfen in die Brennnesseln stieg, nahm der ältere Schnauzbartträger Moritz und Rosa zur Seite und notierte sich ihre Personalien.

»Mein Neffe und ich stehen Ihnen natürlich weiterhin zur Verfügung, aber wir haben uns hier nur die Füße vertreten.« Bevor Moritz ausplaudern konnte, warum sie wirklich hier waren, ergriff Rosa das Wort. Sie verabscheute es zu lügen, aber jetzt eine Geschichte von Löwen, Dompteuren und Freiherren zu erzählen, kam ihr doch seltsam vor. Außerdem würde es zu lange dauern. Zeit, in der sie den Täter oder die Täterin finden mussten.

»Wir wollten eine alte Bekannte auf dem Friedhof besuchen, haben sie aber nicht gefunden. Deshalb sind wir noch ein paar Schritte gegangen, mein Neffe und ich. Liesel Schmitt hieß sie, ich hatte sie 1964 im Urlaub auf Baltrum kennengelernt, wo wir feststellten, dass wir beide aus Bonn kommen. Oder war es 1965?« Sie schaute ihren Neffen an, der irritiert mit den Schultern zuckte. »Na ja, sicherlich wollen sie uns zur Vernehmung aufs Revier zitieren, oder Herr Wachtmeister? Wie aufregend! Ich wollte schon immer mal sehen, wie die Polizei arbeitet.« Es sprudelte nur so aus Rosa heraus, sie war selbst ziemlich beeindruckt von ihrer Darbietung.

Der Schnauzbärtige räusperte sich. »Richtig, wir nehmen Sie gleich kurz mit auf die Wache, da fertigen wir ein Protokoll an und nehmen Ihre Fingerabdrücke. Wenn nichts gegen Sie vorliegt, dürfen Sie gehen. Hier kommt gleich eh die Spusi, da stören wir nur.«

»Die Susi?« Rosa tat, als wüsste sie nicht, was das bedeutet, Moritz konnte ein Lachen kaum unterdrücken.

»Spusi, Spurensicherung, der Erkennungsdienst. Die suchen hier nach Hinweisen auf den oder die Täter. Vielleicht finden sie Fingerabdrücke, deshalb brauchen wir Ihre, zum Abgleich, nicht dass Sie für die Täterin gehalten werden.« Der ältere Polizist lächelte Rosa wohlwollend an. »Aber keine Sorge, das geht schnell.«

»Dann fahren wir in einem echten Polizeiauto, das wollte ich schon immer«, raunte Rosa verschwörerisch dem Beamten zu. »Sie suchen doch bestimmt noch das Auto der Toten und interviewen die Friedhofsbesucher, ob die etwas mitbekommen haben, oder? Ich schaue schließlich jeden Sonntag *Tatort*!«

»Das nennen wir vernehmen«, sagte der Polizist eifrig. Er war in seinem Element. »Na, wir sehen, was wir tun können. Jetzt kommen Sie mal mit, bevor es hier trubelig wird und die Presse davon erfährt.«

Kapitel 38

Als Rosa und Moritz später am Nachmittag zurück in die Gärtnerei kamen, wurden sie stürmisch von Archie begrüßt. Aber Rosas Blick blieb nicht lange an seinem wedelnden Ringelschwänzchen und vor Freude sabbernden Maul hängen, sondern an dem Hund daneben. Ein Pudel. Ein Königspudel aus Porzellan, der genauso aussah wie der Pudel aus dem Haus von Daniela Breuer.

»Mama? Wo habt ihr dieses Tier her?« Rosas Mutter trippelte aus der Gärtnerei in den Verkaufsraum.

»Ja, ist hässlich, finde ich auch. Willy hat den mitgebracht.« Aufs Stichwort stand der älteste Mitarbeiter Bonns in der Tür.

»Höre isch da meinen lieblischen Namen?«

»Willy, wo hast du dieses Ungeheuer in Porzellan her? Das stand doch letztens noch im Haus von Josef und Daniela Breuer oder täusche ich mich?«

»Dem toten Bürgermeister?« Roswitha riss die Augen auf. »Dann hat das Tier aber keine guten Energien.«

»Na, aus dem Laden für Stehrümchen. Antiquitäten, war nisch teuer. Isch hätt jedacht, datt Archie braucht ene Fründ, wenn der hier so lang allein is. Isch kann misch ja auch nisch immer kümmern. Und Roswitha hätt ene jude Ersatz für Willy junior, der über die Wupper jejangen is. Is janz pflejeleischt, datt Tierschen.« Willy tätschelte den Porzellanpudel. Er sah sie selbstzufrieden an.

»Ich muss mit Daniela reden.« Rosa hielt mit ihren Streicheleinheiten für Archie inne und richtete sich auf. »Wenn das wirklich ihre Figur war – warum verhökert die Witwe so zügig ihren Hausstand? Ich weiß, es ist ihr gutes Recht, die Sachen ihres Mannes zu verkaufen, vor allem die hässlichen ...«

»Watt denn, ihr mögt Lisbeth nisch?«

»Wenn du die kleine Schwester von Archie meinst, die Zweitgeborene von Prinz Harry – die heißt Lilibet.«

»Ooch joht. Archie hebt auch nischt mehr sein Bein an ihr, seitdem er weiß, datt et quasi singe Schwester is.« Rosa seufzte und lotste ihre Mitarbeiter ins Café nebenan. »Ich brauche jetzt erst mal einen Kaffee.« Ihre Mutter trippelte hinterher.

»Meinst du, das war ihr Plan – den Ehemann loswerden und das Haus übernehmen? Dann war sie die Täterin?«

»Ich weiß es nicht, Mama. Aber ich wollte eh demnächst ihren Garten vermessen, dann könnte ich unauffällig nachhören, was hinter ihrem Ausverkauf steckt. Vielleicht willst du ja mitkommen, Willy.« Rosa ließ sich auf einen Stuhl fallen.

»Sieht se juht aus?« Willy setzte sich neben sie.

»Das tut jetzt wirklich nichts zur Sache. Wir müssen euch etwas erzählen, Moritz, sag du es ihnen.« Ihr Neffe, der gerade der hübschen Konditorin Sarah zur Hand gehen und dabei unauffällig ihre Nähe suchen wollte, setzte sich auch erst mal.

»Na gut, machen wir es kurz. Die Stiftsleiterin, die sich bei mir gemeldet hatte, weil sie angeblich weiß, wo der Freiherr ist, die ist tot. Wir haben sie gerade am Treffpunkt gefunden. Als wir kamen, saß sie auf der Bank im Feld neben dem Wegekreuz.« Moritz ahmte die Stellung der Toten nach.

»Oh nein.« Roswitha schaute ihre Tochter ängstlich an. »Ich hatte gleich so ein ungutes Gefühl bei der Sache. Hat sie der Schlag getroffen?«

»Sie wurde eher erwürgt.« Moritz griff sich an seinen Hals. »Ganz rote Striemen überall. Ich rufe gleich mal meine Redaktion an, fehlt nicht mehr viel, und ich schreibe nur noch Todesanzeigen. Oder ich komme groß raus als der Journalist, der schon vorher weiß, wo ein Mord stattfindet. Immer der Erste am Tatort.« Er holte sein Handy aus der Hosentasche.

»Da war aber einer flottikowksi.« Jetzt hatte auch Willy das Ermittlungsfieber gepackt. »Wahrscheinlisch hat euch der Mörder überholt und ihr habbet nisch jemerkt.«

Während Archie sich über die Schüssel Wasser freute, nahm Rosa dankbar den Cappuccino entgegen, den Sarah ihr brachte, ohne dass sie ihn hatte bestellen müssen. Dazu reichte sie ein Tellerchen mit bunten Macarons.

Nachdenklich blickte Rosa zu Willy. »Jetzt fällt es mir wieder ein, da war tatsächlich ein Lieferwagen, der uns fast ins Auto gefahren wäre. Ob da der Mörder drinsaß?«

Moritz mischte sich ein. »Warum sollte jemand eine Heimleiterin umbringen?«

»Vielleischt hat die im Heim die Leckerschen verboten.«

Rosa haute kurz auf den Tisch, um in Ruhe denken zu können. Ihre eigene Familie war ja schlimmer als eine ganze Schulklasse kurz vor den Sommerferien. »Entweder ist ihr jemand gefolgt, oder der Täter oder die Täterin wusste, wo sie zu finden ist. Moritz, als du den Anruf von ihr bekamst und die Adresse notiert hast, wo warst du da?«

»Na, im Schloss. Ich kam gerade vom Klo, als mein Handy klingelte.«

»Keine Einzelheiten. Hast du dir die Adresse aufgeschrieben und den Zettel liegen gelassen?« So erschöpft Rosa von ihren mittäglichen Erlebnissen war, jetzt kam wieder Leben in sie.

»Nein«, Moritz klang empört, »den habe ich natürlich mitgenommen. Aber wenn ich drüber nachdenke …«

»Übernimm disch mal nisch.«

»Es könnte sein, dass ich die Adresse am Telefon noch mal laut wiederholt habe. Die Verbindung war so schlecht.«

»Dann hätte also jeder, der gerade im Schloss war, zuhören können.« Moritz zuckte kleinlaut mit den Schultern.

»Christopher Graf sah ich gerade noch in seinem Salon verschwinden, mit einer Frau mit langen, grauen Haaren, ich glaube, das war die Lenz.«

»Elisabeth Lenz war im Schloss? Warum das denn?«

»Keine Ahnung, vielleicht braucht sie neue Mitglieder für ihren Club.«

»Also fassen wir zusammen.« Rosa schaute in die Runde erwartungsvoller Gesichter. »Entweder ist der Mörder unserer Leiterin vom Heim aus gefolgt, weil er beruflich oder persönlich etwas gegen sie hatte. Oder wir haben ihn sozusagen mit angeschleppt. Er ist uns beim Treffen zuvorgekommen, weil er verhindern wollte, dass die Frau verrät, wo sich Freiherr Georg zu Loewenstein aufhält.«

»Der aale Mann will nisch jefunden werden. Vielleischt hat er ja selbst den Mörder jeschickt.«

»Ich sollte dir endlich dein Horoskop erstellen, Rosa. So viel Tod neuerdings in deinem Leben, das ist doch nix.«

»Danke, Mama. Aber erst mal werden wir den Freiherrn suchen. Moritz hat eben schon im Auto recherchiert. Die Tote hieß Gerlinde Stocklhuber und hat ein Seniorenheim im Bergischen Land geleitet. Dann war das wahrscheinlich ihr Auto mit dem Kennzeichen für Gummersbach.«

»Ach Jott, da möschte man auch nicht tot überm Zaun hängen.«

»Tut sie auch nicht, Willy.« Rosa konnte sich nicht zwischen einem rosa und einem braunen Macaron entscheiden. »Jetzt liegt sie tot in der Kältekammer der Bonner Rechtsmedizin.«

»Ihr wollt doch da nicht hinfahren!« Roswitha schaute Rosa mit aufgerissenen Augen an und mopste sich das runde Gebäck in Grün.

»Wenn du die Rechtsmedizin meinst, Mama, nein. Zum Freiherrn – ja. Jetzt haben wir endlich seine Adresse. Ich dachte, ich nehme Karl mit. Der fällt in einem Altersheim nicht so auf.«

»Danke, Liebschen, wir sind natürlisch viel zu jung dafür.«

»Und er kann sich benehmen.«

»Ich gebe euch Blumen mit, dann lassen die euch bestimmt rein.«

»Datt Gerbera hält watt aus.«

Rosa schlürfte den Milchschaum von ihrem Cappuccino ab. »Gute Idee, ihr Lieben. Aber zuerst sollte ich mit meinen Auftraggebern sprechen, die haben sich noch gar nicht zu Andys Unfall geäußert, falls sie den überhaupt mitbekommen haben. Apropos Andy – den muss ich auch endlich mal besuchen.«

»Hat der nisch den Fuß in Jips?«

»Ja, und?«

»Auf einem Bein pussiert et sisch janz schlecht.«

• • •

Ihr Kofferraum war voller Pfingstrosenstauden, als Rosa am Nachmittag Richtung Schlossgarten fuhr. Jetzt war die richtige Zeit, sie in die Erde zu bringen. Mit Andy hatte sie kurz telefoniert und sich das Okay geben lassen, in seiner Baumschule die Pflanzen abzuholen. Die Pfingstrosensträucher hinter der

Gärtnerei konnte sie nicht ausbuddeln, die brauchten sie für den Schnittblumenverkauf im Frühjahr. Andy ging es besser, was Rosa sehr erleichterte. Gerne hatte sie zugesagt, ihn so langsam mal wirklich zu Hause zu besuchen. Sie freute sich jetzt schon darauf, ein paar Stunden lang nur über Pflanzen, Blüten und Früchte zu sprechen. Weniger über Schädlinge. Schädlinge, die Unruhe und Tod in die heile Welt der Gärten brachten. So ein Schädling, wie er sich im Schloss eingenistet hatte. Im übertragenen Sinne natürlich, gegen Schmarotzer in Gestalt von Raupen, Schnecken und Würmern fühlte sich Rosa gewappnet. Andy war sich am Telefon sicher gewesen, dass die tote Stiftsleiterin im Zusammenhang mit den Vorkommnissen im Garten stand. Dort liefen die Fäden zusammen, Rosa wusste nur noch nicht, wer sie in der Hand hielt.

Als sie in die Auffahrt zum Schloss einbog, nahm sie sich vor, direkt das Gespräch mit den Besitzern zu suchen. Laura und Christopher Graf mussten endlich über Andys Unfall in ihrem Garten unterrichtet werden. Und am besten auch über die tote Gerlinde Stocklhuber.

Während Archie durch den Garten tobte, war Rosa fleißig. Als die Pfingstrosen zwischen Terrasse und Obstbäumen ihren Platz gefunden hatten, genau wie ein paar Blumenzwiebeln, aus denen Krokus und Schneeglöckchen im nächsten Jahr erblühen würden, sammelte Rosa noch schnell Fallobst auf und pflückte ein paar der reifen Früchte. Wenn sich der Pflaumenwickler nicht über das lila Obst hergemacht hatte, konnte Anna daraus noch Zwetschgenmus oder Zimtpflaumen machen. Zu Milchreis oder Pfannkuchen waren die der Hit. Doch nun sollte sie dringend Laura und Christopher Graf suchen. Rosa packte ihr Werkzeug zusammen und machte sich über die Terrasse auf den Weg ins Schloss.

Anna war die Erste, der sie begegnete. Aufgeregt lief die Köchin durchs Haus und murmelte vor sich hin. »Ach Jott, ach Jott, immer diese Aufregung. Das ist doch nichts für den Blutdruck. Und wenn jetzt auch noch dem Baby was passiert – das Haus ist verflucht, und ich muss hier arbeiten!«

»Anna! Könnte ich Sie kurz sprechen?« Aber Anna Wernig war schon vorbeigelaufen und hatte mit erhobenen Händen gerufen:

»Isch hab Essen auf dem Herd. Jeden Tag zwei Mal warm, da wird man doch bekloppt. Die denken wohl, im Salat ist Gift, wo soll das nur alles hinführen, ach Jott, ach Jott.« Sie verschwand in der Küche. Rosa fand Christopher Graf im Salon, wo er über Papieren saß. »Störe ich?« Sie lugte vorsichtig in den Raum. Er schaute hoch. »Ach, Frau Reich.« Als hätte Rosa in seinen müden Augen das Fragezeichen gelesen, entschuldigte sie sich für ihre Anwesenheit. »Wir sind im Garten so gut wie fertig. Ich werde noch einmal wiederkommen, um alles winterfest zu machen und den Flieder und eine Magnolie zu pflanzen, dann haben Sie endlich Ihre Ruhe.«

»Danach sieht es nun nicht gerade aus.« Er klang verzweifelt, von seinem sonst so jugendlichen Elan war nichts zu spüren.

»Geht's Ihnen gut? Wo ist denn Ihre Frau?« Rosa setzte sich zu ihrem Auftraggeber und betrachtete möglichst unauffällig seine Schuhe. Die Mokassins, die er heute trug, sahen riesig aus und kamen Rosa größer vor als die sechsundzwanzig Zentimeter auf ihrem Geodreieck.

»Gar nichts ist gut. Die Rechnungen werden nicht weniger, aber wenn's nur das wäre. Es ist, als ob das Haus gegen uns ist. Als ob es uns loswerden will. Erst die Probleme mit dem Essen, Anna beteuert, dass sie nichts anderes reingetan hat als sonst, aber ständig ist uns schlecht. Dann kamen einige Handwerker nicht mehr und haben behauptet, wir würden ihre Werkzeuge stehlen. Lächerlich! Und jetzt fängt Anna auch schon an.

»Womit?« Rosa sah Christopher Graf neugierig an.

»Sie behauptet, es gehe hier nicht alles mit rechten Dingen zu. Sie vermisst Sachen aus der Küche, und dann fällt auch noch ein Ziegel vom Dach, gerade als meine Frau auf der Terrasse war.«

»Was?« Rosa durchfuhr ein Schrecken. »Ist Ihrer Frau etwas passiert? Und dem Baby?«

»Nein«, er schüttelte den Kopf. »Sie hat sich nur erschrocken, aber so was ist doch nicht gut fürs Kind. Der Arzt sagte zwar, es ist alles okay, aber ich habe sie erst mal zu ihrer Schwester nach Köln geschickt.«

»Und dass mein Kollege Andreas Krawinsky von der Leiter gefallen ist, haben Sie sicherlich auch schon gehört. Ich wollte es Ihnen eher sagen, aber da kam noch, äh, was dazwischen.«

»Ich hörte davon. War das ein Betriebsunfall? Passiert so was öfters?«

»Na ja, es war nicht seine eigene Leiter, die war aus dem Auto verschwunden. Es war die Leiter, die hier im Keller des Schlosses stand. Da waren wohl einige Sprossen nicht in Ordnung.«

Christopher Graf vergrub sein Gesicht in den Händen. »So langsam wird mir das alles zu viel. Ich überlege ernsthaft, das Schloss wieder abzustoßen. Wir wollen, dass unser Kind in Frieden aufwächst und nicht in ständiger Gefahr lebt.«

»Nein!« Rosa setzte sich auf. »Dann wäre doch alles umsonst.«

»Ein neuer Besitzer weiß Ihre Gartenarbeit sicherlich genauso zu schätzen wie wir. Wir bezahlen Sie ja …«

»Darum geht es nicht.« Rosa wurde aufgeregt. Dass die Besitzer jetzt aufgeben wollten, passte ihr so gar nicht. »Wir, also ich meine, meine Mitarbeiter und ich, wir haben uns im Dorf umgesehen, und ich habe den Eindruck, als ob ein Geheimnis verschwiegen wird, dass etwas im Gange ist, jemand besser gesagt.«

Dass es noch eine tote Stiftsleiterin als i-Tüpfelchen auf dem ganzen Unglückshaufen gab, auf dem Christopher Graf gerade saß, verschwieg sie vorerst lieber. »Geben Sie uns noch eine Woche. Ich bin mir sicher, alles klärt sich bald auf, und der Spuk hat ein Ende.«

»Wie wollen Sie das anstellen?« Christopher Graf blickte sie kritisch an. Müde und um Jahre gealtert sah er aus, dachte Rosa, aber kein Wunder, neben all der Aufregung wurde er ja auch noch Vater.

»Wir haben den Freiherrn gefunden. Ich bin mir zumindest ziemlich sicher. Wir müssen nur noch hinfahren und ihn zur Rede stellen. Dann wird sich hoffentlich aufklären, wer hinter den Morden an Löwe, Dompteur und Bürgermeister steckt.« *Und Stiftsleiterin*, fügte Rosa in Gedanken hinzu. »Wo ist eigentlich Martin?«

»Der war so nett und hat meine Frau zu ihrer Schwester gefahren, damit ich in Ruhe hier weitermachen kann.«

»Seit wann ist er denn weg?«

»Ach, vor einer Stunde erst, heute Vormittag musste er dem Brauereibesitzer helfen, bei was auch immer. Ich frage mich mittlerweile, wie viele Jobs der Mann hat.«

»Bei Matthias Ludwig?«

»Ja, so heißt er wohl.«

Rosa überlegte. Nach dem Tod der Stiftsleiterin wollte sie diesen Matthes zur Rede stellen, ohne Martin. Was trieben die beiden im Dorf? Musste sie sich Sorgen um Laura Graf machen, die allein mit Martin unterwegs war? Eine Frau, die eine Waffe im Haus hatte, beruhigte sie sich, wird sich zu verteidigen wissen im Falle eines Falles. Aber Christopher Graf musste beschäftigt werden, bevor er völlig verzweifelte.

»Ich brauche Ihre Hilfe!« Er sah auf.

»Was kann ich tun?«

»Sie sagten doch, im Schrank liegen alle Unterlagen, die Freiherr Georg zu Loewenstein hiergelassen hat.« Rosa stand auf und zog den Schlüssel unter dem Rock der Nippesfigur auf der Kommode hervor.

»Ja, und? Ich habe sie immer noch nicht durchgesehen.«

»Dann wird es jetzt Zeit. Schauen Sie, was Sie an persönlichen Schreiben von Georg finden. Handschriftliche Notizen, Tagebücher, Briefe, so etwas. Es hieß, er sei ein in sich gekehrter, studierter Mann. Solche Männer schreiben doch gerne.« Rosa erinnerte sich voller Wehmut an ihre Jahre als junge Lehrerin, als ihr ein Schüler aus der Oberstufe zärtliche Briefe geschrieben hatte. Wie gut, dass sie damals schon verlobt war. »Falls Sie etwas zur Unglücksgeschichte von damals finden – das würde uns wirklich weiterhelfen. Und natürlich auch zu allem, was mit dem Verkauf des Schlosses im Zusammenhang steht.« Christopher Graf nickte wie ihr bravster Schüler. »In Ordnung. Das lenkt mich auch ab von dem ganzen Durcheinander hier. Sie müssen denken, dieser junge Spieleentwickler bekommt gar nichts auf die Reihe.« Seine *Mord-im-Ort*-App, fiel Rosa ein, die sah sich Moritz hoffentlich in diesen Minuten an.

»Würden Sie mir kurz erklären, wie Ihr Spiel funktioniert? Ich dachte, äh, das könnte vielleicht ein schönes Geschenk für meinen Neffen sein. Oder ist das nur was für Kinder?«

Christopher Graf blickte sie überrascht an. In seinen Augen blitzte ein Fünkchen Lebendigkeit. »Nein, überhaupt nicht, *Mord im Ort* wird ihrem Neffen gefallen.« Er zog sein Handy aus der Hosentasche und tippte darauf herum. »Es ist eigentlich ganz einfach. Schauen Sie, ein Zufallsgenerator liefert Ihnen einen interessanten Mordfall, hier wurde jemand mitten in der Stadt erschossen zum Beispiel, sehen Sie, das sieht richtig echt aus, finden Sie nicht?« Er tippte und wischte weiter auf dem Bildschirm. Rosa beobachtete ihn mit leichtem Entsetzen. »Hier eine erstochene Frau im Feld oder das Beste: ein abgetrennter Kopf vor der Haustür. War meine Idee.« Der junge Schlossbesitzer blickte Rosa so stolz an, als erwarte er das Lob der ehemaligen Lehrerin.

»Ja, äh, sehr interessant, und dann muss man als Spieler sicherlich den Mörder hinter diesen schrecklichen Verbrechen finden, richtig?«

»Ganz genau, sobald Sie den Tatort untersucht haben, gehen Sie durch den Ort und sammeln Hinweise. Sie ermitteln und stellen Fragen, bis Sie genügend Beweise haben und den Mörder stellen können. Falls der Sie nicht vorher auch noch um die Ecke gebracht hat.«

»Verstehe.« Rosa verspürte einen Hauch von Gänsehaut. Bis heute war ihr Christopher Graf so sympathisch gewesen. Das war er streng genommen immer noch, aber jetzt konnte sie nicht leugnen, dass dieser Mann sich auskannte. Nicht nur mit Computerspielen, sondern auch mit Morden. Aber sollte dieser werdende Vater in der Lage sein ... Sie wischte den Gedanken beiseite und öffnete das Schränkchen, dessen Fächer bis obenhin voll mit Papieren, Ordnern und Büchern war. Sie holte einen Schwung raus und legte ihn vor Christopher auf den Tisch.

»Machen Sie zwei Stapel, einmal Geschäftliches wie Rechnungen, Verträge, Dokumente. Langweiliges halt. Und auf den anderen Stapel Privates und alles, was persönlich und interessant klingt. Ich habe noch etwas zu erledigen, aber ich komme wieder, dann sehen wir den interessanten Stapel gemeinsam durch.« Als Rosa Zimmer und Haus durch den Haupteingang verließ, war Christopher Graf schon in die Akten vertieft.

Kapitel 39

Bevor Rosa in die Ludwigsbrauerei marschierte, lief sie um die Ecke des Gebäudes und warf einen Blick in den Hof. Dort standen einige der kleinen, weißen Lieferwagen, mit denen das Bier in der Umgebung ausgefahren wurde. Sie sahen so aus wie das Auto, das ihnen auf dem Weg zum Friedhof entgegengebraust war – und wie eigentlich alle diese Sprinter. Rosa seufzte. Es hatte wenig Sinn, die Wagen auf Matsch auf dem Lack oder an den Reifen zu untersuchen – den könnten sie sich überall geholt haben.

Sie schaute sich um und näherte sich vorsichtig dem letzten Wagen in der Reihe. Bevor sie die Ladeklappe öffnete, streifte sie sich ihre Gartenhandschuhe aus ihrer Handtasche über, die ihr heute schon einmal einen guten Dienst geleistet hatten. Das Auto war leer – bis auf ein Paar weiße Stiefel. Das waren die Arbeitsstiefel, die die Mitarbeiter der Brauerei trugen – das hatte sie bei der Führung auf dem Brauereifest gesehen. Rosa fischte in ihrer Tasche nach ihrem Handy und machte ein Foto von der Sohle. Auch ihr Geodreieck kam wieder zum Einsatz. Die Größe stimmte. Ein Gefühl wie nach drei Kölsch machte sich in Rosa breit. Konnte es sein, dass sie hier den Mörder der Stiftsleiterin gefunden hatte?

In der Brauerei waren nur wenige Gäste. Trotzdem stand Matthias Ludwig wie immer hinter der Theke und fuhr sie unfreundlich an. Auch wie immer.

»Sie schon wieder. Ein verletzter Mitarbeiter reicht Ihnen wohl nicht, um ihre Sachen zu packen.«

»Wenn ich gebraucht werde, bin ich zur Stelle!« Rosa wunderte sich nicht wirklich, dass der Brauereichef über die Vorkommnisse im Schlossgarten unterrichtet war. Statt eines Kölsch hielt er heute nur seine Ruppigkeit für sie parat.

»Was wollen Sie?« Matthes zapfte ein Bier und vernichtete es in einem Schluck.

»Wer fährt bei Ihnen die Lieferwagen?« Rosa ließ nicht locker. So unfreundlich ihr Gegenüber auch war, wenigstens war er heute redselig. Was am Bierkonsum liegen konnte.

»Der Chef natürlich.« Matthias Ludwig wischte sich Bier vom Mund. »Und seine Fahrer.«

»Waren Sie heute südlich von Bonn in der Nähe eines Friedhofs unterwegs?«

»An Tote hab ich im Leben noch kein Bier verkauft. Sind Sie jetzt auch noch von der Wirtschaftsprüfung oder dem Finanzamt? Wenn Sie weiter so neugierige Fragen stellen, liegen Sie bald selbst auf dem Friedhof. Wir finden auch einen ganz in der Nähe.« Matthes sah Rosa böse an. *Nur nicht beirren, nur nicht die Laune verderben lassen*, sagte sie sich.

»Wo waren Sie heute Mittag?«

»Da habe ich meinen Schönheitsschlaf gemacht, wie Sie sehen.« Matthias Ludwig zapfte bereits das nächste Bier.

»Ich nehme an, allein.«

»Fragen Sie doch meine Mitarbeiterinnen.« Sein Ego schien größer als sein Unbehagen zu sein. Er grinste dreckig. Rosa war sich sicher, dass jede seiner Angestellten ihm ein Alibi geben würde.

»Fährt Martin Grimm für Sie schon mal Bier aus?« Auch Rosa konnte direkt sein, wenn es sein musste.

»Die Zeiten sind vorbei.«

»Warum das?«

»Weil er ein Idiot ist, deshalb.«

»Wissen Sie, wo Ihr inoffizieller Mitarbeiter Martin Grimm heute Mittag war?« Rosa sah Matthes herausfordernd an.

»Fragen Sie doch die Frauen in seinem Haus. Vielleicht hat seine Alte ihm die Mittagspause versüßt. Ach nein, die muss ja kochen. Tja, dann fürchte ich, müssen Sie ihn selbst vernehmen. Und jetzt Abmarsch!«

Als Rosa zurück zu ihrem Auto ging, warf sie einen Blick zurück durchs Fenster der Brauerei. Matthias Ludwig hatte sein Handy am Ohr und schien aufgebracht zu sein. Rosa hätte wetten können, mit wem er gerade sprach. Sie beschloss, selbst zu telefonieren und Andy für heute Abend abzusagen. Ihre nächste Verabredung hieß Georg. Und dafür brauchte sie einen Plan. Und Karl.

• • •

Das Scrabble-Spiel hatte ihr Ex-Kollege heute zu Hause gelassen. Trotzdem gab es noch etwas zu tun, bevor sie ihr weiteres Vorgehen besprechen konnten. Roswitha hatte endlich den Holunder vor der Gärtnerei abgeerntet, jetzt mussten die Beeren zügig verarbeitet werden. Deshalb hatte Rosa ihrem alten Freund auch als Erstes ein Paar Handschuhe überreicht, als sie ihn zu Hause empfing. Nicht dass sie ab morgen blaue Fingerabdrücke hinterließen. In schweigsamer Harmonie zupften sie die kleinen, dunklen Beeren von den Dolden und gaben sie in den größten Topf, den sie in Rosas Küche hatten finden können.

»Und wehe, du naschst. Rohe Holunderbeeren sind giftig!«

Mit Wasser und dem Saft einer Zitrone brachte Rosa die Mischung deshalb als Allerersten zum Kochen.

»Dosis facit venenum, die Dosis macht das Gift, wusste schon Paracelsus.«

Rosa rührte gedankenverloren mit dem Holzlöffel im Topf. Kochen beruhigte sie jedes Mal. Während sie die Beeren zerstampfte und anschließend durch ein Sieb strich, berichtete sie Karl von den aufregenden Erlebnissen der vergangenen Stunden, die mit der toten Stiftsleiterin ihren Anfang genommen hatten.

Karl schob seine Brille hoch, die vor lauter Dampf und Schweiß runtergerutscht war, und hinterließ einen deutlich sichtbaren blau-roten Streifen auf seiner Nase. »Ich hatte gleich so ein ungutes Gefühl. Meinst du, der Brauereichef steckt dahinter?«

Rosa schüttete eine Menge Gelierzucker zu der dunklen Masse und rührte weiter im Topf.

»Beim Bürgermeister würde ich sagen: Das ergibt Sinn, den Kontrahenten ausschalten. Aber in der Wahlnacht hat er gesoffen und nicht gemordet. Bleibt die Stiftsleiterin, aber was hat er mit ihr zu schaffen? Welche Motive hätten Martin Grimm oder Köchin Anna? Oder steckt Freiherr Georg hinter allem? Hier, rühr mal weiter, noch mal kurz aufkochen lassen. Ich muss nachhören, ob wir einen weiteren Verdächtigen von der Liste streichen können.« Sie wusch sich die Hände, zog die Arbeitshandschuhe von den Fingern und griff nach ihrem Mobiltelefon.

»Moritz, mein Lieblingsneffe, was macht die digitale Verbrecherjagd? Hast du dir die *Mord-im-Ort*-App angesehen?«

»Guten Abend, Inspektor Reich, Sie kennen aber auch keinen Feierabend, was?«

»Na, wenigstens nennst du mich nicht mehr Tantchen. Also, Christopher Graf hat mir seine App gezeigt, ziemlich blutrünstig, finde ich. Aber du bist hier der Experte in solchen Dingen. Schieß los, um im passenden Vokabular zu bleiben.« Moritz lachte am anderen Ende.

»Was du blutrünstig findest, nenne ich harmlos. Du solltest dir mal andere Spiele angucken. Da spritzt das Blut und …«

»Moritz, bitte …«

»Das ist hier alles nicht, bis auf das Mordopfer am Anfang. Aber dann rennst du nur noch durch diesen Ort, auf der Suche nach dem Mörder. Bisschen wie Pac-Man früher, also ziemlich lahm. Spielt auch alles in alten Zeiten, und am Ende bekommst du für jede richtige Antwort ein Polizeiabzeichen. Gähn. Ich sehe da keine Connections zu unseren Verbrechen.«

»Verstehe, Hilfssheriff. Was schlagen Sie vor, streichen wir Christopher Graf damit von unserer Verdächtigenliste? Ich habe eh aufgehört, ihm etwas anhängen zu wollen, schließlich wird er ja auch bedroht. Er glaubt übrigens, die Köchin wolle ihn vergiften.«

»Und wenn er das nur behauptet? Und selbst dahintersteckt?« *So langsam entwickelt mein lieber Neffe Spürsinn*, dachte Rosa. *Ich sollte ihm bei Gelegenheit einige meiner Krimis ausleihen.*

»Ach, glaube ich nicht. Er will doch nicht seine Frau abmurksen.«

»Nein, aber vielleicht seine Angestellten, weil er lieber allein im Schloss leben will? Zusammen mit seiner Frau, versteht sich.«

»Na, ich sehe ihn nicht nachts die Leitern im Keller ansägen. Der hat doch gerade genug zu tun.«

»Du magst ihn, Tantchen.«

»Das ist jahrzehntelang erarbeitete Menschenkenntnis. Ich muss mich dann auch mal um unsere Holundermarmelade kümmern, bevor Karl noch alles anbrennen lässt oder Archie von den Beeren futtert. Viel Spaß bei deiner Vorlesung morgen. Wir sprechen uns, Lieblingsneffe.« Rosa hörte kaum noch Moritz' »das macht zwei Marmeladengläser«, drückte das Gespräch weg und nahm Karl den Holzlöffel aus der Hand.

»Das kippe ich jetzt heiß in die Gläser, wenn du so lieb bist, Karl, und sie fest verschließt, dann kommt unsere Holundermarmelade auch gut durch den Winter.«

Als die Gläschen mit der dunklen Marmelade auf dem Küchentisch standen und Archie in seinem royalen Hundekörbchen schnarchte, holte Rosa ihre Strickjacke und setzte sich mit ihrem Freund auf den Balkon, um den Spätsommerabend zu genießen. Ihr großer Plan hatte nur einen wesentlichen Punkt: Freiherr Georg in seinem Seniorenstift besuchen. Alles weitere würde sich dann hoffentlich vor Ort ergeben.

»Können wir einfach so mit Blumen reinmarschieren? Was machen wir, wenn er uns nicht sehen will?«

Karl goss ihnen einen Portugieser Weißherbst von der Ahr ein. »Du machst dir zu viele Sorgen, meine Liebe. Warum sollte er sich nicht freuen? Er ist ein alter Mann. Der sich hier aus dem Staub gemacht hat. Der wird nicht viel Besuch bekommen. Also ich würde mich freuen, wenn so eine nette Frau wie du mit Blumen vor meiner Zimmertür steht.«

»Dein Geschmack in allen Ehren, Karl, aber was, wenn dem nicht so ist?«

»Dann hat er Dreck am Stecken, wie der Rheinländer so sagt. Was die Römer oder Griechen dazu sagen würden, fällt mir leider gerade nicht ein. Vielleicht liegt das an der winzigen Holunderbeere, an der ich geleckt habe.«

Rosa nahm einen Schluck Wein. »Lass uns noch einen Tag warten, bis wir Georg besuchen. Ich muss vorher noch was erledigen.«

»Ich auch! Nämlich unsere Marmelade probieren!«

Kapitel 40

Bevor sie sich mit Karl in die Höhle des Löwen wagte – Rosa kicherte über ihre so schlichte wie treffsichere Formulierung –, wollte sie ihrem Lieblings-Ex-Schüler noch einmal einen Besuch abstatten. Wenn Rosa auch spürte, dass sie ihr Verhältnis nicht überstrapazieren sollte. Noch war sie in Pittermännchens Kopf die Autoritätsperson, deren Fragen man zu beantworten hatte. Aber der Schritt zur lästigen alten Frau, der man bestimmt, aber höflich den Weg nach Hause erklärte, war ein kleiner.

Sie parkte ihr Auto in der Nähe der Wache und griff sich die Tüte mit Sarahs frischen »Bonnern«, den Berlinern, zu denen die echten Berliner interessanterweise Pfannkuchen sagten, die in Bonn allerdings nicht mit der klebrigen Marmelade, sondern mit Eierlikör gefüllt waren und Peters Kollegen zu einem fröhlichen Wiedersehen verhelfen sollten. Und weil sie nie ohne etwas Grünes in der Hand einen Besuch abstattete, hatte sich Rosa für ein Töpfchen mit Glücksklee entschieden. Nach der Idee ihrer Schüler mit dem Samen, hatte sich Glücksklee zum echten Verkaufsschlager der Gärtnerei entwickelt.

Sie holte tief Luft, ehe sie die Tür zum Revier aufdrückte. Noch konnte sie Peter nicht in alles einweihen. Erst wenn Isadora mehr Licht in die alte Geschichte gebracht hatte, wenn klar war, ob es überhaupt eine Verbindung vom Gestern zum aktuellen Geschehen gab. Heute musste sie noch einmal schauspielern, aber wofür war sie jahrelang Leiterin der Theater- und Musical-AG gewesen? Eine Sache bereitete Rosa allerdings Sorgen. Was, wenn Peter Klein bereits wusste, dass sie nicht nur eine, sondern zwei Leichen gefunden hatte? Dann käme sie aus diesem Gebäude eventuell so schnell nicht mehr raus, sondern wurde als potenzielle Mörderin in Untersuchungshaft gesteckt.

Sie gab sich einen Ruck und betrat das Polizeirevier Bonn III – Dienststelle Kappeshoven. Wieder gab es ein großes Hallo, als Rosa dem nächstbesten Kollegen die Tüte mit dem Gebäck in die Hand drückte, der sie mit »ah, die Superpaukerin, Sie wissen ja, wo es langgeht« begrüßte.

Mit einem »Ich habe gehört, mein Lieblingsschüler hat Geburtstag« stellte Rosa den Glücksklee auf den Schreibtisch von Oberkommissar Peter Klein, dem vor Schreck fast sein Pausenbrot auf die Computertastatur fiel.

»Ich habe nicht Geburtstag, erst im Januar.«

»Na, wenn du Glück hast, hält sich der Klee bis dahin, sonst bringe ich dir nächstes Mal einen Kaktus mit«, konterte Rosa. »Und ich dachte, ich habe noch alle Geburtstage meiner Schüler im Kopf. Na ja, auch ich werde älter.« Unaufgefordert ließ sie sich auf den Besucherstuhl fallen. »Ich will dich gar nicht lange aufhalten, Peter, aber ich habe da eine schlimme Geschichte von einer toten Altersheimleiterin im Bergischen Land gehört.«

Wozu lange drum herum reden. Rosa hielt die Luft an. Jetzt wäre der Moment, in dem Peter Klein die Verbindung von einem Opfer zum nächsten ziehen könnte und das Verbindungsglied Rosa erkannte. Aber nichts geschah.

»Schlimme Geschichte«, murmelte der Oberkommissar. »Ich habe davon gehört. So leid es mir tut, aber mir fehlt wirklich die Zeit, um darüber zu plaudern. Warum interessiert Sie das so?« Peter sah sie scharf an.

»Schon gut«, Rosa winkte ab. »Die Sache ist die: Dr. Karl Schäfer, dein geschätzter Lateinlehrer, hat in diesem Seniorenstift vorgesprochen. Er ist nicht mehr der Jüngste und wäre dort vermutlich sehr gut aufgehoben. Und jetzt lese ich heute früh in der Zeitung, online natürlich, wir wollen ja alle Papier sparen …«

»Frau Reich, womit kann ich Ihnen helfen?«

»Habt Ihr schon den Täter? Gibt es wenigstens eine Spur? Sicherlich wurden die Heimbewohner vernommen, nicht dass es dort gefährliche Zimmernachbarn gibt. Es war doch jemand aus dem Heim, oder hatte die Leiterin ein Zweitleben? Feinde? Unter diesen Umständen würde ich ungern den lieben Karl dort wissen. Nicht dass er der Nächste ist!«

Peter sah sie an, seufzte und mit einem »Na ja, gut, weil Sie es sind, ich kann ja mal einen Blick in den Vorgang werfen« tippte er auf seiner Tastatur herum. Stumm blickte er auf den Bildschirm, und Rosa schickte ein Stoßgebet zu den Göttern der unaufgeklärten Verbrechen, dass ihr Name nirgendwo auftauchte. Schließlich war sie nur Zeugin, und es gab doch so etwas wie Datenschutz. Das hatte Rosa extra bei ihrer Zeugenaussage gefragt, allein aus dem Grund, damit nicht jeder rumposaunte, dass sie als ehemalige Lehrerin in einen Mordfall verwickelt sei. So etwas konnte ihr neues Geschäft ruinieren.

»Also, bisher gab es keine Festnahme, wenn ich das richtig verstehe. Die Befragung der Heimbewohner war wohl nicht sehr ergiebig. Ich denke, Dr. Schäfer kann dort mit ruhigem Gewissen einziehen.«

»Na, ganz so weit ist er noch nicht. Wer bringt denn so eine arme Frau um?«

»Frau Reich, ich kann Ihnen meinen Bibliotheksausweis leihen, dort gibt es sehr viele Krimis …«

Rosa winkte ab. »Kenne ich doch alle schon. Ich frage mich, ob in diesem Stift bekannte Menschen wohnen, Adlige, Reiche. Ob Karl dort in guter Gesellschaft wäre.«

»Also, laut der Liste der Heimbewohner …«

»Oh, es gibt eine Liste? Darf ich?« Ohne eine Antwort abzuwarten, sprang Rosa auf, umrundete den Schreibtisch und sah Peter über die Schulter. Blitzschnell scannte sie die Namen auf dem Bildschirm, bevor Peter Klein mit einem »das geht aber nicht« das Fenster schließen konnte und Rosa auf sein Selfie vor romantischem Sonnenuntergang blickte, das er sich als Bildschirmhintergrund eingerichtet hatte. Aber da hatten ihre Augen schon den Namen entdeckt, den sie suchte: Freiherr Georg zu Loewenstein.

»Tut mir leid, meine Gründlichkeit«, murmelte Rosa und griff nach ihrer Handtasche neben dem Besucherstuhl. »Ich muss dann auch mal wieder in meinen Garten, die Gräser wollen gewässert werden. Nur eins noch, Peter«, wagte sie sich vor, »glaubst du, es gibt einen Zusammenhang zwischen dem toten Bürgermeister hier und dieser toten Stiftsleiterin dort?« Rosa sah ihren Ex-Schüler im Diensthemd aufmerksam an.

»Ich sage Ihnen das jetzt nur, weil es morgen eh an die Presse geht, wenn ich die Kollegen in ihrem Bericht richtig verstanden habe. Es war wohl eine Beziehungstat.«

»Was?«

»Ja, die Polizei auf dem Land arbeitet schnell.«

»Die Frau war zweiundsechzig Jahre alt und verheiratet. Stand in der Zeitung«, fügte Rosa schnell hinzu.

»Und sie war wohl häufig in einem Swingerclub, das gefiel dem Ehemann nicht, verständlicherweise.«

»Die Leiterin des Seniorenheims war Stammgast in einem Swingerclub? Man lernt doch täglich dazu.« *Peter schafft es, mich zu überraschen. Neuerdings allerdings erst.* »Du meinst, der eifersüchtige Ehemann hat sie um die Ecke gebracht? Wurde er verhaftet?«

»Sieht so aus.«

»Aber warum folgt er ihr bis ins Feld? Äh, stand auch in diesem Blatt mit den großen Buchstaben, die wissen immer alles, hören vermutlich Polizeifunk ab, wer weiß ...«

Peter zuckte mit den Schultern und stand auf. »Wahrscheinlich dachte der Mann, seine Frau trifft sich mit ihrem, nun ja, Bekannten. Oder er hatte seine Frau über, wer weiß. Darum kümmern sich die Kollegen. Also, machen Sie sich mal keine Sorgen und schauen sich mit Dr. Schäfer gerne das Heim an. Gefährlich ist es dort nicht.«

Oberkommissar Peter Klein konnte nicht ahnen, wie schnell Rosalinde Reich seinen Rat befolgen und wie falsch er liegen sollte.

Kapitel 41

Rosa setzte sich auf eine der Bänke, die vor dem Eingang des Seniorenstifts im Halbkreis standen, und bedeutete ihrem Mops, sich hinzulegen. Sie hatte ihn in der Hoffnung mitgenommen, dass ein nettes Tierchen wie Archie selbst ein verbittertes Herz wie das des Freiherrn erweichen könnte.

»Traumhaft! Ich komme mir vor wie im Schlossgarten.«

Sie schaute in den historischen Innenhof samt Springbrunnen.

»Vielleicht hat Georg deshalb dieses Heim ausgewählt.« Karl setzte sich neben sie. Für ihren Besuch hatte er ein beiges Jackett samt Weste und himmelblauer Fliege mit weißen Tupfen gewählt. »Immerhin wissen wir jetzt, dass er hier ist.«

»Was gar nichts bringt, wenn er uns nicht empfangen will. Auch wenn uns alle Angestellten sagen, dass er ein mürrischer alter Mann ist. Ach, Karl, müssen wir so kurz vor dem Ziel aufgeben?«

Sie waren an diesem Morgen früh losgefahren, weil die Männer es so beschlossen hatten. Willy war der Meinung gewesen, sie würden Stunden brauchen, um in die Pampa zu kommen, wie er das Bergische Land nannte. Und Karl hatte zu bedenken gegeben, dass in Altersheimen, und seien sie auch noch so adlig, häufig schon am späten Vormittag das Mittagessen serviert wurde, bevor sämtliche Bewohner in einen stundenlangen Verdauungsschlaf fielen. Rosa vermutete, dass er da eher von seinen eigenen Routinen ausging. Die Fahrt stellte sich als nicht so lang wie befürchtet heraus, das Stift war ohne große Suche plötzlich vor ihnen aufgetaucht, und die Dame am Empfang hatte den Namen des Freiherrn in ihrer Liste gefunden und ihn auf seinem Zimmer angerufen. Aber Freiherr Georg zu Loewenstein wollte sie nicht sehen. Schlicht und ergreifend. Und das Personal ließ sie deshalb nicht zu ihm. Rosas Überzeugungsarbeit war am Begrüßungspult, das hier Rezeption hieß wie in einem Hotel, kläglich gescheitert. Ihr wunderschöner Blumenstrauß aus rosa Gerbera, pinken Rosen und den zarten, blauen Pistochia aus der Gärtnerei zierte jetzt also den Eingangsbereich, und sie grämten sich hier im friedlichen Innenhof. So hoffnungsvoll der Tag gestartet war, umso enttäuschter wurde Rosa jetzt. Karl versuchte wie immer, sie aufzuheitern.

»Non uno die Roma aedificata est. Weder Rom noch der Kölner Dom sind an einem Tag erbaut worden, meine Liebe, und wir sind dem Freiherrn jetzt schon so nah auf die Pelle gerückt, da werden wir es auch noch schaffen, ihn zu sprechen. Ich weiß, Geduld gehört nicht gerade zu den Tugenden, die euer Familienstammbaum aufweist.«

Aber Rosa hörte schon längst nicht mehr zu. »Schau mal, wer da kommt! Das gibt's doch nicht. Ist das Elisabeth Lenz vom Buchclub? Was macht die denn hier?!« Rosa lupfte ihre Sonnenbrille und starrte mit zusammengekniffenen Augen Richtung gemauertem Eingang. Auch Archie hob den Kopf. Karl hatte eine Lösung parat.

»Vielleicht schaut sie sich Heimplätze an für später, so wie ich letztens. Wir werden alle nicht jünger, wobei sie noch sehr gut in Schuss ist, wenn ich das als Unbeteiligter so sagen darf. Hatte Moritz nicht herausgefunden, dass sie auch adligen Hintergrund hat, genau wie der Freiherr? Das würde doch gut passen.«

»Oder sie besucht unseren Georg. Das hieße allerdings, sie wusste die ganze Zeit, wo er ist.« Rosa war entsetzt. Dass ausgerechnet Elisabeth Lenz ihr bei der Recherche zuvorgekommen sein könnte, war für sie nur schwer zu verkraften.

»Dann hätte sie aber doch schon längst das Schloss für ihre Lesungen organisiert, oder?« Karl sah sie fragend von der Seite an.

»Na ja«, Rosa überlegte, während Elisabeth Lenz mit forschen Schritten den Springbrunnen umrundete und näher kam. »Das war ja zuerst noch nicht nötig, als es JB noch gab mit seinem Nießbrauchrecht. Da er jetzt nicht mehr unter uns weilt, sucht sie vielleicht nach Alternativen. Nur weil du Georgs Heim nicht gefunden hast, heißt das noch lange nicht, dass man ihn überhaupt nicht finden kann.« Sie klang bissiger, als ihr lieb war.

»Willst du meine Arbeit schmälern, werte Freundin?«

»Niemals, Karl, vermutlich weiß man als ›Frau von‹ einfach, wo der alte Adel sein letztes Zelt aufbaut. Ob sie uns mit reinnimmt?«

»Falls sie überhaupt mehr Erfolg hat als wir, vielleicht ist sie ja auch zum ersten Mal hier.« Karl und Rosa standen auf, bevor die Vorsitzende von *Schöne Bücher e.V.* an ihnen vorbeihuschen und im Stift verschwinden konnte.

»Hallo, Frau Lenz.« Rosa schob sich die Sonnenbrille ins Haar und blickte in die erstaunten Augen der Buchclubchefin. Archie bellte einmal kurz zur Begrüßung und schnüffelte an den formlosen Gesundheitssandalen der überraschten Frau.

»Was machen Sie denn hier?«, keifte Elisabeth Lenz, die heute ein langes, erstaunlicherweise rotes Flatterkleid trug, dessen Knitterfalten von einer beschwerlichen Anreise erzählten.

»Das wollten wir Sie gerade fragen.« Rosa sah ihr neugierig in das verschwitzte Gesicht.

»Das geht Sie zwar überhaupt nichts an, aber ich besuche eine alte Studienfreundin.«

»Und die ist nicht zufällig ein er und heißt Georg?« Karl mischte sich ein. »Entschuldigung, wir wurden uns ja noch gar nicht vorgestellt, wie unhöflich von mir. Karl Schäfer, Dr. Karl Schäfer. Es ist mir ein Vergnügen.« Er deutete eine leichte Verbeugung an und lüftete seinen Strohhut. Elisabeth Lenz schien irritiert, Karls ausgesprochene Höflichkeit bremste ihre Abneigung ein wenig aus.

»Ich weiß nicht, was Sie meinen.« Rosa sah ihr an, dass die Buchliebhaberin sehr wohl Bescheid wusste. Und vermutlich nicht zum ersten Mal den Freiherrn besuchte, so zielstrebig sie das Haus angepeilt hatte. *War sie schon immer viel besser mit Georg befreundet und in Kontakt, als sie zugeben wollte? Hat nicht Emmi erzählt, dass sie früher ein Auge auf ihn geworfen hatte?*

»Sie entschuldigen mich.«

»Was ist aus Ihrem Krimifestival geworden? Kann das noch stattfinden?«, rief Rosa ihr hinterher. Elisabeth Lenz drehte sich um und warf ihr einen stechenden Blick unter ihrer grauen Mähne zu. »Und ob das stattfinden wird. Und wenn wir das in meiner Wohnküche veranstalten.«

Als sie im Eingang verschwunden war, sah Rosa Karl fragend an. »Ich glaube, wir haben jetzt schon unser privates Krimifestival. Was meinst du? Zieht sie von hier aus mit Georg die Fäden?« Karl schmunzelte und zuckte die Achseln.

»Ich weiß nur, dass die Aussicht auf fünf Rollatoren und einen Springbrunnen zwar irgendwie beruhigend ist, aber nicht tagesfüllend. Komm, Kommissarin Butterblume, wir suchen uns in dieser malerischen Gegend was Hübsches zu essen und überlegen, wie wir doch noch an Freiherrn Georg rankommen, ohne dass wir durch sein Fenster steigen müssen.«

»Du hast recht.« Rosa griff nach Archies Leine und hakte sich bei Karl unter. »Das schöne Bergische Land ist doch für Äpfel und Sauerkraut bekannt, da werden wir doch was zu essen finden. Damit sich unser kleiner Ausflug wenigstens kulinarisch gelohnt hat.«

Kapitel 42

Weil Rosa ihrem Auftraggeber versprochen hatte, möglichst bald zurückzukommen, nahm sie kurzerhand Karl mit nach Kappeshoven, zum Schloss. Er hatte bisher vom Schlossgarten, der mittlerweile auch wie einer aussah, nur gehört. Jetzt sollte er ihn auch endlich sehen. Stolz führte Rosa ihren Freund durch den seitlichen Eingang an der Terrasse vorbei, wo der Sonnenhut noch immer in gelber Blüte stand, die Clematis duftete und das Pampasgras bei jedem Lüftchen leise raschelte. Während sich Mops Archie nach der beengten Autofahrt einmal kräftig schüttelte und dann auf seinen kurzen Beinen in die grüne Freiheit loslief, stieg Rosa mit Karl die wenigen Treppenstufen hinunter zum Rasen, der bisher sowohl die Hitze der vergangenen Wochen als auch den nächtlichen Starkregen gut überstanden hatte – Andys grünem Händchen sei Dank. Aber Karls Blick wanderte weiter hinter Springbrunnen und Rosengang und blieb auf dem noch immer prachtvoll dunkelrot leuchtenden Laubbaum und dem kleinen Sitzplatz darunter hängen.

»Ein Fagus sylvaticus purpurea! Was für ein wunderbares Exemplar, du kennst sicherlich den Spruch ›Buchen sollst du suchen‹, was, wenn ich mir dieses Prachtstück hier ansehe, nicht nur bei Gewitter gelten sollte.« Die Gärtnerin in ihr lächelte stolz, während Karl zielstrebig Richtung Blutbuche marschierte.

»Und wusstest du, dass von der Buche auch die Wörter ›Buchstabe‹ und ›Buch‹ abstammen?« Karl war ganz in seinem Lehrer-Element. »Die klugen Gallier sollen übrigens aus Buchenasche Seife gemacht haben.«

»Um sich reinzuwaschen von den Sünden, in unserem Falle einem Mord an einem Dompteur.« Rosa nickte gedankenverloren. »Ja, das passt doch. Na, komm, schauen wir, ob Christopher Graf zwischen dem Altpapier irgendetwas gefunden hat, das uns weiterhelfen könnte. Archie hat im Wäldchen sicherlich noch viel zu beschnuppern. Lassen wir ihn im Garten rumtollen, dann stellt er wenigstens nichts im Haus an.« Gemeinsam nahmen sie den Weg zurück auf die Terrasse, deren Tür wie meistens nur angelehnt war. Im Salon fanden sie Christopher Graf, der so aussah, als habe er sich nicht fortbewegt, seitdem Rosa ihn verlassen hatte.

»Frau Reich, kommen Sie rein, ich denke, ich bin durch. Danke noch mal, dass Sie mir Dampf gemacht haben, das hat mich wirklich auf andere Gedanken gebracht.« Er saß vor zwei großen Stapeln Papier und einem sehr kleinen. »Ich habe es gemacht, wie Sie gesagt haben, links Geschäftspapiere und Verträge und rechts private Korrespondenz wie diese hier.« Rosa wollte ihm Karl vorstellen, doch Christopher Graf schien in vergangene Zeiten abgetaucht zu sein. Stolz wie ein Einserschüler, hielt er Rosa einen Stapel verblichener Briefe entgegen. »Das kann ich leider nicht lesen, aber es war das Privateste aus diesem ganzen Haufen. Zumindest ist es sehr alt.«

Rosa zog einen der Briefe aus seinem Umschlag. »Das ist Französisch. Und es sieht mir nach einer weiblichen Schrift aus. Unsere Seiltänzerin hat doch Verbindungen nach Frankreich. Vielleicht stammen die Briefe von ihr, das wäre ja der Jackpot. Sehr gut, das bekommen wir sicherlich entziffert.«

»Und dann habe ich noch das hier gefunden.« Christopher zog ein dickes Buch aus dem Stapel. »Daraus werde ich allerdings überhaupt nicht schlau.«

Rosa öffnete das Notizbuch mit Ledereinband. »Da hat jemand in altdeutscher Schrift geschrieben! Oh ja, das sieht nach alten Aufzeichnungen aus. Und ich weiß auch, wer das lesen kann. Unser Experte für alles, was schon ein paar Tage her ist.« Sie reichte das Buch weiter an Karl, der sich sofort interessiert festlas.

»Aha, ja, die Zahlen hier sind römische Ziffern. Das sind Daten. Moment … *11. August 1967* steht hier. Hm, damals hat man eigentlich nicht mehr in der alten deutschen Schrift Texte verfasst. Vielleicht als Hobby. Sieht mir aus wie ein Tagebuch. Ich müsste es in aller Ruhe entziffern und transkribieren.«

»Das machst du, mein Lieber. 1967, da war Freiherr Georg ein junger Mann, da lebte wahrscheinlich auch sein Vater noch. Perfekt, das ist genau die Zeit, die uns interessiert. Vorausgesetzt natürlich, wir dürfen uns diese Schriftstücke ausleihen, Herr Graf. Das ist übrigens mein Freund und ehemaliger Lehrerkollege Dr. Karl Schäfer.«

Der Angesprochene blickte hoch und schien jetzt erst den älteren, gut gekleideten Mann an Rosas Seite wahrzunehmen. Zu seinem eifrigen Nicken gesellte sich ein zögerliches Lächeln, in das sich plötzlich ein Schrei bohrte. Sie alle drei fuhren erschrocken zusammen und blickten sich mit großen Augen an, starr vor Schreck. Nur Rosas Hirn legte einen Zahn zu. *Irgendwo im Haus war der Schmerzensschrei eines Mannes zu hören*, sagte es ihr. *War wieder jemand von einer Leiter gefallen?*

Christopher Graf sprang auf und lief durch die Tür Richtung Eingangshalle, gefolgt von zwei ehemaligen Lehrern. Dort wurden sie auch schon fündig. *Die Leiter sieht unbeschä-*

digt aus, dachte Rosa, bevor ihr Blick auf Diener Martin fiel, der auf der obersten Trittfläche saß und keuchend eine Hand auf sein Herz presste.

»Was ist los, Martin, was ist passiert?« Christopher Graf stürzte auf ihn zu. Statt einer Antwort atmete Martin Grimm schwer.

»Können wir Ihnen helfen, haben Sie sich verletzt?« Rosa betrachtete die Gestalt des Dieners. Alle Finger waren noch dran, kein Blut irgendwo. Wie es aussah, war Martin gerade dabei gewesen, den schweren Kronleuchter zu putzen oder sogar abzunehmen. Während Christopher und Karl dem Mann von der Leiter halfen, lief Rosa los, um in der Küche bei Anna ein Glas Wasser zu holen. Die Köchin wurde blass, als sie hörte, was passiert war, und folgte Rosa mit dem Wasser. Christopher und Karl hatten Martin auf die Bank unter den alten Teppich mit der Jagdszene gesetzt.

»Ich, ich habe einen Schlag bekommen.« Martin sprach langsam und leise und hielt sich noch immer das Herz. Dankbar nahm er das Glas Wasser.

»Haben Sie denn die Sicherung nicht rausgemacht? Bevor man sich an elektrischen Leitungen zu schaffen macht, sollte man tunlichst daran denken.« Karls strenger Lehrerblick traf Martins zusammengekniffene Augen.

»Ich hatte Anna darum gebeten, aber wie es aussieht, wollte sie mich lieber umbringen.« Anna riss die Augen auf. So wie Martin es gesagt hatte, klang es nicht wie ein Scherz.

»Aber ich habe die Sicherung rausgemacht, wie du es gesagt hast, ich würde doch nicht …, ich weiß doch gar nicht …« Ihre weinerlich-verzweifelte Stimme brach.

»Vielleicht war es die falsche. Vielleicht mit Absicht. Willst du mich loswerden?« Finster sah er seine Kollegin an.

»Willst du uns alle hier loswerden?« Annas Mund entwich ein Schluchzer, als sie sich umdrehte und zurück in die Küche lief. *Mit Tränen in den Augen,* bemerkte Rosa.

»Jetzt beruhigen wir uns alle mal wieder.« Christopher Graf klang tatkräftiger, als ihn Rosa bisher wahrgenommen hatte. »Soll ich dich zum Arzt fahren, Martin? Das wäre vielleicht das Beste. Nicht, dass du Probleme mit dem Herzen bekommst.«

Aber der Diener winkte schwach ab. »Ich werde meine Pflichten nicht vernachlässigen.«

Nachdem der junge Schlossbesitzer Martin doch noch überzeugen konnte, sich wenigstens in seinem Zimmer auszuruhen und die Arbeit für heute zu beenden, kehrte er mit Karl und Rosa in den Salon zurück, wo er sich erschöpft in seinen Sessel fallen ließ.

»Glauben Sie, Frau Reich, Anna hatte tatsächlich vor, Martin in Gefahr zu bringen? So heimtückisch kommt sie mir gar nicht vor.« Rosa grübelte auch bereits, ob eine in die Jahre gekommene Frau, zu deren Hobbys Malen nach Zahlen und das Schwärmen für Stars gehörte, zu hinterhältigen Anschlägen in der Lage war. Irgendwie passte das nicht zusammen. Andererseits – was, wenn alles, was Rosa in Annas Zimmer gesehen hatte, nur Show war? Wenn sie abends an der Staffelei tödliche Pläne ausheckte?

»Ich weiß gar nichts mehr. Nur, dass mir alles zu viel wird in diesem Haus.« Christopher Graf stützte verzweifelt seinen Kopf in die Hände. »Wahrscheinlich lastet doch ein Fluch auf dem alten Gemäuer, wie Anna vermutet hat. Falls sie nicht selbst der Fluch ist.«

»Das wäre aber ein merkwürdiger Fluch, der erst mit ihrem Einzug anfängt.« Rosa tätschelte freundschaftlich den Arm des Schlossbesitzers, für den sie mittlerweile ähnliche Gefühle empfand wie für manche Schüler, die sich während ihrer Lehrerinnenzeit redlich bemüht hatten, aber über eine vier minus doch nie hinausgekommen waren. »Wissen Sie was? Wir nehmen jetzt diese Briefe und das Tagebuch mit und übersetzen alles. Bestimmt haben wir schon morgen neue Erkenntnisse.« Noch verschwieg sie ihrem Auftraggeber, dass demnächst Besuch anstand. Besuch, der ebenfalls Klarheit in die Mordfälle bringen könnte. Denn falls nicht, wäre seine Enttäuschung vermutlich groß. Christopher sah sie fragend an.

»Waren Sie eigentlich beim Freiherrn erfolgreich? Sie wollten doch hinfahren.«

»Noch nicht.« Rosa schüttelte den Kopf. »Aber auch da habe ich eine Idee. Vertrauen Sie mir. Wir holen jetzt unseren Mops aus dem Garten, fahren nach Hause und setzen uns an die alten Schriften. Sie waren uns bei der Durchsicht eine große Hilfe. Wäre doch gelacht, wenn wir zusammen nicht Licht in die dunkle Vergangenheit bringen könnten.«

»Post tenebris spero lucem, nach der Dunkelheit hoffe ich auf Licht, das stand schon im Buche Hiob.« Karl strahlte stolz über seinen passenden Spruch. »Wobei ich glaube, dass wir das Licht in Gestalt des Kronleuchters heute lieber auslassen.«

• • •

Während Karl wenig später durch den Rosengang wandelte und an den neu aufgegangenen Kiss-me-Kate-Blüten schnupperte, lief Rosa weiter in den hinteren Teil des Gartens, wo sich der Urwald dank Andys Arbeit zu einem lichten, freundlichen Wäldchen entwickelt hatte. Sie rief und pfiff, aber Archie war weder zu sehen noch zu hören. Als Rosa am Ende des Gartens an den Platz kam, der jetzt an ein verlassenes Volleyballfeld erinnerte und früher der Ort gewesen war, an dem der Zirkus sein Zelt aufgebaut hatte, beschlich sie ein komisches Gefühl. Gedanken an das Löwendrama kamen ihr in den Sinn. *Was, wenn Christopher Graf recht hatte – ein Ort des Schreckens blieb ein Ort des Schreckens, so viele schöne Blumen man auch draufpflanzte.*

»Archie!« Noch immer keine Antwort, kein Bellen, kein leises Klingeln seiner Hundemarke. Rosa drehte sich um und lief langsam zurück zu Karl, der sich auf einen der schmiedeeisernen Stühle unter der Blutbuche gesetzt hatte.

»Ein vortreffliches Plätzchen! Unter dem Fagus sylvatica purpurea hat man Garten und Schloss gut im Blick.«

»Nur nicht Möpse. Ich kann Archie nicht finden. Ob er vor das Schloss gelaufen ist? Komisch, er ist noch nie weggelaufen.«

»Vielleicht spürt er den Fluch oder das Unheimliche des Ortes hier. Eine Stimme, die nur Hunde hören, hat ihn weggelockt – wie eine Sirene.«

»Du meinst, es gab Leckerchen irgendwo? Das müsste dann Anna wissen. Na komm, wir schauen im Haus nach. Ein Mops ist doch kein Schlossgespenst, und zwei ehemalige Lehrer haben vieles erlebt, aber sind ganz bestimmt nicht abergläubisch, nicht wahr, Karl?« Rosa lobte sich insgeheim selbst für ihren Pragmatismus, den sie sich im Laufe ihrer Schuljahre wie ein Fell zugelegt hatte und reichte ihrem Freund die Hand, um ihm vom Gartenstuhl hochzuhelfen. Gemeinsam liefen sie auf dem Kiesweg vorbei an Springbrunnen, Obstbäumen und der blühenden Terrasse. Langsam kam es Rosa doch merkwürdig vor, dass ihr verträumter Archie, der normalerweise an jeder Blume schnupperte und an jedem Baum sein Beinchen hob, zum wilden Ausbüxer geworden sein sollte. *Er konnte sich doch nicht in Luft aufgelöst haben! Was, wenn er wirklich aus dem Garten bis raus auf die Straße gelaufen war? Rosa beschleunigte ihre Schritte. Wenn ihrem Archie etwas zustoßen würde ...* Sie wollte nicht weiterdenken. Durch die angelehnte Terrassentür gelangten sie ins Haus. Im Schloss war es still geworden. Anna schien ihre Arbeit in der Küche beendet und sich zurückgezogen zu haben. Martin Grimm erholte sich, vermutlich wie angekündigt, in seinem Zimmer, und auch Christopher Graf war nirgendwo zu sehen.

»Archie?« Rosa hatte ihre Stimme gesenkt. Schließlich wollte sie nicht durchs ganze Haus brüllen. Sie kramte in ihrer Handtasche und fand eine Tüte mit Hundekuchen. Normalerweise kam Archie schon schwanzwedelnd an, wenn sie nur mit der Tüte raschelte. Aber das Haus war wie ausgestorben. Panik kam in ihr auf.

»Psst!« Rosa hob den Finger an die Lippen und bedeutete Karl, innezuhalten und zu lauschen. Ein entferntes, hohes Geräusch drang an ihre Ohren. *Wie gut, dass meine Ohren noch mitspielten und trotz lärmender Schulklassen über die Jahre hinweg keinen Schaden genommen haben.* Sie hatte sie jahrzehntelang eher trainiert, um jedes Tuscheln orten zu können. Rosa schlich dem Geräusch nach bis zur Kellertreppe. Sie spürte ihren Herzschlag im Hals.

»Das kommt von da unten.« Ihre Stimme klang belegt. »Warte hier, Karl, ich schaue nach. Es reicht, wenn sich einer von uns einen Oberschenkelhalsbruch zuzieht.« Langsam stieg sie in die Dunkelheit hinunter. Wie es aussah, waren hier die Handwerker noch nicht gewesen. Nur eine schlichte Kellerleuchte versuchte erfolglos, den Weg zu erhellen. Vorsichtig tastete sich Rosa weiter. Ihre Beine zitterten. *Jetzt bloß nicht stürzen.* Das Geräusch, das sie schnell als jaulenden Hund identifizierte, wurde lauter, bis sie vor einer geschlossenen Tür stand.

»Archie?« rief Rosa laut. Hinter der Tür war ein Bellen und Kratzen zu hören. Sie drückte die Klinke herunter und stieß die Tür auf, und ein auf und ab hüpfendes Fellknäuel namens Archie schoss ihr entgegen. Rosa schloss ihren Mops in die Arme, vor Erleichterung kamen ihr die Tränen. »Ja, mein Lieber, was machst du denn hier? Wie kommst du in diesen dunklen, unheimlichen Keller?« Nachdem ihr der kleine, pummelige Hund einmal kreuz und quer übers Gesicht geleckt hatte, peste er auch schon an ihr vorbei die Treppe hoch, als sei er auf der Flucht vor dem Schlossgespenst. Rosa holte erleichtert tief Luft und versuchte die Aufregung wegzuatmen. Sie warf noch einen Blick in den Kellerraum. Die Tür, die zum Garten führte, war geschlossen. Von allein konnte Archie also nicht reingekommen sein, es sei denn, er hatte mittlerweile gelernt, Türklinken herunterzudrücken, wovon Rosa allerdings nichts wusste. *Wer in Gottes Namen sperrt meinen Mops in diesen verlassenen Kellerraum? So ein Mensch gehört selbst eingesperrt.* *Bevor eine riesengroße Wut ihre Aufregung ablöste,* schloss sie die Tür und folgte ihrem Hund nach oben. Als Rosa mit Karl und Archie, diesmal durch den Haupteingang, wieder nach draußen trat, freute sie sich wie lange nicht mehr über die warmen Strahlen der Abendsonne, die ihnen ins Gesicht schienen und sie auf ihrem Nachhauseweg bis ins heimische Bonn begleiten sollten.

Kapitel 43

Nach diesem Tag wollte Rosa noch nicht zurück in ihre Wohnung fahren, um den Abend allein bei einem Käsebrot vor dem Fernseher zu verbringen. Sie musste über das, was heute alles geschehen war, reden. Da war sie eben doch ganz Rheinländerin. Wie dankbar war sie deshalb für ihre lebhafte Gärtnerei-Familie. Also steuerte Rosa, nachdem sie Karl samt dem alten Tagebuch bei ihm zu Hause abgesetzt hatte, noch einmal ihre Arbeitsstätte an, wo ihre Mutter Roswitha und Mitarbeiter Willy schon im Feierabendmodus waren, wie ihr schien. Die Türen standen offen, aus dem Café nebenan drang laute Schlagermusik. Ihre Mutter wischte gerade den Verkaufsraum feucht durch, während Willy sich einen der leeren Blumeneimer auf den Kopf gesetzt hatte und im Takt der Musik über den Wischmopp sprang, als sei er sechseinhalb und nicht um die achtzig. Konditorin Sarah lehnte im Türrahmen zum Café, lachte sich kaputt und klatschte rhythmisch dazu. *Wie unterschiedlich doch die Atmosphäre von Häusern sein kann,* dachte Rosa. Gerade noch hatte sie mit einem leichten Frösteln auf den Armen das prächtige Schloss verlassen, in dem es nicht mit rechten Dingen zuging. Hier in ihrer bescheidenen Gärtnerei mit Café und Planungsbüro empfing sie dagegen Wärme und lautes Gelächter. Die Menschen waren es, die einen Ort zum Leben erweckten. Oder eben jedes Leben abtöteten. Und diese Menschen, die sie vor sich sah, bemerkte Rosa lächelnd, waren eindeutig verrückt. Oder, wie Willy es ausdrücken würde, bekloppt wie ein Schnitzel, von beiden Seiten. Sie klopfte ihrem ältesten Mitarbeiter zur Begrüßung auf den Blecheimer und gab ihrer Mutter einen Kuss auf die Wange.

»Übt ihr schon für Karneval, oder hat Willy Holunderbeeren gefuttert?«

Willy nahm den Eimer vom Kopf. »Futtern, datt is ene sehr jutes Stischwort!« Auffordernd sah er Sarah an.

»Ich habe jede Menge Brioches übrig, wenn ihr mögt.«

»Ich hole Holundermarmelade, ein Glas haben wir noch. Hat sich sehr gut verkauft!« Roswitha stellte den Wischmopp ab, während sich der Rest ein Plätzchen im Café nebenan suchte.

»Sag mal, Sarah, gibt es Neuigkeiten von Isadora? Weißt du schon, wann sie kommt?« Beim Anblick der Köstlichkeiten in Sarahs Café bemerkte Rosa, wie hungrig sie war.

»Ich habe nichts mehr gehört«, Sarah zuckte mit den Schultern. »Sie muss unterwegs nach Deutschland sein, aber wenn sie meiner Familie ähnelt, dann wird sie einen Zwischenstopp nach dem anderen einlegen, um Freunde zu besuchen. Das kann dauern.«

»Hmm. Verstehe.« Rosa zog die Briefe aus ihrer Handtasche. »Ehe ich es vergesse: Schau mal, was wir im Schloss gefunden haben. Wir vermuten, dass das hier alte Liebesbriefe der Seiltänzerin an Freiherrn Georg sind. Täusche ich mich oder sprichst du fließend Französisch? Dann könntest du uns helfen, die zu übersetzen.«

»Schaue ich mir gerne an. Habt ihr denn euren Freiherrn endlich gefunden?«

Rosa berichtete von ihrem Tag, der mit einem unerreichbaren Georg begonnen hatte, mit einem verunglückten Diener weitergegangen war und mit einem verschwundenen Archie fast hätte enden müssen.

»Isch hätt jeglaubt, ene Hunk riescht die Jefahr und setzt sisch nisch mittenrein!« Willy setzte sich mit seinem Feierabend-Kölsch an den Tisch.

»Wahrscheinlich hat jemand aus dem Haus nur aus Versehen die Tür geschlossen und Archie war noch drin. Ich weiß zwar nicht, wie man einen Mops übersehen kann, aber muss ja kein böser Wille gewesen sein.« So ganz glaubte Rosa selbst nicht, was sie da sagte.

»Ach, du lieber Hund!« Roswitha knuddelte Archie, der sein unfreiwilliges Gefängnis gut überstanden hatte. »Hat dich jemand eingeschlossen! Wer tut denn so etwas? Wenn dich niemand gefunden hätte. Ogottogottogott! Ich darf gar nicht daran denken.«

Rosa winkte ab. »Er ist ja wieder da. Vielmehr interessiert mich, wer die Sicherung wieder reingedreht hat, sodass Martin fast von seiner Leiter geflogen ist.«

»Datt kann doch nur die Köchin des Grauens jewesen sein.«

»Ach, Willy, du hast zu viele Jerry-Cotton-Heftchen gelesen.«

»Woret nisch dattselbe Frolleinschen mit dem Giftbüchlein? Und watt vom Löwen übrisch blieb im Schrank? Wär auch ene schöne Buchtitel.«

»Du meinst, die Tüte mit den Knochen? Dass die Köchin hinter allem steckt?« Auch wenn die Fakten gegen Anna sprachen, konnte Rosa sie sich einfach nicht als Kopf hinter all den Morden und Unfällen vorstellen. Und auch ihre Mutter sah es wie immer pragmatisch.

»Wer den ganzen Tag in der Küche steht, ist doch viel zu müde für Sperenzchen. Ich wüsste auch gar nicht, welche Sicherung die richtige für was ist und wie man die rein- oder rausmacht.«

»Wenn datt Hebelschen runter is, isse aus, wenn et oben is, isset scharf. Is wie in der Liebe.«

Irritiert blickte Rosa ihren ältesten Mitarbeiter an und zweifelte kurz, ob er wirklich meinte, was er da sagte.

»Wie dem auch sei, ich muss meine Haltung gegenüber Martin wohl korrigieren. Womöglich ist er auch ein Opfer.«

»Einen Tach mit dem Jelehrten und schon spricht se auch so jeschwollen.«

Rosa ließ sich von unqualifizierten Bemerkungen nicht aufhalten. »Laura Graf scheidet aus, sie ist bei ihrer Schwester in Köln, wenn man ihrem Mann Glauben schenken mag. Bleibt Anna, die aber sehr emotional auf die Vorwürfe von Martin reagiert hat. Und Christopher Graf, der wiederum richtiggehend verzweifelt ist.«

»Vielleischt spielen die alle zusammen bloß Hänneschentheater.«

»Andererseits – ich habe mir vorhin den Keller, in dem Archie saß, genau angesehen. Die Tür, die zum Garten führt, die war zwar zu, aber nicht abgeschlossen. Da könnte also theoretisch jeder reinkommen und im Haus Unsinn machen. So gesehen sind wir so klug wie vorher. Und der Freiherr will uns auch nicht sehen.« Rosa seufzte und biss in eine der Brioches, die ihre Mutter aufgeschnitten und mit Holundermarmelade bestrichen hatte. Sarah erschien mit Getränken und den Briefen in der Schürzentasche.

»Ich habe kurz reingelesen. Sehen mir tatsächlich aus wie Liebesbriefe, alle fangen sie an mit *George, mon chéri,* also *Georg, mein Liebling*, und sind unterschrieben mit einem großen I., das könnte für Isadora stehen.«

»Ha, damit wäre doch die Beziehung der beiden bewiesen.«

»Wie juht, datt et damals noch keine E-Mails gab.«

Sarah setzte sich zu ihnen an den Tisch. »Ich kann beim ersten Überfliegen allerdings nichts von toten Löwen oder Dompteuren finden. Vermutlich wurden die Briefe vorher geschrieben.«

»Moment, das haben wir gleich. Hier irgendwo muss doch noch der Artikel von früher über das Unglück sein, den Moritz mir mitgebracht hat.« Rosa wühlte in ihrer Handtasche. »Ha, hier ist er, eine Sekunde.« Sie verglich das Datum der Briefe mit dem des Artikels. »Richtig, die Briefe wurden Wochen vor dem Zirkusdrama verfasst. Was schreibt sie noch?« Rosa überflog einen der Briefe, ohne ihn zu entziffern. Ihre Französischkenntnisse musste sie ehrlicherweise bestenfalls mit befriedigend benoten.

»Dass sie froh ist, dass der Zirkus jetzt regelmäßig im Garten Aufführungen hat, und dass sie hofft, dass es Georgs Mutter bald besser gehe«, ergänzte Sarah.

»War sie krank?«

»Das steht hier nicht, nur dass sie Georgs Mutter gerne nach der Vorstellung begrüßen würde, um sich dafür zu bedanken, dass sie in ihrem Garten gastieren dürfen.«

»Dann war es die Idee von Georgs Mutter, den Zirkus auf das Schlossgelände zu holen?«

»Klingt fast so.« Sarah faltete einen der Briefe wieder zusammen und schob ihn in den Umschlag zurück.

»Ich bin so gespannt, von Isadora persönlich die Geschichte von früher zu hören.«

»Zirkusmädschen musste sein, dann kommste auch ins Schlösschen rein. Datt reimt sisch, und watt sisch reimt, is joht. Sagt Pumuckl.« Roswitha kicherte über Willys Spruch.

»Schade, dass wir nur eine Gärtnerei und keinen Zirkus haben, sonst könnten wir im Altersheim vom Freiherrn auftreten und Rosa könnte mit ihm sprechen.«

»Isch hab bald Archie so weit für ene janz tolle Nummer. Er will nur datt Kostüm nischt tragen.«

Rosa blickte irritiert ihre Mitarbeiter an. *Hatten die heute Stärkeres als Kölsch intus?* Dass es hier um die Aufklärung eines Mordes ging, hatten die beiden wohl verdrängt.

»Ich wollte schon immer auf einem Pferd stehen und mit Bällen jonglieren.« Ihre alte, kleine Mutter bekam strahlende Augen wie eine junge Frau. »Auftreten vor ganz großem Publikum. Aber zu mehr als mit dem Chor zur Christmette in St. Josef hat's leider nie gereicht.«

»Dein lieblisches Stimmschen will isch hören!«

»Singen, das ist es!« Rosa sprang auf. »Natürlich, die Idee, wir treten auf!«

»Als watt denn? Als Chor der Verblühten? Als singende Gereatrie? Die fröhlischen Rollatoren?« Willy redete sich in Form. »Isch kann aber nur Karnevalshits und auch nur, wenn isch die Stimme jeölt hab.« Er prostete ihr mit seiner Kölschflasche zu.

»Ihr doch nicht.« Rosa setzte sich wieder. »Meine Schüler! Meine Musicaltruppe.« Sie blendete kurz aus, dass es nicht mehr ihre Schüler waren. »In besseren Altersheimen treten doch immer wieder Künstler auf.«

»Ich war mal bei Konrad Beikircher im Augustinum«, stimmte Roswitha zu. »Das war ganz lustig, aber einige sind auch eingeschlafen. Oder verstorben, das war nicht zu erkennen.«

Rosa nickte enthusiastisch. »Das freut doch die Alten, wenn mal was los ist. Junge Menschen mit schönen, bekannten Liedern und alles umsonst – da kann die Heimleitung doch gar nicht Nein sagen. Ich muss sofort Karl anrufen und die Schüler zusammentrommeln. Also, wenn der Freiherr beim *König der Löwen* nicht weich wird, weiß ich auch nicht.«

Am Ende eines langen Tages stieg Rosas Stimmung endlich.

Nur einer blieb skeptisch.

»Männer, die Musicals mögen, waren mir schon immer suspekt. Wenn ihr Glück habt, is euer Georsch schwerhörisch.«

Kapitel 44

Am nächsten Morgen griff Rosa als Erstes nach dem Telefonhörer. Sie hatte einiges zu organisieren. Und einen Garten, der vollendet werden musste. Deshalb war die erste Nummer, die sie wählte, die von Andy. Das Bild eines blühenden Magnolienbaums hatte sich in Rosas Vorstellung von einem perfekten Schlossgarten festgesetzt, und Flieder hatte sie eh geplant. Jetzt war die richtige Zeit, die Zierpflanzen in die Erde zu bringen, hoffentlich hatte Andy sie auf Lager.

»Wie geht's deinem Fuß? Was bin ich froh, dass du dir nicht deinen grünen Daumen gezerrt hast.«

»Besser, vielen Dank, Rosalinde, wie schön, dich zu hören, was macht das Schlossgespenst?« Andys tiefe Stimme ließ sie lächeln. Rosa berichtete ihrem Baumschulfreund von den letzten Ereignissen und ihrem Vorhaben. Andy wurde still am anderen Ende.

»Sei vorsichtig«, sagte er schließlich. »Wenn in diesem Altersheim wirklich ein Mörder hockt, lässt er sich weder von einem Haufen Schüler noch von vielen gebrechlichen alten Menschen um sich herum davon abhalten weiterzumorden. Nicht, dass du deine Schüler in Gefahr bringst. Und natürlich dich. Ich mag gar nicht daran denken.«

Rosa seufzte. »Du hast ja recht.« Entweder hatte Freiherr Georg die Stiftsleiterin selbst um die Ecke gebracht oder den Auftrag dazu erteilt. Weil er nicht gefunden werden wollte, weil er seine Taten aus der Vergangenheit vertuschen musste. Aber was, wenn er selbst das Ziel wäre? Dann war die tote Stiftsleiterin nur eine Zwischenstation auf dem Weg zu ihm gewesen. Und wer auch immer sie umbringen musste, er oder sie hatte ihr vorher mit großer Wahrscheinlichkeit entlockt, wo der Freiherr zu finden war. Und genau dieser Ort würde das nächste Ziel sein. So oder so – sie mussten sich beeilen. Und enorm aufpassen.

»Ich verspreche, wir werden vorsichtig sein. Ich überlege schon, welche Titel wir singen sollen. Was meinst du, *Circle of Life* aus dem *König der Löwen* erscheint mir passend und hat noch kein Auge trocken gelassen. Ach, ich merke gerade, wie ich das vermisst habe.«

»Die Schule fehlt dir? Deine Schüler? Hast du die Gartenarbeit etwa schon satt?« Andys Stimme klang gedämpft, vielleicht sogar ein klein wenig enttäuscht.

»Nein, nein, wenn in Zukunft nicht in jedem Garten Tote auf mich warten, bin ich schon lieber an der frischen Luft als im stickigen Klassenzimmer. Du machst dir keine Vorstellung davon, wie eine Klasse Pubertierender im Hochsommer müffeln kann, das kommt schon sehr an die Duftrichtung Löwe in der Brunftzeit ran, um beim Thema zu bleiben. Nur meine Musicaltruppe, die Arbeit mit ihr fehlt mir. Die Musik!«

»Ich habe dir doch schon mal erzählt, dass ich Gitarre spiele, in einer Band«, startete Andy am anderen Ende den Anlauf, Rosa erneut einzuladen.

»Du meinst, ihr spielt auch in Altersheimen? Dann hätte ich auch dich engagieren können, tut mir leid, hatte ich völlig vergessen.«

»Ähm, nein, nicht ganz, meine Musik spiele ich dir ein anderes Mal vor.«

»Sehr gerne! Jetzt muss ich nur noch den neuen Heimleiter davon überzeugen, dass er einen Haufen Schüler ins Haus lässt. Sehr talentierte Schüler, na ja, die meisten.«

»Wie ich dich kenne, Rosalinde, wird die Heimleitung deinem Charme und deiner Tatkraft erliegen«, gab ihr Andy Krawinsky zum Abschied mit und fügte leise hinzu: »Geht mir im Übrigen ganz genauso.«

Lächelnd legte Rosa auf. Die Liebe zur Musik und zu allem, was grün ist – jetzt hatten Andreas Krawinsky und sie also schon zwei Gemeinsamkeiten! Fehlte nur, dass er auch Tassen aus dem englischen Königshaus sammelte. Davon würde sie sich überzeugen können, wenn sie ihn endlich zu Hause besuchte. Aber jetzt gab es Dringenderes. Ein neuer Heimleiter, der unter unglücklichen Umständen seinen Job angetreten hatte, musste von den musikalischen Fähigkeiten einer ihm unbekannten Horde Schüler und von der Wichtigkeit eines Auftritts überzeugt werden. Und ihre ehemaligen Schüler natürlich auch. Aber hatte sie nicht dreißig Jahre lang meist desinteressierten Kindern die Bedeutung der Fotosynthese und das Brutpflegeverhalten der Sandwespe beigebracht? Dagegen war das hier, wie Willy es ausdrücken würde, doch Kinderkacke.

• • •

Ihre Schüler erwiesen sich als das kleinste Problem. Rosa hatte einfach als Erstes den gut aussehenden Quentin angerufen, der im Laufe der Jahre zwar eher durch seinen Stimmbruch als durch seine Musikalität auf sich aufmerksam gemacht hatte, dem aber alle Sopranstimmen blind folgten. Und wenn erst einmal die Mädchen an Bord waren, erinnerten sich auch die anderen Jungs daran, wie gerne sie sangen. Und die Aussicht, einmal nicht nur in der Schule, sondern »draußen« aufzutreten, auch wenn es sich um ein Altersheim handelte, fanden alle »mega«. Vor allem als sie hörten, dass Konditorin Sarah Kuchen beisteuern wollte. Aber Rosas größtes Erfolgserlebnis des Morgens war der neue Heimleiter, der sich als noch recht junger Mann aus Düsseldorf mit ehrgeizigen Ambitionen für seine Seniorenresidenz entpuppt hatte und ohnehin gerade Großes für den Unterhaltungsbereich im Haus plante, wie er es nannte. Und da kam ihm zu seinem Start als Direktor eine preisgekrönte Musicaltruppe als Highlight am Wochenende gerade recht. Zumal sie auch noch umsonst zu bekommen war. Das mit dem preisgekrönt hatte Rosa als Argument dazuerfunden und dem Heimleiter ein Video ihrer Schüler als Bestätigung geschickt. Und behauptet, sie übten schon für die Adventszeit und hätten im Unterricht gerade generationenübergreifendes Engagement durchgenommen. Außergewöhnliche Zeiten erforderten außergewöhnliche Einsätze und Strategien, beruhigte sie sich und kam sich vor wie Konzertagentin meets Detektivin, formerly known as Lehrerin für Bio und Erdkunde mit Nebenfach Musical.

Mit Archie auf der Rückbank und zwei Fliederbäumchen und einer Magnolienpflanze im Kofferraum düste Rosa wenig später zum Schloss. Kaum zu glauben, dass aus diesen überschaubaren kleinen Gehölzen einmal große, duftende Bäume und Büsche werden würden. Das liebte Rosa an der Gärtnerei, an der Arbeit mit lebendigem Grün: Sie verhalf dem Schönen zum Leben, ihre Hände brachten es zum Erblühen. Und was für eine langlebige Schönheit die Magnolie war! Sie wurde auf Dauer gepflanzt. So wie sich vor vielen Jahren jemand etwas dabei gedacht hatte, als er oder sie die wunderschöne Blutbuche in den Garten gesetzt hatte, die locker zweihundert Jahre alt werden konnte, so hoffte Rosa mit der Magnolie für die nächsten Jahrzehnte blühende Freude in den Schlossgarten zu bringen. So ein Magnolienbaum konnte ein Jahrhundert voll machen, es soll sie schon vor über hundert Millionen Jahren auf der Erde gegeben haben. Rosa konnte sich eine derartig lange Zeitspanne unmöglich vorstellen. Dafür war zumindest ihr Lehrerhirn zu klein, vielleicht ging es da Karl anders mit seinem Hang zum Altertum. Er würde sich hoffentlich auch noch melden – mit neuen Erkenntnissen aus den alten Tagebüchern.

Rosa parkte den Mini vor dem Schloss, ließ Archie schon mal für eine Schnupperrunde raus und tauschte ihre Sandalen gegen Gummistiefel. So lange es ging, verzichtete sie auf Socken und festes Schuhwerk, um das Sommerfeeling zu wahren. Aber im Garten ging es rustikaler zu. Das Einpflanzen würde sie heute allein schaffen. So sehr sie die Zeit mit ihrem Neffen auch genossen hatte, aber seine Semesterferien gingen dem Ende entgegen. Moritz hatte aber noch versprochen, von ihrer Musicalaufführung in seinem Blättchen zu berichten. Zumindest wollte er dabei sein und unauffällig mit den Bewohnern über den Freiherrn sprechen.

Während sich Rosa in die Gummistiefel quälte, sah sie, wie sich die Eingangstür des Schlosses öffnete. Christopher Graf trat heraus, mit einer Frau, die nicht Laura Graf war. Eine sehr junge und hübsche Frau, bemerkte Rosa. Richtiggehend vertraut kam es ihr vor, wie Christopher seine Hand auf den Rücken der Frau legte und ihr zum Abschied einen Kuss auf die Wange drückte. Es ging sie gar nichts an, ermahnte sich Rosa, welche Beziehungen er zu jungen Frauen unterhielt, während seine eigene hochschwanger bei ihrer Schwester weilte. Das tat sie doch, oder? Er hätte sie auch verschwinden lassen können, mit Martins Hilfe. Rosa schüttelte den Kopf und hievte die Pflanzentöpfe aus dem Kofferraum, langsam wurde sie paranoid und sah überall Verbrechen.

Als sie Flieder und Magnolie als seitliches Highlight rechts und links im Garten in die Erde gebracht hatte, mit dem springenden Archie um sie herum, betrachtete Rosa ihr Werk. Und traute sich gar nicht, es auszusprechen: Sie war fertig. Er war fertig. Ihr erster gestalteter Garten. Sie sah sich um. Die Äpfel am Baum sahen gelb und gesund aus und schienen nicht den Würmern zum Opfer gefallen zu sein. Ein paar Brombeeren hingen noch an der Hecke, rund um die Terrasse blühte und duftete es, auch wenn der Sommer zu Ende ging. Ihre Kiss-me-Kate-Rosen brauchten zwar noch eine Saison, bis der Rosengang völlig umwachsen war, aber ein paar Blüten zeigten sich schon. Die Blutbuche würde erst spät ihre Blätter verlieren und so lange eine Augenweide bleiben, um mal eben Bäumchen wechsle dich zu spielen. Rosa war stolz, diesen riesigen Schlossgarten in den Griff bekommen, zu neuem Leben erweckt zu haben. Perfekt würde er erst werden, wenn Familie Graf ihre Tage und Abende hier drin verbrachte. Wenn sie sich wohl- und zu Hause fühlten. Aber davon waren sie noch weit entfernt. Nachdenklich lief Rosa zurück zum Haus. Die Erde auf den Rabatten und auch der Rasen sahen trocken aus. Sie musste Martin Bescheid sagen, er sollte sie besser wässern in dieser regenarmen Zeit. *Ob er sich von seinem elektrischen Schlag und dem damit verbundenen Schrecken erholt hat?*

In der Eingangshalle traf Rosa auf Anna, die mit einem Tablett voller Kuchen gerade in die oberen Etagen wollte.

»Wo finde ich denn Martin? Ich habe noch etwas mit ihm zu besprechen.«

»Der ist in seinem Zimmer, hat ein paar Krankheitstage genommen, der Ärmste. Und alles wegen mir. Ich wollte ihm gerade was hochbringen.«

»Lassen Sie mich das doch machen.« Rosa drückte Anna die Leine in die Hand und schnappte sich im Tausch das Tablett. »Dann müssen Sie nicht die vielen Treppenstufen steigen, ich lasse Archie kurz bei Ihnen.« Bevor Anna etwas entgegnen konnte, entschwand Rosa in die oberste Etage. Sie klopfte an Martins Zimmer, und als keine Antwort kam, öffnete sie die Tür. Rosa hatte den Diener im Bett oder auf seinem Sessel erwartet, aber das Zimmer war leer. Sie stellte das Tablett auf dem Schreibtisch ab, direkt neben ein dickes Buch. Rosa lauschte kurz in den dunklen Flur, ob sie eine Toilettenspülung hörte oder sonstige Geräusche, die auf Martins baldige Rückkehr schließen ließen, aber es blieb still. Das Buch stellte sich als altes Fotoalbum heraus, in dem Rosa viele Schwarz-Weiß-Bilder von Menschen entdeckte, ebenso das Schloss und den Garten im Hintergrund. Das schien ein altes Familienalbum der zu Loewensteins zu sein. Was hatte das in Martins Zimmer zu suchen? Beim Durchblättern fiel ein Foto heraus, das sie wiedererkannte. Es war das Bild, das sie bei ihrem ersten Besuch über Martins Sessel an der Wand entdeckt hatte und das beim zweiten Besuch verschwunden war. Bis jetzt. Ein Mann mit einem Jungen neben sich war darauf zu sehen. Rosa klappte das Album zu und machte sich auf den Weg nach unten.

Sie hatte Fragen an Anna, die in der Küche schon das Abendessen vorbereitete und Archie mit einer Schale Wasser versorgt hatte.

»Sagen sie, Anna, haben Sie eigentlich noch den Vater des Freiherrn Georg kennengelernt?«

Rosa erntete einen erstaunten Blick, bekam aber eine Antwort. »Als ich damals ins Haus kam, ging der Vater von Freiherrn Georg gerade ins Heim. Seine Frau war gestorben, die Mama vom Georg, da wollte er nicht allein hierbleiben.«

»Was war er für ein Mensch, Heinrich hieß er, richtig?«

Anna zuckte mit den Schultern, während sie im Topf rührte. »Soll kein einfacher Zeitgenosse gewesen sein. Aber wenn Se datt jenau wissen wollen, müssen Se Martin fragen. Der kam wohl janz jut mit ihm aus.«

»Ist das der alte Freiherr?« Rosa zeigte ihr das Foto aus dem Album. Anna warf einen Blick darauf.

»Ja, so sah der aus.«

»Und der Junge daneben ist dann sein Sohn Georg. Sie waren zusammen auf der Jagd, wie es aussieht.«

»Nein, das ist nicht der Georg. Der ist doch viel größer. Das sieht aus wie unser Martin, da war er aber noch sehr jung.«

»Martin?« Rosa blickte erstaunt auf das Foto. Sie hatte angenommen, den Freiherrn auf dem Foto zu sehen. »War er denn so dicke mit dem Schlossherrn?«

»Sie haben sich wohl gut verstanden, das hat mir Martin mal in einer, äh, ruhigen Minute erzählt. Er hat seinen eigenen Vater ja früh verloren, die Mutter war krank, na ja, man sagt, sie hat zu viel getrunken. Da musste er früh Geld verdienen. So kam der hierher. Ist verdammt lange her.«

»Dann war Heinrich so was wie ein Ersatzvater für ihn?«

»Das müssen Sie ihn schon selbst fragen.«

»Das würde ich ja gerne.« Rosa ließ das Foto sinken. »Aber Martin ist nicht dort, wo er sein sollte.«

Ihr ungutes Gefühl verschwieg sie und dachte nur bei sich: *Es wird Zeit, dass wir Freiherr Georg finden. Wer weiß, wer sonst noch in Kappeshoven dran glauben muss.*

Kapitel 45

Rosa sah keinen Zusammenhang. Ü, B, J, Ö, R, L, S. Was, bei der heiligen Gemüsezwiebel, sollte sie daraus nur machen? Sie saß vor ihrer Buchstabenschiene mit Karl beim letzten Scrabble-Spiel vor ihrer großen Musicalaufführung im Altersheim und war ratlos. Eigentlich hatte das Spiel sie beruhigen sollen, aber stattdessen ploppten in ihrem Kopf Begriffe auf wie »Mord«, »Heimtücke«, »Eifersucht«, »Liebesdrama«. Wörter, die sie mit ihren weißen Buchstabenplättchen aus dem Beutel nicht aufs Spielfeld legen konnte. Nicht heute Abend.

Frustriert schob sie sich ein Stück Zwiebelkuchen in den Mund und spülte ihn mit Federweißer runter, den sie auf dem Nachhauseweg erstanden hatte. Der Zwiebelkuchen war ausnahmsweise mal nicht selbst gemacht, zumindest nicht von ihr. Sarah hatte ihn als Abwechslung zu den süßen Teilchen heute im Café angeboten und damit offiziell den Frühherbst eingeläutet. Aber das Rezept hatte sie ihr mitgegeben, der Herbst konnte schließlich noch lang werden.

Rosa seufzte und starrte zum wiederholten Mal auf ihre Scrabble-Buchstaben. Sie spürte, wie ihr Ehrgeiz, heute endlich mal wieder zu gewinnen, gerade ihrer Neugierde Platz machte. Über den Rand ihrer Lesebrille schaute sie ihren Mitspieler Karl an.

»Jetzt sag schon, wie weit bist du mit dem Tagebuch? Hast du alles entziffern können?«

Karl schien eine ähnlich schwierige Buchstabenkombination gezogen zu haben, zu gerne ließ er sich ablenken.

»So schnell schießen die Preußen nicht, liebe Rosa, vergiss nicht: Die altdeutsche Schrift ist auch mir nicht geläufig, wenn auch nicht gänzlich fremd.« Er verschränkte die Arme vor der Brust. »Ich begreife nur eins noch immer nicht. Warum hat jemand vor fünfzig, sechzig Jahren so geschrieben? Es waren die wilden Sechziger. Frauen verbrannten ihre BHs und trugen Miniröcke, Männer flogen zum Mond, aber in deinem Schloss schrieb jemand in der Schrift eines anderen Jahrhunderts. Wie altmodisch. Und das sage ich, liebste Rosa!« Er lächelte Rosa durch seine goldene Brille an und prostete ihr mit seinem Weinglas zu.

»Hast du denn irgendetwas lesen können?«

»Nun ja. Es ist doch so.« Karl räusperte sich. *Das konnte ein längerer Vortrag werden.* »Nicht jede Seite eines Tagebuchs bringt große Erkenntnisse oder offenbart geheime Blicke in die hintersten Winkel der menschlichen Seele. Ich selbst habe als junger Mann Tagebuch geführt und darin durchaus auch vermerkt, wenn die Klavierstunde ausgefallen war oder ich eine Zahnplombe verschluckt hatte oder …«

»Karl, bitte!« *Wie hatte Karl nur seine Schülerinnen und Schüler während einer Unterrichtsstunde bei der Stange halten können bei seinen Ausschweifungen?* Rosa wandte sich dem Zwiebelkuchen zu.

»Nun gut, wenn wir also von einigen Redundanzen und Nichtigkeiten in diesem Büchlein absehen, so ist mir doch eine Passage ins Auge gestochen.« Karl zog seine Notizen in Form von kleinen, linierten Karteikarten aus seiner Westentasche. »Er schrieb sehr häufig von ihrer Schönheit, ihrer Grazie, seiner großen Liebe zu I.«

»I wie Isadora!«

»Vermutlich. ›Unerreichbar‹, dieses Wort taucht häufig auf, ist sogar unterstrichen. Einige Seiten weiter allerdings heißt es schon etwas bestimmter: *Sie wird mein. Ich kann ohne sie nicht leben. Ich brauche sie, sie ist mein Ein und Alles.* Und so weiter und so fort und schließlich: *Wenn nur ihr Mann nicht wäre. Ich muss etwas tun, sonst verliere ich sie.* Damit brechen die Aufzeichnungen ab. Die letzten Seiten in dem Buch sind leer.«

»Du meinst«, schlussfolgerte Rosa und hatte Scrabble-Spiel und Zwiebelkuchen zwischenzeitlich völlig vergessen, »an diesem Punkt kam unser damals junger Georg auf die Idee, dass der Dompteur weg muss? Und beschloss, ihn aus dem Weg zu schaffen?«

»Möglich. Wenn er es auch nicht ausdrücklich schreibt.« Karl sortierte die Kärtchen und steckte sie zurück in seine Weste.

»Das wäre ja auch schön dumm. Die Polizei hat ihn nach dem ›Unfall‹«, Rosa zeichnete mit ihren Fingern Anführungsstriche in die Luft, »des Dompteurs sicherlich überprüft, dann haben sie bestimmt auch diese Aufzeichnungen gefunden und gelesen.«

»Oder sie konnten sie nicht entziffern, weil Georg alles in dieser alten Schrift verfasst hat, die auch damals nicht mehr jeder lesen konnte. Das ist besser als irgendeine Geheimschrift. Natürlich hätten sie einen Experten suchen können, aber bei der Stellung der Freiherren hier in der Gegend hat es die Polizei vielleicht einfach auf sich beruhen lassen. Oder sie dachten, das sind die Übungen eines Germanistikstudenten, Althochdeutsch oder so etwas.« Es erschien Rosa vollkommen logisch, was Karl sich zusammenreimte. *Ob seine Schüler am Ende jeder seiner Geschichtsstunden auch solche Aha-Erlebnisse gehabt hatten?* Im Geiste nahm sie alles zurück, was sie über die Lehrmethoden ihres Ex-Kollegen noch vor wenigen Minuten gedacht hatte.

»Ein kluges Bürschchen, dieser Georg zu Loewenstein. Das wird mir immer klarer. Allein die Tatsache, dass er eine längst überkommene Schrift beherrschte, in seinem Alter, wenn ich da an Moritz denke ... Ich wäre ja schon glücklich, wenn seine Kurznachrichten auf dem Handy fehlerlos wären.« Rosa schüttelte den Kopf und lehnte sich so entspannt zurück, wie es die momentane Situation zuließ. »Ich bin auf jeden Fall froh, dass wir morgen Nachmittag mit unserer Musicaltruppe im Stift sind. Es wird Zeit, dass wir Georg treffen und mit all den Taten konfrontieren.« Sie rieb sich die Hände.

»Bist du dir denn sicher, dass er der Täter ist?« Karl sah seine Freundin kritisch an, die ihn anlächelte.

»Für den toten Dompteur hat er das stärkste Motiv: Liebe. Falls er den Plan hat, das Schloss vom neuen Besitzer renovieren zu lassen, um es dann günstig zurückzukaufen, muss er den Bürgermeister aus der Welt schaffen, mit seinem Nießbrauchrecht, das er ihm in einer schwachen Minute gewährt hat. Käme er an die Waffe von Laura Graf? Vielleicht hat er noch einen Schlüssel zum Schloss – oder Handlanger, die das für ihn erledigen. So lange taucht er im Stift unter. Als die Leiterin ihn verraten will, muss auch sie weg. Vielleicht hat sie ihn erpresst, aber er konnte ihr kein Schweigegeld bezahlen. Das macht durchaus alles Sinn. Aber ist das sicher? Mein lieber Karl, ich bin mir nicht mal sicher, ob wir das hohe C treffen. Aber eins weiß ich.« Rosa ließ sich den letzten Schluck Federweißer in ihrem Glas schmecken und griff nach ihren Scrabble-Steinchen. »Zwölf Punkte für nur drei Buchstaben ist gar nicht mal schlecht bei dieser bescheidenen Auswahl.«

Triumphierend sah Rosa ihren Spielpartner an und legte »B, Ö, S« aufs Spielfeld.

Kapitel 46

Rosa sah rot. Sie bremste ihren Mini ab und schaute in das strenge Gesicht von Peter Klein hinter seiner Kelle. Allerdings war ihr ehemaliger Schüler zu beschäftigt, um sie hinter der Scheibe zu erkennen, denn gerade lotste er eine Gruppe Kindergartenkinder über den Zebrastreifen, die Rosa an die Beatles auf einem ihrer Plattencover erinnerten. Natürlich war Peter als Oberkommissar auch für die frühkindliche Verkehrserziehung zuständig, erinnerte sich Rosa lächelnd und freute sich, dass sie das Pittermännchen einmal nicht auf seiner Wache aufsuchen musste, sondern ihm ganz zufällig über den Weg fuhr. Rosa ließ die Kinder passieren und parkte ihren Wagen in der nächsten freien Parkbucht am Seitenstreifen und stieg aus. Die Unterrichtsstunde mit dem Polizisten schien gerade zu Ende zu gehen, drum tippte Rosa ihm auf die Schulter.

»Mir scheint, du wärst auch ein guter Lehrer geworden, wenn's mit den Noten nicht so gehapert hätte.« Bevor Peter Klein flüchten oder etwas erwidern konnte, schob Rosa hinterher: »Ein guter Vater wirst du allemal. Und dass du ein guter Polizist bist, sehe ich, sehr gut, Peter.«

»Was wollen Sie heute wissen, Frau Reich? Ich denke, mit Verkehrsschildern kennen Sie sich aus, und einen neuen Kriminalfall gibt es nicht.«

»Aber vielleicht bald. Weißt du was, Peter, ich fahre dich zurück zu deinem Revier, aber vorher will ich dir noch was zeigen. Steig ein, Zeit für deine Mittagspause, ich verspreche dir, du wirst es nicht bereuen!«

Ähnlich hochtrabende Worte hatte Rosa auch ihrem Erich gesagt, als sie ihn zum ersten Rendezvous eingeladen hatte. Fast drei Jahrzehnte waren sie verheiratet gewesen. Manchmal musste man etwas wagen.

Heute früh hatte Rosa beschlossen, die Polizei in Gestalt von Peter in ihr Löwengeheimnis einzuweihen. Vielleicht bekam sie im Gegenzug noch etwas über Freiherrn Georg und seine Angestellten heraus.

Deshalb schob sie den Oberkommissar nach seinem »Also gut, ich habe aber nur eine halbe Stunde« ins Auto, wo ihn Archie freudig begrüßte, und fuhr mit ihm dorthin, wo alles angefangen hatte – in den Schlossgarten.

»Wenn es dir nichts ausmacht«, begann Rosa, als sie in die Auffahrt einbogen, und reichte ihrem Ex-Schüler eine Arbeitsjacke von der Rückbank. »Zieh die über und lass deine Mütze im Auto, sonst bekommen die Bewohner noch einen Herzinfarkt, wenn die Polizei schon wieder vor der Tür steht.«

Peter schaute skeptisch, tat aber wie geheißen. Dafür verkniff sich Rosa auch einen weiteren Spruch mit Erinnerungen an die Schulzeit, die nicht für alle Anwesenden beglückend gewesen war.

Rosa führte Peter um das Haus herum in den Garten.

»Du wolltest wissen, warum ich jetzt Gärtnerin bin. Deshalb!« Stolz präsentierte sie ihm ihr grünes Paradies, das blühte, leuchtete und duftete. Peter Klein nickte anerkennend. Heute hatte er mehr Augen für die Schönheit der Natur als bei seinem ersten Besuch bei den Grafs. Während Rosa ihn durch den Rosengang bis zur Blutbuche führte, erzählte sie ihm ihre Geschichte.

»Du hast dich von der Schule nicht einschüchtern lassen und bist Polizist geworden, und ich bin durch die Schulzeit auch nicht von meinem grünen Weg abgekommen. Nächstes Mal zeige ich dir die Gärtnerei, beziehungsweise mein Gartenplanungsbüro.«

Sie setzten sich in den Schatten des großen Baumes, und Rosa berichtete ihrem ehemaligen Schüler von ihrem Fund einige Wochen zuvor. »Damals kannten wir noch nicht die ganze Geschichte und noch keinen netten Polizisten wie dich.« Sie lächelte ihn an. »An das Löwendrama kannst du dich nicht erinnern, das war vor deiner Zeit, vermutlich hast du noch nie davon gehört, aber ich bin eine ältere Frau, die Geschichten liebt. Noch wissen wir nicht, ob es nur eine Liebesgeschichte oder auch ein Krimi war.« Rosa verschwieg, dass es beides war und sie das bereits ahnte. »Was mich interessiert – was hatte Freiherr Georg zu Loewenstein mit allem zu tun? Durch Zufall brachte mich diese tote Stiftsleiterin, wie hieß sie noch, Gerlinde Stocklhuber, richtig, sie brachte mich drauf. Denn dort, in ihrem Stift, lebt der Freiherr jetzt, das wirst du schon längst gesehen haben. Du bist ja bereits eine Weile in Kappeshoven und hast ihn bestimmt kennengelernt. Was ist er für ein Mensch?«

»Frau Reich, Sie wollen doch nicht Detektivin spielen?« Peter sah sie belustigt von der Seite an. *Blitzmerker,* dachte Rosa und schwieg. »In der Gemeinde war Freiherr zu Loewenstein ein zurückhaltendes Mitglied, um nicht zu sagen, unsichtbar.«

»Liegt irgendetwas gegen ihn vor?« *Es wäre wirklich unverantwortlich, ihre ehemaligen Schüler in seine Nähe zu bringen, wenn dem so wäre.*

»Nicht, dass ich wüsste. Die Kollegen haben ihn überprüft und auch bei mir angefragt, weil er aus Kappeshoven stammt, aber ich konnte nichts Schlechtes über ihn sagen. Warum interessiert Sie das?«

Rosa gab sich einen Ruck und erzählte Peter von ihren Musicalplänen am Wochenende im Altersheim. »Ab und an unternehme ich noch was mit meinen Lieblingsschülern. So wie mit dir.«

Peter schaute auf die Uhr. »Ich will wirklich nicht drängeln, aber ich müsste dann so langsam mal wieder.«

»Er soll ja sehr gut befreundet sein mit dieser Chefin vom Buchverein, Elisabeth Lenz, habe ich so gehört. Sie lebt ja auch schon länger hier, seit den Siebzigerjahren, erzählte sie.«

»Ich glaube, sie wohnt sogar noch länger in Kappeshoven. Zumindest hat sie das mir gegenüber erwähnt, als sie mich auf der Wache besuchte, um uns alle für ihren Verein anzuwerben. Aber ich und Literatur – das war noch schwieriger als Bio, wie Sie wissen.« Peter lachte auf. *So langsam scheint er in meiner Gegenwart aufzutauen.*

»Seit wann denn?«

Peter zuckte mit den Schultern. »Ich glaube, sie sagte, dass sie herzog, als ihr Mann die Kugel in Wachtberg mitgebaut hat, diese Radarkuppel, die man schon von Weitem sieht. Und wenn mich nicht alles täuscht, war das Mitte der Sechziger. Das hat uns zumindest mal Dr. Schäfer beigebracht, in Geschichte habe ich besser aufgepasst. Ich weiß nur nicht mehr, warum wir drüber im Unterricht sprachen.« Peter war aufgestanden.

»Eine Frage noch.« Rosa überlegte. *Wie weit kann ich mich vorwagen, ohne Verdacht zu erregen?* »Diese Daniela Breuer, die Witwe des Bürgermeisters …«

»Was ist mit ihr?«

»Sie hat ja eigentlich kein Alibi für die Mordnacht. Mir hat sie erzählt, sie habe Schlaftabletten genommen und nichts mitbekommen. Ich frage nur, weil sie mich beauftragt hat, ihren Garten zu gestalten. Mein nächster größerer Auftrag.«

»Machen Sie sich mal keine Sorgen. Wir haben ihre Angaben natürlich überprüft. Sie hatte tatsächlich ein Medikament am Abend genommen, das war im Blut noch nachweisbar. Und sogar vom Arzt verschrieben. Sie können also beruhigt den Auftrag annehmen.«

Rosa erhob sich ebenfalls und tätschelte Peters Schulter. »Danke dir, mein Lieber, dann war mein Eindruck richtig. Daniela Breuer ist eine nette Frau, nicht wahr, und sie sieht sehr gut aus.« Sie grinste ihn an, bis Peter Klein so rot wurde wie die Red Delicious Äpfel, die gerade am Baum reiften. »Na komm, du hast heute genug Zeit mit der Jugend und dem Alter verbracht. Ich bringe dich zurück zu deinen Kollegen. Wenn dir die Arbeitsjacke auch gut steht. Also falls du eine Abwechslung zum Dienst suchst – ich glaube, ich kann demnächst eine Aushilfe gebrauchen.«

Während Archie vorauseilte, liefen sie plaudernd durch den Garten zurück zu Rosas Auto. Kurz meinte Rosa, einen Schatten im Gebüsch zu bemerken, doch als sie sich noch einmal umwandte, war alles wie immer.

Kapitel 47

Es gab viel zu tun vor dem großen Auftritt. Den Vormittag hatte Rosa in der Schule verbracht, und es fühlte sich fast so an wie früher. Die Schulleitung war damit einverstanden, dass sie sich die Mitglieder der Theater-AG sozusagen auslieh und bei den Proben in der Aula mit dem neuen Leiter dabei war – was erst dann möglich war, nachdem jede und jeder unter großem Hallo Mops Archie geknuddelt und geherzt hatte. Danach war Archie erledigt und Rosa etwas ruhiger – ihre ehemaligen Schüler hatten nicht alles verlernt. So blieb ihr nur, ihnen das Versprechen abzunehmen, weiter zu üben und sich ordentlich gekleidet am Nachmittag auf dem Schulhof einzufinden, wo Karl auf sie warten und mit ihnen zum Altersheim ins Bergische Land fahren würde. Mit einem Bus, den Andy organisiert hatte.

Mit einer Mischung aus Vorfreude und Aufregung fuhr Rosa ins Dorf, um noch einen allerletzten Haken zu setzen und sich um ihren Folgeauftrag zu kümmern. Archie schnarchte auf der Rückbank. Den Weg fand sie mittlerweile ohne Navigationssystem und stand bald vor Daniela Breuers Bungalow, um wie versprochen ihren Garten zu vermessen – die Grundlage für einen Bepflanzungsplan, den sie während der Wintermonate anfertigen würde, um dort im kommenden Frühjahr blühende Oasen rund um Terrasse und Swimmingpool zu erschaffen.

»Schau mal, Archie, was hier los ist. Es ist doch wohl nicht schon wieder etwas passiert?« Während Rosa parkte, wunderte sie sich über die Menschen im Vorgarten von Daniela Breuer. Erst als sie näher kam, bemerkte sie die Gegenstände, die im Vorgarten standen und die sich die anderen Dorfbewohner interessiert ansahen. Rosa erkannte das goldene Getränkewägelchen, von dem sie Daniela nach dem furchtbaren Fund im Schlafzimmer einen Whiskey eingegossen hatte. Vom Porzellanpudel war nichts zu sehen. *Der steht schließlich auch in meiner Gärtnerei*, vermutete Rosa. Zwischen den Sachen und Neugierigen erblickte sie Daniela Breuer, heute zünftig in Jeans und eine enge, vor dem Bauch verknotete Bluse gekleidet, die mit einem Handy ein Video zu drehen schien und dabei auf sie zu kam.

»Hallo, Daniela, was ist denn hier los?«

»Flohmarkt, nach amerikanischem Vorbild. Alles muss raus.« Sie stemmte ihren Arm in die Seite und lächelte stolz.

»Wie ich hörte, sind die Ermittlungen abgeschlossen. Erleichtert?« Daniela nickte.

»Ja, sie haben den Fall zu den Akten gelegt. Man geht von Raubmord aus. Irgendeine dieser Banden, die immer wieder in der Gegend unterwegs sind.«

»Obwohl nichts entwendet wurde.« Rosa wunderte sich noch immer, warum sich das Pittermännchen so schnell zufriedengab, obwohl es eigentlich keine Ermittlungsergebnisse gab. Daniela zuckte mit den Schultern.

»Vermutlich fehlt mir einfach nur der Überblick. Ich habe das alles jetzt für mich abgeschlossen. Ich schaue nach vorne.« Sie schien zufrieden zu sein.

»Indem Sie sich von der Vergangenheit trennen, ich verstehe.« *So war das eben. Der Ehemann tot, ermordet, erst in diesem Sommer. Und schon wird ein neues Kapitel aufgeschlagen.* Rosa erinnerte sich, dass sie das nicht gekonnt hatte, als ihr Ehemann gestorben war. Ein Jahr nach seinem Tod hatten Erichs Anzüge noch im Schrank gehangen. Seine Tuba lag heute noch dort. Aber Daniela Breuer war ja auch jung, hatte das Leben noch vor sich.

»Vielleicht wollen Sie auch etwas erstehen? Schauen Sie sich in Ruhe um.«

»Äh, ich glaube, ich habe schon so etwas in der Art zu Hause …«, sagte Rosa schnell. Ihren Geschmack traf das alles nicht wirklich. »Was haben Sie jetzt vor, wollen Sie weiter als Influencerin arbeiten? Was auch immer die tun, so ganz konnte mir das auch mein Neffe nicht erklären. Heißt das, dass Sie mit dem Buchclub aufhören? Keine Lesungen mehr, kein Krimifestival?«

»Nein, nein, das findet statt, auf jeden Fall.«

»Aber nicht im Schloss«, Rosa sah die junge Witwe erstaunt an.

»Ich habe gehört, der neue Besitzer will schon wieder ausziehen. Wer weiß, vielleicht kommen wir am Ende doch noch rein. Man sollte niemals nie sagen. Wusste schon James Bond.« Daniela warf ihre blonden Haare nach hinten. »Und mein Prof, als ich mich gegen die Promotion entschieden habe.«

• • •

Daniela hatte sie trotz Flohmarkt doch noch in den Garten gelassen, wo Rosa ganz klassisch mit Zollstock und Block um den Pool kreiste, sich Notizen und, schon etwas moderner, mit ihrem Mobiltelefon Fotos machte. Wenn sie demnächst in den kälteren Monaten in der Gärtnerei saß, musste sie diesen Garten im Sommer vor Augen haben. Wie er war, wie er aussehen könnte. *Wie entspannend, einmal einen überschaubar großen Garten zu verschönern,* dachte Rosa. Allein der Pool in der Mitte trieb ihre blühende Fantasie zu Höchstleistungen. »Florida meets Rheinland« nannte Rosa ihr nächstes Projekt, als sie schon längst wieder auf dem Heimweg war. Eigentlich wollte sie zügig nach Hause, um sich umzuziehen für ihre Aufführung. Aber ein Anruf von Sarah führte sie zuerst ins Café. Denn ihr Besuch war da, gerade rechtzeitig: Isadora! Archie war sehr irritiert gewesen, als sein Frauchen während der Fahrt einen solchen Freudenschrei ausgestoßen hatte, dass der Mini fast im Straßengraben gelandet wäre. Die ganze Rückfahrt über hatte Rosa daraufhin mit Archie diskutiert, wie wohl eine in die Jahre gekommene Seiltänzerin aussehen mochte. Groß, schlank, zeitlos schön war ihre Vorstellung. Was ihr Mops mit einem Grunzen quittiert hatte. Was allerdings auch heißen konnte: Wann gibt's endlich was zu futtern? Aßen Seiltänzerinnen überhaupt etwas? Das taten sie, stellte Rosa fest, als sie das Café neben der Gärtnerei betraten.

Eine Frau saß vor einem riesigen Stück Clafoutis, diesem furchtbar leckeren Kuchen mit den versunkenen Kirschen im Teig. Was Rosa nur deshalb identifizieren konnte, weil Sarah den ordentlichen Klecks Sahne dazu nicht darauf, sondern daneben gegeben hatte. Die Frau schob sich gerade ein großes Stück zwischen die knallrot geschminkten Lippen, dass die goldenen Armreifen nur so klapperten. Alles an ihr war mächtig: Das trotz des fortgeschrittenen Alters noch schwarze Haar, aufgetürmt zu einem Dutt, die großen Creolen an den Ohren machten der glitzernden Bluse Konkurrenz, die einen mächtigen Busen kaum zu bändigen vermochte, der wiederum fast im Kirschkuchen hing. Rosas Augen fuhren Achterbahn bei dieser imposanten Erscheinung, während ihr Hirn feststellte: In dieser Frau war eine frühere Seiltänzerin so versteckt wie die Kirschen im Kuchen. Dass sie es aber sein musste, erkannte Rosa an ihrer Gärtnereifamilie, die sich um sie herum versammelt hatte. Sarah schien unermüdlich Kaffee und Kuchen zu bringen und dabei aus dem Französischen zu übersetzen. Roswitha unterhielt sich angeregt mit dem Besuch, wobei sich Rosa nicht daran erinnern konnte, dass ihre Mutter jemals des Französischen mächtig gewesen wäre. Willy dagegen wirkte erfreulicherweise einmal so beeindruckt, um nicht zu sagen, schockiert, dass er das lebendige, bunte Wesen einfach nur mit offenem Mund anstarrte und selbst kein Wort von sich gab.

»Rosa! Da bist du ja.« Sarah hatte sie erblickt. »Darf ich vorstellen: Das ist Isadora!«

Bevor Rosa auch nur Luft holen konnte, wurde sie von der bunten Frau namens Isadora auch schon zur Begrüßung an den wogenden Busen gedrückt. Rosa stieg der Duft eines schweren Parfüms in die Nase.

»Sie … Sie sind Isadora?« Als wollte sie ihrer Ungläubigkeit Nachdruck verleihen, nieste Rosa heftig. Ungeahnt behände sprang die Angesprochene zurück und schaute Rosa belustigt an.

»Isch war früher sähr schön! Sähr schlank, grazil, 'eute isch nischt mehr tanzen auf Seil in die Lüfte. 'eute isch bin tanzender Elefant auf Boden!« Isadora lachte, dass Rosa das Gefühl hatte, ihre gläsernen Wände würden jeden Moment zerspringen.

Sarah berichtete, dass die ehemalige Seiltänzerin seit vielen Jahren als Künstlerin in Frankreich lebte. Sie malte, designte Schmuck und mittlerweile auch Tapeten und Teppiche, Sofakissen und vieles mehr. Der deutsche Designer Harald

Glööckler sei ein guter Kunde. Das konnte sich Rosa sehr gut vorstellen. Die ganze Isadora war ein lebendes Kunstwerk, das einen zugleich in den Bann zog und blendete. Sie schien ein lebensbejahender, temperamentvoller und liebenswerter Mensch zu sein. Isadora ergriff ihre Hände.

»Isch ’abe viel von deine florale Künste geört. Isch liiiebe Blumen!« Zur Bestätigung drückte sie Rosa noch einen dicken Schmatzer auf die Wange und knuddelte den verdutzten Archie, der schwanzwedelnd vor ihr stand. So viele Liebesbeweise hatte er noch nie an einem einzigen Tag bekommen. Dann setzte sich Isadora wieder und widmete sich voller Eifer ihrem Kuchen. Erleichtert ließ sich Rosa auf einen Stuhl sinken.

»Datt hätt se ooch mit mir jemacht«, wisperte Willy ihr zu, der, wie es aussah, noch immer unter Schock stand.

»Ich habe nicht viel Zeit, wir haben nachher unsere Musicalaufführung im Stift. Bei Freiherrn Georg«, erklärte Rosa. Sarah nickte wissend.

»Wollt ihr wirklich zu diesem Mörder?« Roswitha klang verängstigt. »Frag doch wenigstens die Dame, wann der Mann geboren wurde. Die weiß das doch bestimmt. Dann könnte ich vorher noch schnell in die Sterne gucken. Bei den Winterzeichen wäre ich vorsichtig. Bei Löwen sowieso.«

»Pass mal auf, datt du kein’ Löwenzahn gleisch im Jesäß stecken hast.« Willy knuffte Roswitha in die Seite. Er hatte sein freches Mundwerk wiedergefunden. »Wenn Rosa unsere Königin der Blömsche is, is die Wuchtbrumme hier datt Dreijestirn in einer Person.«

Rosa warf ihrem Mitarbeiter einen strengen Blick zu und hoffte, dass die Französin keinen rheinischen Dialekt verstand und mit der Karnevalsformation bestehend aus Prinz, Bauer und Jungfrau nichts anfangen konnte.

»Ich habe Isadora schon von den Löwenknochen im Garten berichtet«, erklärte Sarah. »Daraufhin hat sie mir ihre Version der Geschichte erzählt. Sie sagt, ihr Mann Iwan, der Dompteur, wurde damals tot im Käfig gefunden. Sie hat nie verstanden, warum. Er war immer gut zu seinem Löwen, Django. Ein Tier bleibt ein Tier, meinte sie, aber Isadora glaubt trotzdem nicht an einen Unfall, hat sie noch nie getan.« Isadora nickte würdevoll.

»Sie glaubt, jemand habe nachgeholfen? Hat sie etwas gesehen?« Sarah zuckte mit den Schultern und schüttelte bedauernd den Kopf.

»Könnte Georg dahinterstecken?«

»Non, mon dieu, George ist kein Mörder, er ist sanftes Lamm.« Isadora warf ihre Kuchengabel auf den Tisch. »Ein weischer Mann, sinnlisch und klug, er tut keinem etwas.« *Isadoras französischer Singsang bringt die große, weite Welt in mein kleines Gärtnereicafé*, dachte Rosa. *So wie der Zirkus damals die Welt ins Dorf und in den Schlossgarten gebracht hat.*

»Könnte es denn jemand aus dem Zirkus gewesen sein? Vielleicht gab es Eifersucht oder Neid.«

»Non, für die Kollegen isch läge 'And ins Feuer. Waren alle très traurisch. Und niemand bringt um die Attraktion!«

»Aber wer war es dann?« Irgendwie hatte sich Rosa mehr von Isadoras Besuch versprochen.

»Nischt alle im Ort mochten uns.« Sie fiel ins Französische zurück, Sarah übersetzte.

»Isadora sagt, sie waren in den ersten Jahren in Bonn auf dem Rummel, auf Pützchens Markt. Bis der Vater von Georg sie in den Garten geholt hat. Seiner Frau ging es nicht gut, der Zirkus sollte sie aufheitern.«

»Georgs Mutter? Hortense hieß sie, glaube ich.«

»Oui, oui, ein zartes Persönschen, un peu triste, Depression!«

»Der Zirkus hat sie tatsächlich aufgeheitert, jedenfalls bis zu dieser Geschichte mit dem Löwen.« Roswithas Augen leuchteten schon wieder. *Altes Zirkusmädchen,* dachte Rosa zärtlich.

»Lass uns ganz von vorne anfangen und den Tag rekonstruieren.« So machten es die Kommissare in ihren Krimis immer. »Zu welcher Uhrzeit hat dein Mann den Löwen gefüttert?«

»Zum Sonnenaufgang, sär früh.«

»Wie sah das aus, ich nehme an, Django bekam jede Menge Fleisch zum Frühstück. Wo kam das her? Hattet ihr ein Lager?«

»Non, das kam aus der Schlossküche. Es stand morgens immer im Keller bereit, wir haben geholt.«

»Wir? Also nicht nur Iwan.«

»Meistens schon, aber wenn er war krank, andere haben gefüttert. Auch ich schon mal. Aber ich hatte immer ein bisschen Angst.«

»Das heißt«, das Bild, das sich Rosa machte, wurde schärfer, »es hätte auch jemand anderen treffen können. Es ist gar nicht gesagt, dass der Dompteur umgebracht werden sollte.«

»Sicher ist das nicht. Aber Iwan war es schon meistens.«

»Nur mal angenommen, jemand hätte dich in den Käfig sperren und aus dem Weg schaffen wollen und nicht Iwan.«

»Dann hätte das funktioniert très bien, nur der Tag war falsch.«

»Aber wer sollte etwas gegen dich gehabt haben, Isadora?« Die ehemalige Seiltänzerin sah über ihrem Kuchen ziemlich ratlos aus.

»Eine Frau, die selbst in Georg verliebt ist.« Ihre rettungslos romantische Mutter.

»Da fällt mir nur Elisabeth Lenz ein. Sie hat mit Georg studiert und empfindet viel für ihn. Angeblich hat sie ihn umschwärmt. Und vermutlich schon länger, als sie zugibt. Vielleicht wusste sie wirklich nicht, wohin er nach dem Verkauf verschwunden war, und hat der Stiftsleiterin aufgelauert und sie anschließend getötet, damit sie Georg für sich allein hat. Sie war auch ganz entsetzt, als wir am Stift auftauchten.«

»Und datt soll Liebe sein?«

»Und was ist mit dem Bürgermeister? Der wollte ihr doch helfen, damit sie mit ihren Lesungen ins Schloss kommt.«

»Richtig, Roswitha. Was er aber nicht geschafft hat. Außerdem muss er ihr mit seinem Machogehabe sehr zuwider gewesen sein. Ich bin der Meinung, sie kommt als Verdächtige durchaus infrage.« Rosa grübelte. »Aber vielleicht müssen wir noch etwas größer denken. Warum möchte jemand, dass der Zirkus verschwindet? Sarah, könntest du Isadora nach ihrer Beziehung zu Georg fragen? Dass er in sie verliebt war, haben wir schwarz auf weiß. Aber wie sah es wohl mit ihren Gefühlen aus?«

»Mais oui, wir liebten uns beide, aber isch war eine ver'eiratete Frau, das konnte nischt gut sein.« Isadora schlug verzweifelt die beringten Hände vors Gesicht. »Es ist alles meine Schuld.«

Rosa stand auf und legte ihr beruhigend die Hand auf den Rücken. »Na, na, dazu gehören doch immer zwei. Liebten Sie Georg?« Sie nickte. Rosa sah Tränen zwischen den Fingern hervorblitzen, genauso groß und mächtig wie alles an Isadora.

»Große Amour auf ersten Blick. Isch 'abe Iwan immer gesagt, isch mache Shopping im Ort, aber isch war bei ihm. Im Schloss, in seinem Zimmer.«

»Wussten die Angestellten davon?«

»Das ganze Dorf wusste Bescheid.« Sarah übersetzte weiter. »Es gab Gerede. Isadora wollte sich trennen, aber dann geschah das Unglück, und ihr war klar, sie müssen gehen, es war vorbei.«

»Warum ist Georg nicht mitgegangen?«

»Es war nischt seine Welt. Isch wollte es nischt. Isch war schuld, dass mein Mann tot war. Und unser lion, unser Löwe. Isch hatte kein Glück verdient. George trifft keine Schuld, misch allein.«

»Aber Sie waren es nicht, die ihren Mann dem Löwen zum Fraß vorgeworfen hat. Oh Entschuldigung. Ich meine natürlich, Sie haben doch nichts getan, was zu seinem Tod geführt hat.«

»Natürlisch nischt.«

»Dann war es Georg. Das müssen wir ihn fragen. Und zwar jetzt.«

»Isch komme mit eusch. Isch möschte ihn wiedersäen.«

Ehe Rosa etwas erwidern konnte, spazierte Moritz unpünktlich wie gewohnt ins Café, lächelte Sarah etwas schüchtern zu, bevor auch Isadora ihn entdeckte. Ihre Laune besserte sich schlagartig.

»Oh, là là, wen 'aben wir denn da? Maurice, isch 'abe viel von dir ge'ört!«

Bevor auch ihr Neffe von den mächtigen Armen der früheren Seiltänzerin förmlich erdrückt wurde, beschloss Rosa mit einem Blick auf ihre Uhr, endlich aufzubrechen. Zum Umziehen war keine Zeit mehr, sie würde sich einfach ihren Blazer überwerfen, der für Kundenbesuche immer in ihrem Büro hing. Im Bergischen Land warteten siebenundzwanzig Schüler, Melodien aus fünf Musicals und ein Freiherr auf sie. Und eventuell ein Mörder.

Kapitel 48

Von außen betrachtet müssen wir ein lustiges Bild abgeben, dachte Rosa. Moritz und sie hatten ihre Sitze, so weit wie es nur ging, nach vorne gestellt, bis Rosa fast ans Lenkrad gedrückt wurde und Moritz' Knie nicht mehr weit davon entfernt waren, durchs Dach zu stechen. Alles, damit Isadora genug Platz auf der Rückbank hatte, die sie völlig einnahm. Archie hatte gerade noch so reingepasst. Der Mops thronte auf ihrem Schoß und war aufgeregter als alle zusammen.

Karl und die Schüler warteten schon vor dem Stift, als Rosa, Moritz und Isadora ankamen und sich aus dem Mini Cooper herausdrückten. Archie sprang erleichtert und fröhlich seinen Fans entgegen. Karl hatte sich in Schale geworfen. Obwohl er weder mitsang, noch den Chor leitete, musste es ein dunkelblauer Dreiteiler sein, samt Hut, Fliege und Einstecktuch.

»Ich hoffe, das ist nicht das Outfit für ein dreistimmiges Musical und einen Todesfall, Karl. Darf ich vorstellen: Isadora, nur Isadora, Künstlerin und ehemalige Seiltänzerin aus dem Zirkus. Frisch aus Frankreich eingetroffen. Sie wird uns hoffentlich helfen, Georgs Herz zu erweichen, damit er uns empfängt. Isadora, das ist mein Freund Karl.«

Karl konnte gerade noch eine Verbeugung und einen Handkuss andeuten, bevor auch er in Isadoras Armen versank, dass ihm der Hut vom Kopf rutschte.

»Rosas Freunde sind auch mes amis! Wo ist George?«

»Geduld, Isadora, wir sind genauso gespannt wie du. Aber zuerst müssen wir für gute Stimmung sorgen!«

• • •

Der Saal des Heims war voll, als hätten die alten Menschen seit Jahren keine Musik mehr gehört. Sie gingen mit, klatschten begeistert, und Rosa meinte, auch das ein oder andere Stimmchen vernommen zu haben, das mitsang. Ja, ihre Musical-Aufführung war ein voller Erfolg, vom ersten Ton an. Bevor alle auf ihren Plätzen saßen, hatte Rosa den neuen Heimleiter nach Freiherr zu Loewenstein gefragt, ob er auch im Saal sei. Sie hätten eine gemeinsame Freundin, deshalb würde sie ihn gerne begrüßen, hatte aber nur ein »Er zieht seine Bücher im Elfenbeinturm dem gesellschaftlichen Leben vor« zurückbekommen.

Also beschloss sie nach dem ersten Lied, unauffällig den Saal zu verlassen. Rosa hatte kurz überlegt, Karl mitzunehmen, aber er war von Isadora in Beschlag genommen worden und im Übrigen auch der Einzige, der mit ihr fließend französisch sprechen konnte. Deshalb flüsterte sie ihm nur kurz zu: »Wenn ich in einer halben Stunde nicht zurück bin, komm mich suchen!«

Auch Isadora wollte sie erst mal nicht durchs Haus hetzen, sie würde einfach zu sehr auffallen. Also hatte sich Rosa ihren Neffen gegriffen, und zusammen waren sie in den Aufzug gestiegen. Sie wollte in der obersten Etage anfangen mit ihrer Suche – falls der Heimleiter den Elfenbeinturm nicht nur bildlich gemeint hatte. Ein Nachsatz des Heimleiters hatte sie nachdenklich gestimmt. Er hatte noch so etwas gemurmelt wie: »In letzter Zeit ist unser Eigenbrötler aber sehr gefragt.«

Ein langer Gang voller geschlossener Türen empfing Rosa und Moritz. Sie liefen Tür für Tür ab – kein zu Loewenstein auf den dezenten Namensschildern. Dem ersten Gang schloss sich ein zweiter und ein dritter an. Endlich, fast im letzten Eck: *G. z. Loewenstein*. Das war sein Appartement. Rosa klopfte vorsichtig, erst leise, dann lauter. Keine Antwort. Sie legte ihr Ohr an die Tür – nichts. Ratlos sah sie Moritz an. Der zuckte mit den Schultern.

»Herr zu Loewenstein?« Rosa versuchte laut genug zu rufen, damit ein alter Mann sie von drinnen hören konnte, aber gleichzeitig so leise, dass kein anderer auf sie aufmerksam wurde. Als noch immer kein Geräusch aus dem Zimmer drang, drückte sie vorsichtig die Klinke herunter und öffnete die unverschlossene Tür gerade weit genug, um hineinzuspinksen. Sie sah einen altmodisch eingerichteten Raum – Tisch, Sessel, Schrank, Kommode. Hier wohnte, wie es aussah, nur eine Person, und die war nicht auf Besuch eingestellt. Kein Sofa, kein großer Esstisch, nicht mal Blumen, stellte Rosa ernüchtert fest. Und vor allem: kein Freiherr. Aber sie sah noch eine weitere Tür, die halb offen stand. Rosa bedeutete Moritz, draußen zu warten, und wagte sich in Georgs Appartement hinein.

»Herr zu Loewenstein?« Es war sein Schlafzimmer, verriet das gemachte Bett mit der kleinen Leselampe auf dem Nachttisch. Daneben stand ein Bilderrahmen mit einem etwas unscharfen Schwarz-Weiß-Foto. Rosa ging einen Schritt näher und betrachtete das Bild. Darauf war eine schlanke, junge Frau in einem kurzen Kleid, und sie stand auf einem Seil. Rosa hörte, wie ihr Neffe ihren Namen rief. Gerade als sie das Appartement schleunigst wieder verlassen wollte, fiel ihr Blick auf einen geöffneten Brief auf dem Tisch. Auf dem Papier stand nur ein Wort: *ZAHLTAG!*

• • •

Moritz war vor der Tür nicht allein. Eine alte Frau im Rollstuhl starrte ihn an. Und jetzt auch Rosa.

»Guten Tag«, begrüßte Rosa sie freundlich, »wir suchen unseren Freund, den Freiherrn zu Loewenstein. Sie wissen nicht zufällig, wo wir ihn finden?«

Moritz tippte möglichst unauffällig auf sein Ohr und zischelte: »Ich glaube, sie ist schwerhörig.«

»Der Freiherr, Georg.« Jetzt brüllte Rosa fast und deutete auf die Tür. »Wo ist er?« Sie riss die Hände auseinander, um zu zeigen, dass er weg war.

»Sie müssen gar nicht so schreien. Der olle Griesgram sitzt meistens im Garten, kommense, zeig ich Ihnen.«

In einer Geschwindigkeit, die Rosa an die Schnecken erinnerte, die sich gerne an ihrem Basilikum zu schaffen machten, bewegte die Frau ihren Rollstuhl Richtung Aufzug. Mit einem »Das können wir aber schneller«, mit dem Rosa ihre Schüler nach der Pause zurück in die Klassen getrieben hatte, packte sie mit Moritz den Rollstuhl, und gemeinsam rasten sie den Gang entlang.

»Festhalten!« Die Frau quiekte und rief am Aufzug »Erdgeschoss« und, kaum waren sie unten, »rechts«, was sie wieder in einen langen Gang führte. *Die Formel 1 auf dem Nürburgring ist nix gegen uns,* dachte Rosa, als sie durch zwei geöffnete Glastüren pesten und auf einer großen Terrasse landeten. »Weiter«, rief die Frau und deutete auf einen breiten Sandweg, der in den parkähnlichen Garten führte. »Der große rote Baum dort, da sitzt er gerne drunter. Ich muss jetzt leider los. Zeit für Bingo!« Sie wendete den Rollstuhl, der sich als ein elektrischer entpuppte, und surrte davon.

Rosa und Moritz liefen allein weiter. »Sieh mal!« Rosa zeigte auf den Baum, unter dem jemand auf einer Bank zu erkennen war. »Das muss er sein.« Rosa verlangsamte ihre Schritte, schließlich war sie keine zwanzig mehr wie ihr Neffe. Und Turnschuhe trug sie auch nicht. *Ist er allein?* Büsche versperrten einen Großteil der Sicht. Aber Rosa hatte keinen Blick für Botanik, sie suchte einen Mörder.

Sie schlichen näher. »Warte.« Dort auf der Bank saß tatsächlich ein alter Mann, der in Rosas alterssichtigen Augen Ähnlichkeit mit dem jungen Mann auf den alten Fotos hatte. Der Anzug konnte die hagere Figur nicht verleugnen, Vollbart, Stock. Als sie eine Stimme hörte, zog Rosa ihren Neffen hinter einen Busch. Sie lauschten. Es waren zwei Stimmen. Zwei Männer unterhielten sich, besser gesagt, ein Mann sprach, der andere brüllte zurück.

»Mein ganzes Leben war ich für dich da, und das ist der Dank! Du verpisst dich und überlässt das Schloss diesen …«

»So war es das Beste für uns alle. Dieses Leben ist nicht deins. Außerdem hast du doch gesehen, in welchem Zustand das Schloss ist.«

»Es gehört mir, mir ganz allein.«

»Aber es ist doch noch deins. Warum machst du das kaputt? Warum machst du immer alles kaputt?«

»Ich habe es für dich getan, das weißt du. Aber umsonst ist nicht mal der Tod. Hier.« Etwas raschelte. Rosa versuchte, um die Ecke zu linsen. *Diese Stimme kannte sie doch.* »Wenn du es schon nicht selbst tust, dann mache ich es.«

»Mein Testament?«

»Das du schon längst schreiben wolltest. Und mich als Alleinerben einsetzen. Das habe ich jetzt getan. Du musst nur noch unterschreiben.«

»Aber du weißt schon …«

»Dass dir das Schloss nicht mehr gehört? Ja, du verfluchter … Das ist gegen unsere Abmachung. Ich bin nicht dumm. Ich weiß, dass du mich immer dafür gehalten hast, aber ich bin es nicht. Da du das Schloss verkauft hast, wirst du viel Geld dafür bekommen haben. Und weißt du was – das nehme ich auch. Dann kaufe ich mir mein eigenes Schloss.«

»Aber erst nach meinem Tod.«

»Den können wir beschleunigen.« Rosa hörte ein metallisches Geräusch. Wie ein Messer, das aufsprang.

»Halt!« Sie machte einen Satz aus den Büschen heraus auf den Baum zu. Vier Augen schauten sie irritiert an.

»Was machen Sie denn hier?«

»Wer sind Sie?«

»Mein Name ist Rosalinde Reich. Freiherr zu Loewenstein, nehme ich an. Mein Neffe und ich wollten Sie zur Musicalaufführung meiner Schüler abholen. Kommen Sie, es wird auch ein wenig frisch hier draußen.« Moritz kam ebenfalls aus dem Gebüsch und stellte sich beschützend neben seine Tante. »Und Sie, Herr Grimm, Sie beruhigen sich erst mal.«

»Verschwinden Sie!« Der Diener kam näher, das geöffnete Messer in der Hand. »Sagen Sie Ihrem Bürschchen, dass er lieber sein Handy in der Tasche lassen soll.«

»Geben Sie mir das Messer.« Rosa streckte die Hand aus. Fast hätte sie noch angefügt: »Sie können es sich im Lehrerzimmer wieder abholen.« Leider war Martin kein williger Schüler. Er griff nach Rosas Arm, den er ihr blitzschnell auf den Rücken drehte, sodass sie aufschrie. Sie spürte die Messerklinge an ihrem Hals.

»Sie halten jetzt endlich den Mund. Oder ich schneide Ihnen Ihre verdammte Zunge heraus.«

Kapitel 49

Da hauts doch die Tollkirsche vom Baum! Noch nie in ihrem Leben hatte Rosa in so einer misslichen Lage gesteckt, während ihre Gedanken ungewöhnlich klar waren. Vor ihr saß Freiherr Georg zu Loewenstein unter einer Blutbuche, die der im Schlossgarten nicht unähnlich war – keine drei Meter von ihr entfernt. Rosa schätzte nur, war sich als jahrzehntelange Aushilfe beim Weitsprung der Bundesjugendspiele im Bad Godesberger Stadionpark Pennenfeld aber ziemlich sicher. Der Mann, den sie seit Wochen suchten, war endlich gefunden. Der Mann, den sie verdächtigt hatten, einen Löwen, einen Dompteur, vielleicht auch einen Bürgermeister und eine Stiftsleiterin auf dem Gewissen zu haben. Er saß seelenruhig und sehr aufrecht auf seiner Bank, hatte mit einer Hand den Knauf seines hölzernen Spazierstocks umklammert, neben sich ein dickes Buch, das Rosa mit Kennerblick als Jubiläumsausgabe von Agatha Christies *Das fehlende Glied in der Kette* ausmachte. Er sah neugierig bis irritiert aus. Wie ein Mann, den nichts erschreckt, der den Tod nicht fürchtet. *Ein Mann, dem die adelige Herkunft schon allein aus seiner Haltung spricht*, dachte Rosa. Selbst hier draußen, in seiner Freizeit, trug er einen Dreiteiler aus dunkelgrünem Wollstoff, der Karl gefallen würde. Groß war er und recht dünn, fast schon hager. So als hätte Prinz Philip, Gott hab ihn selig, sich einen Vollbart stehen lassen.

Hier saß Georg und hörte sich an, was sein ehemaliger Angestellter, Martin Grimm, ihm zu sagen hatte, während der noch immer Rosa umklammert hielt und mit dem Messer bedrohte.

»Jetzt unterschreib endlich, es ist Zeit, dass ich das bekomme, was mir zusteht. Du weißt, wovon ich spreche.« Seine Stimme dröhnte in Rosas Ohr, der Diener spuckte die Worte förmlich in Richtung seines ehemaligen Herrn. »Abmachung ist Abmachung. Das Wort eines Mannes zählt. Dein Vater hat das noch gewusst, aber du, du, du verdammtes Weichei …« Der Druck gegen Rosas Hals wurde stärker. Sie wagte kaum zu atmen. So erregt hatte sie Martin Grimm noch nicht erlebt. Auch Freiherr Georg nicht, wie es aussah. Er stand langsam auf.

»Beruhige dich und lass bitte diese Dame los. Du machst alles nur noch schlimmer für uns alle.«

»Ich habe das alles nur für dich getan. Damit du deinen verdammten Willen bekommst, damit du mit deiner Primaballerina zusammen glücklich sein kannst. Wie hätte das denn gehen sollen mit ihrem Ehemann? Der musste weg, und das weißt du.«

»Was ich nie von dir verlangt habe. Martin, du hast damals deine eigenen Schlüsse gezogen. Falsche Schlüsse. Wegen mir hätte niemals jemand sterben müssen. Oh Gott, es war und ist noch immer schrecklich. Der Gedanke, dass auf meinem Grund und Boden …«

»Scheiß drauf! Ich habe die Dinge nur beschleunigt. Der Natur nachgeholfen. Du wolltest sie doch, das Weibsstück. Ich habe dir den Weg frei gemacht. Und was machst du? Nichts! Warum hast du sie nicht einfach genommen und bist abgehauen. Dann hätten deine Eltern ihren Frieden gefunden, dann hätte ich meinen rechtmäßigen Platz einnehmen können. Dann wären alle zufrieden gewesen. Dann stünden wir jetzt nicht hier, verdammt noch mal.«

Freiherr Georg schüttelte den Kopf und schaute traurig zu Boden. »Niemals hätte ich nach diesem furchtbaren Todesfall eine Beziehung aufbauen können. Was bist du nur für ein Mensch?«

»Ja, jetzt bin ich der Böse, tu doch nicht so! Du weißt schon lange, was damals passiert ist. Du sitzt mit drin. Du bist an allem schuld. Ich kann dich in den Knast bringen. Wenn du jetzt nicht endlich das verdammte Testament unterschreibst, erzähle ich allen, dass du mich beauftragt hast, um deinen Willen zu bekommen. Ich habe nur gemacht, was du gewollt hast. Und jetzt willst du, dass diese Frau dran glauben muss. Und dann bist du dran.«

Rosas Herz schlug schneller. Die Klinge, die Martin noch immer an ihren Hals drückte, war warm geworden. Sie versuchte zu Moritz rüberzuschielen. Aus den Augenwinkeln sah sie, dass er unruhig danebenstand und nicht wusste, was zu tun war. Sie räusperte sich vorsichtig.

»Ähm, entschuldigen Sie, können wir nicht einfach …«

»Sie halten die Klappe.« Der Griff wurde stärker. »Was ist jetzt, du hältst mich schon lange genug hin. Jetzt wird abgerechnet.« Martin Grimm brüllte seine Worte, ohne sich darum zu sorgen, dass ihn noch andere hören könnten. Aber, soweit Rosa in ihrer beengten Lage sah, war sonst niemand in der Nähe. Niemand, der helfen könnte. *Der Musicalabend scheint ja ein riesiger Erfolg zu sein,* fuhr es ihr durch den Kopf, *ob sie schon beim großen Finale angekommen sind? Ob sich Karl um mich sorgt?* Eine Traurigkeit überfiel sie. *Was, wenn hier und heute alles zu Ende geht?* Dass Martin Grimm, ohne zu zögern, kurzen Prozess mit ihr machen würde, wie er es vermutlich nicht nur mit dem Dompteur, sondern auch mit dem Bürgermeister und der Leiterin des Altersheims gemacht hatte, war ihr bewusst. *Dann war der Schlosspark der erste und letzte Garten, den ich gestaltet habe. Dann sehe ich meine Familie nie wieder. Andy. Ich habe noch so viele Pläne.* Rosa spürte, wie ihr Tränen in den Ausschnitt tropften. Oder war das Blut?

»Lassen Sie meine Tante los, das hat doch keinen Sinn mehr. Es ist aus!« Moritz machte einen Schritt auf sie zu, woraufhin Martin ihren Arm weiter verdrehte. Sie schrie auf. In diesem Moment wurde es laut. Rosa hörte ein bekanntes Kläffen hinter sich. Archie sprang herbei, knurrte Martin an und schnappte nach seinem Hosenbein, was ihn aus der Fassung brachte.

»Hände hoch, Polizei! Lassen Sie das Messer fallen.« Der Diener schwankte und lockerte seinen Griff. Rosa nutzte die Schrecksekunde, um Martins Arm einhändig zu greifen und von ihrem Hals wegzudrücken. *Ich wusste doch, dass sich dieser VHS-Selbstverteidigungskurs irgendwann mal auszahlen würde!* Sie spürte Moritz' Hand, die sie seitwärts zog, während sie aus den Augenwinkeln sah, wie sich ein roter Haarschopf auf Martin Grimm stürzte. *Pittermänchen! Wo kommt der denn her? Und keine Sekunde zu früh. Wie schon zur ersten Schulstunde damals. Und wie professionell er das machte.*

Oberkommissar Peter Klein kniete neben Martin Grimm, den er auf den Boden drückte, während seine Kollegin eine Waffe auf ihn richtete. *Die Nette, die sich zwei Stück Bienenstich geholt hatte.*

»Ich nehme Sie vorläufig fest. Sie haben das Recht zu schweigen. Alles, was Sie jetzt sagen, kann vor Gericht gegen Sie verwendet werden.«

Rosa hörte Handschellen klicken, während Moritz sie zur Bank führte, wo sie sich neben den Freiherrn setzte. Gerade noch rechtzeitig, bevor ihre weichen Knie nachgeben konnten. Während Archie treu ihre Hände ableckte, bemerkte Rosa mit Staunen, dass Martin auch im festgenommenen Zustand noch immer nicht aufgab.

»Ich besuche hier meinen Freund, und ihr wollt mich erschießen! Diese Frau hat mich bedroht, ich musste mich wehren!« Er spuckte in Rosas Richtung.

»Wir waren nie Freunde«, meldete sich Freiherr Georg zu Wort. »Du hast dich in meine Familie gedrängt, um dir das Schloss zu erschleichen. Und du hast meine Liebe zu Isadora ausgenutzt, um mit Gewalt Schicksal zu spielen.« Angesichts der Situation klang er ausgesprochen ruhig und aufgeräumt. Und fast schon philosophisch. Rosa war beeindruckt. Der Mann musste in seinem Leben wirklich viel gelesen haben.

»Du hast den Dompteur umgebracht, denn nur du hattest einen Grund«, keifte Martin, den beide Polizisten in ihrer Gewalt hatten, »du wolltest seine Frau.«

»Das hätte ich wohl besser geplant, was ist das für eine Tat, wenn am Ende die Frau, die ich liebe, weggeht?«

»Kämpfen konntest du noch nie, nur immer lesen, lesen, lesen. Du warst eine Schande für deinen Vater, für deine ganze Familie.«

»Ich hatte keine Kraft zu kämpfen. Und du hast meine Gutmütigkeit ausgenutzt. Isadora hat meinen Lebenswillen mitgenommen, als sie ging. Und sie tat recht daran, sie musste annehmen, ich sei der Täter. Aber ich war es nicht. Trotzdem habe ich die Liebe meines Lebens verloren.«

»Aber sie ist da!« Rosa zeigte auf zwei Gestalten, die näher kamen und die sie als Karl und Isadora identifizierte. Isadora keuchte ein wenig, war aber schneller unterwegs, als Rosa ihr zugetraut hätte.

»George!« Ehe sie jemand daran hindern konnte, stürmte Isadora an den verdutzten Polizisten und an Martin vorbei, dessen Nase fast die Bekanntschaft mit ihrem Ellenbogen gemacht hätte, und drückte den Freiherrn an ihre Brust.

»I… Isadora, bist du es? Meine liebe, liebe Isadora!« Rosa bemerkte, wie Georgs Stimme brüchig wurde. Sie konnte nicht anders, als das ungleiche Paar anzustarren, völlig ergriffen von der Zärtlichkeit zwischen den beiden, die sich nicht loslassen wollten. Liebe lag in der Luft. Eine Liebe, die vor sehr vielen Jahren begonnen hatte.

»Es tut mir so leid, mon ami, dass isch bin einfach weg damals ohne Adieu. Aber mein Zirkus und isch, wir konnten nischt bleiben. Zu groß war Schande für Familie. Oh, wie 'abe isch disch vermisst.«

»Und ich konnte nicht mitgehen, ohne deinen Mann zu verraten. Es tut mir alles so leid, das musst du mir glauben.« Statt einer Antwort küssten sich ein Double von Prinz Philip und das Dreigestirn in einer Person, wie Willy es ausdrücken würde.

Rosa seufzte und hätte fast vergessen, dass sie gerade dem Tod entronnen war. Sie spürte Karls Hand auf ihrer Schulter.

Georg bemerkte, dass alle Augen auf ihn und eine ehemalige Seiltänzerin in seinen Armen gerichtet waren. »Nun, ich bin Ihnen wohl eine Erklärung schuldig.« Er lächelte seine Isadora an. »Wie konnte es passieren, dass ich diese wundervolle Frau habe ziehen lassen. Es ist lange her, aber dieser Mensch …« Er zeigte auf Martin, den die Polizisten fest im Griff hatten, »hat den Ehemann dieses wunderbaren Wesens auf dem Gewissen. Er war Dompteur eines kleinen Zirkusses, der regelmäßig in unserem Schlossgarten gastierte, und wurde eines Tages von seinem Löwen angefallen.«

»Das wissen wir, ich bin die neue Gärtnerin in Ihrem Garten und habe die Löwenknochen ausgegraben. Und mit ihnen die ganze Geschichte«, rief Rosa, die bisher noch gar keine Zeit gehabt hatte, sich dem Freiherrn vorzustellen und ihm alles zu erklären. Georg nickte.

»Verstehe, dann gingen Sie vielleicht zuerst genau wie ich von einem furchtbaren Unfall aus. Ich überlegte damals, Isadora nachzureisen, sie zu suchen, ihr beizustehen. Aber dann verschlechterte sich der Gesundheitszustand meiner Mutter rapide, und ich blieb. Das hat diesem Menschen«, Georgs Stimme zitterte, »nicht gefallen, er hat mir alles erzählt und mich erpresst. Wäre ich mit der Geschichte zur Polizei gegangen, wollte er behaupten, ich habe ihn beauftragt. Als kaltblütigen Killer.«

»Und Sie konnte er nicht auch noch um die Ecke bringen, weil er nichts in der Hand hatte, um das Schloss zu erben«, ergänzte Rosa.

»Richtig, ohne Testament kein Schloss. Aber ich wusste, sobald ich mein Testament in seinem Sinne mache, würde er einen Weg finden, mich loszuwerden. Und hätte ich ihn rausgesetzt, hätte er einen Weg gefunden, sich zu rächen. Sie sehen ja, dass er vor nichts zurückschreckt.«

»Das ist alles eine große Lüge. So kommst du nicht davon. Ich habe das alles nur gemacht, weil du es so verlangt hast. Alle Toten gehen auf dein Konto«, giftete Martin Grimm.

»Das wird ein Gericht klären. Wir nehmen Sie jetzt mit, und Sie alle halten sich bitte zur Verfügung. Wir werden Ihre Aussagen aufnehmen müssen.«

»Ich kann Ihnen das noch mitgeben.« Moritz zückte sein Handy. »Müsste alles drauf sein, was dieser Idiot gesagt hat. Echt cool, so eine Aufnahmefunktion.«

Rosa sah verzückt ihren Neffen an und beschloss, dass sie ihn noch nicht so schnell in den Journalismus ziehen lassen wollte. Auch als Freizeitermittler machte er sich mittlerweile sehr gut. Sie schämte sich ein wenig, dass sie zwischenzeitlich der Meinung gewesen war, Freiherr Georg zu Loewenstein zöge aus der Ferne die Fäden. Das Bild, das sich ihr jetzt bot, erschien ihr klar und schlüssig, den Rest würden Polizei und Staatsanwaltschaft in Erfahrung bringen. Aber sie wäre nicht Lehrerin für Naturwissenschaften geworden, wenn sie nichts hinterfragt hätte. Eine Frau wie sie brauchte Beweise, ihre ganz eigenen. Rosa öffnete ihre Handtasche und holte das Geodreieck heraus, das ihr schon einmal einen wertvollen Dienst geleistet hatte.

»Sie entschuldigen kurz«, Rosa hielt das Plastikdreieck an den polierten braunen Schuh des Freiherrn. So lang wie der Mann war, so groß waren auch seine Füße und ragten weit über ihr Dreieck hinaus. Dann vermaß sie Martin Grimms Schuh, der zu verwundert und zu verhaftet war, als dass er nach ihr hätte treten können. Sein Schuh passte genau in die Länge eines Geodreiecks von Töchtern reicher Eltern. Sie richtete sich auf.

»Martin Grimm, ich werde nie wieder eine Gartenschere anfassen, wenn Sie nicht der Mörder von Bürgermeister Josef Breuer, einer Stiftsleiterin und einem Zirkusdompteur sind.«

»Acta est fabula, plaudite. Das Spiel ist aus, Applaus.«

»Danke, Karl, aber bevor es so weit ist, muss ich noch zwei Gespräche führen.« Denn wenn es auch so aussah, der Fall war noch nicht ganz aufgeklärt.

»Frau Reich?«

»Zur Stelle, Oberkommissar Klein.«

»Das machen Sie aber nicht ohne mich. Es wird Zeit, dass Sie Polizeischutz bekommen.«

Kapitel 50

Wenn es auch schon dunkel wurde, musste Rosa doch noch einmal zurück nach Kappeshoven. Karl ließ sie bei den Schülern und dem alten-neuen Liebespaar Isadora und Georg zurück, er würde sich um alle kümmern und ihr anschließend berichten. Oberkommissar Klein saß versteckt vor der Einfahrt in seinem Dienstwagen und zeichnete hoffentlich alles in guter Qualität auf, was gleich gesprochen werden würde. Rosa hatte ihr Pittermännchen davon überzeugen können, dass dieser Besuch nicht gefährlich, dafür aber aufschlussreich sein würde. Aber nur, wenn sie das Schloss ohne die Staatsgewalt betrat. Zu Peters Beruhigung hatte Rosa Moritz als Unterstützung dabei. Und Archie sowieso. Es sollte ja nach wie vor unauffällig wirken.

Während der Fahrt hatten sie Daniela Breuer angerufen, um herauszufinden, wo die Frau stecken könnte, die sie suchten: Elisabeth Lenz. Zu Hause bei Daniela war sie leider nicht, auch ein Vereinstreffen von *Schöne Bücher e.V.* war für den Abend nicht geplant. Das war alles, was die junge Witwe wusste. Aber Rosa hatte eine Ahnung, wo sie Elisabeth Lenz antreffen könnte. Sie steuerten das Schloss an, die Grafs musste sie sowieso darüber unterrichten, dass ihr Angestellter so schnell nicht wiederkommen würde.

Anna öffnete die Tür und sah nicht gerade glücklich aus.

»Es ist wieder da, das Schlossgespenst.«

Moritz wirkte belustigt, Rosa lächelte zufrieden.

»Haben Sie es schon den Grafs mitgeteilt?«

Anna schüttelte den Kopf. »Die halten mich doch für total bekloppt und schmeißen mich raus. Sie sind auch gar nicht da.«

»Dann zeigen Sie es uns. Es ist Zeit, dem Spuk ein Ende zu bereiten.«

Sie folgten Anna durch Salon und Wintergarten auf die Terrasse. Es war dunkel geworden, *man merkt, dass der Herbst langsam, aber sicher Einzug hält*, dachte Rosa und starrte in den Garten. Büsche und Bäume waren schemenhaft zu erkennen, ein paar wenige Solarlampen, die Christopher Graf in die Erde gesteckt haben musste, gaben zu wenig Licht, um alles auszuleuchten.

»Da hinten, an dem großen roten Baum«, wisperte Anna, »da huscht es rum.«

Rosa drückte ihrem Neffen die Hundeleine in die Hand und ging die wenigen Treppenstufen runter bis zum Rasen. Als sich ihre Augen an die Dunkelheit gewöhnt hatten, meinte sie, tatsächlich einen hellen Fleck in der Ferne auszumachen. Sie bedeutete den anderen, auf der Terrasse zu bleiben und lief langsam durch den Garten. *Wenn erst die Magnolie zum ersten Mal blühen würde*, dachte sie, *gäbe es auch nachts hier etwas zu schnuppern*. Sie wählte einen Weg seitlich des Gartens und wagte sich im Schutz der Buchsbaumhecke vor. Rosa spinkste durch die Blätter. Der weiße Fleck war jetzt als Silhouette zu erkennen. Sehr ruhig saß dort jemand auf ihrem gestalteten Schattenplatz unter der Blutbuche. Rosa schlich weiter. Erst als sie auf gleicher Höhe mit der Blutbuche war, trat sie aus den Büschen heraus.

»Guten Abend, Frau Lenz.«

Die Chefin von *Schöne Bücher e.V.* zuckte zusammen und ließ dabei fast das Buch fallen, das sie in Händen hielt. *Schon wieder Agatha Christie!* Ihr Flatterkleid war heute Vergissmeinnichtblau, ihre grauen Haare fielen ihr auf die Schultern. Da war es also, das Schlossgespenst.

»Was machen Sie denn hier?« Elisabeth Lenz klang mehr erschrocken als verärgert.

»Ich füge die letzten Puzzleteile in mehreren Mordfällen zusammen. Ein Dompteur, ein Bürgermeister und eine Stiftsleiterin spielen dabei die tragischen Hauptrollen.« Rosa setzte sich auf den zweiten Stuhl am kleinen Bistrotisch. Sie nahm ein Blitzen in Elisabeth Lenz' Augen wahr.

»Was habe ich damit zu tun?« Die Frau klang pikiert.

»Nun«, Rosa setzte sich auf, als müsste sie einer siebten Klasse die Dynamik der Erdplatten erklären. »Fangen wir mal hinten an. Als mein Freund Karl und ich Sie neulich vor dem Altenstift im Bergischen Land getroffen haben, wurde mir klar, dass Sie eine engere Beziehung zu Georg von Loewenstein haben, als Sie mir gegenüber zugegeben haben.« *Wird Elisabeth Lenz etwa rot?* Die Frau, die ein Krimifestival organisieren wollte, strich sich nervös durch die Haare. »Deshalb habe ich mich gefragt, ob Sie es waren, die die Heimleiterin auf dem Feld umgebracht hat. Um Ihren Georg ganz für sich zu haben? Damit niemand ihn findet, außer Sie selbst?«

»Sie sind ja verrückt!« Elisabeth Lenz riss die Augen auf.

»Sie hätten auf jeden Fall wissen können, wo wir die Frau treffen wollten. Denn als mein Neffe Moritz den Anruf der Leiterin bekam, waren Sie im Schloss und haben vermutlich alles mitbekommen. Warum tauchten Sie überhaupt bei den Grafs auf? Sie wollten das Paar erweichen, Ihnen doch ihr Schloss für Lesungen und ihr Krimifestival zur Verfügung zu stellen, denke ich. Bürgermeister Breuer war tot. Und wie Sie erfahren mussten, erlosch mit seinem gewaltsamen Tod auch sein Nießbrauchrecht.«

»Wir sind immer auf der Suche nach neuen Mitgliedern.«

»Sehr gut.« Rosa ließ sich nicht ablenken. »Ich hatte sogar kurz daran gedacht, ob Sie Josef Breuer eine Kugel in den Kopf gejagt haben könnten.«

»Was? Ich war schon gegen die Wiederbewaffnung der Bundesrepublik, wie sollte ich da selbst eine Waffe in die Hand nehmen? Warum auch? Breuer war auf unserer Seite.«

»Richtig, deswegen habe ich von dieser Theorie auch wieder Abstand genommen. Aber jetzt können Sie es ja zugeben – der Bürgermeister war Ihnen nicht so sympathisch, wie Sie getan haben.«

»Ein widerlicher Macho, den ich früher in seinen dicken Hintern getreten hätte. Wie Daniela auf so einen Typen reinfallen konnte. Macht macht sexy, das ist das Übel.« Rosa lachte. »Genauso sehe ich das auch. Aber lassen Sie uns noch über eine große Liebe und ein schlimmes Unglück hier in diesem Schlossgarten sprechen.«

Elisabeth Lenz sah plötzlich traurig aus. Sie nickte ruhig und ergeben und kam Rosa zum ersten Mal umgänglich vor.

»Sie kommen noch immer in diesen Garten, weil Sie hier früher oft auf einer der Bänke saßen, mit Georg, und über Literatur gesprochen haben.« Die gealterte Buchvereinschefin nickte kaum wahrnehmbar. Rosa fuhr fort.

»Sie haben den Freiherrn während des Studiums in Bonn an der Uni kennengelernt und sich verliebt. Es passte alles so schön: Sie beide waren adliger Herkunft, die sie aber gar nicht sonderlich interessierte. Und sie liebten Literatur. Sie konnten so gut mit ihm über Bücher reden. Er, der feinsinnige, zarte

Georg, und Sie, die wilde Jane Fonda aus Bonn mit Vorliebe für Demos. Aber leider ist das Leben kein Groschenroman, den Sie natürlich niemals lesen würden.« Rosa lächelte Elisabeth Lenz an. »Georg verliebte sich in die Seiltänzerin aus dem Zirkus, der hier regelmäßig gastierte, damit waren Sie raus.«

»Er hatte kaum noch Zeit für unsere Treffen.«

»Sie waren enttäuscht, verletzt, eifersüchtig. So sehr, dass Sie einen perfiden Plan ausheckten? Auch das habe ich durchdacht.« Rosa sprang auf. »Es wäre möglich gewesen. Sie waren oft hier, Sie kannten wahrscheinlich die Zirkustruppe und auch Schleichwege von hinten in den Park. Sie wussten, dass nicht nur der Dompteur seinen Löwen fütterte, manchmal war es auch seine Frau, die Seiltänzerin. War sie es, die Sie aus dem Weg schaffen wollten? Haben Sie ihr aufgelauert, und war es nur ein Versehen, dass der Dompteur sterben musste? Wir haben Isadora, die Seiltänzerin, gefunden, und Sie hat erzählt …«

»Sie lebt noch? Sie ist in Bonn?« Elisabeth Lenz sah gar nicht glücklich aus.

»Ja, und sie und Georg haben sich bereits wiedergefunden, muss ich Ihnen sagen.« Wenn Enttäuschung und Liebeskummer Gestalt annehmen würden, dachte Rosa, so hießen sie heute Abend Elisabeth Lenz. Die Augen der Buchclubchefin füllten sich mit Tränen.

»Jetzt lassen Sie den Kopf nicht hängen. Sie sind doch schon einmal mit Georgs Gleichgültigkeit fertig geworden. Sie haben damals einen anderen Mann gefunden und geheiratet. Wenn ich richtig kombiniere, dann haben Sie nicht Hand angelegt. Weder am Löwen noch am Dompteur.«

»Woher wissen Sie das?«

»Ganz einfach. Weil Sie Georg lieben.« Rosa sah das vermeintliche Schlossgespenst an, das jeglichen Schrecken verloren hatte und sich die Tränen von der Wange wischte. »Sie sind klug, Sie wissen, dass man Liebe nicht erzwingen kann. Sie haben Ihren Goethe und Mann gelesen.« Ein klägliches Nicken genügte Rosa als Antwort. »Und weil wir für diese schreckliche Tat schon einen anderen festgenommen haben. Sie wissen, wen ich meine, und Sie können uns dabei helfen, es zu beweisen.« Verweinte Augen blickten sie erstaunt an. »Anna brachte mich darauf, durch das Schlossgespenst, das früher häufiger und jetzt wieder hier im Garten gewesen sein soll.«

»Sie meinen …«

»Als Sie vor vielen Jahren bei Georg nicht recht vorankamen und die Gerüchte hörten, dass er mit der Seiltänzerin ein Verhältnis gehabt haben soll, da fingen Sie an, hier zu spuken.«

»Ich habe was?«

»Na ja, eigentlich haben Sie sich nachts hier nur rumgetrieben, sich auf die Lauer gelegt, um zu schauen, ob Sie die beiden zusammen erwischen. Wie man das als junge Frau schon mal tut, wenn man nicht glauben kann, dass der Angebetete wirklich nicht zu haben ist.« Rosa erinnerte sich zwar an keine eigenen solchen Unternehmungen, wollte Elisabeth Lenz aber Mut machen. »Vermutlich haben Sie damals schon gerne diese, ähm, legeren Kleider getragen. Fertig ist das Schlossgespenst.«

»Also, ich …« Rosa winkte ab.

»Ist ja auch nicht schlimm. Aber ich denke, Sie haben dabei etwas beobachtet, was uns heute hilft, Licht ins dunkle Gestrüpp von früher zu bringen.« Rosa setzte sich wieder. Es war ein langer Tag gewesen. Und er war noch nicht zu Ende. Jetzt war Elisabeth Lenz an der Reihe. Sie schien erleichtert, sich nach so vielen Jahren alles von der Seele zu reden. Rosa war sich sicher: Ihr Pittermännchen in allen Ehren, aber mit ihm hier im Garten, wäre Frau Lenz niemals so redselig gewesen.

»Sie haben recht. Ich war hier. Immer wieder. Ich, ich wollte ihm nahe sein. Ich habe sie so vermisst, unsere Gespräche, unsere Verbundenheit. Ich wollte sie zusammen sehen. Isadora, sie war so hübsch, so jung, so verliebt. Zu den unmöglichsten Nachtstunden ist diese Seiltänzerin durch den Garten gehuscht und zu Georg ins Schloss. Ich kannte ihren Weg durch den Keller in sein Zimmer.« Die Buchclubchefin zeigte zum Haus. »Und ich sah ihren Mann, den Dompteur mit dem gezwirbelten Bart. Etwas furchteinflößend fand ich den, aber gut, wer mit einem Löwen arbeitet …«

»Er hat seinen Löwen meistens selbst gefüttert«, lenkte Rosa den Redefluss in die richtige Richtung.

»Ja, er lief kurz vor Sonnenaufgang immer rüber zum Schloss und kam mit zwei Eimern zurück. Voll mit Fleisch, nehme ich an. Die hat er im Käfig geleert, hat die Eimer später wieder zurückgebracht.«

»Bis auf seine letzte Fütterung. Erzählen Sie mir davon.«

Was Elisabeth Lenz in den nächsten Minuten berichtete, deckte sich mit Rosas Überlegungen. Die wilde Buchclubchefin war vielleicht ein Schlossgespenst, aber sie war keine Mörderin. Dafür die Zeugin, die sie brauchten.

»Vielen Dank, Frau Lenz«, Rosa tätschelte den Arm der Buchclubchefin, die zusammengesunken auf ihrem Stuhl saß. Nie hatte der Begriff »ein Häufchen Elend« besser gepasst. Es wurde Zeit, zu gehen. Aber eine Frage blieb.

»Warum haben Sie eigentlich nie jemandem erzählt, wie der Dompteur zu Tode kam? Man hätte Martin gleich festnehmen können. Dann wären zwei Menschen noch am Leben.«

Ein lautes Schluchzen entfuhr Elisabeth Lenz. Sie nickte energisch. »Ich weiß. Das alles wäre nicht passiert. Es ist meine Schuld. Aber ich konnte nicht.«

»Hat Martin Sie gesehen und bedroht?«

»Nein, er hatte keine Ahnung, dass ich ihn beobachtet habe.«

»Trotzdem haben Sie dichtgehalten.« Rosa reichte der aufgelösten Frau ein Taschentuch, was sie dankbar annahm. Sie schnäuzte sich geräuschvoll.

»Wäre ich damals zur Polizei gegangen und hätte alles erzählt, was ich gesehen habe, hätte ich zugeben müssen, dass ich in diesem Garten war. Und nicht nur einmal.«

»Es war Ihnen peinlich.«

Elisabeth Lenz nickte. »Georg hätte davon erfahren, dass ich ihm nachstelle. So eine Frau wollte ich nicht sein. Außerdem – ich war damals verheiratet. Das hätte Gerede gegeben im Dorf.«

»Aber warum haben Sie einen anderen geheiratet, wenn Sie doch in Georg verliebt waren?«

Frau Lenz zuckte mit den Schultern. »Zuerst hatte ich wohl gehofft, dass Georg eifersüchtig wird und seine Liebe zu mir entdeckt, wenn er von meinen Heiratsplänen hört. Aber nichts passierte. Er hat immer nur sie geliebt. Wenigstens zog ich mit meinem Mann nach Kappeshoven und war räumlich Georg immer nah.«

Rosa erhob sich. Unerwiderte Liebe würde noch so manchen Roman füllen. Und so manchen Krimi.

»Würden Sie als Zeugin vor Gericht aussagen? Ich denke, Freiherr Georg wäre Ihnen mehr als dankbar.«

»Das ist wohl das Mindeste, was ich tun kann.«

Kapitel 51

Beinahe hätte sich Anna Wernig in ihrer Vorratskammer verbarrikadiert, als Rosa ihr das Schlossgespenst namens Elisabeth Lenz präsentierte. Dann machte sie doch lieber einen beruhigenden Lavendeltee, holte einen halben rheinischen Apfelkuchen aus dem Kühlschrank und ließ sich von der Chefin des Buchvereins Tipps für Biografien von Prominenten geben und nebenbei für den Club anwerben. Rosa konnte sich also beruhigt Archie schnappen, Moritz in den längst verdienten Feierabend schicken, den er vermutlich mit dem Schreiben seines nächsten Artikels verbringen würde und draußen Peter Klein von seinem Lauschposten abholen. Denn ein letztes Ziel hatten sie noch, und Rosa hatte dem Oberkommissar versprochen, in diesem Fall keine Ermittlungen mehr allein zu unternehmen.

Der Parkplatz der Brauerei war zu dieser abendlichen Uhrzeit gut gefüllt. Bierwarme Luft waberte ihnen beim Eintreten entgegen. Obwohl er am Zapfhahn stand, hatte Matthes sie sofort im Blick und warf ihnen ein »Sie sind ja immer noch hier« entgegen.

»Wir haben etwas mit Ihnen zu besprechen. Draußen.« Rosa machte eine Kopfbewegung und setzte ihr strengstes Ab-zum-Direktor-Gesicht auf. Der Brauereichef folgte widerwillig.

»Was gibt's? Ich habe zu tun.«

»Sie vermissen heute sicherlich Ihren besten Kunden. Der wird nicht mehr kommen.« Rosa sah den massiven Mann herausfordernd an. »Er wurde überführt und festgenommen. Und zwar von Oberkommissar Peter Klein, dem besten Polizisten von Kappeshoven, falls Sie ihn noch nicht kennen.« Sie deutete auf den uniformierten Peter neben sich.

»Ihr gemeinsames Spiel ist vorbei«, fügte Peter hinzu. Archie kläffte begeistert. Sie hatten sich vor dem Besuch bei Matthias Ludwig darauf geeinigt, von dieser möglichen Täter-Konstellation einfach mal auszugehen. Rosa hatte ihrem ehemaligen Schüler nicht beweisen können, dass der Brauereibesitzer mit Martin Grimm gemeinsame Sache machte, aber dass er mit drinsteckte, dessen war sie sicher. Und Peter hatte sich bereit erklärt, sie zu einem informativen Gespräch, wie er es nannte, mit dem schmierigsten Brauer des Landes zu begleiten. Überrumpelungsaktion nannte es Rosa insgeheim.

»Ich weiß nicht, was Sie da palavern.« Sie hatte geahnt, dass sich Matthias Ludwig stur stellen würde.

»Na, Ihr Kumpel, Gehilfe, Laufbursche.« Rosa übernahm.

»Martin Grimm hat heute Abend Freiherrn Georg zu Loewenstein bedroht. Außerdem wird er verdächtigt, Bürgermeister Josef Breuer, eine Stiftsleiterin und vor vielen Jahren einen Zirkusdompteur umgebracht zu haben«, ergänzte Peter.

»Was habe ich mit Ihren kranken Fantasien zu tun?« Matthias Ludwig verschränkte die Arme vor der Brust, als könne ihm niemand etwas anhaben.

»Ich denke, Sie haben im Hintergrund die Fäden in der Hand gehalten! Und ich erkläre Ihnen auch, warum.« Rosa holte tief Luft und machte sich so groß, wie sie konnte. »Fangen wir mal mit dem Bürgermeister an. Warum wurde Josef Breuer in der Nacht nach seinem Wahlsieg erschossen? Weil er ein aufbrausender Mann war, der mit vielen Streit hatte? Weil er drinsteckte, im städtischen Geklüngel? Ich behaupte: Weil er wiedergewählt wurde. Sie, Matthias Ludwig, wollten der neue Bürgermeister werden, aber leider landeten Sie nur auf Platz drei. Obwohl Sie so viel Werbung gemacht hatten. Also heuerten Sie Ihren Freund Martin an, um die Drecksarbeit für Sie zu erledigen.«

»Sie sind ja verrückt. JB war mein Geschäftspartner.«

»Ja, solange er Ihnen einträgliche Geschäfte vermittelt hat, solange Sie Ihr Bier auf städtischen Events ausschenken durften, solange waren Sie Partner. Aber wie oft kam das vor? Meistens waren Sie Sponsor, haben Ihr Bier bloß gegen ein bisschen Aufmerksamkeit zur Verfügung gestellt. Wie auf der Fontane-Lesung, auf der ich mit meinem Arbeitskollegen war.«

»Wer hat, der hat. Ich habe eben ein Herz für Kultur.« Rosa winkte ab. »Sprechen wir nicht darüber, was Sie haben, sondern darüber, was Sie brauchen. Und das ist Land. Früher wie heute, übrigens. Um mitzuhalten auf dem deutschen Biermarkt, müssen Sie expandieren, neue Sorten anbieten. Doch Ihre Ländereien sind begrenzt. Die meisten Felder rund um den Ort herum gehören Ihnen bereits. Bis auf die, die im Besitz der Stadt sind.«

»Na und?«

»Nun«, fuhr Rosa fort, »die Gemeinde wollte nicht an Sie verkaufen, nehme ich an. Bürgermeister Breuer hatte eigene Projekte, die er mehr schlecht als recht umgesetzt hat. Ich habe mir eine der Bauruinen angesehen. Eine Landesgartenschau hatte er geplant, er brauchte das Land der Stadt für seine eigenen Vorhaben. Da blieb Ihnen nur ein Ausweg.«

»Alles Lügen. Ich wollte Bürgermeister werden, um mich um die Belange der Bürger zu kümmern.«

»Vor allem um Ihre eigenen. Es wäre ein Leichtes gewesen, sich persönlich das Land der Stadt anzueignen, es der Brauerei für einen günstigen Preis zu verkaufen. Das ging nur als Bürgermeister. Vielleicht nicht legal, aber das hätten Sie schon hingebogen.«

»Das können Sie mir nicht beweisen.« Matthias Ludwig blickte finster, hörte aber weiter zu.

»Wie praktisch, dass sich Ihre Interessen mit denen von Martin Grimm deckten. Ihm war Josef Breuer im Weg, weil der als Bürgermeister seine Rechte am Schloss geltend machen wollte. Und auf das Schloss hatte er es ja selbst abgesehen, schon immer. Was für ein perfider Plan, mit Hilfe eines Löwen eine Kettenreaktion auszulösen, an dessen Ende Martin das Schloss gehören sollte. Hätten Sie es so weit kommen lassen? Oder hätten Sie einmal selbst Hand angelegt? So ein Schloss wäre doch auch für Sie eine gute Adresse, als i-Tüpfelchen auf Ihrem Brauereiimperium.«

»Ich bringe doch nicht meinen besten Kunden um!«

»Nur, dass der nie bezahlt hat.«

Rosa erinnerte sich an Moritz' Bericht von seinem Brauereibesuch.

»War das Teil seines Lohns für gute Dienste? Die Polizei wird feststellen, was Martin auf seinem Konto hat, sicherlich mehr, als ein langjähriger Diener so zusammenspart.«

»Hat Martin Grimm Sie erpresst? Weil die Aufträge zu den Toten von Ihnen kamen? Er hätte Sie jederzeit anschwärzen können.« Rosa schaute erstaunt Peter Klein an. Auf diese Idee war sie selbst noch gar nicht gekommen. Stolz machte sich in ihr breit. *Das war ihr ehemaliger Schüler!*

»Wem glaubt man wohl eher – einem dahergelaufenen Angestellten oder einem erfolgreichen Geschäftsmann?«

»Das werden wir vermutlich vor Gericht erfahren«, schloss Peter. Archie zog an der Leine und wurde langsam unruhig.

»Ich bin mir sicher, Martin Grimm wird nicht die ganze Schuld auf sich nehmen wollen. Er wird Sie ins Boot holen. Nur leider ist es nicht das Traumschiff, sondern die Titanic.« Als wollte er die letzten Sätze seines Frauchens bestätigen, hob der Mops sein Bein, ausgerechnet am Hosenbein des entsetzten Brauereichefs. Beim Blick nach unten fiel Rosa noch etwas ein. Sie zog wieder einmal ihr konfisziertes Geodreieck aus der Tasche und bückte sich.

»Heiliger Holzapfel. Sie leben auf sehr großem Fuß. Gut für Sie. Aber auf leicht feuchtem großem Fuß, muss ich Ihnen leider sagen, schlecht für Sie.«

Oberkommissar Klein drückte dem überrumpelten Brauereibesitzer seine Karte in die Hand. »Melden Sie sich bitte morgen früh auf dem Polizeirevier und bringen Sie etwas Zeit mit. Wir werden Sie zu drei Todesfällen vernehmen und vermutlich alle Fälle der Staatsanwaltschaft übergeben. Und kommen Sie gar nicht erst auf den Gedanken, die Bonner Stadtgrenze zu verlassen. Ich schicke eine Streife, die Sie im Auge behält. Es besteht Fluchtgefahr.« Rosa schaute erstaunt den Mann an, der noch vor gar nicht allzu langer Zeit in ihrer Klasse gesessen und so seine Schwierigkeiten mit der Fotosynthese gehabt hatte, und verkniff sich, den Satz auszusprechen, den sie noch nie zu Peter gesagt hatte: »Dafür gibt's eine Eins plus mit Sternchen!«

Kapitel 52

»Bekomm isch jetzt datt Bundesverdienstjedöns?« Willy erwartete sie am nächsten Tag mit verschränkten Armen vor der Gärtnerei. »Datt wär doch datt Mindeste, wenn isch eusch datt Föttsche rette.«

»Du warst es, der Pittermännchen verständigt hat, Willy? Wie kamst du denn darauf?«

»Datt Roswitha hatte so ene komisches Jefüll. Und datt hat immer recht. Isch kenn misch halt aus mit den Frauen, genau wie Archie.« Er deutete auf den Mops, der schwanzwedelnd die Porzellanpudeldame begrüßte.

»Das hast du gut gemacht, Willy«, Rosa tätschelte ihrem ältesten Mitarbeiter zur Begrüßung den Arm und verschwieg, dass sie Peter Klein vor ihrer Abfahrt zum Altersheim noch eine kurze Mail geschrieben hatte, in der sie ihren unbestätigten Verdacht grob umrissen hatte, »aber jetzt lass mich doch erst mal reinkommen, ich gebe auch eine Runde Kuchen aus, wir haben was zu feiern.«

»Isch nehm 'ne Runde Kölsch.«

Nach dem aufregenden Tag hatte Rosa wie ein Frühblüher im Winter geschlafen und war erst gegen Mittag wach geworden. Karl hatte ihr eine Nachricht geschickt, mit den Worten: »Treffpunkt 15 Uhr, Detektei Reich.« Und wie sie sah, war nicht nur er schon im Gärtnereicafé eingetroffen: Freiherr Georg zu Loewenstein stand einträchtig neben der auch heute bunt gekleideten Isadora und schien nur Augen für sie zu haben. Auch wenn die ehemalige Seiltänzerin ihrem früheren Ich nicht mehr im Entferntesten ähnlichsah – Rosa spürte die Liebe in ihren gegenseitigen Blicken. Und lächelte über Roswitha, die den großen Freiherrn bestaunte und sich dabei wahrscheinlich Nackenstarre holte.

»Zur Feier des Tages habe ich euch eine Reine de Saba gebacken, die äußerst schokoladige Königin von Saba für die Königin der Gärten und Meisterdetektivin Rosalinde Reich.« Sarah brachte eine dunkelbraune, majestätisch duftende Schokoladentorte an den Tisch. In der Verzierung aus Mandelblättchen sah Rosa einen Löwenkopf.

»Formidabel. Nicht nur unser Pittermännchen ist gestern zu ungeahnter Größe aufgelaufen. Drinnen lauschte das halbe Stift den Sangeskünsten unserer Schüler, draußen habt ihr mal eben den Schurken zu Fall gebracht, Gratulation.« Karl hatte aus gegebenem Anlass seine schönste rote Fliege gewählt. Während Moritz Kaffee für alle und Kölsch für einen brachte, berichtete Rosa von ihren nächtlichen Gesprächen.

»Das Schloss ist sein Gespenst los, dafür haben wir eine verdammt traurige Leiterin des Buchvereins. Ich hoffe, Herr zu Loewenstein, dass Sie sich ab und an noch mit ihr zum literarischen Austausch treffen, bevor ihr Leben zum Trauerspiel wird.«

Der Freiherr nickte. »Natürlich, sie ist meine älteste Freundin, und ich schätze die Gespräche mit ihr. Leider war sie seit dem Tod ihres Mannes, nun ja, ein wenig anhänglich geworden. Aber ich bin davon überzeugt, dass sie sich blendend mit Isadora verstehen wird.« Die frühere Seiltänzerin hatte ein besonders großes Stück Kuchen in Angriff genommen und lächelte zwischen den Bissen ihren Liebsten an.

»Isch wärde zu George ziehen. In sein Appartement mit die große Garten und die schöne Baum. Wir bleiben für immer zusammen!« Sie drückte ihm einen schokoladenbraunen Schmatzer auf die Wange.

»Herrlich!« Roswitha klatschte begeistert in die Hände. »Ich werde euch ein Liebeshoroskop für das ganze Jahr erstellen.«

»Dreijestirn und Frackjesicht, datt passt doch. Können Se an Karneval im Zoch mitlaufen.«

Rosa überging den unqualifizierten Einwurf routiniert und wandte sich noch einmal an den Freiherrn.

»Dann stimmt es also, was wir vermutet haben, dass Martin Grimm schon immer davon träumte, einmal Schlossherr zu sein.«

»Das wurde mir im Laufe der Jahre klar. Er verstand sich als junger Kerl bestens mit meinem Vater Heinrich. Ging mit ihm auf die Jagd, lernte von ihm schießen, boxen, all die Dinge, für die ich mich so gar nicht begeistern konnte. Er war der Sohn, den sich mein Vater immer gewünscht hat, und hatte wohl gehofft, dass der sich erkenntlich zeigte.« Er seufzte. »Als das nicht passierte, als mein Vater ihm klar sagte, dass er ihn nicht in sein Testament aufnehmen wird, muss Martin diesen teuflischen Plan ausgeheckt haben. Als der Zirkus unseren Garten für immer verließ, verlor meine Mutter vollends ihren Lebenswillen und verstarb kurze Zeit später. Mein Vater ging in ein Heim für Adlige und ließ mich allein im Schloss zurück. Mit Martin.«

»Es ist nicht leicht, ein Schloss zu führen und instand zu halten.« Rosa lehnte sich zurück und gab Sarah ein Zeichen, dass ihr Kuchen phänomenal war.

»Das kann man sagen. Die Reparaturen an so einem alten Gemäuer rauben einem das Ersparte, Martin hat mich gedrängt, unsere Ländereien zu verkaufen, was ich auch getan habe.«

»An die Ludwigsbrauerei. Erzählen Sie uns von Hieronymus Ludwig, dem Vater von Matthias.« Freiherr Georg überlegte.

»Ein Mann mit Visionen, er hat die Brauerei erfolgreich aufgebaut. Aber er war auch ein Mann, der vom Machtgedanken getrieben war. Er und mein Vater hatten ständig Kämpfe, was sage ich, sie führten Krieg. Neues Geld gegen altes Geld, wenn Sie so wollen. Er brauchte unser Land, aber mein Vater hat es lieber verpachtet, als zu verkaufen.«

»Können Sie sich vorstellen, dass er beziehungsweise sein Sohn Matthias Ludwig hinter all den Taten stecken und Martin für ihn gesprungen ist?« Moritz hatte sein zweites Stück Schokoladenkuchen vertilgt und war wieder ganz Journalist.

Freiherr Georg zuckte mit den Schultern. »Ich weiß es nicht. Tatsache ist, dass durch den toten Dompteur und den toten Löwen alles anders wurde.«

»Wer hat den Löwen eigentlich erschossen?« Rosa sah das alte Liebespaar fragend an.

»Das war Martin«, berichtete Georg. »Mit einem Gewehr aus dem Schloss. Ein Drilling von Sauer & Sohn, das habe ich der Polizei bestätigt. Die Kugel haben Sie ja schon entdeckt. Die Messinghülse der Patrone müsste in der Erde noch zu finden sein, vermutlich weiter hinten im Garten, wo er erschossen wurde.« Er lächelte. »Da war der Schießunterricht meines Vaters doch nicht ganz umsonst, wenn auch Martin immer viel besser damit umging. Er hatte behauptet, Iwan lebte noch, als er dazukam, er habe den Löwen erschießen müssen, um sein Leben zu retten. Aber ich vermute, dass Isadoras Mann zu dem Zeitpunkt schon längst tot war.« Zärtlich strich er seiner

Freundin über die Wange. »Ich habe mich damals gewundert, wie Martin den Vorfall überhaupt mitbekommen hatte und so schnell dort hinten im Garten war. Es war frühmorgens.«

»Das meinte er von sich aus, als ich mit ihm darüber sprach, er sagte, so früh sei er nie auf den Beinen, obwohl ich die Uhrzeit überhaupt nicht erwähnt hatte. War es auch Martin, der den Löwen vergraben hat?«

»Ich nehme es an. Vielleicht hat Matthias Ludwig ihm damals dabei geholfen. Ich vermutete, die Polizei habe den Löwen mitgenommen. Stattdessen hat Martin auf das Grab eine Blutbuche gepflanzt.«

»So konnte er sicher sein, dass niemand die Geschichte ausgräbt.«

»Datt hätt ja joht jeklappt!«

»Ich denke mittlerweile auch, Martin war der Handlanger für die Drecksarbeit, die Strippen zog jemand anderes. Mein Polizisten-Schüler brachte mich drauf. Familie Ludwig hatte handfestes Interesse daran, Ihre Familie zu Loewenstein ins Mark zu treffen«, resümierte Rosa. »Indem sie den Zirkus vertrieben, ist ihnen das gelungen. Sie nahmen Ihnen Ihre große Liebe, Ihrer Mutter die Freude und Ihrem Vater seine Attraktion. Dass das auch in Martin Grimms Sinne war, machte es umso einfacher, ihn für seine Taten zu gewinnen. Ein Handlanger, der sich gut bezahlen ließ und nebenbei eigene Interessen verfolgte. Früher wie heute.«

»Na, da hat euer Pittermännchen ja watt zum Ausklamüsern.« Rosa nickte.

»Und ich glaube, wir können ihm noch den ein oder anderen Hinweis mitgeben. Meine Lieben, ich danke euch für eure Unterstützung. Gemeinsam haben wir nicht nur ein, sondern drei Rätsel gelöst.«

»Und ganz nebenbei noch einen wunderschönen herrschaftlichen Garten zu neuem Leben erweckt.« Karl strahlte. »Würden Sie nicht am liebsten dort wieder einziehen?«, wandte er sich an Freiherrn Georg. Der winkte ab.

»Ich brauche kein großes Schloss, nur meine geliebte Isadora.« Er drückte sie fest an sich. »Und eine Blutbuche haben wir auch im Stiftsgarten.«

»Die nächste Runde jeht auf Romeo und et Julschen.«

»Da komme ich ja gerade recht.« Andreas Krawinsky stand in der Tür und sah heute sehr nach privatem Andy aus. »Ihr wollt doch wohl nicht ohne mich feiern.«

»Wir haben noch Königinnenkuchen übrig«, begrüßte ihn Roswitha.

»Eine Königin reicht mir.« Andy grinste hinter seinem Vollbart und trat auf Rosa zu. »Als ich hörte, dass ihr die Fälle gelöst habt, bin ich auf meinen Feuerstuhl gestiegen, um euch abzuholen.«

»Dann geht's deinem Fuß wieder besser?« Rosa blickte ihren Freund besorgt an.

»Gut genug, um Pützchens Markt und die Schießstände unsicher zu machen. Auf zum Rummel!«

»Aber nur, wenn es dort keine Löwen gibt.«

»Nä, aber alte Knochen, wenn isch mitkomm.«

»Willy, du musst immer das letzte Wort haben, oder?«

»Rischtisch.«

»Du solltest dringend Emmi Schulz kennenlernen. Dann haben wir hier bald das nächste Liebespaar.«

»Lieb von dir, aber mein Tanzkärtschen is voll.«

Epilog

Mit ein paar prächtigen rot-weiß gestreiften Amaryllis für die Eingangshalle und einer robusten Cicero-Rose fuhr Rosa noch ein letztes Mal zu den Grafs ins Schloss. Mit Karl auf dem Beifahrersitz, der schließlich versprochen hatte, seinen Lieblingsphilosophen in ihren ersten Garten zu pflanzen. Zuvor hatten sie noch eine Runde durchs Dorf gedreht: Emmi brachten sie einen herbstlichen Blumenkranz für die Tür mit, die Roswitha neuerdings mit großem Eifer in der Gärtnerei zusammenstellte, je nach Sternzeichen in unterschiedlichen Farben, mit angehängtem Jahreshoroskop. So ganz hatte Rosa das nicht verstanden, aber sie verkauften sich ganz ordentlich, wenn Willy die Kränze auch zur Belustigung aller am liebsten auf dem Kopf durch die Gärtnerei spazieren trug.

Daniela Breuer hatten sie den Bepflanzungsplan vorbeigebracht. Sobald der Winter vorbei war, würde Rosa ihren Garten zu einer blühenden Oase rund um den Swimmingpool gestalten. Drinnen war der Bungalow nicht wiederzuerkennen. Helle, warme Farben hatten dem übertriebenen Prunk Platz gemacht. Rosa war erleichtert gewesen, als Daniela berichtet hatte, die Sachen ihres verstorbenen Ehemanns für einen guten Zweck verkauft zu haben. *Mein Instinkt hat mich also nicht getäuscht. Daniela Breuer war ein guter Mensch.* Rosa beschloss, Peter Klein zu ihr zu schicken, damit er der jungen, hübschen Witwe einige Vorschläge machen konnte, ihr

Haus abzusichern. *Bestimmt würden sich die zwei gut verstehen.* So wie sich Rosa mittlerweile blendend mit ihrem ehemaligen Schüler angefreundet hatte und austauschte. Sie hatte ihm nicht nur den Hinweis gegeben, wo er die Löwenknochen finden konnte, sondern auch manche Interna erzählt, die sie während ihrer Arbeit am Schlossgarten mitbekommen und recherchiert hatte. Sodass Oberkommissar Peter Klein von der Polizeidienststelle Bonn III – Kappeshoven der ermittelnden Staatsanwaltschaft eine sehr gute Beweislage in drei vermeintlichen Mordfällen übergeben konnte. Die zu vielen Befragungen, zwei Mal Untersuchungshaft und demnächst zu einem spektakulären Prozess führen würde und schon jetzt zu Moritz' Dauerbeschäftigung geworden war. Rosas Neffe hatte so gut recherchierte Artikel geschrieben, dass die überregionale Zeitung ihm ein Volontariat angeboten hatte, das er vermutlich bald antreten würde. Was Rosa stolz und ein bisschen traurig stimmte. Aber es war doch so – wenn heute eine vertrocknete Blüte vom Hibiskus fiel, wuchs morgen an anderer Stelle eine neue heran.

Die Kastanien knackten unter den Reifen, als Rosa und Karl in die Zufahrt zum Schloss einbogen. Die Grafs erwarteten sie zu dritt und präsentierten voller Stolz ihr neugeborenes Baby. Und den herbstlichen Schlossgarten, den Andy mit seinen Jungs demnächst winterfest machen würde. Die Blutbuche hatte einen Teil ihrer Blätter verloren, wirkte aber noch immer majestätisch.

»Wie geht es Ihnen und Anna? Kommen Sie zurecht ohne Martin?«

»Anna ist wie ausgewechselt und liebt unseren kleinen Jungen. Und freut sich über ihr neues Malzimmer. Mir scheint, sie stand doch sehr unter der Fuchtel von Martin. Er hat versucht, ihr so einiges anzuhängen«, berichtete Christopher Graf. »Er war es wohl auch, der unsere Salate ungenießbar gemacht hat, er hatte ja ständig Zugang zur Küche.«

»Und meinen Smoothie«, fügte Rosa an.

»Vermutlich hat er die Leiter angesägt, von der Ihr Kollege gekracht ist, und das mit der Sicherung, das war er selbst gewesen. Dass er einen Schlag bekommen hatte, war erfunden«, fügte Laura Graf an. »Unglaublich. Außerdem hat die Polizei bei der Durchsuchung den Vertrag über das Nießbrauchrecht von Bürgermeister Breuer gefunden. Den hatte er wohl beim Einbruch gestohlen. Völlig umsonst. Aber das dürfte als Beweis seiner Schuld wohl ausreichen. Plus die Tatsache, dass er Zugang zu meiner Waffe hatte.«

»Sie sind Personenschützerin, richtig?« Rosa schaute ihre Auftraggeberin neugierig an. Die nickte.

»Bin ich. Und weil meine Zielperson häufig in der Öffentlichkeit steht, darf ich nicht groß darüber reden.«

»Verstehe. Haben Sie eigentlich die restlichen Knochen gefunden?«

»Ja, die hatte Martin in Annas Kleiderschrank versteckt, sie sind schon im Museum König. Wenn sie dort den ganzen Löwen zusammengebastelt kriegen, wird er ausgestellt.«

»Da wird unser Löwe noch berühmt.« Rosa lächelte. »Er hieß übrigens Django.«

»Schöner Name. Aber jetzt kommen Sie doch erst mal rein, es wird kalt.« Christopher legte den Arm um seine Frau. »Draußen sitzen ist leider nicht mehr.«

»Wir kommen nach. Mein Freund Karl muss noch ein Versprechen einlösen. Ich hoffe, eine zusätzliche Rose kann der Garten noch vertragen.« Sie reichte ihrem Freund eine Schaufel und Arbeitshandschuhe. »Walte deines Amtes.«

Während Dr. Karl Schäfer sein Tweedjackett auszog und an den nächstbesten Ast hing, zog Rosa ein Tütchen aus ihrer Hosentasche und lief zur Blutbuche. Sie trug nur ein wenig Erde rund um den Sitzplatz ab und verstreute die Samen großzügig. Im nächsten Frühjahr würden daraus die sonnig-gelben Blumen sprießen, die auf keiner Wiese fehlen durften und die, um mit ihrer Mutter Roswitha zu sprechen, jede Menge positive Energie an diesem ehemaligen Ort des Schreckens verströmen würden. Mit Blättern, aus denen man gesunde und kein bisschen giftige Smoothies mixen konnte und mit Blüten, die nicht nur schön zum Anschauen waren, sondern sich auch gut in einem Salat machten. Und wenn Grafs Nachwuchs etwas später die Samen aus den Dolden pusten würde, wäre bald die ganze Wiese voller Löwenzahn, an dem die ganze Familie ihren Spaß hätte.

Mit einem Lächeln im Gesicht holte Rosa ihren Freund ab, und gemeinsam liefen sie zurück zum Schloss, durch ihren ersten gestalteten Garten. Ihr Planungsbüro *Hier blüht Ihnen was* war gut angelaufen. *Die nächsten Projekte dürfen gerne spannend werden,* dachte Rosa, *aber bitte ohne Tote.* Gegen ein neues Rätsel hätte sie allerdings nichts einzuwenden.

Rezepte aus Rosas Küche und Garten

»Sarah hat auch Körnerbrötchen, die sie dir mit der vegetarischen Paste aus Paprika und Walnüssen bestreichen kann, die ich letztens gemacht habe, sehr lecker.«

Paprika-Walnuss-Brotaufstrich
4 rote Paprikaschoten
1 Knoblauchzehe
1 Stängel Petersilie
0,5 Bio-Orange
100 g Walnusskerne
2–3 EL Olivenöl oder Tomatenmark
Salz, Pfeffer, Paprika edelsüß

Die Paprikaschoten waschen, halbieren, Kerne entfernen, in Stücke schneiden und auf einem gefetteten Backblech mit der Haut nach oben verteilen. Den geschälten und in Scheiben geschnittenen Knoblauch dazugeben. Im vorgeheizten Backofen 15–20 Minuten bei 200 Grad Umluft garen, bis die Haut anfängt sich zu lösen. Dann herausnehmen, in eine Schüssel füllen, mit Klarsichtfolie abdecken und eine Viertelstunde ruhen lassen. Danach die Schale der Paprika entfernen und die Paprika zusammen mit Knoblauch, dem Saft der halben

Orange, den Petersilienblättchen, Paprikapulver und Walnüssen in einem hohen Gefäß pürieren. Öl oder Tomatenmark zugeben und ebenfalls untermixen. Mit Salz und Pfeffer abschmecken, kaltstellen und danach mit etwas Brot genießen.

»Die Holunderblüten würde sie in einen Teig aus Mehl, Eiern und Bier tunken und dann frittieren.«

Holunderküchlein nach dem Rezept von Oma Gisela

10 Holunderblütendolden
4 EL (ca. 60 g) Mehl
1 Eiweiß
1 Prise Salz
20 ml Mineralwasser, Bier oder Wein
Fett zum Ausbacken

Die Holunderblütendolden trocken säubern und verlesen. Das Eiweiß mit der Prise Salz steif schlagen. Mehl in eine Schüssel sieben, Mineralwasser, Bier oder Wein zugeben und mit dem Eischnee unter das Mehl heben. Das Fett in der Fritteuse auf 175 Grad erhitzen. Die Dolden in den Eiweißteig tauchen, etwas abtropfen lassen und goldgelb ausbacken. Die ausgebackenen Dolden auf Küchenkrepp abtropfen lassen, sofort servieren. Dazu passen Zimt und Zucker.

»Für das Bärlauchpesto hatte Rosa ein Bündel von den länglichen grünen Blättern mit angerösteten Pinienkernen und viel Olivenöl in ihrem Mixer zu einer cremigen Masse verarbeitet, deren Geruch an Knoblauch erinnerte.«

Bärlauchpesto für 2 Gläser
1 Bund Bärlauch (ca. 50–100 g)
125 Gramm Pinienkerne
125 Gramm Parmesan
1 Prise Salz
150–250 ml Olivenöl

Bärlauch waschen, trocken schütteln und in Streifen schneiden. Pinienkerne ohne Fett in der Pfanne anrösten, bis sie hellbraun sind. Parmesan fein reiben. Alle Zutaten bis auf den Parmesan in die Küchenmaschine geben und zu einer cremigen Masse mixen. Sollte es zu dickflüssig sein, mehr Öl dazugeben. Den geriebenen Parmesan unterheben, abschmecken, evtl. nachsalzen. Das Pesto passt zu Nudeln, Spargel und Fleisch. Wer keinen Bärlauch hat, nimmt Basilikum und etwas Knoblauch.

»Dazu gehörte im Hochsommer das Sammeln von Brombeeren, die ihre Tante zu der von ihr so geliebten Marmelade verarbeitet hatte.«

Brombeermarmelade nach Tante Angela
500 g Brombeeren
100 g Rohrzucker (oder mit Gelierzucker 2:1)
Evtl. Vanille(öl) oder etwas Zitronensaft
2–3 kleine Schraubgläser

Die Gläser mit kochendem Wasser reinigen und trocknen lassen. Brombeeren mit dem Zucker vermischen, mit einem Kartoffelstampfer etwas zerdrücken, Vanille(öl) oder Zitronensaft zugeben und die Masse etwas Saft ziehen lassen. Die Masse im Topf zum Kochen bringen, sprudelnd kochen lassen, bis sie anzieht. Bei Marmelade mit Kernen die Masse heiß abfüllen, sonst durch ein feines Sieb geben und nochmals kurz aufkochen. Gläser sofort verschließen und abkühlen lassen. Ist auch gemischt mit etwas Banane lecker. Ungeöffnet und im Dunkeln monatelang haltbar.

»Anna (konnte) daraus noch Zwetschgenmus oder Zimtpflaumen machen. Zu Milchreis oder Omelette waren die der Hit.«

Zimtpflaumen

500 g Pflaumen
Mark von einer Vanilleschote
2 EL brauner Zucker
1 TL Zimt
1 Nelke
1 Prise Kardamom
0,5 TL Kurkuma
Etwas Zitronenabrieb
5 EL Rotwein oder Traubensaft
Evtl. Speisestärke

Die Pflaumen waschen, entsteinen und in Stücke schneiden. Zusammen mit Zimt, Zucker, Vanillemark und dem Wein oder Saft in einen Topf geben und verrühren. Mit Kardamom, Nelke und Zitronenabrieb würzen. Die Mischung mit dem Deckel auf dem Topf zum Kochen bringen. Danach bei niedriger Hitze alles 15 Minuten lang weich köcheln. Falls die Masse zu flüssig ist, mit etwas Speisestärke abbinden. Wer die Pflaumen sehr süß mag, zuckert noch etwas nach. Abkühlen lassen. Schmeckt lecker zu Milchreis, Omelette, Eis oder auch Porridge.

Danke

Ohne die Hilfe und den fachlichen Rat von so vielen Menschen wäre dieses Buch nur eine abstrus klingende Kriminalgeschichte. Aber dank lieber Freundinnen und Freunde, KollegInnen und ExpertInnen bekamen meine Ambitionen für einen launigen Krimi Äste, Knospen und ein gutes Wurzelwerk, um in der Gartensprache zu bleiben.

Als Erstes möchte ich meinem alten Schulfreund Christoph Schlemmer für seine immer frischen Ideen, seinen Beistand und seine Geduld Danke sagen. Ohne Dich gäbe es keinen Löwen im Garten!

Damit dank Rosas Arbeit alles zur richtigen Zeit blüht, wächst und gepflanzt wird, konnte ich mich auf die professionelle Hilfe von Fernsehkollegin und Gartenexpertin Heike Boomgaarden stützen.

Iris Kreimer ist nicht nur Lehrerin, sondern war mir auch eine wichtige Quelle für Rosas Vergangenheit an der Schule, auch Daniela Ulbrich hat mir mit ihrem Insiderwissen geholfen.

Einer verrückten Idee folgt die Recherche, damit so ein Fall auch stimmig und die Geschichte möglichst spannend wird. Dabei haben mich ebenso der Löwenexperte des Kölner Zoos, Dr. Alexander Sliwa, sowie Thomas Gerken und Jan Decher vom Bonner Museum König unterstützt.

Danke Axel Boesen für alle Informationen aus dem Polizeibereich und Martin Axel Peter Mörsdorf für den rechtlichen Hintergrund.

Damit das Schloss rechtlich einwandfrei den Besitzer wechselt, war mir Rechtsanwältin Elisabeta Schidowezki eine große Hilfe. In Fragen zu Waffen und Munition konnte ich dem fachkundigen Rat von Heike und Georg Hertel vertrauen.

Bei den Kölner Brauereien Früh und Mühlen habe ich kompetentes Fachwissen über Brauereien in den 1960er-Jahren erhalten, Danke!

Wenn diese Geschichte das Leben und Wirken der Gemeinde der Sinti in Bonn auch nur am Rande erwähnt, so hatte ich doch die Berichte von Jan Opiela im Hinterkopf.

Ein besonderer Dank gilt Bestsellerautor Mario Giordano, dessen Tipps und Anmerkungen zu meiner Idee und Geschichte mir eine wertvolle Hilfestellung beim Schreiben waren. Danke allen für die Unterstützung und fürs Mutmachen! Rosa und ich werden Euch in Zukunft noch brauchen!